莎士比亚全集

VI

人民文学出版社

目　　次

雅典的泰门 …………………………………………… *1*
理查三世 ……………………………………………… *87*
一报还一报 …………………………………………… *207*
亨利八世 ……………………………………………… *297*

雅典的泰门

朱生豪 译
方　　重 校

Act IV. Sc. 3

剧 中 人 物

泰门　雅典贵族

路　歇　斯　⎫
路　库　勒　斯　⎬　谄媚的贵族
辛　普　洛　涅　斯　⎭

文提狄斯　泰门的负心友人之一

艾帕曼特斯　性情乖僻的哲学家

艾西巴第斯　雅典将官

弗莱维斯　泰门的管家

弗莱米涅斯　⎫
路　西　律　斯　⎬　泰门的仆人
塞　维　律　斯　⎭

凯　菲　斯　⎫
菲　洛　特　斯　⎪
泰　特　斯　⎬　泰门债主的仆人
霍　坦　歇　斯　⎭

路歇斯家仆人

文提狄斯的仆人

凡罗及艾西铎（泰门的二债主）的仆人

三路人

雅典老人

侍童

弄人

诗人、画师、宝石匠及商人

菲莉妮娅 ⎫
提曼德拉 ⎬ 艾西巴第斯的情妇

贵族、元老、将士、兵士、窃贼、侍从等
化装跳舞中扮丘匹德及阿玛宗女战士者

地　　点

雅典及附近森林

第 一 幕

第一场　雅典。泰门家中的厅堂

　　　　诗人、画师、宝石匠、商人及余人等自各门分别上。

诗　人　早安,先生。

画　师　您好?

诗　人　好久不见了。近况怎样啊?

画　师　先生,变得一天不如一天了。

诗　人　嗯,那是谁都知道的;可是有什么特别新鲜的事情,有什么奇闻怪事,为我们浩如烟海的载籍中所未之前睹的?瞧,慷慨的魔力!群灵都被你召唤前来,听候驱使了。我认识这个商人。

画　师　这两个人我都认识;有一个是宝石匠。

商　人　啊!真是一位贤德的贵人。

宝石匠　嗯,那是谁都不能否认的。

商　人　一位举世无比的人,他的生活的目的,好像就是继续不断地行善,永不厌倦。像他这样的人,真是难得!

宝石匠　我带着一颗宝石在这儿——

商　人　啊!倒要见识见识。先生,这是送给泰门大爷的吗?

宝石匠　要是他能出一个价格；可是——
诗　人　诗句当为美善而歌颂，
　　　　倘因贪利而赞美丑恶，
　　　　就会降低风雅的声价。
商　人　（观宝石）这宝石的式样很不错。
宝石匠　它的色彩也很美丽；您瞧那光泽多好。
画　师　先生，您又在吟哦您的大作了吗？一定又是献给这位贵人的什么诗篇了。
诗　人　偶然想起来的几个句子。我们的诗歌就像树脂一样，会从它滋生的地方分泌出来。燧石中的火不打是不会出来的；我们的灵感的火焰却会自然激发，像流水般冲击着岸边。您手里是什么东西？
画　师　一幅图画，先生。您的大著几时出版？
诗　人　等我把它呈献给这位贵人以后，就可以和世人相见了。可不可以让我欣赏欣赏您的妙绘？
画　师　见笑得很。
诗　人　画得很好，真是神来之笔。
画　师　谬奖谬奖。
诗　人　佩服佩服！瞧这姿态多么优美！这一双眼睛里闪耀着多少智慧！这一双嘴唇上流露着多少丰富的想像！在这默然无语的神情中间，蕴蓄着无限的深意。
画　师　这是一幅惟妙惟肖的画像。这一笔很传神，您看怎样？
诗　人　简直是巧夺天工，就是真的人也不及老兄笔下这样生趣盎然。
　　　　若干元老上，自舞台前经过。
画　师　这位贵人真是前呼后拥！

诗　　人　都是雅典的元老;幸福的人!

画　　师　瞧,还有!

诗　　人　您瞧这一大群蝇营蚁附的宾客。在我的拙作中间,我勾画出了一个受尽世俗爱宠的人;可是我并不单单着力做个人的描写,我让我的恣肆的笔锋在无数的模型之间活动,不带一丝恶意,只是像凌空的鹰隼一样,一往直前,不留下一丝痕迹。

画　　师　您的意思我有点不大懂得。

诗　　人　我可以解释给您听。您瞧各种不同地位不同性情的人,无论是轻浮油滑的,或是严肃庄重的,都愿意为泰门大爷效劳服役;他的巨大的财产,再加上他的善良和蔼的天性,征服了各种不同的人,使他们乐于向他输诚致敬;从那些脸上反映出主人的喜怒的谄媚者起,直到憎恨自己的艾帕曼特斯,一个个在他的面前屈膝,只要泰门点点头,就可以使他们满载而归。

画　　师　我曾经看见他跟艾帕曼特斯在一起谈话。

诗　　人　先生,我假定命运的女神端坐在一座巍峨而幽美的山上;在那山麓下面,有无数智愚贤不肖的人在那儿劳心劳力,追求世间的名利,他们的眼睛都一致注视着这位主宰一切的女神;我把其中一个人代表泰门,命运女神用她象牙一样洁白的手招引他到她的身边;他是她眼前的恩宠,他的敌人也一齐变成了他的奴仆。

画　　师　果然是很巧妙的设想。我想这一个宝座,这一位命运女神和这一座山,在这山下的许多人中间只有一个人得到女神的招手,这个人正弓着身子向峻峭的山崖爬去,攀登到幸福的顶端,很可以表现出我们这儿的情形。

诗　　人　　不，先生，听我说下去。那些在不久以前还是和他同样地位的人，也有一些本来胜过他的人，现在都跟在他后面亦步亦趋；他的接待室里挤满了关心他的起居的人，他的耳朵中充满了一片有如向神圣祷告那样的低语；连他的马镫也被奉为神圣，他们从他那里呼吸到自由的空气。

画　　师　　好，那便怎么样呢？

诗　　人　　当命运突然改变了心肠，把她的宠儿一脚踢下山坡的时候，那些攀龙附凤之徒，本来跟在他后面匍匐膝行的，这时候便会冷眼看他跌落，没有一个人做他患难中的同伴。

画　　师　　那是人类的通性。我可以画出一千幅醒世的图画，比语言更有力地说明祸福无常的真理。但是你也不妨用文字向泰门大爷陈述一个道理，指出眼光浅近的人往往会把黑白混淆起来。

　　　　　　喇叭声。泰门上，向每一请求者殷勤周旋；一使者奉文提狄斯差遣前来，趋前与泰门谈话；路西律斯及其他仆人随后。

泰　　门　　你说他下了监狱了吗？

使　　者　　是，大爷。他欠了五个泰伦①的债，他的手头非常困难，他的债主催逼得很厉害。他请您写一封信去给那些拘禁他的人，否则他什么安慰也没有了。

泰　　门　　尊贵的文提狄斯！好，我不是一个在朋友有困难时把他丢弃不顾的人。我知道他是一位值得帮助的绅士，我一定要帮助他。我愿意替他还债，使他恢复自由。

使　　者　　他永远不会忘记您的大恩。

泰　　门　　替我向他致意。我就会把他的赎金送去；他出狱以后，

----

　　①　泰伦（Talent），古希腊货币名。

8

请他到我这儿来。单单把软弱无力的人扶了起来是不够的,必须有人随时搀扶他,照顾他。再见。

使　者　愿大爷有福!(下。)

　　　　　一雅典老人上。

老　人　泰门大爷,听我说句话。

泰　门　你说吧,好老人家。

老　人　你有一个名叫路西律斯的仆人。

泰　门　是的,他怎么啦?

老　人　最尊贵的泰门,把那家伙叫来。

泰　门　他在不在这儿?路西律斯!

路西律斯　有,大爷有什么吩咐?

老　人　这个家伙,泰门大爷,你这位尊价,晚上常常到我家里来。我一生克勤克俭,挣下了这份家产,可不能让一个做奴才的承继了去。

泰　门　嗯,还有些什么话?

老　人　我只有一个独生的女儿,要是我死了,也没有别的亲人可以接受我的遗产。我这孩子长得很美,还没有到结婚的年纪,我费了不少的钱,让她受最好的教育。你这个仆人却想勾引她。好大爷,请你帮帮忙,不许他去看她;我自己对他说过好多次,总是没用。

泰　门　这个人倒还老实。

老　人　所以你应该叫他不要做不老实的事,泰门。一个人老老实实,总有好处;可不能让他老实得把我的女儿也拐了去。

泰　门　你的女儿爱他吗?

老　人　她年纪太轻,容易受人诱惑;就是我们自己在年轻的时候,也是一样多情善感的。

泰　门　（向路西律斯）你爱这位姑娘吗?

路西律斯　是,我的好大爷,她也接受我的爱。

老　人　要是她没有得到我的允许和别人结婚,我请天神作证,我要拣一个乞儿做我的后嗣,一个钱也不给她。

泰　门　要是她嫁给一个门户相当的丈夫,你预备给她怎样一份嫁奁呢?

老　人　先给她三泰伦;等我死了以后,我的全部财产都是她的。

泰　门　这个人已经在我这儿做了很久的事;君子成人之美,我愿意破格帮助他这一次。把你的女儿给他;你有多少陪嫁费,我也给他同样的数目,这样他就可以不致辱没你的令媛了。

老　人　最尊贵的大爷,您既然这么说,我一定遵命,她就是他的人了。

泰　门　好,我们握手为定;我用我的名誉向你担保。

路西律斯　敬谢大爷;我的一切幸运,都是您所赐与的!（路西律斯及老人下。）

诗　人　这一本拙作要请大爷指教。

泰　门　谢谢您;您不久就可以得到我的答复;不要走开。您有些什么东西,我的朋友?

画　师　是一幅画,请大爷收下了吧。

泰　门　一幅画吗?很好很好。这幅画简直画得像活人一样;因为自从欺诈渗进了人们的天性中以后,人本来就只剩一个外表了。这些画像确实是一丝不苟。我很喜欢您的作品,您就可以知道;请您等一等,我还有话对您说。

画　师　愿神明保佑您!

泰　门　回头见,先生;把您的手给我;您一定要陪我吃饭的。先生,您那颗宝石,我实在有点不敢领情。

宝石匠　怎么,大爷,宝石不好吗?

泰　门　简直是太好了。要是我按照人家对它所下的赞美那样的价值向您把它买了下来,恐怕我要倾家荡产了。

宝石匠　大爷,它的价格是按照市价估定的;可是您知道,同样价值的东西,往往因为主人的喜恶而分别高下。相信我,好大爷,要是您戴上了这宝石,它就会身价十倍了。

泰　门　不要取笑。

商　人　不,好大爷;他说的话不过是我们大家所要说的话。

泰　门　瞧,谁来啦?你们愿意挨一顿骂吗?

　　　　艾帕曼特斯上。

宝石匠　要是大爷不以为意,我们也愿意忍受他的侮辱。

商　人　他骂起人来是谁也不留情的。

泰　门　早安,善良的艾帕曼特斯!

艾帕曼特斯　等我善良以后,你再说你的早安吧;等你变成了泰门的狗,等这些恶人都变成好人以后,你再说你的早安吧。

泰　门　为什么你要叫他们恶人呢?你又不认识他们。

艾帕曼特斯　他们不是雅典人吗?

泰　门　是的。

艾帕曼特斯　那么我没有叫错。

宝石匠　您认识我吗,艾帕曼特斯?

艾帕曼特斯　你知道我认识你;我刚才就叫过你的名字。

泰　门　你太骄傲了,艾帕曼特斯。

艾帕曼特斯　我感到最骄傲的是我不像泰门一样。

泰　　门　你到哪儿去?

艾帕曼特斯　去砸碎一个正直的雅典人的脑袋。

泰　　门　你干了那样的事,是要抵命的。

艾帕曼特斯　对了,要是干莫须有的事在法律上也要抵命的话。

泰　　门　艾帕曼特斯,你喜欢这幅图画吗?

艾帕曼特斯　一幅好画,因为它并不伤人。

泰　　门　画这幅图画的人手法怎样?

艾帕曼特斯　造物创造出这个画师来,他的手法比这画师强多啦,虽然他创造出来的也不过是一件低劣的作品。

画　　师　你是一条狗。

艾帕曼特斯　你的母亲是我的同类;倘然我是狗,她又是什么?

泰　　门　你愿意陪我吃饭吗,艾帕曼特斯?

艾帕曼特斯　不,我是不吃那些贵人的。

泰　　门　要是你吃了那些贵人,那些贵人的太太们要生气哩。

艾帕曼特斯　啊!她们自己才是吃贵人吃惯了的,所以吃得肚子那么大。

泰　　门　你把事情看邪了。

艾帕曼特斯　那是你的看法,也难为你了。

泰　　门　艾帕曼特斯,你喜欢这颗宝石吗?

艾帕曼特斯　我喜欢真诚老实,它不花一文钱。

泰　　门　你想它值多少钱?

艾帕曼特斯　它不值得我去想它的价钱。你好,诗人!

诗　　人　你好,哲学家!

艾帕曼特斯　你说谎。

诗　　人　你不是哲学家吗?

艾帕曼特斯　是的。

诗　人　那么我没有说谎。

艾帕曼特斯　你不是诗人吗？

诗　人　是的。

艾帕曼特斯　那么你说谎；瞧你上一次的作品，你故意把他写成了一个好人。

诗　人　那并不是假话；他的确是一个好人。

艾帕曼特斯　是的，他赏了你钱，所以他是一个好人；有了拍马的人，自然就有爱拍马的人。天哪，但愿我也是一个贵人！

泰　门　你做了贵人便怎么样呢，艾帕曼特斯？

艾帕曼特斯　我要是做了贵人，我就要像现在的艾帕曼特斯一样，从心底里痛恨一个贵人。

泰　门　什么，痛恨你自己吗？

艾帕曼特斯　是的。

泰　门　为什么呢？

艾帕曼特斯　因为我不能再怀着痛恨的心情想像自己是一个贵人。你是一个商人吗？

商　人　是的，艾帕曼特斯。

艾帕曼特斯　要是神明不给你灾祸，那么让你在买卖上大倒其霉吧！

商　人　要是我买卖失利，那就是神明给我的灾祸。

艾帕曼特斯　买卖就是你的神明，愿你的神明给你灾祸！

　　　　　喇叭声。一仆人上。

泰　门　那是哪里的喇叭声音？

仆　人　那是艾西巴第斯带着二十多人骑着马来了。

泰　门　你们去招待招待；领他们进来。（若干侍从下）你们必须陪我吃饭，等我谢过了你们的厚意以后再去。承你们各位光降,使我非常高兴。

　　　　　　艾西巴第斯率队上。

泰　门　欢迎得很,将军!

艾帕曼特斯　好,好!愿疼痛把你们柔软的骨节扭成一团!这些温文和气的恶人彼此不怀好意,面子上却做得这样彬彬有礼!人类全都变成猴子啦。

艾西巴第斯　我已经想了您好久,今天能够看见您,真是大慰平生的饥渴。

泰　门　欢迎欢迎!这次我们一定要好好地欢叙一下再分手。请进去吧。(除艾帕曼特斯外均下。)

　　　　　　二贵族上。

贵族甲　现在是什么时候了,艾帕曼特斯?

艾帕曼特斯　现在是应该做个老实人的时候了。

贵族甲　人是无论什么时候都应该老老实实的。

艾帕曼特斯　那你就更加该死,你无论什么时候都是不老实的。

贵族乙　你去参加泰门大爷的宴会吗?

艾帕曼特斯　是的,我要去看肉塞在恶汉的嘴里,酒灌在傻子的肚里。

贵族乙　再见,再见。

艾帕曼特斯　你是个傻瓜,向我说两次"再见"。

贵族乙　为什么,艾帕曼特斯?

艾帕曼特斯　你应该把一句"再见"留给你自己,因为我是不想向你说"再见"的。

贵族甲　你去上吊吧!

艾帕曼特斯　不,我不愿听从你的号令。你还是向你的朋友请求吧。

15

贵族乙　滚开,专爱吵架的狗!我要把你踢走了。

艾帕曼特斯　我要像一条狗一样逃开驴子的蹄子。(下。)

贵族甲　他是个不近人情的家伙。来,我们进去,领略领略泰门大爷的盛情吧。他的慷慨仁慈,真是世间少有的。

贵族乙　他的恩惠是随时随地向人倾注的;财神普路托斯不过是他的管家。谁替他做了一件事,他总是给他价值七倍的酬劳;谁送给他什么东西,他的答礼总是超过一般酬酢的极限。

贵族甲　他有一颗比任何人更高贵的心。

贵族乙　愿他富贵长寿!我们进去吧。

贵族甲　敢不奉陪。(同下。)

第二场　同前。泰门家中的宴会厅

>　高音笛奏闹乐。厅中设盛宴,弗莱维斯及其他仆人侍立;泰门、艾西巴第斯、众贵族元老、文提狄斯及侍从等上;艾帕曼特斯最后上,仍作倨傲不平之态。

文提狄斯　最可尊敬的泰门,神明因为眷念我父亲年老,召唤他去享受永久的安息;他已经安然去世,把他的财产遗留给我。这次多蒙您的大德鸿恩,使我脱离了缧绁之灾,现在我把那几个泰伦如数奉还,还要请您接受我的感恩图报的微忱。

泰　门　啊!这算什么,正直的文提狄斯?您误会我的诚意了;那笔钱是我送给您的,哪有给了人家再收回来之理?假如比我们高明的人这样做的话,我们也决不敢效法他们;有钱的人缺点也是优点。

文提狄斯　您的心肠太好了。(众垂手恭立,视泰门。)

泰　　门　嗳哟,各位大人,一切礼仪,都是为了文饰那些虚应故事的行为、言不由衷的欢迎、出尔反尔的殷勤而设立的;如果有真实的友谊,这些虚伪的形式就该一律摈弃。请坐吧;我的财产欢迎你们分享,甚于我欢迎我自己的财产。(众就坐。)

贵族甲　大人,我们也常常这么说。

艾帕曼特斯　呵,呵!也这么说;哼,你们也这么说吗?

泰　　门　啊!艾帕曼特斯,欢迎。

艾帕曼特斯　不,我不要你欢迎;我要你把我撵出门外去。

泰　　门　呸!你是个伧夫;你的脾气太乖僻啦。各位大人,人家说,暴怒不终朝;可是这个人老是在发怒。去,给他一个人摆一张桌子,因为他不喜欢跟别人在一起,也不配跟别人在一起。

艾帕曼特斯　泰门,要是你不把我撵走,那你可不要怪我得罪你的客人;我是来做一个旁观者的。

泰　　门　我不管你说什么;你是一个雅典人,所以我欢迎你。我自己没有力量封住你的嘴,请你让我的肉食使你静默吧。

艾帕曼特斯　我不要吃你的肉食;它会噎住我的喉咙,因为我永远不会谄媚你。神啊!多少人在吃泰门,他却看不见他们。我看见这许多人把他们的肉放在一个人的血里蘸着吃,我就心里难过;可是发了疯的他,却还在那儿殷勤劝客。我不知道人们怎么敢相信他们的同类;我想他们请客的时候,应当不备刀子,既可以省些肉,又可以防止生命的危险。这样的例子是很多的;现在坐在他的近旁,跟他一同切着面包、喝着同心酒的那个人,也就是第一个动手杀他的人;这种事

17

情早就有证明了。如果我是一个巨人,我一定不敢在进餐的时候喝酒;因为恐怕人家看准我的咽喉上的要害;大人物喝酒是应当用铁甲裹住咽喉的。

泰　门　大人,今天一定要尽兴;大家干一杯,互祝健康吧。

贵族乙　好,大人,让酒像潮水一样流着吧。

艾帕曼特斯　像潮水一样流着! 好家伙! 他倒是惯会迎合潮流的。泰门泰门,这样一杯一杯地干下去,要把你的骨髓和你的家产都吸干了啊! 我这儿只有一杯不会害人的淡酒,好水啊,你是不会叫人烂醉如泥的;这样的酒正好配着这样的菜。吃着大鱼大肉的人,是会高兴得忘记感谢神明的。

　　永生的神,我不要财宝,
　　我也不愿为别人祈祷:
　　保佑我不要做个呆子,
　　相信人们空口的盟誓;
　　也不要相信娼妓的泪;
　　也不要相信狗的假寐;
　　也不要相信我的狱吏,
　　或是我患难中的知己。

阿门! 好,吃吧;有钱的人犯了罪,我只好嚼嚼菜根。(饮酒食肴)愿你好心得好报,艾帕曼特斯!

泰　门　艾西巴第斯将军,您的心现在一定在战场上驰骋吧。

艾西巴第斯　我的心是永远乐于供您驱使的,大人。

泰　门　您一定喜欢和敌人们在一起早餐,甚于和朋友们在一起宴会。

艾西巴第斯　大人,敌人的血是胜于一切美味的肉食的;我希望我的最好的朋友也能跟我在一起享受这样的盛宴。

艾帕曼特斯　但愿这些谄媚之徒全是你的敌人,那么你就可以把他们一起杀了,让我分享一杯羹。

贵族甲　大人,要是我们能够有那样的幸福,可以让我们的一片赤诚为您尽尺寸之劳,那么我们就可以自己觉得不虚此生了。

泰　门　啊!不要怀疑,我的好朋友们,天神早已注定我将要得到你们许多帮助;否则你们怎么会做我的朋友呢?为什么在千万人中间,只有你们有那样一个名号;不是因为你们是我心上最亲近的人吗?你们因为谦逊而没有向我提起过的关于你们自己的话,我都向我自己说过了;这是我可以向你们证实的。我常常这么想着:神啊!要是我们永远没有需用我们的朋友的时候,那么我们何必要朋友呢?要是我们永远不需要他们的帮助,那么他们便是世上最无用的东西,就像深藏不用的乐器一样,没有人听得见它们美妙的声音。啊,我常常希望我自己再贫穷一些,那么我一定可以格外跟你们亲近一些。天生下我们来,就是要我们乐善好施;什么东西比我们朋友的财产更适宜于被称为我们自己的呢?啊!能够有这么许多人像自己的兄弟一样,彼此支配着各人的财产,这是一件多么可贵的乐事!呵,快乐还未诞生就已经消化了!我的眼睛里忍不住要流出眼泪来了;原谅我的软弱,我为各位干这一杯。

艾帕曼特斯　你简直是涕泣劝酒了,泰门。

贵族乙　我们的眼睛里也因为忍不住快乐,像一个婴孩似的流起泪来了。

艾帕曼特斯　呵,呵!我一想到那个婴孩是个私生子,我就要笑死了。

贵族丙　大人，您使我非常感动。

艾帕曼特斯　非常感动！（喇叭奏花腔。）

泰　门　那喇叭声音是怎么回事？

　　　　一仆人上。

泰　门　什么事？

仆　人　禀大爷，有几位姑娘在外面求见。

泰　门　姑娘！她们来干什么？

仆　人　大爷，她们有一个领班的人，他会告诉您她们的来意。

泰　门　请她们进来吧。

　　　　一人饰丘匹德上。

丘匹德　祝福你，尊贵的泰门；祝福你席上的嘉宾！人身上最灵敏的五官承认你是它们的恩主，都来向你献奉它们的珍奇。听觉、味觉、触觉、嗅觉，都已经从你的筵席上得到满足了；现在我们还要略呈薄技，贡献你视觉上的欢娱。

泰　门　欢迎欢迎；请她们进来吧。音乐，奏起来欢迎她们！

（丘匹德下。）

贵族甲　大人，您看，您是这样被人敬爱。

　　　　音乐；丘匹德率妇女一队扮阿玛宗女战士重上，众女手持琵琶，且弹且舞。

艾帕曼特斯　嗳哟！瞧这些过眼的浮华！她们跳舞！她们都是些疯婆子。人生的荣华不过是一场疯狂的胡闹，正像这种奢侈的景象在一个嚼着淡菜根的人看来一样。我们寻欢作乐，全然是傻子的行为。我们所谄媚的、我们所举杯祝饮的那些人，也就是在年老时被我们痛骂的那些人。哪一个人不曾被人败坏也败坏过别人？哪一个人死了能够逃过他的朋友的讥斥？我怕现在在我面前跳舞的人，有一天将要把我放在他们的脚下践踏;这样的事不是不曾有过,人们对于一个没落的太阳是会闭门不纳的。

    众贵族起身离席,向泰门备献殷勤;每人各择舞女一人共舞,高音笛奏闹乐一二曲;舞止。

泰 门 各位美人,你们替我们添了不少兴致,我们今天的欢娱,因为有了你们而格外美丽热烈了。我必须谢谢你们。

舞女甲 大爷,您太抬举我们了。

艾帕曼特斯 的确,不抬举就是压低,我怕那样便弄得不成体统了。

泰 门 姑娘们,还有一桌酒席空着等候你们;请你们随意坐下吧。

众 女 谢谢大爷。(丘匹德及众女下。)

泰 门 弗莱维斯!

弗莱维斯 有,大爷。

泰 门 把我那小匣子拿来。

弗莱维斯 是,大爷。(旁白)又要把珠宝送人了!他高兴的时候,谁也不能违拗他的意志,否则我早就老老实实告诉他了;真的,我该早点儿告诉他,等到他把一切挥霍干净以后,再要跟他闹别扭也来不及了。可惜宽宏大量的人,背后不多生一个眼睛;心肠太好的结果不过害了自己。(下。)

贵族甲 我们的仆人呢?

仆 人 有,大爷,在这儿。

贵族乙 套起马来!

    弗莱维斯携匣重上。

泰 门 啊,我的朋友们!我还要对你们说一句话。大人,我要请您赏我一个面子,接受了我这一颗宝石;请您收下戴上吧,我的好大人。

贵族甲　我已经得到您太多的厚赐了——

众　　人　我们也都是屡蒙见惠。

　　　　　一仆人上。

仆　甲　大爷,有几位元老院里的老爷刚才到来,要来拜访。

泰　门　我很欢迎他们。

弗莱维斯　大爷,请您让我向您说句话;那是对于您有切身关系的。

泰　门　有切身关系!好,那么等会儿你再告诉我吧。请你快去预备预备,不要怠慢了客人。

弗莱维斯　(旁白)我简直不知道应该怎么办。

　　　　　另一仆人上。

仆　乙　禀大爷,路歇斯大爷送来了四匹乳白的骏马,鞍辔完全是银的,要请您鉴纳他的诚意,把它们收下。

泰　门　我很高兴接受它们;把马儿好生饲养着。

　　　　　另一仆人上。

泰　门　啊!什么事?

仆　丙　禀大爷,那位尊贵的绅士,路库勒斯大爷,请您明天去陪他打猎;他送来了两对猎犬。

泰　门　我愿意陪他打猎;把猎犬收下了,用一份厚礼答谢他。

弗莱维斯　(旁白)这样下去怎么得了呢?他命令我们预备这样预备那样,把贵重的礼物拿去送人,可是他的钱箱里却早已空得不剩一文。他又从来不想知道他究竟有多少钱,也不让我有机会告诉他实在的情形,使他知道他的力量已经不能实现他的愿望。他所答应人家的,远超过他自己的资力,因此他口头所说的每一句话都是一笔负债。他是这样的慷

22

慨,他现在送给人家的礼物,都是他出了利息向人借贷来的;他的土地都已经抵押出去了。唉,但愿他早一点辞歇了我,免得将来有被迫解职的一日!与其用酒食供养这些比仇敌还凶恶的朋友,那么还是没有朋友的人幸福得多了。我在为我的主人衷心泣血呢。(下。)

泰　门　你们这样自谦,真是太客气了。大人,这一点点小东西,聊以表示我们的情谊。

贵族乙　那么我拜领了,非常感谢。

贵族丙　啊,他真是个慷慨仁厚的人。

泰　门　我记起来了,大人,前天您曾经赞美过我所乘的一匹栗色的马儿;您既然喜欢它,就把它带去吧。

贵族丙　啊!原谅我,大人,那我可万万不敢掠爱。

泰　门　您尽管收下吧,大人;我知道一个人倘不是真心喜欢一样东西,决不会把它赞美得恰如其分。凭着我自己的心理,就可以推测到我的朋友的感情。我叫他们把它牵来给您。

众贵族　啊!那好极了。

泰　门　承你们各位光临,我心里非常感激;即使把我的一切送给你们,也不能报答你们的盛情;我想要是我有许多国土可以分给我的朋友们,我一定永远不会感到厌倦。艾西巴第斯,你是一个军人,军人总是身无长物的,钱财难得会到你的手里;因为你的生活是与死为邻,你所有的土地都在疆场之上。

艾西巴第斯　是的,大人,只是一些荆榛瓦砾之场。

贵族甲　我们深感大德——

泰　门　我也同样感谢你们。

贵族乙　备蒙雅爱——

23

泰　门　我也多承各位不弃。多拿些火把来！

贵族甲　最大的幸福、尊荣和富贵跟您在一起,泰门大人！

泰　门　这一切他都愿意和朋友们分享。(艾西巴第斯及贵族等同下。)

艾帕曼特斯　好热闹！这么摇头晃脑撅屁股！他们的两条腿恐怕还不值得他们跑这一趟所得到的代价。友谊不过是些渣滓废物,虚伪的心不会有坚硬的腿,老实的傻瓜们也在人们的打躬作揖之下卖弄自己的家私。

泰　门　艾帕曼特斯,倘然你不是这样乖僻,我也会给你好处的。

艾帕曼特斯　不,我不要什么;要是我也受了你的贿赂,那么再也没有人骂你了,你就要造更多的孽了。你老是布施人家,泰门,我怕你快要写起卖身文契来,把你自己也送给人家了。这种宴会、奢侈、浮华是做什么用的?

泰　门　嗳哟,要是你骂起我的交际来,那我可要发誓不理你了。再会;下次来的时候,请你预备一些好一点的音乐。(下。)

艾帕曼特斯　好,你现在不要听我,将来要听也听不到了;天堂的门已经锁上了,你从此只好徘徊门外。唉,人们的耳朵不能容纳忠言,谄媚却这样容易进去！(下。)

第二幕

第一场　雅典。某元老家中一室

　　某元老手持文件上。

元　老　最近又是五千；他还欠了凡罗和艾西铎九千；单是我的债务，前后一共是两万五千。他还在任意挥霍！这样子是维持不下去的；一定维持不下去。要是我要金子，我只要从一个乞丐那里偷一条狗送给泰门，这条狗就会替我变出金子来。要是我要把我的马卖掉，再去买二十匹比它更好的马来，我只要把我的马送给泰门，不必问他要什么。就这么送给他，它就会立刻替我生下二十匹好马来。他门口的管门人，见了谁都笑脸相迎，每一个路过的人，他都邀请他们进去。这样子是维持不下去的；他这份家私看起来恐怕有些不稳。凯菲斯，喂！喂，凯菲斯！

　　凯菲斯上。

凯菲斯　有，老爷；您有什么吩咐？

元　老　披上你的外套，赶快到泰门大爷家里去；请他务必把我的钱还我；不要听他推三托四，也不要因为他说了一声"替我问候你家老爷"，把他的帽子放在右手这么一挥，就说不出一句话来;你要对他说,我有很要紧的用途;我必须用我自己的钱供给我自己的需要;他的借款早已过期,他因为爽约,我对他也失去信任了。我虽然很看重他的为人,可是不能为了医治他的手指而打伤了我自己的背;我的需要很急迫,不能让他用空话敷衍过去,一定要他立刻把钱还我。你去吧;装出一副很严厉的神气向他追索。我怕泰门大爷现在虽然像一只神采翩跹的凤凰,要是把他借来的羽毛一根根拔去以后,就要变成一只秃羽的海鸥了。你去吧。

凯菲斯　我就去,老爷。

元　老　"我就去,老爷"! 把借票一起带去,别忘记借票上面的日子。

凯菲斯　是,老爷。

元　老　去吧。(各下。)

第二场　同前。泰门家中的厅堂

　　　弗莱维斯持债票多纸上。

弗莱维斯　他一点也不在乎,一点都不知道停止他的挥霍! 不想想这样浪费下去,怎么维持得了;钱财产业从他手里飞了出去,他也不管;将来怎么过日子,他也从不放在心上;只是这样傻头傻脑地乐善好施。怎么办才好呢? 不叫他亲自尝到财尽囊空的滋味,他是再也不会听人家的话的。现在他出去打猎,快要回来了,我必须提醒他才是。嘿! 嘿! 嘿!嘿!

　　　凯菲斯及艾西铎、凡罗二家仆人上。

凯菲斯　晚安,凡罗家的大哥。什么! 你是来讨债的吗?

凡罗家仆人　你不也是来讨债的吗？

凯菲斯　是的；你也是吗，艾西铎家的大哥？

艾西铎家仆人　正是。

凯菲斯　但愿我们都能讨到手！

凡罗家仆人　我怕有点讨不到。

凯菲斯　大爷来了！

　　　　泰门、艾西巴第斯及贵族等上。

泰　门　我们吃过了饭再出去，艾西巴第斯。你们是来看我的吗？有什么事？

凯菲斯　大爷，这儿是一张债票。

泰　门　债票！你是哪儿来的？

凯菲斯　我就是这儿雅典的人，大爷。

泰　门　跟我的管家说去。

凯菲斯　禀大爷，他叫我等几天再来，可是我家主人因为自己有急用，并且知道大爷一向为人正直，千万莫让他今天失望了。

泰　门　我的好朋友，请你明天来吧。

凯菲斯　不，我的好大爷——

泰　门　你放心吧，好朋友。

凡罗家仆人　大爷，我是凡罗的仆人——

艾西铎家仆人　艾西铎叫我来请大爷快一点把他的钱还了。

凯菲斯　大爷，要是您知道我家主人是怎样等着用这笔钱——

凡罗家仆人　这笔钱，大爷，已经过期六个星期了。

艾西铎家仆人　大爷，您那位管家尽是今天推明天，明天推后天的，所以我家主人才叫我向大爷您面讨。

泰　门　让我松一口气。各位大人，请你们先进去一会儿；我立

27

刻就来奉陪。(艾西巴第斯及贵族等下。向弗莱维斯)过来。请问你,究竟是怎么一回事,这些人都拿着过期的债票向我缠扰不清,让人家看着把我的脸也丢尽了?

弗莱维斯　对不起,各位朋友,现在不是讲这种事情的时候,请你们暂时忍耐片刻,等大爷吃过饭以后,我可以告诉他为什么你们的债款还没有归还。

泰　门　等一等再说吧,我的朋友们。好好地招待他们。(下。)

弗莱维斯　请各位过来。(下。)

　　　　艾帕曼特斯及弄人上。

凯菲斯　且慢,瞧那傻子跟着艾帕曼特斯来了;让我们跟他们开开玩笑。

凡罗家仆人　别理他,他会骂我们的。

艾西铎家仆人　该死的狗!

凡罗家仆人　你好,傻子?

艾帕曼特斯　你在对你的影子讲话吗?

凡罗家仆人　我不是跟你说话。

艾帕曼特斯　不,你是对你自己说话。(向弄人)去吧。

艾西铎家仆人　(向凡罗家仆人)傻子已经附在你的背上了。

艾帕曼特斯　不对,你只是一个人站在那里,还没有骑上他的背呢。

凯菲斯　此刻那傻子呢?

艾帕曼特斯　问这问题的就是那傻子。哼,这些放债人手下的奴才!都是些金钱与欲望之间的娼家。

众　仆　我们是什么,艾帕曼特斯?

艾帕曼特斯　都是些驴子。

众　仆　为什么?

艾帕曼特斯　因为你们不知道自己是什么,却要来问我。跟他们谈谈,傻子。

弄　人　各位请了。

众　仆　你好,好傻子。你家奶奶好吗?

弄　人　她正在烧开热水来替你们这些小鸡洗皮拔毛哩。巴不得在妓院里看到你们!

艾帕曼特斯　说得好!

　　　　　侍童上。

弄　人　瞧,咱们奶奶的童儿来了。

侍　童　(向弄人)啊,您好,大将军!您在这些聪明人中间有什么贵干?你好,艾帕曼特斯?

艾帕曼特斯　我但愿我的舌头上长着一根棒儿,可以痛痛快快地回答你。

侍　童　艾帕曼特斯,请你把这两个信封上的字念给我听一听,我不知道哪一封信应该给哪一个人。

艾帕曼特斯　你不认识字吗?

侍　童　不认识。

艾帕曼特斯　那么你吊死的一天,学问倒不会受损失了。这是给泰门大爷的;这是给艾西巴第斯的。去吧;你生下来是个私生子,到死是个忘八蛋。

侍　童　母狗把你生了下来,你死了也是一条饿狗。不要回答我,我去了。(下。)

艾帕曼特斯　好,你夹着尾巴逃吧。——傻瓜,我要跟你一块儿到泰门大爷那儿去。

弄　人　您要把我丢在那儿吗?

艾帕曼特斯　要是泰门在家,我就把你丢在那儿。你们三个人侍候着三个放债的人吗?

众　仆　是的;我们但愿他们侍候我们!

艾帕曼特斯　那倒跟刽子手侍候偷儿一样好玩。

弄　人　你们三个人的主人都是放债的吗?

众　仆　是的,傻瓜。

弄　人　我想是个放债的就得有个傻瓜做他的仆人;我家奶奶是个放债的,我就是她的傻瓜。人家向你们的主人借钱,来的时候都是愁眉苦脸,去的时候都是欢欢喜喜;可是人家走进我家奶奶的屋子的时候,却是欢欢喜喜,走出去的时候反而愁眉苦脸,这是什么道理呢?

凡罗家仆人　我可以说出一个道理来。

艾帕曼特斯　那么你说吧,你说了出来,我们就可以承认你是一个忘八龟子;虽然你本来就是个忘八龟子。

凡罗家仆人　傻瓜,什么叫做忘八龟子?

弄　人　他是一个穿着好衣服的傻瓜,跟你差不多的一种东西。是一个鬼魂:有时候样子像一个贵人;有时候像一个律师;有时候像一个哲学家,系着两颗天生的药丸;又往往以一个骑士的姿态出现;这个鬼魂也会化成各色各样的人,有时候是个八十岁的老头儿,有时候是个十三岁的小哥儿。

凡罗家仆人　你倒不完全是个傻子。

弄　人　你也不完全是个聪明人;我不过有几分傻气,你也刚刚缺少这几分聪明。

艾帕曼特斯　这倒像是艾帕曼特斯说的话。

众　仆　站开,站开;泰门大爷来了。

　　　　　泰门及弗莱维斯重上。

艾帕曼特斯　跟我来,傻瓜,来。

弄　人　我不大愿意跟在情人、长兄和女人的背后;有时候也不愿意跟着哲学家跑。(艾帕曼特斯及弄人下。)

弗莱维斯　请您过来;我一会儿就跟你们说话。(众仆下。)

泰　门　你真使我奇怪;为什么你不早一点把我的家用收支的情形明白告诉我,好让我在没有欠债以前,把费用节省节省呢?

弗莱维斯　我好几回向您说起,您总是不理会我。

泰　门　哼,也许你趁着我心里不高兴的时候说起这种话,我叫你不要向我絮烦,你就借着这个做理由,替你自己诿卸责任了。

弗莱维斯　啊,我的好大爷!好多次我把账目拿上来呈给您看,您总是把它们推在一旁,说是您相信我的忠实。当您收下了人家一点点轻微的礼品,叫我用许多贵重的东西酬答他们的时候,我总是摇头流泪,甚至于不顾自己卑贱的身分,再三劝告您不要太慷慨了。不止一次我因为向您指出您的财产已经大不如前,您的欠债已经愈积愈多,而您却对我严词申斥。我的亲爱的大爷,现在您虽然肯听我把实在的情形告诉您,可是已经太迟了,您的家产至多也不过抵偿您的欠债的半数。

泰　门　把我的土地一起卖掉好了。

弗莱维斯　土地有的已经变卖了,有的已经抵押给人家了;剩下来的还不够偿还目前已经到期的债款;没有到期的债款也快要到期了,中间这一段时间怎么应付过去呢?我们这一笔账,到最后又是怎么算法?

泰　门　我的土地不是一直通到斯巴达吗?

弗莱维斯　啊,我的好大爷!整个的世界也不过是一句话;即使它是完全属于您的,只要您一开口,也可以把它很快地送给别人。

泰　　门　你说的倒是真话。

弗莱维斯　要是您疑心我办事欺心,您可以叫几个最精细的查账员当面查看我的账目。神明在上,当我们的门庭之内充满着饕餮的食客,当我们的酒窟里泛滥着满地的余沥,当每一间屋内灯光吐辉、笙歌沸天的时候,我总是一个人躲在一个漏水的管子下面,止不住我的泪涛的汹涌。

泰　　门　请你不要说下去啦。

弗莱维斯　天啊!我总是说,这位大爷多么慷慨!在这一个晚上,有多少狼藉的酒肉填饱了庸奴伧夫的肠胃!哪一个人不是靠泰门养活的?哪一个人的心思才智、武力资财,不是泰门大爷的?伟大的泰门,光荣高贵的泰门,唉!花费了无数的钱财,买到人家一声赞美,钱财一旦去手,赞美的声音也寂灭了。酒食上得来的朋友,等到酒尽樽空,转眼成为路人;一片冬天的乌云刚刚出现,这些飞虫们早就躲得不知去向了。

泰　　门　得啦,少教训几句吧;我虽然太慷慨了些,可是慷慨也不是坏事;我的钱财用得虽然不大得当,可是还不是用在不明不白的地方。你何必哭呢?你难道以为我会缺少朋友吗?放心吧,凭着我对人家这点交情,要是我开口向人告借,谁都会把他们自己和他们的财产给我自由支配的。

弗莱维斯　但愿您所深信的果然是事实!

泰　　门　而且我现在的贫乏,未始不可以说是一种幸运;因为我可以借此试探我的朋友。你就可以明白你对于我的财产的忧心完全是一种过虑,我有这许多朋友,还怕穷吗?里面有人吗？弗莱米涅斯！塞维律斯！

> 弗莱米涅斯、塞维律斯及其他仆人上。

众　仆　　大爷！大爷！

泰　门　　你们替我分别到几个地方去：你到路歇斯大爷那里；你到路库勒斯大爷那里，我今天还跟他在一起打猎；你到辛普洛涅斯那里。替我向他们致意问候；说是我认为非常荣幸，能够有机会请求他们借给我一些钱；只要五十个泰伦就够了。

弗莱米涅斯　　是，大爷，我们就照您这几句话去说。

弗莱维斯　　（旁白）路歇斯和路库勒斯？哼！

泰　门　　（向另一仆人）你到元老院去，请他们立刻送一千泰伦来给我；为了国计民生我曾尽过力，现在他们也该答应我的请求。

弗莱维斯　　我已经大胆用您的图章和名义，向他们请求过了；可是他们只向我摇摇头，结果我仍旧空手而归。

泰　门　　真的吗？有这种事！

弗莱维斯　　他们众口一词地回答我说，现在他们的景况很困难，手头没有钱，力不从心；很抱歉；您是很有信誉的人；可是他们觉得——他们不知道；有一点儿不敢十分赞同；善人未必没有过失；但愿一切顺利；实在不胜遗憾之至；说着这样断断续续的话，满脸不耐烦的神气，把帽子掀了掀，冷淡地点了点头，就去忙别的要事去了，把我冷得哑口无言。

泰　门　　神啊，惩罚他们！老人家，你不用烦恼。这些老家伙，都是天生忘恩负义的东西；他们的血已经寒冷冻结，不会流了；他们因为缺少热力，所以这样冷酷无情；他们将要终结他们生命的旅程而归于泥土，所以他们的天性也变得冥顽

33

不灵了。(向一仆)你到文提狄斯那儿去。(向弗莱维斯)你也不用伤心了,你是忠心而诚实的;这全然不是你的错处。(向那仆人)文提狄斯新近把他的父亲安葬;他自从父亲死了以后,已经承继到一笔很大的遗产;他关在监狱里的时候,穷得一个朋友也没有,是我用五泰伦把他赎了出来;你去替我向他致意,对他说他的朋友因为有一些正用,请他把那五泰伦还给他。(仆人下。向弗莱维斯)那五泰伦拿到以后,就把目前已经到期的债款还给那些家伙。泰门有的是朋友,他的家业是不会没落的。

弗莱维斯　我希望我也像您一样放心。顾虑是慷慨的仇敌;一个人自己慷慨了,就以为人家也跟你一样。(同下。)

第 三 幕

第一场　雅典。路库勒斯家中一室

　　　　　弗莱米涅斯在室中等候；一仆人上。
仆　人　我已经告诉我家大爷说你在这儿；他就来见你了。
弗莱米涅斯　谢谢你，大哥。
　　　　　路库勒斯上。
仆　人　这就是我家大爷。
路库勒斯　（旁白）泰门大爷的一个仆人！一定是送什么礼物来的。哈哈，一点不错；我昨天晚上梦见银盘和银瓶哩。弗莱米涅斯，好弗莱米涅斯，承蒙你光降，不胜欢迎之至。给我倒些酒来。（仆人下）那位尊贵的、十全十美的、宽宏大量的雅典绅士，你那慷慨的好主人好吗？
弗莱米涅斯　他身体很好，先生。
路库勒斯　我很高兴他身体很好。你那外套下面有些什么东西，可爱的弗莱米涅斯？
弗莱米涅斯　不瞒您说，先生，那不过是一只空匣子；我奉我家大爷之命，特来请您把它填满了；他因为急用，需要五十个泰伦，所以叫我来向您商借，他相信您一定会毫不踌躇地帮助他的。

路库勒斯　哪,哪,哪哪!"相信他一定会帮助我",他这样说吗?唉!好大爷,他是一位尊贵的绅士,就是太爱摆阔了。我好多次陪他在一块儿吃中饭,打算劝劝他;晚上再去陪他吃晚饭,也是为着劝他不要太浪费;可是他总不肯听人家的劝,也不因为我一次次地上门而有所觉悟。哪一个人没有几分错处,他的错处就是太老实了;我也这样对他说过,可是没有法子改变他的习性。

　　　　仆人持酒重上。

仆　人　大爷,酒来了。

路库勒斯　弗莱米涅斯,我一向知道你是个聪明人。喝杯酒吧。

弗莱米涅斯　多承大爷谬奖。

路库勒斯　我常常注意到你的脾气很和顺勤勉,凭良心说,你是很懂得道理的;你也从来不偷懒,这些都是你的好处。(向仆人)你去吧。(仆人下)过来,好弗莱米涅斯,你家大爷是位慷慨的绅士;可是你是个聪明人,虽然你到这儿来看我,你也一定明白,现在不是可以借钱给别人的时世,尤其单单凭着一点交情,什么保证都没有,那怎么行呀?这儿有三毛钱你拿了去;好孩子,帮帮忙,就说你没有看见我就是了。再会。

弗莱米涅斯　世事的变迁,人情的变幻,竟会一至于此吗?滚开,该死的下贱的东西,回到那崇拜你的人那儿去吧!(将钱掷去。)

路库勒斯　嘿!原来你也是个傻子,这才是有其主必有其仆。(下。)

弗莱米涅斯　愿你落在铁锅里和着熔化了的钱活活地熬死,你这恶病一样的朋友！难道友谊是这样轻浮善变，不到两天工夫就换了样子吗？天啊！我的心头充塞着我主人的愤怒。这个奴才的肠胃里还有我家主人赏给他吃的肉，为什么这些肉不跟他的良心一起变坏，化成毒药呢？他的生命一部分是靠着我家主人养活的；但愿他害起病来，临死之前多挨一些痛苦！（下。）

第二场 同前。广场

    路歇斯及三路人上。

路歇斯 谁？泰门大爷吗？他是我的很好的朋友,也是一个高贵的绅士。

路人甲 我们也久闻他的大名,虽然跟他没有交情。可是我可以告诉您一件事情,我听一般人都这样纷纷传说,说现在泰门大爷的光荣时代已经过去,他的家业已经远不如前了。

路歇斯 嘿,哪有这样的事,你不要听信人家胡说；他是总不会缺钱的。

路人乙 可是您得相信我,在不久以前,他叫一个仆人到路库勒斯大爷家里去,向他告借多少泰伦,说是有很要紧的用途,可是结果并没有借到。

路歇斯 怎么！

路人乙 我说,他没有借到。

路歇斯 岂有此理！天神在上,我真替他害羞！不肯借钱给这样一位高贵的绅士！那真是太不讲道义了。拿我自己来说,我必须承认曾经从他手里得到过一些小恩小惠,譬如说钱哪,杯盘哪,珠宝哪,这一类零星小物,比起别人到手的东西来可比不上,可是要是他向我开口借钱,我是不会不借给他这几个泰伦的。

　　　　塞维律斯上。

塞维律斯　瞧,巧得很,那里正是路歇斯大爷;我好容易找到他。(向路歇斯)我的尊贵的大爷!

路歇斯　塞维律斯!你来得很好。再会;替我问候你的高贵贤德的主人,我的最好的朋友。

塞维律斯　告诉大爷知道,我家主人叫我来——

路歇斯　哈!他又叫你送什么东西来了吗?你家大爷待我真好,他老送东西给我;你看我应当怎样感谢他才好呢?他现在又送些什么来啦?

塞维律斯　他没有送什么来,大爷,只是因为一时需要,想请您借给他几个泰伦。

路歇斯　我知道他老人家只是跟我开开玩笑;他哪里会缺五十、一百个泰伦用。

塞维律斯　可是大爷,他现在需要的还不到这个数目。要是他的用途并不正当,我也不会向您这样苦苦求告的。

路歇斯　你说的是真话吗,塞维律斯?

塞维律斯　凭着我的灵魂起誓,我说的是真话。

路歇斯　我真是一头该死的畜生,放着这一个大好的机会,可以表明我自己不是一个翻脸无情的小人,偏偏把手头的钱一起用光了!真不凑巧,前天我买了一件无关紧要的东西,今天蒙泰门大爷给我这样一个面子,却不能应命。塞维律斯,天神在上,我真的是无力应命;我是一头畜生;我自己刚才还想叫人来向泰门大爷告借几个钱呢,这三位先生可以替我证明的;可是我觉得不好意思,否则早就向他开口了。请你多多替我向你家大爷致意;我希望他不要见怪于我,因为我实在是心有余而力不足。再请你替我告诉他,我不能满足这样一位高贵的绅士的要求,真是我生平第一件恨事。好塞维律斯,你愿意做我的好朋友,照我这几句话对他说吗?

塞维律斯　好的,大爷,我这样对他说就是了。

路歇斯　我一定不忘记你的好处,塞维律斯。(塞维律斯下)你们果然说得不错,泰门已经失势了,一次被人拒绝,到处都要碰壁的。(下。)

路人甲　您看见这种情形吗,霍斯提律斯?

路人乙　嗯,我看得太明白了。

路人甲　哼,这就是世人的本来面目;每一个谄媚之徒,都是同样的居心。谁能够叫那同器而食的人做他的朋友呢?据我所知道的,泰门曾经像父亲一样照顾这位贵人,用他自己的钱替他还债,维持他的产业;甚至于他的仆人的工钱,也是泰门替他代付的;他每一次喝酒,他的嘴唇上都是啜着泰门的银子;可是唉!瞧这些狗彘不食的人!人家行善事,对乞丐也要布施几个钱,他却好意思这样忘恩负义地一口拒绝。

路人丙　世道如斯,鬼神有知,亦当痛哭。

路人甲　拿我自己来说,我虽然从来不曾叨光过泰门的一顿酒食;他也从来不曾施恩于我,可以表明我是他的一个朋友;可是我要说一句,为了他的正直的胸襟、超人的德行和高贵的举止,要是他在窘迫的时候需要我的帮助,我一定愿意变卖我的家产,把一大半送给他,因为我是这样敬爱他的为人。可是在现在的时世,一个人也只好把怜悯之心搁起,因为万事总需熟权利害,不能但问良心。(同下。)

第三场　同前。辛普洛涅斯家中一室

　　辛普洛涅斯及一泰门的仆人上。

辛普洛涅斯　哼！难道他没有别人,一定要找我吗？他可以向路歇斯或是路库勒斯试试；文提狄斯是他从监狱里赎出身来的,现在也发了财了：这几个人都是靠着他才有今天这份财产。

仆　人　大爷,他们几个人的地方都去过了,一个也不是好东西,谁都不肯借给他。

辛普洛涅斯　怎么！他们已经拒绝了他吗？文提狄斯和路库勒斯都拒绝了他吗？他现在又来向我告借吗？三个人？哼！这就可以看出他不但不够交情,而且也太缺少知人之明；我必须做他的最后的希望吗？他的朋友已经三次拒绝了他,就像一个病人已经被三个医生认为不治,所以我必须负责把他医好吗？他明明瞧不起我,给我这样重大的侮辱,我在生他的气哩。他应该一开始就向我商量,因为凭良心说,我是第一个受到他的礼物的人；现在他却最后一个才想到我,想叫我在最后帮他的忙吗？不,要是我答应了他,人家都要笑我,那些贵人们都要当我是个傻子了。要是他瞧得起我,第一个就向我借,那么别说这一点数目,就是三倍于此,我也愿意帮助他的。可是现在你回去吧,替我把我的答复跟他们的冷淡的回音一起告诉你家主人；谁轻视了我,休想用我的钱。(下。)

仆　人　很好！你这位大爷也是一个大大的奸徒。魔鬼把人们造得这样奸诈,一定后悔无及；比起人心的险恶来,魔鬼也要望风却步哩。瞧这位贵人唯恐人家看不清楚他的丑恶，拼命龇牙咧嘴给人家看，这就是他的奸诈的友谊！这是我的主人的最后的希望；现在一切都已消失了，只有向神明祈祷。现在他的朋友都已死去；终年开放、来者不拒的大门，也要关起来保护它们的主人了：这是一个浪子的下场；一个人不能看守住他的家产，就只好关起大门躲债。（下。）

第四场　同前。泰门家中厅堂

凡罗家两个仆人及路歇斯的仆人同上，与泰特斯、霍坦歇斯及其他泰门债主的仆人相遇。

凡罗家仆人甲　咱们碰见得很巧；早安，泰特斯，霍坦歇斯。

泰特斯　早安，凡罗家的大哥。

霍坦歇斯　路歇斯家的大哥！怎么！你也来了吗？

路歇斯家仆人　是的，我想我们都是为着同一的目的来的；我为讨钱而来。

泰特斯　他们和我们都是来讨钱的。

菲洛特斯上。

路歇斯家仆人　菲洛特斯也来了！

菲洛特斯　各位早安。

路歇斯家仆人　欢迎，好兄弟。你想现在是什么时候了？

菲洛特斯　快九点钟啦。

路歇斯家仆人　这么晚了吗？

菲洛特斯　还没有看见泰门大爷吗？

路歇斯家仆人　还没有。

菲洛特斯　那可怪了；他平常总是七点钟就起来的。

路歇斯家仆人　嗯,可是他的白昼现在已经比从前短了;你该知道一个浪子所走的路程是跟太阳一般的,可是他并不像太阳一样周而复始。我怕在泰门大爷的钱囊里,已经是岁晚寒深的暮冬时候了,你尽管一直把手伸到底里,恐怕还是一无所得。

菲洛特斯　我也担着这样的心。

泰特斯　我可以提醒你一件奇怪的事情。你家大爷现在差你来要钱。

霍坦歇斯　一点不错,他差我来要钱。

泰特斯　可是他身上还戴着泰门送给他的珠宝,我就是到这儿来等他把这珠宝的钱还我的。

霍坦歇斯　我虽然奉命而来,心里可是老大不愿意。

路歇斯家仆人　你瞧,事情多么奇怪,泰门应该还人家的钱比他实在欠下的债还多;好像你家主人佩戴了他的珍贵的珠宝以后,还应该向他讨还珠宝的价钱一样。

霍坦歇斯　我真不愿意干这种差使。我知道我家主人挥霍了泰门的财产,现在还要干这样忘恩负义的事,真是窃贼不如了。

凡罗家仆人甲　是的,我要向他讨还三千克朗;你呢?

路歇斯家仆人　我的是五千克朗。

凡罗家仆人甲　还是你比我多;照这数目看起来,你家主人对他的交情比我家主人深得多了,否则不会有这样的差别的。

　　　弗莱米涅斯上。

泰特斯　他是泰门大爷的一个仆人。

路歇斯家仆人　弗莱米涅斯!大哥,说句话。请问大爷就要出来了吗?

弗莱米涅斯　不,他还不想出来呢。

泰特斯　我们都在等着他;请你去向他通报一声。

弗莱米涅斯　我不必通报他;他知道你们是经常上门的。(弗莱米涅斯下。)

　　　　　弗莱维斯穿外套蒙首上。

路歇斯家仆人　嘿!那个蒙住了脸的,不是他的管家吗?他躲躲闪闪地去了;叫住他,叫住他。

泰特斯　你听见吗,总管?

凡罗家仆人乙　对不起,总管。

弗莱维斯　你有什么事要问我,朋友?

泰特斯　我们在这儿等着要拿回几个钱,总管。

弗莱维斯　哼,当你们那些黑心的主人们吃着我家大爷的肉食的时候,为什么你们不把债票送上来要钱?那个时候他们是不把他的欠款放在心上的,只知道忙着胁肩谄笑,把利息吞下他们贪馋的胃里。你们跟我吵有什么用呢?让我安安静静地过去吧。相信我,我家大爷跟我已经解除了主仆的名分;我没有账可管,他也没有钱可用了。

路歇斯家仆人　我们可不能拿你这样的话回去交代啊。

弗莱维斯　我的话倒是老实话,不像你们的主人都是些无耻小人。(下。)

凡罗家仆人甲　怎么!这位卸了职的老爷子咕噜些什么?

凡罗家仆人乙　随他咕噜些什么;他是个苦老头儿,理他作甚?连一间可以钻进头去的屋子也没有的人,见了高楼大厦当然会痛骂的。

　　　　　塞维律斯上。

泰特斯　啊!塞维律斯来了;现在我们可以得到一些答复了。

43

塞维律斯　各位朋友,要是你们愿意改日再来,我就感谢不尽了;不瞒列位说,我家大爷今天心境很不好;他身子也有点不大舒服,不能起来。

路歇斯家仆人　有许多人睡在床上不起来,并不是为了害病的缘故。要是他真的有病,我想他更应该早一点把债还清,这才可以撒手归天。

塞维律斯　天哪!

泰特斯　我们不能拿这样的话回去交代哩。

弗莱米涅斯　(在内)塞维律斯,赶快!大爷!大爷!

　　　　　泰门暴怒上,弗莱米涅斯随上。

泰　门　什么!我自己的门都不许我通过吗?我从来不曾受别人管过,现在我自己的屋子却变成了拘禁我的敌人、我的监狱吗?我曾经举行过宴会的地方,难道也像所有的人类一样,用一颗铁石的心肠对待我吗?

路歇斯家仆人　跟他说去,泰特斯。

泰特斯　大爷,这儿是我的债票。

路歇斯家仆人　这儿是我的。

霍坦歇斯　还有我的,大爷。

凡罗家仆人甲
凡罗家仆人乙　还有我们的,大爷。

菲洛特斯　我们的债票都在这儿。

泰　门　用你们的债票把我打倒,把我腰斩了吧。

路歇斯家仆人　唉!大爷——

泰　门　剖开我的心来。

泰特斯　我的账上是五十个泰伦。

泰　门　把我的血一滴一滴地数出来。

路歇斯家仆人 五千个克朗,大爷。

泰　门 还你五千滴血。你要多少?你呢?

凡罗家仆人甲 大爷——

凡罗家仆人乙 大爷——

泰　门 扯碎我的四肢,把我的身体拿了去吧;天神的愤怒降在你们身上!(下。)

霍坦歇斯 我看我们的主人的债是讨不回来的了,因为欠债的是个疯子。(同下。)

　　　　泰门及弗莱维斯重上。

泰　门 他们简直不容我有一点儿喘息的工夫,这些奴才们!什么债主,简直是魔鬼!

弗莱维斯 我的好大爷——

泰　门 要是果然这样呢?

弗莱维斯 大爷——

泰　门 我一定这么办。管家!

弗莱维斯 有,大爷。

泰　门 很好!去,再把我的朋友们一起请来,路歇斯、路库勒斯、辛普洛涅斯,叫他们大家都来;我还要宴请一次这些恶人。

弗莱维斯 啊,大爷!您这些话只是一时气愤之言;别说请客,现在就是略为备一些酒食的钱也没有了。

泰　门 你别管;去吧。我叫你把他们全都请来;让那些混账东西再进一次我的门;我的厨子跟我会预备好东西给他们吃的。(同下。)

第五场　同前。元老院

众元老列坐议事。

元老甲　大人,您的意见我很赞同;这是一件重大的过失;他必须判处死刑;姑息的结果只是放纵了罪恶。

元老乙　一点不错;法律必须给他一些惩罚。

艾西巴第斯率侍从上。

艾西巴第斯　愿荣耀、康健和仁慈归于各位元老!

元老甲　请了,将军。

艾西巴第斯　我是你们的一个卑微的请愿者。人家说,法律不外人情,只有暴君酷吏才会借着法律的威严肆其荼毒。我的一个朋友因为一时之愤,无意中陷入法网。虽然他现在遭逢不幸,可是他也是很有品行的人,并不是卑怯无耻之流,单这一点也就可以补赎他的过失了;他因为眼看他的名誉受到致命的污辱,所以才挺身而起,光明正大地和他的敌人决斗;就是当他们兵刃相交的时候,他也始终不动声色,就像不过跟人家辩论一场是非一样。

元老甲　您想把一件恶事说得像一件好事,恐怕难以自圆其说;您的话全然是饰词强辩,有心替杀人犯辩护,把斗殴当作勇敢,可惜这种勇敢却是误用了的。真正勇敢的人,应当能够智慧地忍受最难堪的屈辱,不以身外的荣辱介怀,用息事宁人的态度避免无谓的横祸。要是屈辱可以使我们杀人,那么为了气愤而冒着生命的危险,是一件多么愚蠢的事!

艾西巴第斯　大人——

元老甲　您不能使重大的罪恶化为清白;报复不是勇敢,忍受才是勇敢。

艾西巴第斯　各位大人,我是一个武人,请你们恕我说句武人的话。为什么愚蠢的人们宁愿在战场上捐躯,不知道忍受各种的威胁呢?为什么他们不高枕而眠,让敌人从容割破他们的咽喉而不加抗拒呢?要是忍受果然是这样勇敢的行为,那么我们为什么要去远征国外呢?照这样说来,那么在家内安居的妇人女子才是更勇敢的,驴子也要比狮子英雄得多了;要是忍受是一种智慧,那么铁索银铐的囚犯,也比法官更聪明了。啊,各位大人!你们身膺众望,应该仁爱为怀。谁不知道残酷的暴行是罪不容赦的?杀人者处极刑;可是为了自卫而杀人,却是正当的行为。负气使性,虽然为正人君子所不齿,然而人非木石,谁没有一时的气愤呢?你们在判定他的罪名以前,请先斟酌人情,不要矫枉过正才好。

元老乙　您这些话全是白说。

艾西巴第斯　白说!他在斯巴达和拜占廷两次战役中所立的功劳,难道不能赎回他的一死吗?

元老甲　那是怎么一回事?

艾西巴第斯　我说,各位大人,他曾经立下不少的功劳,在战争中杀死你们的许多敌人。在上次作战的时候,他是多么勇敢,手刃了多少人!

元老乙　他杀过太多的人;他是个好乱成性的家伙;要是没有人跟他作对,他也要找人家吵闹;因为他有这样的坏脾气,也不知闹过多少回事、引起多少回的纷争了;我们久已风闻他的酗酒寻衅、行为不检的劣迹。

元老甲　他必须处死。

47

艾西巴第斯　残酷的命运！早知如此,他就该死在战场上。各位大人,要是他的功绩才能不能替他自己赎罪,那么我可以拿我自己的微劳一并作为抵押,请你们宽恕了他的死罪;我知道你们这样年高的人都喜欢有一个确实的保证,所以我愿意以我历次的胜利和我的荣誉向你们担保,他一定不会有负你们的矜宥。要是他这次所犯的罪,按照法律必须用生命抵偿,那么让他洒血沙场,英勇而死吧;因为战争是和法律同样无情的。

元老甲　我们只知道秉公执法,他必须死。不要再絮渎了,免得惹起我们的恼怒。即使他是我们的朋友或是兄弟,杀了人也必须抵命。

艾西巴第斯　一定要这样办吗？不,一定不能这样办。各位大人,我请求你们,想一想我是什么人。

元老甲　怎么！

艾西巴第斯　请你们想一想我是什么人。

元老丙　什么！

艾西巴第斯　我想你们一定年老健忘,想不起我了;否则我这样向你们卑辞请求这么一点小小的恩惠,总不至于会被你们拒绝的。我身上的伤痕在为你们而疼痛哩。

元老甲　你胆敢惹我们生气吗？好,听着,我们没有很多的话说,可是我们的话是言出如山的:我们宣布把你永远放逐。

艾西巴第斯　把我放逐！把你们自己的糊涂放逐了吧;把你们放债营私、秽迹昭彰的腐化行为放逐了吧！

元老甲　要是在两天以后,你仍旧逗留在雅典境内,我们就要判处你加倍的重罪。至于你那位朋友,为了让我们耳目中清静一些起见,我们就要把他立刻处决。(众元老同下。)

艾西巴第斯　愿神明保佑你们长寿,让你们枯瘦得只剩一副骨头,谁也不来瞧你们一眼!真把我气疯了;我替他们打退了敌人,让他们安安稳稳地在一边数他们的钱,用高利放债,我自己却只得到了满身的伤痕:这一切不过换到了今天这样的结果吗?难道这就是那放高利贷的元老院替将士伤口敷上的油膏吗?放逐!那倒不是坏事;我不恨他们把我放逐;我可以借着这个理由,举兵攻击雅典,向他们发泄我的愤怒。我要去鼓动我的愤愤不平的部队;军人们像天神一样,是不能忍受丝毫的侮辱的。(下。)

第六场　同前。泰门家中的宴会厅

音乐;室内排列餐桌,众仆立侍;若干贵族、元老及余人等自各门分别上。

贵族甲　早安,大人。

贵族乙　早安。我想这位可尊敬的贵人前天不过是把我们试探一番。

贵族甲　我刚才也这么想着;我希望他并不真正穷到像他故意装给朋友们看的那个样子。

贵族乙　照他这次重开盛宴的情形看来,他并没有真穷。

贵族甲　我也这样想。他很诚恳地邀请我,我本来还有许多事情,实在抽不出身,可是因为他的盛情难却,所以不能不拨冗而来。

贵族乙　我也有许多要事在身,可是他一定不肯放过我。我很抱歉,当他叫人来问我借钱的时候,我刚巧手边没有现款。

贵族甲　我知道了他这种情形之后,心里也难过得很。

贵族乙　这儿每一个人都有这样的感觉。他要向您借多少钱？

贵族甲　一千块。

贵族乙　一千块！

贵族甲　您呢？

贵族丙　他叫人到我那儿去，大人，——他来了。

　　　　泰门及侍从等上。

泰　门　竭诚欢迎，两位老兄；你们都好吗？

贵族甲　托您的福，大人。

贵族乙　燕子跟随夏天，也不及我们跟随您这样踊跃。

泰　门　（旁白）你们离开我也比燕子离开冬天还快；人就是这种趋炎避冷的鸟儿。——各位朋友，今天肴馔不周，又累你们久等，实在抱歉万分；要是你们不嫌喇叭的声音刺耳，请先饱听一下音乐，我们就可以入席了。

贵族甲　前天累尊价空劳往返，希望您不要见怪。

泰　门　啊！老兄，那是小事，请您不必放在心上。

贵族乙　大人——

泰　门　啊！我的好朋友，什么事？

贵族乙　大人，我真是说不出的惭愧，前天您叫人来看我的时候，不巧我正是身无分文。

泰　门　老兄不必介意。

贵族乙　要是您再早两点钟叫人来——

泰　门　请您不要把这种事留在记忆里。（众仆端酒食上）来，把所有的盘子放在一起。

贵族乙　盘子上全都罩着盖！

贵族甲　一定是奇珍异味哩。

贵族丙　那还用说吗，只要是出了钱买得到的东西。

贵族甲　您好？近来有什么消息？

贵族丙　艾西巴第斯被放逐了；您听见人家说起没有？

贵族甲
贵族乙　艾西巴第斯被放逐了！

贵族丙　是的,这消息是的确的。

贵族甲　怎么？怎么？

贵族乙　请问是为了什么原因？

泰　门　各位好朋友,大家过来吧。

贵族丙　等会儿我再详细告诉您。看来又是一场盛大的欢宴。

贵族乙　他还是原来那样子。

贵族丙　这样子能够维持长久吗？

贵族乙　也许；可是——那就——

贵族丙　我明白您的意思。

泰　门　请大家用着和爱人接吻那样热烈的情绪,各人就各人的座位吧；你们的菜肴是完全一律的。不要拘泥礼节,逊让得把肉菜都冷了。请坐,请坐。我们必须先向神明道谢：——神啊,我们感谢你们的施与,赞颂你们的恩惠；可是不要把你们所有的一切完全给人,免得你们神灵也要被人蔑视。借足够的钱给每一个人,不使他再转借给别人；因为如果你们神灵也要向人类告贷,人类是会把神明舍弃的。让人们重视肉食,甚于把肉食赏给他们的人。让每一处有二十个男子的所在,聚集着二十个恶徒；要是有十二个妇人围桌而坐,让她们中间的十二个人保持她们的本色。神啊！那些雅典的元老们,以及黎民众庶,请你们鉴察他们的罪恶,让他们遭受毁灭的命运吧。至于我这些在座的朋友,他们本来对于我漠不相关,所以我不给他们任何的祝福,我所

51

用来款待他们的也只有空虚的无物。揭开来,狗子们,舔你们的盆子吧。(众盘揭开,内满贮温水。)

一宾客　他这种举动是什么意思?

另一宾客　我不知道。

泰　门　请你们永远不再见到比这更好的宴会,你们这一群口头的朋友!蒸汽和温水是你们最好的饮食。这是泰门最后一次的宴会了;他因为被你们的谄媚蒙住了心窍,所以要把它洗干净,把你们这些恶臭的奸诈仍旧洒还给你们。(浇水于众客脸上)愿你们老而不死,永远受人憎恶,你们这些微笑的、柔和的、可厌的寄生虫,彬彬有礼的破坏者。驯良的豺狼,温驯的熊,命运的弄人,酒食征逐的朋友,趋炎附势的青蝇,脱帽屈膝的奴才,水汽一样轻浮的幺麽小丑!一切人畜的恶症侵蚀你们的全身!什么!你要走了吗?且慢!你还没有把你的教训带去,——还有你,——还有你;等一等,我有钱借给你们哩,我不要向你们借钱呀!(将盘子掷众客身,众下)什么!大家都要走了吗?从此以后,让每一个宴会上把奸人尊为上客吧。屋子,烧起来呀!雅典,陆沉了吧!从此以后,泰门将要痛恨一切的人类了!(下。)

　　众贵族、元老等重上。

贵族甲　嗳哟,各位大人!

贵族乙　您知道泰门发怒的缘故吗?

贵族丙　嘿!您看见我的帽子吗?

贵族丁　我的袍子也丢了。

贵族甲　他已经发了疯啦,完全在逗着他的性子乱闹。前天他给我一颗宝石,现在他又把它从我的帽子上打下来了。你们看见我的宝石吗?

贵族丙　您看见我的帽子吗?

贵族乙　在这儿。

贵族丁　这儿是我的袍子。

贵族甲　我们还是快走吧。

贵族乙　泰门已经疯了。

贵族丙　他把我的骨头都捶痛了呢。

贵族丁　他高兴就给我们金刚钻,不高兴就用石子扔我们。(同下。)

第四幕

第一场　雅典城外

泰门上。

泰　门　让我回头瞧瞧你。城啊，你包藏着如许的豺狼，快快陆沉吧，不要再替雅典做藩篱！已婚的妇人们，淫荡起来吧！子女们不要听父母的话！奴才们和傻瓜们，把那些年高德劭的元老们拉下来，你们自己坐上他们的位置吧！娇嫩的处女变成人尽可夫的娼妓，当着你们父母的眼前跟别人通奸吧！破产的人，不要偿还你们的欠款，用刀子割破你们债主的咽喉吧！仆人们，放手偷窃吧！你们庄严的主人都是借着法律的名义杀人越货的大盗。婢女们，睡到你们主人的床上去吧；你们的主妇已经做卖淫妇去了！十六岁的儿子，夺下你步履龙钟的老父手里的拐杖，把他的脑浆敲出来吧！孝亲敬神的美德、和平公义的正道、齐家睦邻的要义、教育、礼仪、百工的技巧、尊卑的品秩、风俗、习惯，一起陷于混乱吧！加害于人身的各种瘟疫，向雅典伸展你们的毒手，播散你们猖獗传染的热病！让风湿钻进我们那些元老的骨髓，使他们手脚瘫痪！让淫欲放荡占领我们那些少年人的心,使他们反抗道德,沉溺在狂乱之中!每一个雅典人身上播下了疥癣疮毒的种子,让他们一个个害起癞病!让他们的呼吸中都含着毒素,谁和他们来往做朋友都会中毒而死!除了我这赤裸裸的一身以外,我什么也不带走,你这可憎的城市!我给你的只有无穷的咒诅!泰门要到树林里去,和最凶恶的野兽做伴侣,比起无情的人类来,它们是要善良得多了。天上一切神明,听着我,把那城墙内外的雅典人一起毁灭了吧!求你们让泰门把他的仇恨扩展到全体人类,不分贵贱高低!阿门。(下。)

第二场　雅典。泰门家中一室

　　弗莱维斯及二三仆人上。

仆　甲　请问总管,我们的主人呢?我们全完了吗?被丢弃了吗?什么也没有留下吗?

弗莱维斯　唉!兄弟们,我应当对你们说些什么话呢?正直的天神可以替我作证,我跟你们一样穷。

仆　甲　这样一份人家也会冰消瓦解!这样一位贵主人也会一朝失势!什么都完了!没有一个朋友和他患难相依!

仆　乙　正像我们送已死的同伴下葬以后就掉头而去一样,他的知交一见他的财产化为泥土,也就悄悄溜走,只有他们所发的虚伪的誓言,还像一个已经掏空的钱袋似的留在他的身边。可怜的他,变成一个无家可归的叫化,因为害着一身穷病,弄得人人走避,只好一个人踽踽独行。又有几个我们的弟兄来了。

　　其他仆人上。

弗莱维斯　都是一个破落人家的一些破碎的工具。

仆　丙　可是我们心里都还穿着泰门发给我们的制服,我们的脸上都流露着眷怀故主的神色。我们现在遭逢不幸,依然是亲密的同伴。我们的大船已经漏了水,我们这些可怜的水手,站在向下沉没的甲板上,听着海涛的威胁;在这茫茫的大海之中,我们必须从此分散了。

弗莱维斯　各位好兄弟们,我愿意把我剩余下来的几个钱分给你们。以后我们无论在什么地方相会,为了泰门的缘故,让我们仍旧都是好朋友;让我们摇摇头,叹口气,悲悼我们主人家业的零落,说,"我们都是曾经见过好日子的。"各人都拿一些去;(给众仆钱)不,大家伸出手来。不必多说,我们现在穷途离别,让悲哀充塞着我们的胸膛吧。(众仆互相拥抱,分别下)啊,荣誉带给我们的残酷的不幸!财富既然只替人招来了困苦和轻蔑,谁还愿意坐拥巨资呢?谁愿意享受片刻的荣华,徒做他人的笑柄?谁愿意在荣华的梦里,相信那些虚伪的友谊?谁还会贪恋那些和趋炎附势的朋友同样不可靠的尊荣豪贵?可怜的老实的大爷!他因为自己心肠太好,所以才到了今天这个地步!谁想得到,一个人行了太多的善事反是最大的罪恶!谁还敢再像他一半仁慈呢?慷慨本来是天神的德性,凡人慷慨了却会损害他自己。我们最亲爱的大爷,你是一个有福之人,却反而成为最倒楣的一个,你的万贯家财害得你如此凄凉,你的富有变成了你的最大的痛苦。唉!仁慈的大爷,他因为气不过这些忘恩负义的朋友,才一怒而去;他既没有携带活命的资粮,又没有一些可以变换衣食的财帛。我要追寻他的踪迹,尽心竭力侍候他的旨意;当我还有一些金钱在手的时候,我仍然是他的管家。(下。)

第三场 海滨附近的树林和岩穴

泰门自穴中上。

泰　门　神圣的化育万物的太阳啊！把地上的瘴雾吸起,让天空中弥漫着毒气吧！同生同长、同居同宿的孪生兄弟,也让他们各人去接受不同的命运,让那贫贱的人被富贵的人所轻蔑吧。重视伦常天性的人,必须遍受各种颠沛困苦的凌虐;灭伦悖义的人,才会安享荣华。让乞儿跃登高位,大臣退居贱职吧;元老必须世世代代受人蔑视,乞儿必须享受世袭的光荣。有了丰美的牧草,牛儿自然肥胖;缺少了饲料它就会瘦瘠下来。谁敢秉着光明磊落的胸襟挺身而起,说"这人是一个谄媚之徒"？要是有一个人是谄媚之徒,那么谁都是谄媚之徒;因为每一个按照财产多寡区分的阶级,都要被次一阶级所奉承;博学的才人必须向多金的愚夫鞠躬致敬。在我们万恶的天性之中,一切都是歪曲偏斜的,一切都是奸邪淫恶。所以,让我永远厌弃人类的社会吧！泰门憎恨形状像人一样的东西,他也憎恨他自己;愿毁灭吞噬整个人类！泥土,给我一些树根充饥吧！(掘地)谁要是希望你给他一些更好的东西,你就用你最猛烈的毒物餍足他的口味吧！咦,这是什么？金子！黄黄的、发光的、宝贵的金子！不,天神们啊,我不是一个游手好闲的信徒;我只要你们给我一些树根！这东西,只这一点点儿,就可以使黑的变成白的,丑的变成美的,错的变成对的,卑贱变成尊贵,老人变成少年,懦夫变成勇士。嘿！你们这些天神们啊,为什么

57

要给我这东西呢?嘿,这东西会把你们的祭司和仆人从你们的身旁拉走,把壮士头颅底下的枕垫抽去;这黄色的奴隶可以使异教联盟,同宗分裂;它可以使受咒诅的人得福,使害着灰白色的癫病的人为众人所敬爱;它可以使窃贼得到高爵显位,和元老们分庭抗礼;它可以使鸡皮黄脸的寡妇重做新娘,即使她的尊容会使身染恶疮的人见了呕吐,有了这东西也会恢复三春的娇艳。来,该死的土块,你这人尽可夫的娼妇,你惯会在乱七八糟的列国之间挑起纷争,我倒要让你去施展一下你的神通。(远处军队行进声)嘿!鼓声吗?你还是活生生的,可是我要把你埋葬了再说。不,当那看守你的人已经风瘫了的时候,你也许要逃走,且待我留着这一些作质。(拿了若干金子。)

鼓角前导,艾西巴第斯戎装率菲莉妮娅、提曼德拉同上。

艾西巴第斯　你是什么?说。

泰　　门　我跟你一样是一头野兽。愿蛀虫蛀掉了你的心,因为你又让我看见了人类的面孔!

艾西巴第斯　你叫什么名字?你自己是一个人,怎么把人类恨到这个样子?

泰　　门　我是恨世者,一个厌恶人类的人。我倒希望你是一条狗,那么也许我会喜欢你几分。

艾西巴第斯　我认识你是什么人,可是不知道你为什么会变成这样。

泰　　门　我也认识你;除了我知道你是什么人之外,我不要再知道什么。跟着你的鼓声去吧;用人类的血染红大地;宗教的戒条、民事的法律,哪一条不是冷酷无情的,那么谁能责怪战争的残酷呢?这一个狠毒的娼妓,虽然瞧上去像个天使一般,杀起人来却比你的刀剑还要厉害呢。

菲莉妮娅　烂掉你的嘴唇!

泰　门　我不要吻你;你的嘴唇是有毒的,让它自己烂掉吧。

艾西巴第斯　尊贵的泰门怎么会变成这个样子?

泰　门　正像月亮一样,因为缺少了可以照人的光;可是我不能像月亮一样缺而复圆,因为我没有可以借取光明的太阳。

艾西巴第斯　尊贵的泰门,我可以为你做些什么事,来表示友谊呢?

泰　门　不必,只要你支持我的意见。

艾西巴第斯　什么意见,泰门?

泰　门　用口头上的友谊允许人家,可是不要履行你的允诺;要是你不允许人家,那么神明降祸于你,因为你是一个人!要是你果然履行允诺,那么愿你沉沦地狱,因为你是一个人!

艾西巴第斯　我曾经略为听到过一些你的不幸的遭际。

泰　门　当我有钱的时候,你就看见过我是怎样的不幸了。

艾西巴第斯　我现在才看见你的不幸;当初你是很享福的。

泰　门　正像你现在一样,给一对娼妓挟住了不放。

提曼德拉　这就是那个受尽世人歌颂的雅典的宠儿吗?

泰　门　你是提曼德拉吗?

提曼德拉　是的。

泰　门　做你一辈子的婊子去吧;把你玩弄的那些人并不真心爱你;他们在你身上发泄过兽欲以后,你就把恶疾传给他们。利用你的淫浪的时间,把他们放进腌缸里或汽浴池中,把那些红颜的少年消磨得形销骨立吧。

提曼德拉　该死的妖魔!

艾西巴第斯　原谅他,好提曼德拉,因为他遭逢变故,他的神志已经混乱了。豪侠的泰门,我近来钱囊羞涩,为了饷糈不足的缘故,我的部队常常发生叛变。我也很痛心,听到那可咒诅的雅典怎样轻视你的才能,忘记你的功德,倘不是靠着你的威名和财力,这区区的雅典城早被强邻鲸食了——

泰　门　请你敲起鼓来,快点走开吧。

艾西巴第斯　我是你的朋友,我同情你,亲爱的泰门。

泰　门　你这样跟我胡缠,还说同情我吗?我宁愿一个人在这里。

艾西巴第斯　好,那么再会;这儿有一些金子,你拿去吧。

泰　门　金子你自己留着,我又不能吃它。

艾西巴第斯　等我把骄傲的雅典踏成平地以后——

泰　门　你要去打雅典吗?

艾西巴第斯　是的,泰门,我有充分的理由哩。

泰　门　愿天神降祸于所有的雅典人,让他们一个个在你剑下丧命;等你征服了雅典以后,愿天神再降祸于你!

艾西巴第斯　为什么降祸于我,泰门?

泰　门　因为天生下你来,要你杀尽那些恶人,征服我的国家。把你的金子藏好了;快去。我这儿还有些金子,也一起给了你吧。快去。愿你奉行天罚,像一颗高悬在作恶多端的城市上的灾星一般,别让你的剑下放过一个人。不要怜悯一把白须的老翁,他是一个放高利贷的人。那凛然不可侵犯的中年妇人,外表上虽然装得十分贞淑,其实却是一个鸨妇,让她死在你的剑下吧。也不要因为处女的秀颊而软下了你的锐利的剑锋;这些惯在窗槛里偷看男人的丫头们,都是可怕的叛徒,不值得怜惜的。也不要饶过婴孩,像一个傻子似的看见他的浮着酒涡的微笑而大发慈悲;你应当认为他是一个私生子,上天已经向你隐约预示他将来长大以后会割断你的咽喉,所以你必须硬着心肠把他刹死。你的耳朵上、眼睛上,都要罩着一重厚甲,让你听不到母亲、少女和婴孩们的啼哭,看不见披着圣服的祭司的流血。把这些金子拿去分给你的兵士们,让他们去造成一次大大的纷乱;等你的盛怒消释以后,愿你也不得好死!不必多说,快去。

艾西巴第斯　你还有金子吗?我愿意接受你给我的金子,可是不能完全接受你的劝告。

泰　　门　接受也好,不接受也好,愿上天的咒诅降在你身上!

菲莉妮娅
提曼德拉　好泰门,给我们一些金子;你还有吗?

泰　　门　有,有,有,我有足够的金子,可以使一个妓女改业,自己当起老鸨来。揭起你们的裙子来,你们这两个贱婢。你们是不配发誓的,虽然我知道你们发起誓来,听见你们的天神也会浑身发抖,毛骨悚然;不要发什么誓了,我愿意信任你们。做你们一辈子的婊子吧;要是有什么仁人君子,想要劝你们改邪归正,你们就得施展你们的狐媚伎俩引诱他,使他在欲火里丧身。一辈子做你们的婊子吧;你们的脸上必须满涂着脂粉,让马蹄踏上去都会拔不出来。

菲莉妮娅
提曼德拉　好,再给我们一些金子。还有什么吩咐?相信我们,只要有金子,我们是什么都愿意干的。

泰　　门　把痨病的种子播在人们枯干的骨髓里;让他们胫骨疯瘫,不能上马驰驱。嘶哑了律师的喉咙,让他不再颠倒黑白,为非分的权利辩护,鼓弄他的如簧之舌。叫那痛斥肉体的情欲、自己不相信自己的话的祭司害起满身的癞病;叫那

61

长着尖锐的鼻子、一味钻营逐利的家伙烂去了鼻子;叫那长着一头鬈曲秀发的光棍变成秃子;叫那不曾受过伤、光会吹牛的战士也从你们身上受到一些痛苦:让所有的人都被你们害得身败名裂。再给你们一些金子;你们去害了别人,再让这东西来害你们,愿你们一起倒在阴沟里死去!

菲莉妮娅
提曼德拉　宽宏慷慨的泰门,再给我们一些金子吧,你还有什么话要对我们说呢?

泰　门　你们先去多卖几次淫,多害几个人;回头来我还有金子给你们。

艾西巴第斯　敲起鼓来,向雅典进发!再会,泰门;要是我此去能够成功,我会再来访问你的。

泰　门　要是我的希望没有落空,我再也不要看见你了。

艾西巴第斯　我从来没有得罪过你。

泰　门　可是你说过我的好话。

艾西巴第斯　这难道对你是有害的吗?

泰　门　人们每天都可以发现说好话的人总是不怀好意。走开,把你这两条小猎狗带了去。

艾西巴第斯　我们留在这儿反而惹他生气。敲鼓!(敲鼓;艾西巴第斯、菲莉妮娅、提曼德拉同下。)

泰　门　想不到在饱尝人世的无情之后,还会感到饥饿;你万物之母啊,(掘地)你的不可限量的胸腹,孳乳着繁育着一切;你的精气不但把傲慢的人类,你的骄儿,吹嘘长大,也同样生养了黑色的蟾蜍、青色的蝮蛇、金甲的蝾螈、盲目的毒虫以及一切光天化日之下可憎可厌的生物;请你从你那丰饶的怀里,把一块粗硬的树根给那痛恨你一切人类子女的我果果腹吧！枯萎了你的肥沃多产的子宫,让它不要再生出负心的人类来！愿你怀孕着虎龙狼熊,以及一切宇宙覆载之中所未见的妖禽怪兽！啊！一个根;谢谢。干涸了你的血液,枯焦了你的土壤;忘恩负义的人类,都是靠着你的供给,用酒肉填塞了他的良心,以至于迷失了一切的理性!

  艾帕曼特斯上。

泰　门　又有人来了！该死！该死！

艾帕曼特斯　人家指点我到这儿来;他们说你学会了我的举止,模仿着我的行为。

泰　门　因为你还不曾养一条狗,否则我倒宁愿学它;愿瘸病抓了你去!

艾帕曼特斯　你这种样子不过是一时的感触,因为运命的转移而发生的懦怯的忧郁。为什么拿起这柄锄头？为什么住在这个地方？为什么穿上这身奴才的装束？为什么露出这样忧伤的神色？向你献媚的家伙现在还穿的是绸缎,喝的是美酒,睡的是温软的被褥,彻底忘记了世上曾经有过一个名叫泰门的人。不要装出一副骂世者的腔调,害这些山林蒙羞吧。还是自己也去做一个献媚的人,在那些毁荡了你的家产的家伙手下讨生活吧。弯下你的膝头,让他嘴里的气息吹去你的帽子;尽管他发着怎样大的脾气,你都要把他恭维得五体投地。你应当像笑脸迎人的酒保一样,倾听着每一个流氓恶棍的话;你必须自己也做一个恶棍,要是你再发了财,也不过让恶棍们享用了去。可不要再学着我的样子啦。

泰　门　要是我像了你,我宁愿把自己丢掉。

艾帕曼特斯　你因为像你自己,早已把你自己丢掉了;你做了这么久的疯人,现在却变成了一个傻子。怎么!你以为那凛冽的霜风,你那喧嚷的仆人,会把你的衬衫烘暖吗?这些寿命超过鹰隼、罩满苍苔的老树,会追随你的左右,听候你的使唤吗?那冰冻的寒溪会替你在清晨煮好粥汤,替你消除昨夜的积食吗?叫那些赤裸裸地生存在上天的暴怒之中、无遮无掩地受着风吹雨打霜雪侵凌的草木向你献媚吧;啊!你就会知道——

泰　门　你是一个傻子。快去。

艾帕曼特斯　我从来不曾像现在这样喜欢过你。

泰　门　我从来不曾像现在这样讨厌过你。

艾帕曼特斯　为什么?

泰　门　因为你向贫困献媚。

艾帕曼特斯　我没有献媚,我说你是一个下流的恶汉。

泰　门　为什么你要来找我?

艾帕曼特斯　因为我要惹你恼怒。

泰　门　这是一个恶徒或者愚人的工作。你以为惹人家恼怒对于你自己是一件乐事吗?

艾帕曼特斯　是的。

泰　门　怎么!你又是一个无赖吗?

艾帕曼特斯　要是你披上这身寒酸的衣服,目的只是要惩罚你自己的骄傲,那么很好;可是你是出于勉强的,倘然你不再是一个乞丐,你就会再去做一个廷臣。自愿的贫困胜如不定的浮华;穷奢极欲的人要是贪得无厌,比最贫困而知足的人更要不幸得多了。你既然这样困苦,应该但求速死。

泰　门　我不会听了一个比我更倒楣的人的话而去寻死。你是一个奴隶,命运的温柔的手臂从来不曾拥抱过你。要是你从呱呱堕地的时候就跟我们一样,可以随心所欲地享受这浮世的欢娱,你一定已经沉溺在无边的放荡里,把你的青春消磨在左拥右抱之中,除了一味追求眼前的淫乐以外,再也不会知道那些冷冰冰的人伦道德。可是我,整个的世界曾经是我的糖果的作坊;人们的嘴、舌头、眼睛和心都争先恐后地等候着我的使唤,虽然我没有这许多工作可以给他们做;无数的人像叶子依附橡树一般依附着我,可是经不起冬风的一吹,他们便落下枝头,剩下我赤裸裸的枯干,去忍受风雨的摧残;像我这样享福过来的人,一旦挨受这种逆运,那才是一件难堪的重荷;你却是从开始时候就尝到人世的痛苦的,经验已经把你磨炼得十分坚强了。你为什么厌恶人类呢?他们从来没有向你献过媚;你曾经有些什么东西给人家呢?倘然你要咒骂,你就得咒骂你的父亲,那个穷酸的叫化,他因为一时兴起,和一个女乞婆养下了你这世袭的穷光蛋来。滚开!快去!倘然你不是生下来就是世间最下贱的人,你就是个奸佞的小人。

艾帕曼特斯　你现在还是这样骄傲吗?

泰　门　是的,因为我不是你而骄傲。

艾帕曼特斯　我也因为不是一个浪子而骄傲。

泰　门　我因为现在是个浪子而骄傲。要是我所有的一切钱财都在你的手掌之中,我也不向你要。快去!但愿全体雅典人的生命都在这块根里,我要像这样把它一口吞下!(食树根。)

艾帕曼特斯　你要我带些什么去给雅典人?

泰　门　但愿一阵旋风把你卷到雅典去。要是你愿意,你可以告诉他们我这儿有金子;瞧,我有金子。

艾帕曼特斯　你在这儿用不着金子。

泰　　门　金子在这儿才是最好最真的,因为它安安静静地躺在这儿,不被人利用去为非作歹。

艾帕曼特斯　晚上在什么地方睡觉,泰门?

泰　　门　在太虚的覆罩之下。你白天在什么地方吃东西,艾帕曼特斯?

艾帕曼特斯　在我的肚子找到肉食的地方;或者说,在我吃东西的地方。

泰　　门　我希望鸩毒服从我的意志!

艾帕曼特斯　你要把它送到什么地方去?

泰　　门　撒在你的食物里。

艾帕曼特斯　你只知道人生中的两个极端,不曾度过中庸的生活。当你锦衣美服、麝香熏身的时候,他们讥笑你的繁文缛礼;现在你不衫不履,敝首垢面,他们又蔑视你的落拓疏狂。

泰　　门　艾帕曼特斯,要是全世界俯伏在你的脚下,你预备把它怎样处置?

艾帕曼特斯　把它送给野兽,吃尽了所有的人类。

泰　　门　你愿意置身于人类的混乱之中,而与众兽为伍,做一头畜生吗?

艾帕曼特斯　是的,泰门。

泰　　门　愿天神保佑你达到这一个畜生的愿望。要是你做了狮子,狐狸会来欺骗你;要是你做了羔羊,狐狸会来吃了你;要是你做了狐狸,万一驴子把你告发,狮子会对你起疑心;要是你做了驴子,你的愚蠢将使你受苦,而且你也不免做豺狼的一顿早餐;要是你做了狼,你的贪馋将使你烦恼,而且常常要为着求食而冒生命的危险;要是你做了犀牛,你的骄傲和凶暴将使你受罪,让你自己被你的盛怒所克服;要是你做了熊,你要死在马蹄的践踏之下;要是你做了马,你要被豹子所攫噬;要是你做了豹,你是狮子的近亲,你身上的斑纹将使你送命。你没有安全,没有保障。你要做一头什么野兽,才可以不受别的野兽的侵害呢?你不知道你现在已经是一头什么野兽,你在变形以后将要遭到怎样的不幸。

艾帕曼特斯　你这番话讲得倒很有理;雅典已经变成一个众兽群居的林薮了。

泰　　门　那么驴子是怎样冲破了城墙,让你溜到城外来的?

艾帕曼特斯　那里有一个诗人和一个画师来了;愿来来往往的人们把你缠扰得不得安宁!我可要敬谢不敏,抽身远避了。当我不知道还有什么事情可做的时候,我会再来瞧你的。

泰　　门　当世间除了你之外死得什么都不剩的时候,我会欢迎你的。我宁愿做乞丐手里牵着的狗,也不愿做艾帕曼特斯。

艾帕曼特斯　你是世上天字第一号的大傻瓜。

泰　　门　我希望你再干净点儿,可以让我把唾涎吐在你身上!

艾帕曼特斯　愿你遭瘟!你太坏了,我简直不屑咒你!

泰　　门　所有的恶人站在身边,相形之下你也会变成正人君子。

艾帕曼特斯　你一说话,嘴里也会掉下癞病来。

泰　　门　要是我再提起你的名字的话。倘不是怕污了我的手,我早就打你了。去,你这癞狗生的杂种!世上会有你这样的人活着,把我气也气死了;我一见了你就要气昏了脑袋。

艾帕曼特斯　我希望你会气破了肚子!

泰　　门　去,你这讨厌的混蛋!算我倒楣,还要赔一块石子来扔你。(向艾帕曼特斯掷石。)

艾帕曼特斯　畜生!

67

泰　门　奴才!

艾帕曼特斯　蛤蟆!

泰　门　混蛋,混蛋,混蛋!我讨厌这个虚伪的世界和这个世界上所有的一切。所以,泰门,赶快预备你的坟墓吧;安息在海水的泡沫可以每天打击你的墓碣的地方;刻下你的墓志铭,让你的一死讥刺着世人的偷生苟活。(视金)啊,你可爱的凶手,帝王逃不过你的掌握,亲生的父子会被你离间!你灿烂的奸夫,淫污了纯洁的婚床!你勇敢的战神!你永远年轻韶秀、永远被人爱恋的娇美的情郎,你的羞颜可以融化了狄安娜女神膝上的冰雪!你有形的神明,你会使冰炭化为胶漆,仇敌互相亲吻!你会说任何的方言,使每一个人唯命是从!你动人心坎的宝物啊!你的奴隶,那些人类,要造反了,快快运用你的法力,让他们互相砍杀,留下这个世界来给兽类统治吧。

艾帕曼特斯　但愿如此;可是等我死了再说。我要去对他们说你有金子;不久他们就要蜂拥而来了。

泰　门　蜂拥而来?

艾帕曼特斯　正是。

泰　门　请你快给我滚开。

艾帕曼特斯　活下去,喜爱你的困苦吧!(下。)

泰　门　好容易把他赶走了。又有些像人一样的东西来啦!真讨厌!

　　　众窃贼上。

贼　甲　他哪里来的这些金子?那一定是他剩在身边的一些碎片零屑。他就是因为囊中金罄,友朋离散,所以才发起疯来的。

贼　乙　听说他还有许多宝贝。

贼　丙　让我们吓唬他一下:要是他不爱惜金银,一定会双手捧给我们的;要是他推推托托不肯交出来,那便怎么办呢?

贼　乙　不错,他并不把它们放在身边,一定是藏得好好的。

贼　甲　这不就是他吗?

众　贼　在哪儿?

贼　乙　正是他的样子。

贼　丙　他;我认识是他。

众　贼　你好,泰门?

泰　门　好哇,你们这些偷儿?

众　贼　我们是兵士,不是偷儿。

泰　门　是兵士,也是偷儿;你们都是妇人的儿子。

众　贼　我们不是偷儿,不过是些什么都没有的穷光蛋。

泰　门　你们没有东西吃吗?为什么没有?瞧,地下生着各种草木的根;在这一哩以内,长着多少的山蔬野草;橡树上长着橡果,野蔷薇也长着一粒粒红色的果实;那慷慨的主妇,大自然,在每一棵植物上替你们安排好美食,你们还嫌没有东西吃吗?

贼　甲　我们不能像鸟兽游鱼一样,靠着吃草啄果、喝些清水过活呀。

泰　门　你们也不能靠着吃鸟兽游鱼的肉过活;你们是一定要吃人的。可是我还是要谢谢你们,因为你们都是明目张胆地做贼,并不蒙着庄严神圣的假面具;那些道貌岸然的正人君子,才是最可怕的穿窬大盗哩。你们这些鼠贼,拿着这些金子去吧。去,痛痛快快地喝个醉,让烈酒烧枯你们的血液,免得你们到绞架上去受苦。不要相信医生的话,他的药

69

方上都是毒药,他杀死的比你们偷窃的还多。放手偷吧,尽情杀吧;你们既然做了贼,尽管把恶事当作正当的工作一样做去吧。我可以讲几个最大的窃贼给你们听:太阳是个贼,用他的伟大的吸力偷窃海上的潮水;月亮是个无耻的贼,她的惨白的光辉是从太阳那儿偷来的;海是个贼,他的汹涌的潮汐把月亮溶化成咸的眼泪;地是个贼,他偷了万物的粪便作肥料,使自己肥沃;什么都是贼,那束缚你们鞭打你们的法律,也凭借他的野蛮的威力,实行不受约制的偷窃。不要爱你们自己;快去!各人互相偷窃。再拿一些金子去吧。放大胆子去杀人;你们所碰到的人没有一个不是贼。到雅典去,打开人家的店铺;你们所偷到的东西没有一件本来不是贼赃。不要因为我给了你们金子就不去做贼;让金子送了你们的性命!阿门。

贼丙　他劝我做贼,反而把我说得不愿意做贼了。

贼甲　他因为痛恨人类,所以这样劝告我们;他不是希望我们靠着做贼发财享福。

贼乙　我要把他的话当作仇敌的话,放弃我的本行了。

贼甲　让我们替雅典维持治安;无论时世怎样艰难,一个人总可以安分度日的。(众贼下。)

　　弗莱维斯上。

弗莱维斯　天哪!那个衣服褴褛、形容枯槁的人,便是我的主人吗?他怎么会衰落到这个地步?为善的人竟会得到这样的恶报!从前那样炙手可热,一朝穷了下来,就要受尽世人的冷眼!世上还有什么东西比那些把最高贵的人引到了最没落的下场的朋友们更可恶!在这样尔虞我诈的人间,一个人与其爱他的朋友,还不如爱他的仇敌;虽然仇敌对我不怀好意,可是朋友却在实际上陷害我。他已经看见我了。我要向他表示我的真诚的同情,仍旧把他看作我的主人一样用我的生命为他服役。我的最亲爱的主人!

　　泰门上前。

泰　门　走开!你是什么人?

弗莱维斯　您忘记我了吗,大爷?

泰　门　为什么问我这个问题?我已经忘记了所有的人了;要是你承认自己是个人,那么我当然也忘记你了。

弗莱维斯　我是您的一个可怜的忠心的仆人。

泰　门　那么我不认识你。我从来不曾有过一个忠心的仆人在我的身边;我只是养了一大群恶汉,侍候奸徒们的肉食。

弗莱维斯　神明可以作证,从来不曾有过一个可怜的管家像我一样为了他的破产的主人而衷心哀痛。

泰　门　怎么!你哭了吗?过来,那么我爱你,因为你是一个女人,不是冷酷无情的男子,男子的眼睛除了激于情欲和大笑的时候以外,是从来不会潮润的。他们的恻隐之心久已睡去了;奇怪的时代,人们流泪是为了欢笑,不是为了哭泣!

弗莱维斯　请您不要把我当作陌生人,我的好大爷,接受我的同情的吊慰;我还剩着不多几个钱在此,请您仍旧让我做您的管家吧。

泰　门　我竟有这样一个忠心正直的管家来安慰我吗?我的狂野的心都几乎被你软化了。让我瞧瞧你的脸。不错,这个人是妇人所生的。原谅我的抹杀一切的武断吧,永远清醒的神明们!我宣布这世界上还有一个正直的人,不要误会我,只有一个,而且他是个管家。但愿没有其他的人和他一样,因为我要痛恨一切的人类!你虽然不再受我的憎恨,可是除了你以外,谁都要受我的咒诅。我想你这样老实,未免太不聪明,因为要是你现在欺骗我、凌辱我,也许可以早一点得到一个新的主人;许多人都是踏在他们旧主人的颈子上,去侍候他们的新主人的。可是老实告诉我——我虽然相信你,却不能不怀疑——你的好心是不是别有用意,像那些富人们送礼一样,希望得到二十倍的利息?

弗莱维斯　不,我的最尊贵的主人;唉!您到现在才懂得怀疑,已经太迟了。当您大开盛宴的时候,您就该想到人情的虚伪;可是一个人总要到了日暮途穷,方才知道人心是不可轻信的。天知道我现在向您表示的,完全是一片赤心,我不过对您高贵无比的精神呈献我的天职和热忱,关心您的饮食起居;相信我,我的最尊贵的大爷,我愿意把一切实际上或是希望中的利益,交换这一个愿望:只要您恢复原来的财势,就是给我莫大的报酬了。

泰　　门　瞧,我已经发了财了。你这唯一的善人,来,拿去;天神借手于我的困苦,把财富送给你了。去,快快活活地做个财主吧;可是你要遵照我一个条件:你必须在远离人踪的地方筑屋而居;痛恨所有的人,咒诅所有的人,不要对任何人发慈悲心,听任那枵腹的饿丐形销骨立,也不要给他一些饮食;宁可把你不愿给人类的东西拿去丢给狗;让监狱把他们吞咽,让重债把他们压死;让人们像枯树一样倒毙,让疾病吸干了他们奸诈的血!去吧,愿你有福!

弗莱维斯　啊,让我留着安慰安慰您吧,我的主人。

泰　　门　要是你不愿意挨骂,那么不要停留;趁你得到我的祝福、还是一个自由之身的时候,赶快逃走吧。你再也不要看见人类的面,再也不要让我看见你。(各下。)

第 五 幕

第一场　树林。泰门所居洞穴之前

　　　　诗人及画师上。

画　师　照我所记得的这地方的样子,离他的住处不会怎么远了。

诗　人　他这人真有点莫测高深。人家说他拥有大量的黄金,这谣言是真的吗?

画　师　真的。艾西巴第斯就这样说;菲莉妮娅和提曼德拉都从他手里得到过金子;还有那些穷苦的流浪的兵士们,也拿了不少去。据说他给他的管家一笔很大的数目呢。

诗　人　那么他这次破产不过是有意对他的朋友们的试探罢了。

画　师　正是;您就会看见他再在雅典扬眉吐气,高居要津。所以我们应该在他伴为窘迫的时候向他献些殷勤,那可以表现出我们的古道热肠,而且要是关于他的多金的传言果然确实的话,那么我们枉道前来,也一定可以满载而归了。

诗　人　您现在有些什么东西可以呈献给他的?

画　师　我现在只是专诚拜访,东西可什么也没有;可是我将要允许他一幅绝妙的作品。

诗　人　我也必须贡献他一些什么东西；我要告诉他我准备写一篇怎样的诗送给他。

画　师　再好没有了。这年头儿最通行的就是空口许诺，它会叫人睁大了眼睛盼望，要是真的实行起来，那倒没有什么稀罕了；只有那些老实愚蠢的人，才会把说过的话认真照办。诺言是最有礼貌、最合时尚的事，实行就像一种遗嘱，证明本人的理智已经害着极大的重症。

　　　　泰门自穴中上。

泰　门　（旁白）卓越的匠人！像你自己这样一副恶人的嘴脸，是画也画不出来的。

诗　人　我正在想我应当说我预备写些什么献给他：那必须是一篇描写他自己的诗章；讽刺人世繁华的虚浮，指出那跟随在盛年与富裕后面的，是多少逢迎谄媚的丑态。

泰　门　（旁白）你一定要在你自己的作品里充当一个恶徒吗？你要在别人的身上暴露你自己的弱点吗？很好，我有金子给你哩。

诗　人　来，我们找他去吧。要是我们遇见了有利可获的机会而失之交臂，那就太对不起我们自己的幸运了。

画　师　不错，趁着白昼的光亮不用你出钱的时候，应当赶快找寻你所要的东西，等到黑夜到来，那就太晚了。来。

泰　门　（旁白）待我在转角的地方和你们相会吧。黄金真是一尊了不得的神明，即使他住在比猪窝还卑污的庙宇里，也会受人膜拜！你驱使船只在海上航行，你使奴隶的心中发生敬羡；你是应该被人们顶礼的，让你的圣徒们永远罩着只接受你的使唤的瘟疫吧。我现在可以去见他们。（上前。）

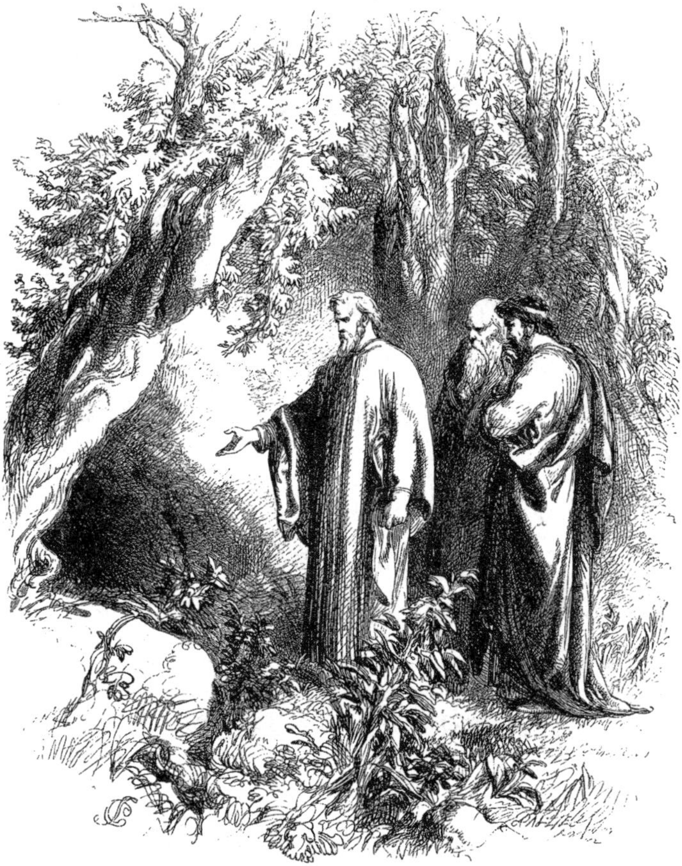

诗　　人　祝福,可尊敬的泰门!

画　　师　我们高贵的旧主人!

泰　　门　我曾经看见过两个正人君子吗?

诗　　人　先生,我常常沾沐您的慷慨的恩施,听说您已经隐居避世,您的朋友们一个个冷落了踪迹,他们那种忘恩的天性——啊,没有良心的东西!上天把所有的刑罚降在他们身上也掩蔽不了他们的罪辜!嘿!他们居然会这样对待您,他们整个的心身都在您的星辰一样的仁惠之下得到化育!我简直气疯了,想不出用怎样巨大的字眼,才可以遮盖这种薄情无义的弥天罪恶。

泰　　门　不要遮盖它,让人家可以看得清楚一些。你们都是正人君子,还是把你们的本来面目公之大众吧。

画　　师　我们两个人常常受到您的霖雨一样的赏赐,感戴您的恩泽的深厚。

泰　　门　嗯,你们都是正人君子。

画　　师　我们专诚来此,想要为您略尽微劳。

泰　　门　真是正人君子!啊,我应当怎样报答你们呢?你们也会啃树根喝冷水吗?不见得吧。

画　师
诗　人　为了替您服役的缘故,只要是我们能够做的事,我们都愿意做。

泰　　门　你们是正人君子。你们已经听见我有金子;我相信你们一定已经听见这样的消息了。老实说出来吧,你们是正人君子。

画　　师　人家是在这样说,我的高贵的大爷;可是我的朋友跟我都不是因为这缘故才来的。

泰　门　好一对正人君子！你画了全雅典最好的一帧脸谱,描摹得这样栩栩如生。

画　师　不过如此,不过如此,大爷。

泰　门　正是不过如此,先生。至于讲到你那些向壁虚造的故事,那么你的诗句里那种美妙婉转的辞藻,真可以说得上笔穷造化。可是虽然这么说,我的两位居心正直的朋友们,我必须说你们还有一个小小的缺点,不过这也不是什么了不得的缺点,我也不希望你们费许多的力量把它改正过来。

画　师
诗　人　请您明白告诉我们吧。

泰　门　你们会见怪的。

画　师
诗　人　我们一定会非常感谢您的开示。

泰　门　真的吗？

画　师
诗　人　不要疑惑,尊贵的大爷。

泰　门　你们都相信着一个大大地欺骗了你们的坏人。

画　师
诗　人　真的吗,大爷？

泰　门　是的,你们听见他信口开河,看见他装腔作势,明明知道他不是个好东西,偏偏跟他要好,给他吃喝,把他视为心腹。

画　师　我不知道有这样一个人,大爷。

诗　人　我也不知道。

泰　门　听着,我很喜欢你们;我愿意给你们金子,只要你们替我把你们这两个坏朋友除掉:随你们吊死他们也好,刺死他们也好,把他们扔在茅坑里淹死也好,或是用无论什么方法

77

作弄他们,然后再来见我,我一定会给你们许多金子。
画师
诗人　请您说出他们的名字来,大爷;让我们知道他们究竟是谁。
泰门　你向那边走,你向这边走。你们一共只有两个人,可是你们两人分开以后,各人还有一个万恶的奸徒和他在一起。要是你不愿意有两个恶人在你的身边,那么不要走近他。(向诗人)要是你只要和一个恶人住在一处,那么不要和他来往。去,滚开!这儿有金子哩。你们是为着金子来的,你们这两个奴才!你们替我做了工了,这是给你们的工钱;去!你有炼金的本领,去把这些泥块炼成黄金吧。滚开,恶狗!(将二人打走,返入穴内。)

　　　　弗莱维斯及二元老上。

弗莱维斯　你们要去跟泰门说话是不可能的,因为他这样耽好孤寂,除了只有外形还像一个人的他自己而外,他觉得什么都是对他不怀好意的。
元老甲　带我们到他的洞里去;我们已经答应雅典人,负责向泰门说话。
元老乙　人们不是永远始终如一的;时间和悲哀使他变成这样一个人。要是命运加惠于他,恢复了他旧日的豪富,他也许仍旧会恢复原来的样子。带我们见他去,碰碰机会吧。
弗莱维斯　这就是他所住的山洞了。愿平和安宁降临在这儿!泰门大爷!泰门!出来,跟您的朋友们谈谈。雅典人派了两位最年高有德的元老来问候您了。跟他们谈谈吧,尊贵的泰门。

　　　　泰门自穴中上。

泰　门　抚慰众生的太阳,烧起来吧!你们有什么话?快说,说过了就给我上吊去。愿你们说了一句真话就长起一个水疱!说了一句假话就会在舌根上烂一个窟窿!

元老甲　尊贵的泰门——

元老乙　雅典的元老们问候你,泰门。

泰　门　我谢谢他们;要是我能够替他们把瘟疫招来,我愿意把它送给他们。

元老甲　啊!忘记那些我们自己所悔恨的事吧。元老们众口一词地诚意要求你回到雅典去;他们已经考虑到许多特殊的荣典,等你回去接受。

元老乙　他们承认过去对你太冷酷无情了;现在雅典的公众已经感觉到他们为了不曾给泰门援手,已经失去了一座患难时可以倚畀的长城,所以他们才突破成例,叫我们前来表示歉忱,并且向你呈献他们无限的爱敬和不可数计的财富,补赎他们以往的过失。

泰　门　你们这一番话,真说得我受宠若惊,差一点要感激涕零了。借给我一颗愚人的心和一双妇人的眼睛,我就会听了这种温慰的言语而哭泣起来,尊贵的元老们。

元老甲　那么请你跟我们一同回去,在我们的雅典,也就是你的雅典,接受大将的尊位;你一定会得到人民的感谢,他们会给你绝对的权力,你的美好的声名将和威权同在。我们不久就可以逐退那来势汹汹的艾西巴第斯,他像一头横冲直撞的野猪似的,捣毁了祖国的和平。

元老乙　向雅典的城墙摇挥他的咄咄逼人的剑锋。

元老甲　所以,泰门——

泰　门　好,先生,很好;那么就这样吧:要是艾西巴第斯杀死了我的同胞,让艾西巴第斯知道,泰门是全不介意的。要是他把美好的雅典城劫掠一空,把我们那些善良的老人家们揪着胡须拉走,让我们那些圣洁的处女们去受那疯狂的、兽性的战争的污辱,那么让他知道,告诉他,泰门这样说,为了怜悯我们的老人和我们的少年,我不能不对他说,泰门对于这些是全不介意的,随他高兴怎么办就怎么办吧;因为只要你们还有不曾割断的咽喉,他们的刀是不会嫌血污的。至于我自己,那么,那横暴不法的敌人营里的每一把屠刀,都比雅典最可尊敬的咽喉更能获得我的好感。所以我现在把你们交付在幸运的天神的照顾之下,正像把一群窃贼交付给看守的人一样。

弗莱维斯　去吧,一切全都没用。

泰　门　我刚才正在写我的墓志铭;你们明天就可以看见。健康和生活使我害了长久的病,现在我的宿疾已经开始痊愈,从虚无中间我得到了一切。去,继续活下去;愿艾西巴第斯给你们灾难,他也在你们手里遭灾,到头来大家同归于尽吧!

元老甲　我们的话都是白说。

泰　门　可是我爱我的国家,人家虽然说我喜欢看见宗国的沦亡,其实我却不是那样的人。

元老甲　这才说得不错。

泰　门　请你们替我向我的亲爱的同胞们致意——

元老甲　这样的话从您的嘴里出来,足见志士襟怀,毕竟与众不同。

元老乙　它们进入我们的耳中,也像得胜荣归的勇士,在夹道欢呼声中返旆国门一样。

泰　　门　　替我向他们致意；告诉他们，为了减轻他们的忧虑，解除他们对于敌人剑锋的恐惧，释免他们的痛苦、损失、爱情的烦恼以及在生命的无定的航程中这脆弱的凡躯所遭受的一切其他的不幸起见，我愿意给他们一些善意的贡献，指点他们避免狂暴的艾西巴第斯的愤怒的方法。

元老乙　　我很高兴他说这样的话；他会重新回去的。

泰　　门　　我有一棵树长在我的住处的附近，因为我自己需用，不久就要把它砍下来；告诉我的朋友们，告诉全雅典的人，叫他们按照各人地位的高低分别先后，凡是有谁愿意解除痛苦，就赶快到这儿来，在我那棵树未遭斧斤以前自己缢死。请你们这样替我对他们说吧。

弗莱维斯　　不要再跟他絮烦了，他总是这个样子的。

泰　　门　　不要再来见我；对雅典说，泰门已经在海边的沙滩上筑好他的万世的佳城，汹涌的波涛每天一次，向它喷吐着泡沫；到那里来吧，让我的墓碑预示着你们的命运。

　　　　让怨怼不挂唇，让言语消灭，

　　　　灾难和瘟疫将会纠正一切！

　　　　坟墓是人一世辛勤的成绩；

　　　　隐去吧，阳光！陪着泰门安息。（下。）

元老甲　　他的愤懑不平之气，已经深植在天性之中，再也消解不掉了。

元老乙　　我们对他的希望已经完了，还是回去凭着我们残余的力量，想些其他的办法，尽力挽救危局吧。

元老甲　　事不宜迟，我们快回去。（同下。）

第二场　雅典城墙之前

　　　　二元老及一使者上。

元老丙　难为你探到了这样的消息；他的军力果然像你所说的那样雄壮吗？

使　者　他的实际的力量，比我所说的还要强大得多；而且他的行军非常迅速，大概就要到来了。

元老丁　要是他们不能劝诱泰门回来，我们的处境可真是危险万分呢。

使　者　我在路上碰见一个信差，是我旧日的朋友，虽然我们各事一方，可是我们从前的交谊使我们泯除猜忌，像朋友一般互吐真情。这个人是艾西巴第斯差他飞骑送信到泰门的洞里去的，那信上要求他协力助攻雅典，因为这次举兵一部分的原因也就是为了他。

元老丙　我们的两个同僚来了。

　　　　甲乙二元老自泰门处归。

元老甲　别再提起泰门的名字，别再对他存什么希望了。敌人的鼓声已经近在耳边，一片尘沙扬蔽了天空。进去，赶快准备起来；我怕我们要陷入敌人的罗网了。（同下。）

第三场　树林。泰门洞穴，相去不远
　　　　　　　有草草砌成的坟墓一座

　　　　一兵士上，寻找泰门。

兵　士　照他们所说的样子看来，大概就是这儿了。有人吗？

喂,说话呀!没有回答!这是什么?泰门死了,他的大限已到;这坟墓是什么野兽给他盖起来的,这儿是没有人住的地方。一定是死了;这便是他的坟墓。墓石上还有几行字,我可认不得;让我用蜡把它们拓下来;我们的主将什么文字都懂,他年纪虽轻,懂的事情可多哩。他现在一定已经在骄傲的雅典城前安下了营寨;攻陷那座城市是他的意志的目标。(下。)

第四场　雅典城墙之前

　　喇叭声;艾西巴第斯率军队上。

艾西巴第斯　吹起喇叭来,让这个懦怯的、淫秽的城市知道我们的大军已经来到。(吹谈判信号。)

　　元老等登城。

艾西巴第斯　在今天以前,由你们胡作非为,肆行不义,把你们的私心当作公道;在今天以前,我自己以及一切睡在你们权力的阴影下面的人,谁都是叉手彷徨,有冤莫诉。现在忍无可忍的时间已经到了,蹲伏惯了的脊骨,在重重的压迫之下,喊出"受不住了"的呼声;现在无告的冤苦将要坐在你们宽大的安乐椅上喘息,短气的骄横将要狼狈奔逃了。

元老甲　尊贵的少年将军,你当初因为些微的误会一怒而去的时候,虽然你还是无拳无勇,我们无须恐惧你的报复,可是我们仍旧召你回来,好意抚慰你,用逾量的恩宠洗刷我们负心的罪戾。

元老乙　就是对于改换了形貌的泰门,我们也曾用谦恭的使节和优渥的允诺恳求他眷念我们的城市。我们并不全是冷酷无情的人，也不该不分皂白地同受战争的屠戮。

元老甲　我们这一座城墙，并不是建立于得罪你的那些人之手；这些巍峨的高塔、标柱和学校，更不应该为了私人的错误而同归毁灭。

元老乙　当初驱迫你出亡的那些人，因为自愧缺少应付非常的才能，心中惭疚，都已忧郁逝世了。尊贵的将军，带领你的大军，高扬你的旗帜，开进我们的城中吧；要是你不顾上天好生之德，你的复仇的欲望必须得到满足，那么请你在十人中杀死一人，让那不幸接触你的锋刃的作为牺牲吧。

元老甲　不是每一个人都犯罪；因为从前的人铸下了错误而向现在的人报复，这不是合乎公道的措置；罪恶和土地一样，都不是世袭的。所以，亲爱的兄弟，带你的队伍进来吧，可是把你的愤怒留在外面。宽恕你所生长的雅典摇篮，也不要在盛怒之中把你的亲人和那些得罪你的人同时骈戮；像一个牧人一般，你可以走到羊栏里，把那些染疫的牲畜拣出，可不要漫无区别地一律杀死。

元老乙　你要什么都可以用微笑取得，何必一定要用刀剑的威力诛求呢？

元老甲　你只要一踏到我们壁垒森严的门口，它们就会砉然开启，让你仁慈的心为你先容，通报你善意的来临。

元老乙　抛下你的手套，或是任何代表你的荣誉的纪念物，表示你这次攻城的目的，只是伸雪你的不平，不是破坏我们的安全；你的全部军队可以驻扎在我们城里，直等我们签准了你的全部要求为止。

艾西巴第斯　那么我就摔下我的手套。下来，打开你们未受攻击的城门；把泰门的和我自己的敌人交出来领死，其余一概不论。为了消释你们的疑虑、表明我的正直的胸襟起见,我还要下令严禁部下的士兵擅离营地,扰乱你们城市中的治安,凡是违反禁令的,一律交付你们按法严惩。

元老甲
元老乙　　真是光明正大的说话。

艾西巴第斯　　下来,实践你们自己的允诺。(元老等下城开门。)

　　　　一兵士上。

兵　士　　启禀主将,泰门已经死了;他葬身在大海的边沿,在他的墓石上刻着这几行文字,我因为自己看不懂,已经用蜡把它们拓了下来。

艾西巴第斯

　　　　残魂不可招,
　　　　　　空剩臭皮囊;
　　　　莫问其中谁:
　　　　　　疫吞满路狼!
　　　　生憎举世人,
　　　　　　殁葬海之湄;
　　　　悠悠行路者,
　　　　　　速去毋相溷!

这几行诗句很可以表明你后来的心绪。虽然你看不起我们人类的悲哀,蔑视我们凉薄的天性里自然流露出来的泪点,可是你的丰富的想像使你叫那苍茫的大海永远在你低贱的坟墓上哀泣。高贵的泰门死了;他的记忆将永留人间。带我到你们的城里去;我要一手执着橄榄枝,一手握着宝剑,使战争孕育和平,使和平酝酿战争,这样才可以安不忘危,巩固国家的基础。敲起我们的鼓来!(众下。)

85

理查三世

方　　重译

RICHARD III.

Act IV. Sc. 2.

剧 中 人 物

爱德华四世

爱德华　威尔士亲王，即位后称爱德华五世 ⎫
理查　约克公爵　　　　　　　　　　　　 ⎭ 爱德华王之子

乔治　克莱伦斯公爵　　　　　　　　　　 ⎫
理查　葛罗斯特公爵，即位后称理查三世　 ⎭ 爱德华王之弟

克莱伦斯一幼子

亨利　里士满伯爵，即位后称亨利七世

布希埃红衣主教　坎特伯雷大主教

托马斯·罗塞汉　约克大主教

约翰·毛顿　伊里主教

勃金汉公爵

诺福克公爵

萨立伯爵　诺福克之子

利佛斯伯爵　爱德华王后之弟

道塞特侯爵 ⎫
葛雷勋爵　 ⎭ 王后前夫之子

牛津伯爵

海司丁斯勋爵

89

斯丹莱勋爵　又名德比伯爵

洛弗尔勋爵

托马斯·伏根爵士

理查·拉克立夫爵士

威廉·凯茨比爵士

詹姆士·提瑞尔爵士

詹姆士·勃伦特爵士

华特·赫伯特爵士

罗伯特·勃莱肯伯雷爵士　伦敦塔卫队长

威廉·勃兰顿爵士

克利斯朵夫·欧锡克爵士　牧师

另一牧师

伦敦市长

威尔特郡巡吏

特莱塞尔 ｜
勃　雷　｝安夫人之侍从

伊利莎伯　爱德华四世之后

玛格莱特　亨利六世之寡后

约克公爵夫人　爱德华四世、克莱伦斯与葛罗斯特之母

安夫人　亨利六世子爱德华之寡妻；后为葛罗斯特公爵
　之妻

玛格莱特·普兰塔琪纳特　克莱伦斯一幼女

公侯、从吏、录事、绅宦、市民、凶手、使者、幽灵、兵士及
　其他侍从等

地　点

英国

第 一 幕

第一场　伦敦。街道

葛罗斯特上。

葛罗斯特　现在我们严冬般的宿怨已给这颗约克的红日照耀成为融融的夏景；那笼罩着我们王室的片片愁云全都埋进了海洋深处。现在我们的额前已经戴上胜利的花圈；我们已把战场上折损的枪矛高挂起来留作纪念；当初的尖厉的角鸣已变为欢庆之音；杀气腾腾的进军步伐一转而为轻歌妙舞。那面目狰狞的战神也不再横眉怒目；如今他不想再跨上征马去威吓敌人们战栗的心魄，却只顾在贵妇们的内室里伴随着春情逸荡的琵琶声轻盈地舞蹈。可是我呢，天生我一副畸形陋相，不适于调情弄爱，也无从对着含情的明镜去讨取宠幸；我比不上爱神的风采，怎能凭空在婀娜的仙姑面前昂首阔步；我既被卸除了一切匀称的身段模样，欺人的造物者又骗去了我的仪容，使得我残缺不全，不等我生长成形，便把我抛进这喘息的人间，加上我如此跛跛踬踬，满叫人看不入眼，甚至路旁的狗儿见我停下，也要狂吠几声；说实话，我在这软绵绵的歌舞升平的年代，却找不到半点赏心乐事以消磨岁月,无非背着阳光窥看自己的阴影,口中念念有词,埋怨我这废体残形。因此,我既无法由我的春心奔放,趁着韶光洋溢卖弄风情,就只好打定主意以歹徒自许,专事仇视眼前的闲情逸致了。我这里已设下圈套,搬弄些是非,用尽醉酒诳言、毁谤、梦呓,唆使我三哥克莱伦斯和大哥皇上之间结下生死仇恨:为的是有人传说爱德华的继承人之中有个 G 字起头的要弑君篡位①,只消爱德华的率直天真比得上我的机敏阴毒,管叫他今天就把克莱伦斯囚进大牢。且埋藏起我的这番心念,克莱伦斯来了。

克莱伦斯、勃莱肯伯雷及卫士上。

葛罗斯特　三哥,您好,阁下身边带有武装守卫是何道理哪?

克莱伦斯　国王陛下,为了照顾我身子安全,指派了守卫,要送我进伦敦塔。

葛罗斯特　是什么缘由呢?

克莱伦斯　为了我名叫乔治。

葛罗斯特　呵哟!我的王公,这哪是你的过错呢;若是为了这个缘故,他就该定你教父的罪。呵,陛下他也许打算送你进塔去重新命名吧。当真为的什么,克莱伦斯,你能告诉我吗?

克莱伦斯　当然,理查,只要我知道;可是我实在弄不清;不过,据我所知,他听信了一些痴人说梦的预言;他从儿童识字本里抽出一个 G 字来,说什么巫人曾经告诉他这个 G 字会篡夺他的王位;而我的名字乔治恰是 G 字起头,于是他就一心认定我就是篡位的人。据说,竟是这一类的无稽之谈唆使了皇上今天定下我的罪名。

---

① 克莱伦斯名乔治(George),与葛罗斯特(Gloucester)均以 G 字起头。

葛罗斯特　对呀,正是如此,因为男子受了女人的统治:不是皇上把你关进伦敦塔的;原来是他的妻后,葛雷夫人,在旁指使他,造成了这个恐怖局面。难道不就是她和她的尊兄伍德维尔那位大人,彼此共谋,海司丁斯才被送进塔牢,直到今天才获释吗?我们都不很安全哪,克莱伦斯;都不很安全。

克莱伦斯　天哪,我看除了外戚们,谁的安全也没有保障了,除非是那些在皇上和休亚夫人之间穿梭不停地星夜奔忙的传信人。你可曾听说海司丁斯为了重获自由,是如何向她卑躬屈节的吗?

葛罗斯特　硬把她当神明一样膜拜,低声诉苦,这位御前大臣才讨回了自由。告诉你吧,我看我们也只有这一条路;要想赢得圣恩,就得听她使唤,穿上她门下仆从的制服给她效劳。那窄心眼儿的老寡妇和休亚自己自从受到我们王兄的册封以来,已一跃而为朝廷的显要人物了。

勃莱肯伯雷　我请求两位王公宽恕;国王陛下有命,所有的人,不论职位高低,一概不准同你这位哥哥交谈。

葛罗斯特　当真;对不起,勃莱肯伯雷,我们的谈话你尽可任意倾听。我们没有讲犯上的话,老兄。我们说国王贤明,还说他那位高贵的王后年事已高,心地宽厚,并且美貌出众;我们说休亚夫人有一双俊秀的脚,樱桃小口,妩媚的眼,十分悦耳的声调;也还说到外戚们都封为权贵了。你怎么说,爵爷?你能否认这些事吗?

勃莱肯伯雷　关于这些,王爷,不干我任何事。

葛罗斯特　你同休亚夫人干过好事?我说,老兄,同她干好事,除一人而外,最好独守秘密。

勃莱肯伯雷　什么一个人,王爷?

葛罗斯特　她的夫君,坏蛋,你想出卖我吗?

勃莱肯伯雷　我请求阁下原谅;同时还求您莫再同这位王公交谈。

克莱伦斯　我们知道你职责在身,勃莱肯伯雷,我们一定从命。

葛罗斯特　我们原是主后的卑贱的奴仆,只好从命。三哥,再会吧,我就去见国王;不管什么事,只要你吩咐我去办,即使把那寡妇王后认做亲姊姊也可以,只消能为你换取自由。然而,这种兄弟阋于墙的奇耻大辱,你真不知道我心头是一种什么滋味呵。

克莱伦斯　我相信这个处境确是你我所难于接受的。

葛罗斯特　好吧,你的监禁决不会太久,我一定来救你,不然的话,我就见不得人啦①。目前你还要忍耐才是。

克莱伦斯　我一定忍耐,再会。(与勃莱肯伯雷及卫士下。)

葛罗斯特　去吧,走上你那万劫不复的路吧,单纯的克莱伦斯!我是多么爱你,恨不得马上把你的灵魂送归天国,单看上天是否有意收下我这份礼物。这是谁来了?是才放出监牢的海司丁斯吧!

　　　　海司丁斯上。

海司丁斯　愿天赐您福分,好心肠的大人!

葛罗斯特　愿您也同得天福,御前大人!欢迎您重见天日。大臣,您是怎样熬过那狱中的日子的呀?

海司丁斯　忍耐,高贵的大人,狱中人还有什么办法?我不得不

---

① 原文双关语(or else lie for you),这里勉从双关隐意译出;撒谎(lie)与坐牢(lie)同样"见不得人"。

96

留着这条命,好向陷害我的人表示谢意。

葛罗斯特　不错,不错;克莱伦斯也是一样;原来你的仇人就是他的,他们压倒了你,也压倒了他。

海司丁斯　可叹鸷鹰禁闭了起来,而鸢鹗之类反可以悠然自得。

葛罗斯特　外边有什么消息吗?

海司丁斯　外边的任何消息都没有里边的凶恶;国王病重、虚弱、忧闷寡欢,御医们很为他焦急。

葛罗斯特　圣保罗在上,这个消息的确不妙。呵,他早就饮食不正常,过分地亏损了他的身体,叫人想起就要感伤不已。那么,他是睡倒在床上了吗?

海司丁斯　是的。

葛罗斯特　请先走一步,我随后就来。(海司丁斯下)我希望他活不了;然而他也决不可马上就死,且等乔治兼程归了天再说。我要进宫去,去加深他对克莱伦斯的仇恨,毁谤不够,再添些雄辞力辩;只要我心底的计谋得逞,克莱伦斯别想再多活一天;这件事办妥了,上帝就好照顾爱德华王,那时这世界便由我来独自纵横了! 那样,我好娶过华列克的幼女①。我虽杀了她的丈夫和父亲,这有何相干,要补偿这娘儿的损失莫过于由我来当她的夫君兼父亲;这才是我的主意;倒不是为了什么爱,为的却是另一桩私地里的打算,只有娶到了她才能如愿。可是这些话我其实说得太早一点:克莱伦斯还在人世;爱德华还占着宝座;病而未死;且等他们都去了再打我的算盘不迟。(下。)

---

① 即安夫人。

第二场　同前。另一街道

　　　　役吏们簇拥亨利六世棺具上，安夫人送殡致哀。

安　　放下来,放下你们的光荣负担,假如棺木中也能包藏光荣的话,我好趁此为善良的兰开斯特的夭亡而一尽哀仪。可怜的主君呀,你的圣体已经冰凉！呀,兰开斯特王室的余灰残烬！你这副皇族血统的枯骨,滴血都已流尽！愿国法容许我呼唤你的精灵,请听我可怜的安为你哀号,我就是你遇了害的儿子爱德华的妻子,同一只毒手杀害了你父子二人！看哪,你身上的伤口破裂,英灵从这些裂缝中穿出,我一个弱女的热泪填敷不了你的满身创痛。呵！可诅咒的刽子手呀,是他戳开了你这些伤孔！可诅咒的狼心狗肺呀,是他干出了如此狠心的事！可诅咒的毒血儿呀,是他放干了你的圣血！愿这个万恶的祸首不得善终,他害死了你,带给我们无穷的灾难！愿他所遭受的毁灭比那些蛇、虺、蛛、蟾,或世上任何爬行毒虫所应得的结果更加残酷！愿他所生下的孩子是个流产怪物,不让它足月便仓促下地！愿他生就一副丑陋反常的狰狞面目,使那期待着的母亲一见就心生恐惧！愿这个人妖继承他自己的逆运！愿他所娶的妻房也因夫亡而受苦,比我因我夫和你两人的遇难所受的苦还要多！好吧,现在请你们将这神圣的负担从圣保罗教堂送往丘邨安葬吧；可是你们如果很累,也不妨多作休息,好让我向故君亨利尽哀。(役吏们重抬棺具前进。)

　　　　葛罗斯特上。

葛罗斯特　停一下,你们抬棺具的人,放下来。

安　　　是哪个魔术家唤出这个恶鬼来阻挡人间忠爱的大事呀？

葛罗斯特　混账的家伙，放下那棺具来；否则，凭圣保罗在此，你休想活命。

役　吏　大人，请退后一步，让棺柩通过。

葛罗斯特　无礼的狗东西！我发号令，你就得站住。你若举起戈戟高过我的胸膛，让圣保罗作证，我要把你踢倒脚下，踩上你的身子，奴才，你好大胆。（役吏放下棺具。）

安　　　怎么啦！你们发抖了？都害怕吗？呵，难怪，难怪，你们都是人，人的眼哪能经得起看魔鬼出现呢。滚开！你是地狱中的恶魔王，你的魔力至多不过残害了他的肉身，他的灵魂却不归你所有。快滚开去。

葛罗斯特　可爱的圣女，仁恕要紧，莫这样恶言恶语。

安　　　恶魔，上天不容，走开些，莫来寻麻烦；你已经把快乐世界变成了地狱，使人间充满了怒咒痛号的惨声。你如果愿意欣赏你残害忠良的劣迹，就请一看你自己屠刀杀人的这具模型。呵，看哪！大家来看故君亨利的创痕，看它们凝口又裂开了，鲜血又喷流了。你还有什么脸哪，你这个臭不可闻的残废，仅仅因为你站前一步，他那原已冷瘪的血管又鲜血奔流：是你的所作所为，反人性，反天意，引发了这股逆潮。呵，造物主呀！你创造了他的血，为他复仇；呵，大地呀！你吮吸了他的血，为他伸冤；若非天公以雷电击杀这个杀人犯，就让大地裂开，将他活生生吞进去，因为就是他那只接受地狱指挥的魔手闯下了这场惨祸，而贤君的滴滴热血已被地面吞咽尽了！

葛罗斯特　夫人，你全不懂得仁恕之道，讲仁恕就要以善报恶，

99

以德报怨。

安　　坏蛋,你既不懂天理,也不顾人情!任何一只猛兽也还有点恻隐之心。

葛罗斯特　我却完全没有,所以不是一只兽。

安　　呵!妙呀,魔鬼也会说句真话。

葛罗斯特　更妙的是,天使也会这样发怒。圣洁无瑕的女界楷模,望你容许我从这些假设虚构的罪名中,来旁推侧引,以便洗雪我自身。

安　　支离糜烂的男界毒疣,你该让我从这些彰明较著的败迹中,来旁推侧引,以便咒骂你奴才。

葛罗斯特　你美色无限,真叫人夸也夸不完,还求你包容,给我充分时日来向你表白一番。

安　　你丑恶万分,真叫人难以设想,凭你巧辩,也无从取信于人,除非你自缢身死。

葛罗斯特　我既如此无望,就只好自首请罪了。

安　　你既不顾一切,玩忽人命,正该截断生路,以一死为报,才能赢得人们的饶恕。

葛罗斯特　姑且说我并未杀他们。

安　　倒不如说他们没有被杀。可是他们确已死了,恶魔,凶手就是你。

葛罗斯特　我没有杀你的夫君。

安　　那末他就还在人间啰。

葛罗斯特　不,他确已死去;是爱德华下的手。

安　　这是从你那臭嘴里撒出来的谎言。玛格莱特王后亲眼看见你的利刃淋着他的血,杀气腾腾;你还拿起那凶器刺向她的胸膛,幸亏你两个哥哥把那刀头拨开了。

葛罗斯特　那是她的毁谤激动了我,她硬把我哥哥们的罪名套上了我的头。

安　　　是你自己的豺狼之心激动了你,你屠杀成性,心中别无善念。你究竟杀了这位君王没有?

葛罗斯特　我向你认罪。

安　　　你这才向我供认了,刺猬?好,我愿上帝应我所求,因你的罪孽而把你贬入地狱!呵!他是个何等温良而有德行的人呀。

葛罗斯特　天国收容了他,他正好为天帝效忠。

安　　　他已进天国,你却莫想进去。

葛罗斯特　他该感谢我,是我帮了他一手;因为他去天上比留在人间更加自在些。

安　　　可是你除了地狱就无处容身。

葛罗斯特　也还有个去处,只要你肯听我讲出来。

安　　　一个幽狱地牢。

葛罗斯特　你的闺房卧室。

安　　　不管你哪儿栖身,你休想安宁!

葛罗斯特　的确我不会安宁,夫人,除非我能一旦在你身旁栖憩。

安　　　天知道。

葛罗斯特　我知道。可是,温良的安夫人,为了停止这场唇舌的交锋,而改用一种比较缓和的方式,我请问,我们王室的亨利呀,爱德华呀,都一个个夭亡,那首先惹起这祸端的人难道就不该和那动刀下手的人一并论罪吗?

安　　　祸根就是你,而干出这样滔天罪行的也是你。

葛罗斯特　原是你的天姿国色惹起了这一切;你的姿色不断在

101

我睡梦中萦绕,直叫我顾不得天下生灵,只是一心想在你的酥胸边取得一刻温暖。

安　　　早知如此,我告诉你,凶犯,我一定亲手抓破我的红颜。

葛罗斯特　我怎能漠视美容香腮受到摧残;有我在身边就不会容许你加以毁损:正如太阳照耀大地,鼓舞世人,你的美色就是我的白昼和生命。

安　　　让黑夜掩盖你的白昼,死亡吞没你的生命!

葛罗斯特　莫诅咒你自身,你正是白昼,又是生命,可人儿。

安　　　但愿能这样,正好报你的仇。

葛罗斯特　要在爱你的人身上报仇,好一场离奇古怪的争执。

安　　　为了在杀害我夫君的人身上雪恨复仇,正是一番公允合理的争论。

葛罗斯特　夫人,那使你丧失夫君的人为的就是要帮你另配一个更好的夫君。

安　　　比他还好的人,世上已经找不到了。

葛罗斯特　这个人却在人间,他爱你更为深厚。

安　　　讲出他的姓名来。

葛罗斯特　普兰塔琪纳特①。

安　　　正是他。

葛罗斯特　和他同名,品质却在他之上。

安　　　这个人在哪儿?

葛罗斯特　在这儿。(她啐他)你为什么唾我?

安　　　对付你,我巴不得能喷出毒液来!

葛罗斯特　这样甜蜜的嘴里哪儿喷得出毒液。

---

① 理查与爱德华(安前夫)均姓普兰塔琪纳特。

安　　　　哪儿还有比你更臭更烂的毒蛤蟆。我见不得你!你会使我双目都遭殃。

葛罗斯特　甜蜜的夫人,是你的媚眼殃及了我的官能。

安　　　　但愿我目光如蛇怪,好致你死命!

葛罗斯特　这样才好,好让我死得痛快;无奈你秋波一转竟害得我活不成,死不了。你那双迷魂的眼睛叫我一见,就不由得不泪珠盈盈,像孩童般顾不得人们的耻笑;我的眼里何曾流过什么真情的泪;当黑脸的克列福挥动长刀指向弱小的鲁特兰,逼得他哀号悲鸣,这时间我父约克和哥哥爱德华都忍不住哭泣起来,而我却没有流泪;再说,当你那英勇的父亲像一个孩童般追述着我父亲如何惨遭杀害,他曾多次泣不成声,闻者都不禁泪流满颊,好比树身淋着雨水一样:在那个悲哀的时日,我还是虎视眈眈,不屑抛出一滴弱泪;当年那些伤心事都打不动我的心,可是,今天我却为你的美色热泪盈眶。我从不向友人求情,向敌人讨饶;我的舌头学不会一句甜蜜话;可是今天却是你的红颜为我付出了讼费,逼得我压住傲气而向你苦苦申诉。(她向他横眉怒目,表示轻蔑)何必那样噘起轻慢的朱唇呢,夫人,天生你可亲吻的香腮,不是给你做侮蔑之用的。如果你还是满心仇恨,不肯留情,那末我这里有一把尖刀借给你;单看你是否想把它藏进我这赤诚的胸膛,解脱我这向你膜拜的心魂,我现在敞开来由你狠狠地一戳,我双膝跪地恳求你恩赐,了结我这条生命。(打开胸膛;她持刀欲砍)快呀,别住手;是我杀了亨利王;也还是你的美貌引起我来。莫停住,快下手;也是我刺死了年轻的爱德华;又还是你的天姿鼓舞了我。(她又作砍势,但立即松手,刀落地)拾起那把刀来,不然就搀我起来。

安　　　　站起来,假殷勤。我虽巴不得你死,倒不想做你的刽子手。

葛罗斯特　那末吩咐我自杀,我一定照办。

安　　　　我已经讲过了。

葛罗斯特　那是你在盛怒之下说的;再说一遍,只消你金口一开,我这只手,为了爱你曾经杀过你的旧欢,现在还是为了爱你,可以再杀一个爱得你更加真切的情郎。这样,新欢旧爱先后被杀,而你却都是从犯。

安　　　　我倒很想看看你这颗心。

葛罗斯特　我的心就挂在我的嘴唇边。

安　　　　我怕你竟是心口全非。

葛罗斯特　那世上就没有一个真心人了。

安　　　　好啦,好啦,把你的刀收起来。

葛罗斯特　那末就算是和解了。

安　　　　这还得等着瞧。

葛罗斯特　但是我可否就在希望中求生呢?

安　　　　人人都靠希望生存,我想。

葛罗斯特　答应我戴上这只戒指。

安　　　　受礼并非受聘。(戴上戒指。)

葛罗斯特　看,这戒指不大不小,恰巧戴上你的手指,正像你的胸腔紧紧围住我这颗可怜的心一样;戒指和心都归你有,都拿去使用吧。你如果还肯答应你的忠仆一件事的话,那就是你最后肯定了我一生的幸福了。

安　　　　什么事?

葛罗斯特　愿你允许我来办理这场丧仪,我是个最应该致悼尽哀的人,你不妨立刻移驾到克洛斯比宫中;且等我去丘邨寺把这位高贵的君王安葬入土,虔心诚意在坟前洒下我忏悔的热泪,然后,我就赶紧来向你致候。这里有各种说不清的原因,但愿你能应允我这个请求。

安　　我很愿意;我能看见你这样深悔前非,心里也十分喜悦。特莱塞尔和勃克雷,你两人跟我同走吧。

葛罗斯特　向我道别一声哪。

安　　未免有些过分;不过你既教了我如何待你和善,不妨就假想我已道别过了。(同特莱塞尔及勃克雷下。)

葛罗斯特　各位弟兄们,抬起棺具来吧。

役　吏　去丘邨吗,尊贵的大人?

葛罗斯特　不,去僧院;先去等着我来。(除葛罗斯特外均下)哪有一个女子是这样让人求爱的? 哪有一个女子是这样求到手的? 我要娶她;可是也不要长期留下她来。什么! 我这个杀死了她丈夫和他父王的人,要在她极度悲愤之余娶过她来;她的咒骂还在嘴边,眼眶里还含着泪,她那心头之恨还有这斑斑血痕做实证;上帝、她的良心和我的这些缺陷都在控诉我,叫我简直站不住脚跟,而我呢,只凭包藏的祸心和满面的春风,仍要把她弄到手,哪怕她那边千岩万壑,而我却空无所有! 哈! 难道她已经把那位勇敢的王子抛到脑后去了吗? 仅仅三个月之前在图克斯伯雷,是我一怒而杀了她的夫君爱德华。广阔的天地间再也找不出一个比他更为和善可亲的人,繁茂的自然界培育了他那样的一个人才,年轻、无畏、聪明,并且确实高贵无比,而我竟折损了这位好王子的青春,使她早年丧偶,独守空房,难道她就此降低眼界看中了我吗? 我的所有禀赋怎抵得上半个爱德华呢? 我这样一拐一瘸,这样残缺其形? 我的公爵爵位又哪儿值得半分一毫,显然我在这一向一直把自己看错了。天知道,她却是另眼相看,把我抬得很高,虽然我还有些莫名其妙。我只有花费一笔钱,置一面衣镜,雇一批缝衣匠,收养他一二十个,让他们推究一下时装,为我打扮起来。我既碰上了好运,不妨就付出一些代价维持个场面。可是我还得去安葬这家伙,然后哭丧着脸去找我的爱。照耀着吧,太阳,等我买到了镜子,好让我在镜前端详我的影儿。(下。)

第三场　同前。宫中一室

　　　　伊利莎伯王后及利佛斯、葛雷上。

利佛斯　忍耐些,夫人,我们的王上不久一定会恢复他的健康的。

葛　雷　您如果向坏处去想,反而会叫他病体恶化,所以千万看老天面上安下心来,讲几句高兴的话,安慰王上。

伊利莎伯王后　万一他归了天,我便如何是好?

利佛斯　至多就是丧失了这样一位君王。

伊利莎伯王后　正是丧失这样一位君王要带来一切灾难呢。

葛　雷　天赐你一位好太子,国王亡故之后他就是你的慰藉。

伊利莎伯王后　呀,他还年轻;在他成年之前要受理查·葛罗斯特的保护,而他对我没有好感,对你们也同样没有好感。

利佛斯　他担任护国公是已经决定了吗?

伊利莎伯王后　已经议定了,还没有最后决定。一旦王上有故,这就是难免的了。

　　　　勃金汉及斯丹莱上。

葛　雷　勃金汉和斯丹莱两位大人来了。

勃金汉　王后,愿您今天圣躬安好!

斯丹莱　愿上天使娘娘安乐如常!

伊利莎伯王后　我的好大人斯丹莱,我怕里士满伯爵夫人①,未见得会同意祝福我吧。可是,她虽则是你的夫人,斯丹莱,恐怕她对我并无好感,尽管如此,好大人,你放心,我倒不会因为见她高傲而怀恨于你的。

斯丹莱　我要求您不可轻信那班诬告捏造的人,他们居心叵测,无事生非;万一他们言之有据,也还望您宽恕,我看她的缺点其实是刚愎自用,并非生性险毒。

伊利莎伯王后　你今天见到王上没有,斯丹莱大人?

斯丹莱　勃金汉公爵和我两人是才见过王上来的。

伊利莎伯王后　他的病体有康复的可能吗,两位大人?

勃金汉　王后,很有希望;陛下谈得很高兴。

伊利莎伯王后　愿上帝赐他健康!你们和他谈过话?

勃金汉　是的,王后:他表示愿意在葛罗斯特同您兄弟之间斡旋和解,也想消除他们同御前大臣之间的隔阂;并且已经召他们来觐见了。

伊利莎伯王后　但愿百事顺心!只怕办不到。我担心我们的福分已经到顶了。

　　　　葛罗斯特、海司丁斯及道塞特上。

葛罗斯特　他们很对不起我,我决不能容忍下去。是谁在王上面前抱怨叫苦,竟说我为人凶狠,对他们没有好感?圣保罗为证,谁在他耳朵边挑唆,无中生有,谁就是对王上不忠。

---

① 里士满伯爵夫人,为约翰·刚特之曾孙女,先嫁里士满伯爵生里士满(后为亨利七世);后嫁德比伯爵斯丹莱。斯丹莱前妻所生长子即小乔治。

107

只是为了我不会谄媚或假作殷勤,不会在人前装笑脸,或花言巧语骗人,或者学着法国人那样点头点脑,像猴儿般假装讲礼,于是把我当敌人看待,怀疑我心狠。丑人就该死吗?就一定存心害人吗?一副单纯的真实心肠就该受到凌辱,就该让狡猾欺诈的家伙占尽上风吗?

葛　雷　我们都在此,您所指的是谁哪?

葛罗斯特　就指你,你毫无心肝,全不顾情面。我什么时候害了你的?什么事做得对不起你?或对你?对你?或你们中间任何一个?你们都该遭天谴!皇帝陛下——愿上帝庇佑他,不让你们的恶意得逞!——你们竟不让他一刻安息,偏要去烦他的心,厚着脸儿去向他诉苦诬告。

伊利莎伯王后　葛罗斯特贤弟,你想错了。王上自有他自己的圣意宏旨,并没有谁请求过他,或从中挑拨;可能你内心的仇恨在不知不觉中见诸你的行动,在反对我的孩子、兄弟和我本人,因而他起意召见,以便亲自明了一下你那敌意的根由何在,好设法解除。

葛罗斯特　我说不出;反正世风日下,老鹰不敢栖息的地方,却有鸥鹩在掠夺。个个坏蛋都得意,多少正经人被降为奴才。

伊利莎伯王后　好了,好了,我们懂得你的用意所在了,葛罗斯特弟弟,你不乐意我们这些人晋升。愿上帝照看我们永远不需要依靠你!

葛罗斯特　可是,上帝倒让我们依靠着你们呢:我三哥是你们玩了手段而下狱的,我自己受辱,显贵被侮慢;而那些一文不值的家伙,反而不消两天工夫就一个个升官发财,蒸蒸日上了。

伊利莎伯王后　我本来乐天安命,自蒙圣恩提拔,赐我高位,我寝食难安,愿圣上作证,我从未挑唆陛下陷害克莱伦斯公爵,却总是真心诚意为他求情。主公,你如此凭空捏造,恶意猜忌,实在是欺人太甚。

葛罗斯特　你甚至也可以否认最近海司丁斯大人入狱的事有你的一份。

利佛斯　她的确可以,大人;因为——

葛罗斯特　她的确可以,利佛斯大人!嘿,谁不知道?她可以做的,大人,的确还不只是否认这件事。她还可以协助你官运亨通,而一转眼又可以否认她伸过一只手,说什么全靠你自己才能过人。她哪件事不可以做?她的确可以——对了,的确她可以——

利佛斯　什么,的确她可以什么?

葛罗斯特　什么,的确她可以什么!可以嫁国王,一个未婚的青年,漂亮的小伙子。老实说,你的祖母还没有嫁得这样称心呢。

伊利莎伯王后　葛罗斯特公爵,我忍无可忍了,你这种冷嘲毒骂怎叫我受得住;天哪,我一定要去禀告王上,我已经忍够了这类粗鲁的口吻。要我如此受嘲弄,听恶声,来换取一个王后的尊号,倒不如出身乡野,当个佣妇。我如今当这个英吉利王后实在很少滋味。

　　　玛格莱特王后由台后上。

玛格莱特王后　(旁白)我祈求上帝把你那很少减为更少!你的荣誉、排场、宝座原来都是我的权分。

葛罗斯特　怎么!你要拿禀告国王来吓住我不成?去告他好了;莫留情;请看吧,我所讲过的话在国王面前我一定承担下来。我不怕关进伦敦塔。是讲话的时候了;我的劳绩差

109

不多都已被人忘记了。

玛格莱特王后　（旁白）滚呵,魔鬼! 我才记得清楚呢:你在伦敦塔里杀了我丈夫亨利,在图克斯伯雷你又杀了我儿子爱德华。

葛罗斯特　还在你丈夫和你两人称王道后以前,为了他的丰功伟绩我尽过汗马之劳,他的劲敌我为他铲除干净,他的友人我为他酬劳嘉奖;我流了自己的血去尊崇他的血。

玛格莱特王后　对了,还有比他和你更尊贵的血呢。

葛罗斯特　在那个时期你和你前夫葛雷却在为兰开斯特树党作乱;利佛斯你也在内。你前夫岂不是在玛格莱特战役中在圣奥尔本被杀的吗?你们如果健忘,就让我提醒你们,你们过去是怎样,如今又怎样;还有,我过去怎样,如今我又怎样。

玛格莱特王后　你一向是个杀人犯,如今还是一样。

葛罗斯特　可怜的克莱伦斯曾经背弃了他的丈人华列克,哦,还发了伪誓——愿耶稣宽恕他!——

玛格莱特王后　愿上帝惩罚他!

葛罗斯特　为了替爱德华争取王冠而战;可怜的王公,他所换得的酬偿乃是囚禁。愿上帝赐我一副爱德华那样的铁石心肠;否则就该让他学我一样以慈悲为怀。我太稚气了,傻得不合时宜。

玛格莱特王后　你这个恶魔,你还是辞了人间,蒙着脸钻进地狱去吧,那儿才是你的老家。

利佛斯　葛罗斯特大人,当年世事动荡,我们无非追随一个合法的国王,认他为主君,您今天却指责我们为叛乱之人;其实您如果一旦做了君王,我们还该效忠于您哪。

葛罗斯特　如果我做了君王！我宁可做个小贩。我根本没有这个念头。

伊利莎伯王后　假如你当了我们的国王,大人,你也享受不了多少快乐,正像我今天当了王后,你该能设想我所享受的快乐就很有限。

玛格莱特王后　王后所享受的快乐确实有限;我就是一国之后,而我就找不到丝毫乐趣。我再也忍不住了。(走上前来)听我讲,你们这班嚣嚷不已的海盗们,你们洗劫了我,又相互争吵起来！你们哪一个见了我不吓得发抖呀？不是吗？在我当王后的时候,你们岂不是低首臣服的吗？而一旦我被废黜了,你们难道不是像叛徒一样在我面前惊惶失措吗？呀！你这个贵胄的败类,你休想躲避过去。

葛罗斯特　满脸皱纹的丑巫婆,你想在我面前干什么？

玛格莱特王后　无非把你所干的坏事重述一遍;等我讲完了才放你过去。

葛罗斯特　驱逐出境、违则处死的不就是你吗？

玛格莱特王后　有过这件事;不过流放的日子我受不了,倒不如居留而死。你欠下我一夫一子;还夺去我一个王国;你们都背叛了我。我今天的苦难应由你们承担,你们所篡夺去的荣华都应归我所有。

葛罗斯特　当初我高贵的先君对你赌过咒,因为你将纸冠戴上他英勇的头额,你那满口恶言引出他滔滔的泪水;这时你递给他破布拭泪,而布上却浸透了俊秀的鲁特兰的无辜鲜血;我先君一时气愤难遏,发出诅咒,咒语降临你身;现在天公向你讨回血债,不能埋怨我们。

伊利莎伯王后　天心公正,无辜者的冤仇得到了伸雪。

111

海司丁斯　呵！杀死稚子真是罪大恶极的事，是一种闻所未闻、凶残无比的行为。

利佛斯　暴行的消息传来，暴君也不免要悲泣了。

道塞特　谁都能预料到恶人终归有恶报。

勃金汉　诺森伯兰伯爵目睹惨景也落了眼泪。

玛格莱特王后　嘿！在我未到之前，你们岂不都在猖猖地要拼个你死我活吗？现在却迁怒到我身上来了？难道约克的恶咒竟赢得了天听，因而亨利丧命，爱德华夭折，国祚中断，我自己衔哀出奔，这一切都为了那个无聊的乳臭小子吗？难道诅咒竟能穿破云层而通达天庭吗？果真如此，就让重云四散，听我连声恶咒吧！我诅咒你们的君王虽不死于疆场，也将因饮食无度而逝，为的是他杀了我王而称君道帝！我子爱德华过去是太子，你子爱德华今天被立为太子，我咒他同样夭亡，死于非命！你是王后，而我也一度是王后，看你荣华享尽，到最后，也和我一样同遭困厄！我咒你苟延残喘，为了儿女夭折而终日以泪洗面！今天我见你荣占我位，愿你来日也眼见旁人僭替你位！我咒你老死未临而安乐早逝；历尽你迟迟的辛酸岁月，到头来只落得你亡嗣亡夫亡江山！利佛斯与道塞特，还有海司丁斯，——当时我儿被刺，血染白刃，你们都袖手旁观，无动于衷。我祈求上帝不让你们任何人得享天年，愿你们突遭凶变，断送生命。

葛罗斯特　可恶的老巫婆，停止你的妖言！

玛格莱特王后　放过你吗？站住，狗东西，听我说来。我愿凶灾降临你身，但天上如果还积存更多的噩运，呀，我愿天公暂作保留，且等你一旦恶贯满盈，再大发神威，猛击你这个扰乱人世的祸首！愿你的一点天良像蠹虫般永远啃蚀着你的心魂！愿你此生将契友认作仇人，把奸贼当作亲人！让你那双杀人的眼睛终宵不得合拢，除非噩梦苦扰你的心神，这时刻所有地狱中的牛鬼蛇神全都出动，吓得你心惊胆裂！你是一条打了鬼印、流产下来的掘土猪！你在出胎时早已注定要永远做天地造化的贱役，地狱的产儿！你糟蹋了你生母沉重的胎腹！你是将你送入人间的生父的祸根！你这不要脸的败类、令人发指的——

葛罗斯特　玛格莱特！

玛格莱特王后　理查！

葛罗斯特　嗳！

玛格莱特王后　我没有叫你。

葛罗斯特　那就对不起了，我还以为你叫骂①了半天，都是指的我呢。

玛格莱特王后　我指的就是你；可是你不要回嘴。呵！等我来结束这场咒骂吧。

葛罗斯特　我已代办了，就用"玛格莱特"做结尾。

伊利莎伯王后　这样说来，你却诅咒了你自己。

玛格莱特王后　可怜的画中王后，你不过是我幸运墙上所加的浮雕！毒蛛布网缚住你周身，你又何必在它腹鼓上洒糖粉？蠢东西，蠢才！你无非在磨亮的刀口上企图自尽。总有一天你还会希望我来帮你同咒这只口喷毒液的驼背蟾呢。

海司丁斯　乱嚼舌头的婆娘，莫再狂咒了，当心惹起我们的火，那就对不起你啦。

玛格莱特王后　无耻之徒！你们先就惹起我的火啦。

---

① 原文"叫"与"叫骂"是一双关语。

利佛斯　要我们和善相待,你就该懂得你的本分。

玛格莱特王后　要和善待我,你们应该各尽职守,以臣仆自居,而敬我以国后之礼。呵!和善相待,要懂得你们自己的本分才是。

道塞特　再莫和她争辩,她是个疯子。

玛格莱特王后　少开口!小侯爵,你很无礼。你那个新爵印才刚刚出炉,尚未流通呢。呵!愿你这个才出世的贵族子弟也体验到失位之苦而感受些忧伤!高处多劲风,干枝动摇,一旦折断,当心打得你粉身碎骨。

葛罗斯特　好一篇忠言,的确;记住,记住,侯爵。

道塞特　这不单指我而言,大人,也牵涉到你呢。

葛罗斯特　是的,更牵涉到我;不过我生来高贵,雄鹰之子筑巢于松柏之巅,与天风盘桓,太阳也受它奚落。

玛格莱特王后　阳光也会变得阴沉;唉!呀!请看我的儿子,他已进了死亡的幽谷;你的腾腾杀气已将他那四射的光辉永蔽在黑暗之中。你的鹰栖宿于我们的鹰巢中;呵,上帝呀!你见到了,切莫让他猖狂;用鲜血取得的胜利也该在鲜血中失去!

勃金汉　罢了,罢了!不讲仁恕,也该讲些体面啰。

玛格莱特王后　什么仁恕,什么体面,莫对我提这些。你们从未对我讲过仁恕,我的所有希望都被你们无耻地摧毁了。仁恕在我是横暴,生命是耻辱,而且至今我这团悲愤之火还在耻辱中焚烧呢!

勃金汉　算了,算了。

玛格莱特王后　呵,尊贵的勃金汉!让我亲你的手,以表示你我之间既协调,也亲善,我祝你和你的高贵的系族得福!你的衣衫上没有沾染我们的血迹,所以你就不包括在我诅咒之内。

勃金汉　这里谁都不在其内;诅咒一出诅咒者之口,便化为乌有了。

玛格莱特王后　我却深信咒语可以上达天庭,也能将天帝从安详的睡眠中唤醒。呵,勃金汉!小心那个狗东西:要知道,摇尾的狗会咬人;咬了人,它的牙毒还会叫你痛极而死;莫同他来往,千万留意;罪恶、死亡和地狱都看中了他,地下的大小役吏都在供他使唤。

葛罗斯特　她说些什么,勃金汉大人?

勃金汉　不值得我倾听的谰言,我的好大人。

玛格莱特王后　什么,我好意进忠言,你竟鄙弃我吗?我警告你远离魔鬼,你反去奉承他吗?呵,有朝一日他会叫你忧伤心碎,你就要想起此时此地而感叹着说,可怜的玛格莱特真是个女界先知。你们每个人都要成为他的眼中钉,你们也会恨他入骨,上帝还要恨你们大家!(下。)

海司丁斯　听她咒骂,真叫我毛骨悚然。

利佛斯　我也如此。我不懂为什么不把她看管起来。

葛罗斯特　我倒不怪她;有圣母为证,她确也受了不少冤屈,我懊悔当初对她犯下了一些过错。

伊利莎伯王后　据我所知,我却从未冒犯过她。

葛罗斯特　可是她受冤屈,而你们大家却坐享其成。我从前一副热肠,为人作嫁,而今落得个冷淡相遇。呀,克莱伦斯也是咎有应得;他虽尽过力,今天已被关进了养猪圈里了。上帝饶恕那些肇祸生端的人吧!

利佛斯　有人伤害了你,你反为他祈祷,这却是一条虔心从善的

115

途径。

葛罗斯特　我一向如此,(旁白)因为我自己心中有数;我此刻如果咒骂起来,我就咒骂了自身。

　　　　凯茨比上。

凯茨比　王后娘娘,国王请您进去;也请您去,大人;还有你们各位公卿。

伊利莎伯王后　我来了,凯茨比。公卿们,都跟我来吧?

利佛斯　我们遵命。(除葛罗斯特外,均下。)

葛罗斯特　坏事是我干的,争吵也是我带的头。我策划了一些阴谋诡计又嫁祸于人,让他们去承受。克莱伦斯原是我送进暗牢的,但我又伤心流泪,哭丧着脸给呆子们观看;比如海司丁斯、斯丹莱、勃金汉等人;我告诉他们是王后和她的那伙人煽动国王来对付我的三哥的。现在他们都深信不疑;还鼓励我向利佛斯、伏根、葛雷报仇;我就故意感叹起来,还引据经文,叫他们多多领会神意,要以善报恶:我就这样从《圣经》中偷出些断章残句,来掩饰我的赤裸裸的奸诈真相,外表上装做圣徒,暗中是无恶不作。

　　　　两凶手上。

葛罗斯特　可是且低声些!我雇下的刽子手来啦。好呀,我的刚勇坚定的弟兄们!你们现在就去干吗?

凶手甲　是的,我的大人;先来拿证件,才好进入他所在的地方。

葛罗斯特　想得周到;证件我准备好了,(递过证件)你们干完后就来克洛斯比宫。可是,弟兄们,你们下手必须敏捷,尤其要心如铁石,莫去听他申诉;克莱伦斯很能讲话,假如你们理睬他,可能被他打动了心。

凶手甲　不会,不会,我的大人,我们决不讲空话;话多就办不成事。千万放心,我们此去是用手不用嘴巴。

葛罗斯特　眼里要落石块,傻子才滴傻泪;我很看得上你俩;快去干起来;去,去,快去。

凶手甲　我们听命,高贵的王爷。(同下。)

第四场　同前。伦敦塔

克莱伦斯及勃莱肯伯雷上。

勃莱肯伯雷　您大人今天为什么如此愁容满面哪?

克莱伦斯　呵,我这一夜好难熬过,真不是味,噩梦做不完,奇形怪状都呈现在我眼前,我虽然是个笃信基督的人,我也不愿再度过这样一夜,那种阴森恐怖的景象确实难当,哪怕能换得无边欢乐的日子也是受不了的。

勃莱肯伯雷　您做的什么梦,大人,请讲给我听听。

克莱伦斯　我仿佛从塔中脱身出去,上了船正渡海要去勃艮第;我和我弟弟葛罗斯特同路,梦里我见他诱我上甲板散步。我俩向英国眺望,历数着约克和兰开斯特两王室彼此交战的艰难岁月,我们经受着无穷的灾厄。正当我两人在那令人晕眩的甲板上缓步徐行,似乎葛罗斯特一失足;我挽住他,他却一手打来,把我摔下海去,在那滚滚浪涛之中我反复浮沉。天哪,天哪!我好像深感淹没水中之苦;浪涛声在耳朵边响着,十分可怕!我眼睛里浮现出种种死亡的怪状!我仿佛看见千百条遇险的破船;上千的人被海鱼啮食着;海底散满了金块、大锚、成堆的珍珠、无价的宝石和难以计值的饰品。有的嵌进了死人的头颅;在原来安装眼珠的空洞里嵌着闪亮的珠宝,似乎在侮慢肉眼,不断地向那泥泞的海底传情,对着散在各处的枯骨嘲笑。

勃莱肯伯雷　你在死去的一刹那间,哪有闲工夫去观察海底的秘密呢?

克莱伦斯　我仿佛觉得有闲工夫;但我也多次想摆脱生命;可是浪潮不肯留情,堵塞了我的灵魂,不放它出去寻求那广阔、荒凉、无定的太空;我的灵魂被阻,摆脱不了这喘息的躯壳,使我全身似乎要崩裂,恨不得将灵魂吐入海中。

勃莱肯伯雷　你这样痛苦万分,竟未能苏醒吗?

克莱伦斯　没有,没有,我生命虽已告终,而梦境却延续着;呵!我的灵魂一时激荡起来,像风雨般不能安定。我仿佛渡过了阴阳界上的黯流,那诗人们所歌唱的冷脸舟子把我带进了长夜漫漫的幽国。我这个新到的亡魂迎头便遇见了我的丈人,那位闻名世上的华列克;他高声嚷道,"这冥府里能有什么严刑峻法足以惩办这个叛逆无道的克莱伦斯哪?"说着,他就消失了;随后,飘过一个天使般的阴影,它的亮发上带着血迹;口中厉声叫着,"克莱伦斯来了,——虚伪、善变、背誓的克莱伦斯,他在图克斯伯雷战场上刺杀了我;——来抓住他!怨鬼们,抓他去上酷刑。"这时我仿佛觉得有成群的恶妖围住了我,在我耳边叫嚷,那惊人的尖厉声将我吓醒,我满身发颤,许久还以为自己仍旧身在幽国,这场梦在我脑中印下了难以磨灭的可怕痕迹。

勃莱肯伯雷　难怪您,大人,莫说您自己吓坏了;单是听您讲,我就很害怕啦。

克莱伦斯　呵,勃莱肯伯雷,我所干的那些事,为的是爱德华,而今天成为控诉我灵魂的实证;请看他却是如何酬谢我的。上帝呀!如果我真诚祈祷还不够使您息怒,而坚决要惩罚我的错误,那就至少只在我一人头上泄愤吧;呵,千万饶过我那无辜的妻子儿女。我恳求你,好狱官,不要离开我;我的心魂好生沉重,我很想睡一会儿。

勃莱肯伯雷　我陪伴您,大人,愿上帝赐您安眠!(克莱伦斯入睡。)

勃莱肯伯雷　忧思分割着时季,扰乱着安息,把夜间变为早晨,昼午变为黑夜。王公贵人无非把称号头衔当做尊荣,以浮面的声誉换取满心的苦恼;为了虚无缥缈的感受他们往往亲尝无限烦愁:原来在他们的尊号和一些贱名之间,只涌现着浮华虚荣,哪里找得出一条明白的分界线。

　　两凶手上。

凶手甲　嗨,有谁在这儿?

勃莱肯伯雷　你要干什么,伙计?你怎么来的?

凶手甲　来跟克莱伦斯谈话,是两只腿走来的。

勃莱肯伯雷　什么!这样简单?

凶手乙　先生,简单比啰苏好,——给他看我们的证件,不必多说。(勃莱肯伯雷读证件。)

勃莱肯伯雷　证件上叫我把这位高贵的克莱伦斯公爵交你们处理;此中用意我不想多作推敲,因为用意归用意,莫连累了我。公爵睡在那边,钥匙在那儿。我去见国王;向他禀明我已经把我的职守移交给你们了。

凶手甲　去好了,先生,这样才叫做识相;再会。(勃莱肯伯雷下。)

凶手乙　嘿!我们就趁他睡着时候下刀吗?

凶手甲　不好;他醒过来会说我们做事没有胆量。

凶手乙　他醒过来!嗨,傻瓜,不到审判末日他再也醒不过

119

来了。

凶手甲　嗨,那末他会说我们是趁他睡着时候下手的啦。

凶手乙　提起审判两个字,倒叫我有些心惊呢。

凶手甲　怎么!你害怕了?

凶手乙　手里拿的是证件,杀他倒不成问题;只是杀了他,灵魂就会万劫不复,什么证件也救不了我呀。

凶手甲　我满以为你是很坚定的哪。

凶手乙　让他活,我是坚定的。

凶手甲　我回到葛罗斯特公爵那儿去告诉他。

凶手乙　不,请你且等一下,我希望我这一丝丝软心肠儿就会转变的;一向是数不到二十,我这种心念就要把不住了。

凶手甲　你这一刻的感觉怎样?

凶手乙　我身子里还剩下一点儿良心的渣屑呢。

凶手甲　不要忘记事情干完了我们就可以领赏哪。

凶手乙　他妈的!他死成了;我把赏金给忘了。

凶手甲　现在你的良心又哪儿去了?

凶手乙　在葛罗斯特公爵的钱袋里。

凶手甲　可见在他打开钱袋来给我们赏金的时候,你那颗良心便飞走啦。

凶手乙　不相干;让它去;很少人,可以说没有一个人,能留得住它的。

凶手甲　如果它又回来了,你怎么办呢?

凶手乙　我不再跟它打交道了;它叫人缩手缩脚,办不成事;偷不得,一偷,它就来指手画脚;赌不得咒,一赌咒,它就来阻挡你;不能和邻家妻子通奸,一动,它就识破了你;它是个脸会发红、躲躲闪闪的妖精,会钻进人家肚子里造反的家伙;

它老是把你的路堵得严严的；有一次我偶尔拾来一袋金子，就是它硬叫我去归还原主的；谁收留了它就会弄得谁颠颠倒倒，一副穷酸相；谁都会把它当作一个倒楣蛋，赶出城去；凡是想生活得好一些的人，都努力使自己站起来，不去靠它过日子。

凶手甲　他妈的！它居然还躲进我的怀里来劝我莫杀公爵呢。

凶手乙　赶快把恶魔扣住在你心头，莫去听良心的话；它最能骗人上当，老是叫你长嘘短叹的。

凶手甲　嘿，我是铜筋铁骨；它别想来碰我。

凶手乙　真是好汉口气，不愧英雄本色。来，我们干起来吧？

凶手甲　用你的刀柄打他的头颅，再把他丢进隔壁房间的大酒桶里去。

凶手乙　呵，好办法！让他在酒里泡成一根软面条儿。

凶手甲　低声些！他醒了。

凶手乙　动手吧！

凶手甲　不，我们来同他谈谈。

克莱伦斯　你在哪儿呀，狱官？给我一杯酒喝。

凶手甲　就来，大人，有的是酒给你。

克莱伦斯　我的天哪，你是谁？

凶手甲　是一个人，同你一样。

克莱伦斯　可是并不像我一样出身高贵。

凶手甲　你也不像我们一样浑身忠诚。

克莱伦斯　听你嗓子像雷鸣，看你样子很低微。

凶手甲　我此刻的嗓子是王上的，我的面貌却还是我自己的。

克莱伦斯　你的话讲得何其模糊，又何其险恶！你们的目光吓坏我啦，你们为什么脸色苍白？谁打发你们来的？来干什么？

两凶手　来……来……来——

克莱伦斯　来杀害我？

两凶手　呃……呃。

克莱伦斯　你们简直硬不起心肠来把一句话讲出口,也就硬不起心肠来对我下毒手。朋友们,我在哪儿得罪你们两位啦？

凶手甲　你没有得罪过我们,可是你得罪了王上。

克莱伦斯　我要和他言归于好。

凶手乙　不可能了,大人；还是准备死吧。

克莱伦斯　你们是从世人中间特别挑选出来杀害无辜之人的吗？我犯了什么罪？哪儿有控告我的证据？谁依法陪审了？交给那疾首蹙额的法官的是什么判决书？还是有谁正式宣布我这伤心的克莱伦斯是被判死罪了的？没有经过法律手续就拿死来吓唬我,这完全是违法乱纪的行为。基督流出他尊贵的血偿还了我们深重的罪孽,你们如果还希望基督挽救你们的灵魂,就休要来碰我,赶紧走开；你们这样干是要遭天罚的。

凶手甲　我们干这件事不过是执行命令罢了。

凶手乙　发出这命令的人就是我们的国王。

克莱伦斯　荒谬的子民呀！那崇高的万王之王早已在他的法典上训诫过:不可杀人！你们怎敢违背神旨而奉行一个凡夫的意图？当心；那手执惩仇大锤的是真神,谁犯了天条,谁的头上就要遭到袭击。

凶手乙　你发过假誓,也残杀过人,那神锤照样会打在你的头上；为了兰开斯特王室之争,你曾接受盟誓,参预战事。

凶手甲　你还像叛离神名的人一样,背弃盟誓,使用你叛逆的利刃,把国君的儿子破腹裂肠而死。

凶手乙　而他正是你所宣誓拥护的人。

凶手甲　你既将天条神律破坏无余,岂能反而借此来训斥我们?

克莱伦斯　呵!我干下这种恶劣的事是为了谁呀?还不是为了爱德华,我自己的长兄,他不可能为这件事而派你们来杀我;他的罪同我一样深重。如果上帝要惩罚一个作恶的人,呵,你们也该懂得,他会光明正大地做到:神力无穷,用不着凡人从中插手;他决不采取曲折不法的行径来铲除那冒犯神意的人。

凶手甲　当英勇的普兰塔琪纳特初掌国政,正是年富力强的时候,是谁叫你充当凶手将他杀死的呢?

克莱伦斯　我哥哥的手足之情、魔鬼和我的忿怒。

凶手甲　你哥哥的手足之情、我们的职责和你的败行促使我们此时来到此地动手杀你。

克莱伦斯　你们如果爱戴我哥哥,就不要仇视我;我是他的弟弟,我很敬爱他。你们如果为赏金而来行刺,就请回去找我弟弟葛罗斯特,他一定会为我重赏你们;爱德华给赏要我死,我弟弟给赏却要我生。

凶手乙　你受骗了,你的弟弟葛罗斯特恨死你了。

克莱伦斯　呀,不对!他是爱我的,而且待我很亲热,请你们去找他好了。

两凶手　对,我们是要去的。

克莱伦斯　去告诉他,当年我们的父王约克用他那胜利的手祝福我们三兄弟,他从心坎上叮咛我们千万要互敬互爱,哪里料到今天我们会阋墙起纷争;只要让葛罗斯特想到这一点,他准会落泪的。

123

凶手甲　对呀,眼里落石块;他倒是教过我们该怎样哭泣的呢。

克莱伦斯　呵！不要毁谤他,他是个好心人。

凶手甲　对;正像秋收天飞雪①那样。你想错了,就是他派我们来杀你的。

克莱伦斯　不可能;他和我在路上遇见还痛哭起来,把我抱在怀里,呜呜咽咽发着誓,说他一定尽力救出我去哩。

凶手甲　是啊,他正是要把你救出这个苦海送上天国去享乐呢。

凶手乙　求上帝饶恕吧,你已死定了,大人。

克莱伦斯　你的灵魂深处居然还有一点敬神的念头,能让你来劝我求取上帝的饶恕？同时你却又漠视你自己的灵魂,不求安宁,违抗着神意来杀害我？呵！弟兄们,想一想,那指派你们来谋我命的人也会因此而恨你们哩。

凶手乙　我们怎么办？

克莱伦斯　发发慈悲,救救你们的灵魂。

凶手甲　发发慈悲！那是懦夫和妇女的事。

克莱伦斯　没有慈悲之心的是禽兽,是野人,是魔鬼。假如你们像我一样是皇家之子,囚禁在狱中,假如有两个凶手像你们这样来了,设身处地,你们岂不也要苦苦求饶吗？我的朋友,我看出你那脸上已流露出一点怜悯来了;呵,如果你这目光神色不是假心假意,走过我这边来,来为我求情,好比你处在我的困境里那样哀求吧。哪个乞丐不怜惜乞怜的王孙？

凶手乙　看你的身背后,大人。

凶手甲　(用刀刺他)就这一下,再一下。还不够就把你丢进里

---

① 《旧约·箴言》第二十六章中说:"夏天落雪,收割时下雨,都不相宜。"

边酒桶去。(拖尸首下。)

凶手乙　杀人流血的事,就这样硬着心肠干出来了!我真想学一学彼拉多①洗干净手,不让这种惨绝人寰的凶杀案连累上我。

　　　　凶手甲重上。

凶手甲　怎么啦!你为什么不帮我的忙?天哪,公爵应该知道你简直不肯卖力。

凶手乙　我宁愿他知道我救了他哥哥的命!你拿赏去,把我的话去告诉他;我懊悔杀了这位公爵。(下。)

凶手甲　我不懊悔;走你的吧,你反正是个懦夫。好,我来找个洞藏起这具尸首,等公爵下令埋葬时再说。领到了赏金就走我的路;恶事终究要传开的,我决不留在这儿来吃苦头。(下。)

---

① 彼拉多是犹太巡抚,众人解耶稣至他跟前,要求把耶稣钉十字架,彼拉多阻止无效,就拿水在众人面前洗手,说:"流这义人的血,罪不在我。你们承当吧。"参阅《新约·马太福音》第二十七章。

第 二 幕

第一场 伦敦。宫中一室

    爱德华王负病上,伊利莎伯王后、道塞特、利佛斯、海司丁斯、勃金汉、葛雷及余人等上。

爱德华王　呵,好了,今天我算做了一些事。各位贵爵,继续团结友好下去:我天天在等待我的救主赐送福音,把我从世间赎回去;我在世上既使亲友们和平相处了,我的灵魂就更可安宁归天。利佛斯与海司丁斯牵起手来;不要再心怀怨恨,立个誓相爱吧。

利佛斯　皇天在上,怨恨已经清出了我的心;我伸出这只手来保证我的真忱。

海司丁斯　愿我也得福,我同样真心起誓!

爱德华王　千万莫在你们的君王面前行诈;小心那万王之王诛伐你们,打乱你们的阴谋。

海司丁斯　愿我得昌达,我立誓精诚无欺!

利佛斯　我也一样,我真心敬爱海司丁斯!

爱德华王　夫人,你自己也不能例外,还有你,王子道塞特,还有你,勃金汉;你们都曾互不相让,党同伐异。妻后,爱护海司丁斯,让他吻你的手;不管做什么,不可做假。

伊利莎伯王后　来,海司丁斯;我决不再记旧怨,我和我的亲人都愿得昌达!

爱德华王　道塞特,拥抱他;海司丁斯,敬爱侯爵。

道塞特　这番情谊的交流,我在此宣誓,我要保持到底。

海司丁斯　我也同样宣誓。(他们拥抱。)

爱德华王　现在,高贵的勃金汉,愿你也和王后的亲朋们拥抱,作为你和他们团结的保证,也好让我看着高兴。

勃金汉　(对王后)我勃金汉如果有时也仇视王后,或是不衷心拥戴你和你的亲朋,我愿受天罚,让我众叛亲离,恩爱反成冤仇!即便在我最需要一个十分可靠的朋友的时刻,我也宁愿他待我刻薄、诡诈、险恶!我若一旦对你或你的亲朋冷酷无情,愿上帝将这种种逆境加在我身上。

爱德华王　你这一誓愿,尊贵的勃金汉,对我这有病的身心确是一服良药。现在,只可惜葛罗斯特兄弟不在场,否则这番和好的局面就更圆满了。

勃金汉　凑巧的很,高贵的公爵来了。

　　　　葛罗斯特上。

葛罗斯特　我的国君和王后,祝你们今天好;各位贵爵,愿你们这一天快乐!

爱德华王　我们这一天的确很快乐。葛罗斯特,我们完成了许多好事;在这些怨愤满腹的公侯之间,干戈化成了玉帛,恨转为爱了。

葛罗斯特　我的至上的君王,这确是值得祝贺的功绩。在这许多公侯之中,如果有人误听谗言,或者猜测谬误,把我当作仇人看待;如果我在无意之中,或一时动怒,干下了任何令人难忍的事，我愿意和他消释嫌怨，言归于好。我最恨人与人之间造成不和；我愿人人爱我。首先，王后，我要求你我之间消除隔阂，我一定努力争取和好；对你也一样，我的贵亲勃金汉，如果你我曾心生嫌隙的话；你们也不例外，利佛斯和道塞特两位大人，虽然你们一度无故对我怒目相视；还有你，伍德维尔、斯凯尔斯大人①，至于各位公爵伯爵，王侯贵族，你们也都在内。我想不起有哪一个英国人不是像今夜初生的婴孩一样，我心中竟会对他还存有丝毫芥蒂。感谢上帝，我能以谦恭待人。

伊利莎伯王后　从今以后永远记取这神圣的一天，我愿上天让人间裂痕全都补尽。我的主君，我还要请求陛下对皇弟克莱伦斯开恩。

葛罗斯特　怎么，王后，我一番真情却换来你在国王面前如此轻慢相待吗？谁不知道那位尊贵的公爵已经死了？（全场大惊失色）你这样拿他的遗体开玩笑太对不起人了。

爱德华王　谁不知道他已经死了！谁知道他死了？

伊利莎伯王后　老天有眼，这是个什么世界！

勃金汉　道塞特大人呀，个个脸都变白了，我脸上怎样？

道塞特　呵，好大人；在场的人谁不是魂不附体，面呈土色。

爱德华王　克莱伦斯死了吗？成命已经收回了的呀。

葛罗斯特　可怜他在你的原令一到便已服刑，那王命传来犹如神使天降；你的撤销令姗姗来迟，徒见他尸体已经僵硬，埋进了黄土。天哪，那班不够高贵、不够忠诚的人，他们怀着血腥的思想，说不上有什么骨肉之情，但愿这班人不致遭受

---

① 伍德维尔和斯凯尔斯均为利佛斯的封号。

克莱伦斯同样的厄运,且看他们逍遥法外,好生自在。

　　斯丹莱上。

斯丹莱　主君呀,臣已尽职,特来请赏!

爱德华王　请你莫噜苏,我心中十分愁烦。

斯丹莱　陛下不听,臣只得伏地不起。

爱德华王　那就赶快讲吧,讲出你的请求来。

斯丹莱　诺福克公爵有一名侍者,在辞退之后,酗酒闹事,今天被我仆人杀死,因而特地来为我仆人请罪,求陛下开恩。

爱德华王　我怎能一嘴两舌,既判决我弟弟死刑,而又同时赦免你的仆人?我弟弟并未杀人,他仅仅是一念之差,竟而叫他遭受了杀身之祸。有谁为他请过命的?在我一时愤怒之余,有谁来跪请进谏过的?有谁提起过兄弟骨肉之情?有谁对我叙述过那伤心的人儿曾经抛弃了勇猛的华列克而为我作战?有谁对我谈起过,当牛津伯爵把我击倒在图克斯伯雷战场上,是他亲手救了我,还说道,"亲哥哥,你活下去,为一国之君"?有谁又说过,当我俩冻卧疆场,他脱下了战袍为我御寒;他不顾自己是单衣薄裤,却听那寒夜冷气麻木着他的手脚?可恨我这野兽般的一股怒气竟叫我把这么多恩情全给忘掉,灭绝了人性,而你们却无一人怀着善心来促动我思量。可是当你们手下的搬夫侍役,酗酒杀人,毁损了我们亲爱的救主所塑造的形象,你们反而急急忙忙来跪请恕罪,唠叨不休;而我还得不顾法理,一口允免;至于我兄弟冤死,谁都不来提醒半句,我自己更是毫无心肝,未曾稍加思考,呵,可怜的冤魂。你们中间最得意的人都曾经亏他提携,却未见一人肯为他请命。呵,上帝呀!我怕天道无私,你和我,或我们的亲朋,都不免要遭到灾厄了。来吧,海

129

司丁斯,扶我进内室去。唉,伤心的克莱伦斯!(爱德华王、王后、海司丁斯、利佛斯、道塞特、葛雷均下。)

葛罗斯特　这就是卤莽为人的下场。你们看见没有?王后的朋党们良心有愧,听说克莱伦斯死了,他们都脸色发白了。呵!他们在国王耳边怂恿生事,不肯罢休;上帝会代人伸冤雪恨的。好吧,大人们;我们同去陪伴爱德华,且给他一些安慰。

勃金汉　我们听殿下的盼咐。(同下。)

第二场　同前。宫中一室

约克公爵夫人带领克莱伦斯一子一女上。

克莱伦斯之子　好祖母,我们的爸爸死了吗?

公爵夫人　没有,孩子。

克莱伦斯之女　你为什么扭着双手,捶着胸腔,口里喊着——"呵,克莱伦斯,我的不幸的儿子"?

克莱伦斯之子　我们的尊贵的爸爸如果未死,你为什么看着我们,摇着你的头,还把我俩叫作苦儿、孤儿、弃儿呢?

公爵夫人　伶俐可爱的孙儿女,你们误会我的意思了;我其实是悲叹国王有病,很怕失去他,与你们父亲的生死无关;人死了再去哀悼他也是枉然。

克莱伦斯之子　那么,祖母,你到底还是说他死了呵。我们的伯父国王应该负责。上帝执法,有仇必报;我要日夜诚心祈祷,愿神不放过他去。

克莱伦斯之女　我也要这样做。

公爵夫人　莫乱说,孩子们,莫乱说!国王是很怜惜你们的。天真的孩子们,你们识浅无知,哪能猜得到是谁害死了你们的父亲呢。

克莱伦斯之子　祖母,我们知道的;我们的好叔叔葛罗斯特讲给我听过,是王后怂恿国王,捏造罪名,把父亲关进了牢狱。叔叔一面说一面哭泣,怜恤着我,亲切地吻我的脸;他叫我把他当作父亲信赖,他会把我像亲生儿子一样爱护的。

公爵夫人　呀!存心欺诈的人竟能如此假冒为善,简直是在假面具后暗藏着一副鬼脸。他是我生的儿子,唉,简直是我的耻辱,这套骗人的把戏难道也是我哺育出来的?

克莱伦斯之子　你认为叔叔是做假吗,祖母?

公爵夫人　呃,孩子。

克莱伦斯之子　我想不通。哟!这是什么声音?

　　　　伊利莎伯王后举动癫狂;利佛斯与道塞特随上。

伊利莎伯王后　呵!谁能阻挡我呼号哭泣,或叱骂命运,谁能不让我苦磨我自身?我要同黑暗的绝望携手,攻打我的心灵,我要和我自己为敌。

公爵夫人　演出这场过度急躁的丑剧是何道理呀?

伊利莎伯王后　是要演一幕血泪交流的全武行,我的丈夫、你的儿子爱德华国王死了!树根枯槁了,枝条为何还要生长?树浆流干了,树叶为何还不枯萎?要继续活一天,不妨就哀号一天;不想再活了,就该马上死去,好让灵魂插翅赶上先君;换言之,让我们矢忠到底,追踪而去,在他的新王国里好永享安宁。

公爵夫人　呀!你有你高贵的夫君,我也沾着些名分,你有你的悲哀,原来也和我息息相关。我也曾为我死去的好夫君哀哭,此后就守伺着他的子嗣以延续我的生命;如今他那尊容的两幅遗影先后遭到了死亡的无情摧残,我晚年承欢只落得个欺人的魔影,它丢尽了我的丑,真叫我痛心。你现已夫亡守寡;可是还该尽你为母之责,你还有子女可以安慰你的心;我却不同,死亡不但从我手中劫去我的夫君,还从我衰老的身边夺走了我的两根手杖,克莱伦斯与爱德华。呵!我何其不幸——你的悲痛只抵得我的一半——我正该比你哭诉得更沉痛,呼号得更凄凉!

克莱伦斯之子　呵,伯母,你并不为我们的亡父哭泣,我们怎能陪你流泪呢?

克莱伦斯之女　我们丧父无人举哀;你因丧偶而悲悼,也就听不见陪哭之声。

伊利莎伯王后　我在哀悼之中不需要帮腔;我满腹的忧伤吐也吐不尽。让天下的源泉都借我的眼眶来喷泪吧,既有那引潮的月儿左右着我的生命,我将涌出无边的苦泪淹沉大地!呀!为了我的夫君,我亲爱的爱德华!

两孩　呀!为了我们亲爱的父亲克莱伦斯!

公爵夫人　伤心呀!为他们两个,两人同属于我,爱德华与克莱伦斯!

伊利莎伯王后　除了爱德华我还依靠谁呢?可是他已逝去。

两孩　除了克莱伦斯我们还依靠谁呢?可是他已逝去。

公爵夫人　除了他们两人我还依靠谁呢?可是他们都已逝去。

伊利莎伯王后　自古来没有一个寡妇身受过这样沉重的打击。

两孩　自古来没有哪个孤儿身受过这样沉重的打击。

公爵夫人　自古来没有一个母亲身受过这样沉重的打击。呵!我就是这许多悲哀的母亲,他们的悲哀各自分担,我却独自担承。她哭一个爱德华,我也哭他;我还哭一个克莱伦斯,她却不须哭他;这两个孩子哭一个克莱伦斯,我也哭他;我还哭一个爱德华,他们却不须哭他。呵!你们三人都把眼泪向我抛掷,我的悲哀有你们三倍之多;你们的悲哀原是我一人哺育而成,我只得号啕痛哭,让悲哀餍足悲哀。

道塞特　亲爱的母亲,安定下来,上帝见你不感天恩是十分恼怒的。在世俗的交往中,若有人慷慨借贷,而偿还时我们却百般拖沓,这就叫作忘恩负义;我们如果辜负了上天的恩赐,罪孽就更加深重,因为欠了上天的债是必须偿还的。

利佛斯　王后,作为一个慈爱的母亲,不可忘了你所生育成长的小太子;立刻去接他来,为他加上王冕;你的一切安慰都在他身上。把那穷途末路的悲哀一齐埋进爱德华的墓穴,要在活着的小爱德华的宝座上栽培你的欢乐。

　　　　葛罗斯特、勃金汉、斯丹莱、海司丁斯、拉克立夫及余人等上。

葛罗斯特　皇嫂,安定些,我们任何一个人都该为这颗晨星的殒灭而悲哭;但这样哀悼无济于事。老夫人,我的母亲,我向你求恕;我不曾看见您王后。现在我赔个小心,跪请赐福。

公爵夫人　愿神降恩于你!也愿你存心温良,热情,宽厚,忠顺,真诚尽责。

葛罗斯特　阿门;(旁白)也让我享高年,福德俱增吧!这该是为母者的祝辞中重心所在哪;我奇怪她竟按下这点未提呢。

勃金汉　各位王公,你们一个个愁眉不展,像乌云笼罩,心头压着共同的悲痛,此刻我请大家彼此关切,鼓起兴来;我们虽已耗损了先王的秋藏,却还该收割继嗣幼君的庄稼。你们曾经盛气逼人,撕破了脸,最近才把创伤裹缚起来,等待痊愈,必须小心守护才是。据我看,应该派出小队人马去鲁德罗将幼年亲王接来伦敦,准备加冕,立为我们的君王。

利佛斯　为什么派小队人马呢,勃金汉大人?

勃金汉　我的大人哪,纠集了大队人马,恐怕惹动旧恨,嫩伤口又会崩裂;那样岂不弄得更不堪收拾,尤其在目前国祚未定,法纪未明;好比每一匹马都披着它自策的缰绳,势必东西奔驰,难以驾驭,依我看来,防患于未然很有必要,莫待祸端已生而惊扰起来。

葛罗斯特　我以为国王已使我们大家修好言和了;这盟约至少在我心中已扎下了根。

利佛斯　在我心中也是如此,我想大家也都一样;不过,既然根基还不稳固,就不能眼见有破裂的危险而妄作试探,人数太多了很可能惹出祸来。因此我赞同勃金汉的高见,还是派遣少数人员去迎接亲王为妥。

海司丁斯　我也同意。

葛罗斯特　那就这样办吧,我们且决定一下该由哪些人去鲁德罗接驾。王后和我的母亲,请你们也对这件事表示意见吧?

(除勃金汉及葛罗斯特外,均下。)

勃金汉　我的大人,不论谁去接亲王,我俩千万不可落在人后;再有一点,我得略作安排,先把王后的那班目中无人的亲朋们和幼君拆开,好为你我最近所计议的行程开出一条路来。

葛罗斯特　我的化身,我的谘询大臣,我的神坛先知!我的好兄弟,我就像一个孩童般听凭你指引。到鲁德罗去,我们决不落在人后。(同下。)

第三场　同前。街道

两市民上,相遇。

市民甲　今天好,街邻,你急急忙忙哪儿去?

市民乙　老实告诉你,我自己也有些闹不清;听见些什么消息?

市民甲　哎,听说国王死了。

市民乙　真是坏消息,天哪;好事倒不常有。我怕,我怕,天下要大乱了。

　　　　另一市民上。

市民丙　街邻们,百事如意!

市民甲　你今天好,老兄。

市民丙　好国王爱德华丧亡的消息可靠吗?

市民乙　哎,老兄,再可靠也没有了;上帝保佑!

市民丙　这一下,老兄们,瞧着吧,天下不会太平了。

市民甲　不,不;天保佑,幸而有个王子好继位呢。

市民丙　国家由一个孩子来治理就糟啦!

市民乙　一个君王在年幼时凭朝臣议政,开明的政治应该有所保证,等年龄大了,思虑成熟了,自然就会躬自掌政。

市民甲　当年亨利六世在巴黎加冕,他才出生九个月,那时的国事和今天的情况相同。

市民丙　是相同的情况吗?不对,不对,好朋友,天知道呵;那时人人额手称庆,认为国政昌明,朝议严正;国王左右拥有前辈忠臣,个个卫护着王权。

市民甲　可是,今天的王朝也是这样哪,父族母族的王公都有。

市民丙　如果他们都是父族就更好些,要不然就父族一个也没有倒也罢;且看彼此正在争权夺宠,如果上天再不照顾,恐怕我们大家都会遭殃呢。呵!葛罗斯特公爵是个十分危险的人!王后的兄弟、儿子也骄矜傲慢;只有他们一旦受人统治而不统治人了,这患难之邦才能转危为安。

市民甲　罢,罢,我们过虑了;情况终究要好转的。

135

市民丙　天空起了云,聪明人就要加衣服;树间落下黄叶,眼见冬令要到来;夕阳西沉,谁不知黑夜将至?狂风暴雨不合时季,人们预卜年成要歉收。一切还会好转,那除非上天有意这样安排,我们并无这多福分,至于我个人,也许想也不敢想呢。

市民乙　的确,人们内心里充满了恐惧;差不多没有一个人在言谈之间不是表示心情沉重、满心害怕的。

市民丙　在时代转变的前夕总是这样,人们的天赋心灵使得他们担心未来的危机;好比我们见到海水高涨就知道会有一场暴风雨一样。把一切都交给上帝吧。到哪儿去呀?

市民乙　对了,我们原是被召去听审的。

市民丙　我也是;我和你们同去。(同下。)

第四场　同前。宫中一室

约克大主教、小约克、伊利莎伯王后及约克公爵夫人上。

大主教　我听说他们是昨天在诺桑普敦过夜的;今晚他们在斯特拉福住下,明天或后天就可以到达这里了。

公爵夫人　我一心盼望能看到亲王。希望他比我上次看见时长得高大了。

伊利莎伯王后　我听说他没有长高多少;他们说我的小儿约克已经赶上了哥哥。

小约克　是的,母亲,但我不愿如此。

公爵夫人　怎么啦,我的小孙儿,长得高大多么好。

小约克　祖母,有一天晚上,我们正吃着晚饭,利佛斯舅父谈到我比哥哥长得快,"哈哈,"葛罗斯特叔叔就说道,"芸香娇滴滴,贱草处处生。"我听了就私下忖度,我不想长得快,因为香花迟迟发,野草日夜长。

公爵夫人　我的老天爷,他对你引用的这句成语,对他自己可并不适用哪;他幼时是个再讨厌不过的东西,成长得十分迟缓,拖拖沓沓,所以他这句话如果有道理,他今天就该器宇非凡哪。

大主教　好太后,他无疑也可以算得一个吧。

公爵夫人　但愿如此;可是为母的怎能放心。

小约克　对了,当真的,我假如早想到的话,当时我倒可以同叔叔开个玩笑,把他的成长说得更切题一些。

公爵夫人　怎么说,我的小约克?你且说给我听听。

小约克　哈,据说我叔叔长得好快,才生下两小时他就能啃嚼面包壳;我却两周岁才长出一颗牙呢。祖母,这岂不是一件笑死人的趣闻吗?

公爵夫人　我倒问你,好孩子,是谁告诉你的?

小约克　祖母,是他的奶妈。

公爵夫人　他的奶妈!她死的时候你还没有出世呢。

小约克　不是她,我就说不上是谁了。

伊利莎伯王后　多嘴的孩子:嗨,你也太机灵了。

大主教　好夫人,莫同孩子认真。

伊利莎伯王后　水罐也有两只耳朵,何况小孩子呢。

　　　　　使者上。

大主教　来了一个使者。有什么消息?

使　者　我的大人,这消息说出来我也很难过。

伊利莎伯王后　亲王怎样?

使　者　很好,王后,很健康。

公爵夫人　你的消息是什么？

使　者　利佛斯和葛雷两位大人被押到邦弗雷特去了,还有托马斯·伏根爵士也一起下狱了。

公爵夫人　是谁把他们下狱的？

使　者　两位大公爵,葛罗斯特和勃金汉。

大主教　什么罪状？

使　者　我所能了解的我都讲出来了；至于这些贵爵们所犯何法,为什么下狱,我全不知道,我的好大人。

伊利莎伯王后　我的天哪！眼见我的一家人就此毁了！猛虎已经抓住了驯鹿,蛮横无道的暴政开始在蹂躏软弱无能的皇家宝座；来吧,毁灭、死亡和凶残的屠杀！摆在眼前的就是一幅荒凉的残局。

公爵夫人　多少可诅咒的动荡的岁月都打我眼底喧嚷着过去了！我的夫君为了争取王冠而丧命,我的儿辈时起时落不得安顿,他们得意我欢乐,失意我啼哭。萧墙风云曾被吹散,王位得以安定,可是战胜者却又你争我夺,同室操戈,自相残杀。灭天理,绝人性,疯狂的暴行,呵,那弥天的怨氛应可罢休了；否则我宁愿一死,也不要再见到死亡。

伊利莎伯王后　来,来,我的孩子；我们去圣堂躲难。老夫人,再会了。

公爵夫人　等一下,我要和你们同去。

伊利莎伯王后　你没有必要。

大主教　(对王后)我的好王后,去吧；把你的珍品用物一齐带去。在我这方面,我将交出国玺由你保管,王后；按目前的处境我只有尽力这样照料你和你的一切了！来,我领你们进圣堂去。(同下。)

第 三 幕

第一场　伦敦。街道

　　　　奏乐。威尔士亲王、葛罗斯特、勃金汉、凯茨比、布希埃红衣主教及余人等上。

勃金汉　欢迎,好亲王,欢迎你到达了伦敦,你的都城。

葛罗斯特　欢迎,亲爱的侄儿,我心目中的主君;旅途劳顿使你精神困乏了。

亲　王　没有,叔叔;我们在途中的周折却叫人感到有些厌倦和烦闷,我以为还有长辈来接我呢。

葛罗斯特　好亲王,你年事还轻,阅世比较浅,没有看明白人心的险诈。人的本质和他的表面言行你还不能辨别;真可以说,上帝知道,表里一致的人是绝无仅有的。你所想见的长辈都是居心险恶的;殿下受了他们甜言蜜语的迷惑,一点没有注意到他们那颗毒辣的心。愿神保佑你,不让你靠近这班虚伪的亲朋!

亲　王　神保佑我,不让我靠近他们! 可是他们并非虚伪的人哪。

葛罗斯特　亲王殿下,伦敦市长来向你请安啦。

　　　　伦敦市长及随从人员上。

市　　长　上帝祝福你健康安乐！

亲　　王　谢谢你,我的好大人;谢谢你们大家。我以为我母亲和弟弟约克早就会在途中和我相会了。嗨！海司丁斯真像个蜗牛,他还没有来报告他们会不会就来。

　　　　　海司丁斯上。

勃金汉　这位大人来得巧,他赶出汗来了。

亲　　王　欢迎,我的大人。怎么,我的母亲来不来？

海司丁斯　你的母后和弟弟约克竟投奔圣堂去了,为的什么只有天知道,我弄不懂；那年幼的王子还极想跟我来会见殿下的,可是他母亲却把他勉强留住了。

勃金汉　嗨！她这一举动是何等迂拙,何等无聊！主教大人,可否请你去走一趟,劝王后放约克公爵马上来和他长兄亲王见面？如果她不肯,海司丁斯大人,就请你也同去,把王子从她怀里抢出来。

红衣主教　我的勃金汉大人,如果我能凭三寸不烂之舌从他母亲身边赢回约克公爵,你马上就会在此见到他；但是她若固执己见,不听我好言劝说,那就难办了,天帝不容我们侵犯圣堂的尊严！无论怎样,我为了全国的福泽,决不敢犯下如此深重的罪孽。

勃金汉　你未免过分顽固了,我的大人,太拘泥礼节,墨守成规了；只要能依从今天的习俗,作全面的考虑,提拿他也不算犯圣堂的禁规。一个值得受圣堂保护或懂得请求保护意义的人,才能允许他享受这种权利。这位王子既无权请求,也不应该享受；因此,据我看,就不能得到什么保护。提走一个不属于圣堂的人,当然并未侵权,也未犯法。我虽常听说成年人躲进圣堂,但孩童也受到神护,我今天才第一次听

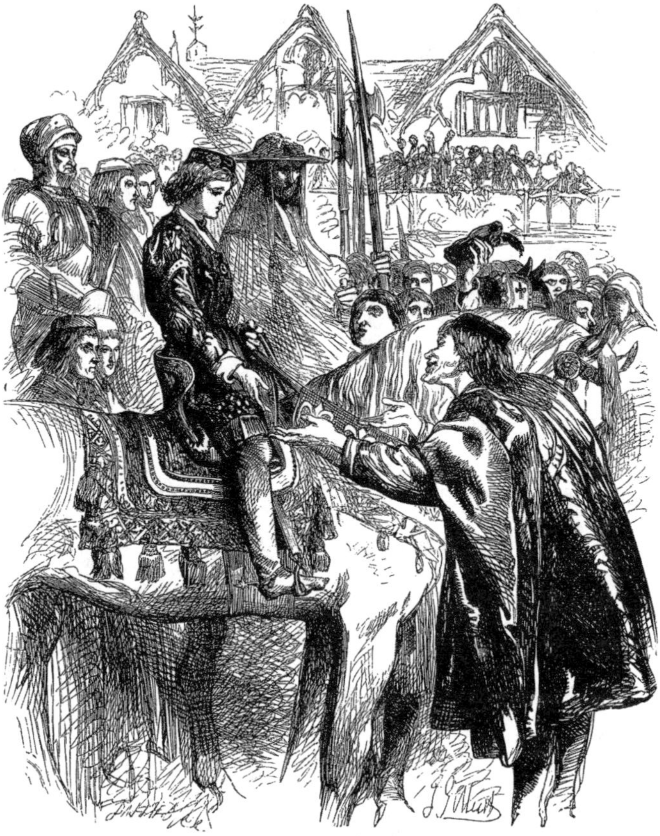

到呢。

红衣主教　我的大人,这一次我听你的吩咐。来吧,海司丁斯大人,你和我同去吗?

海司丁斯　我去,我的大人。

亲　　王　两位好大人,请你们速去速来。(布希埃红衣主教与海司丁斯同下)且说,葛罗斯特叔叔,我弟弟来了,我们在哪里等候加冕呢?

葛罗斯特　殿下看哪儿最好就在哪儿。如果听我的意见,在几天之内尊驾不妨去伦敦塔中暂作休息;之后,由你再决定,只消是最宜于你的健康和消遣的地方就行。

亲　　王　哪儿都好,我就不喜欢伦敦塔;我的大人,这塔堡是凯撒初建的吧?

勃金汉　我的好殿下,是由他开始建造的,后来一代一代继续改建。

亲　　王　他创建的事是载进史册的吗,还是世代口传下来的?

勃金汉　史册上是有记载的,我的好殿下。

亲　　王　不过,即使无案可查,我的大人,我想这事绩仍该流传下去,好让它代代相承,传之无穷,直到人类的审判末日为止。

葛罗斯特　(旁白)人们说,才华早发,断难长命。

亲　　王　你说什么,叔叔?

葛罗斯特　我说,史乘不载,声誉长存。(旁白)就这样,好比传统戏剧里那个名叫"孽障"的丑角一样,我也来个一词两用,故弄玄虚。

亲　　王　这位凯撒是个有名的人物;他的勇气丰富了他的聪明,聪明又为他的勇气栽下了根。死亡并不能征服这位征服者,他的生命虽已结束,可是声名不灭。我来告诉你一句话,我的阿舅勃金汉,——

勃金汉　什么话,我的好大人?

亲　　王　我如果长大成人,我要去法国夺回我们自古世袭的主权,否则我生为君王,就死为战士。

葛罗斯特　(旁白)开春过早,往往使夏令短促。

　　　　　小约克、海司丁斯及布希埃红衣主教上。

勃金汉　呀,约克公爵已到,来得正好。

亲　　王　约克的理查!我亲爱的弟弟,一向好?

小约克　好,我的可敬畏的君王,我该这样称呼你了。

亲　　王　唉,弟弟,是我的,也是你的不幸;应该享有尊称的人竟匆匆辞别了人间,多少威望都跟他一同消逝了。

葛罗斯特　我的贤侄约克公爵无恙吧?

小约克　多谢你,好叔叔。呵,我的大人,你说过,闲草蔓生,长得很快;我的长兄亲王长得却比我高多了。

葛罗斯特　是的,我的殿下。

小约克　难道他就是闲草一根吗?

葛罗斯特　呵,我的好侄儿,我决不能这样说。

小约克　那末,他比我更应该多多向你道谢啰。

葛罗斯特　作为一个君王他可以命令我;而你也可以作为一个亲戚来驱使我。

小约克　我恳求你,叔叔,给我这把刀。

葛罗斯特　我这把刀吗,小侄儿?那没有问题。

亲　　王　见东西就伸手讨吗,弟弟?

小约克　向我的好叔叔讨,我知道他一定会给;不过是一个小玩具,不致于伤他的心。

143

葛罗斯特　再大的礼物我也会给我的侄儿。

小约克　再大的礼物！呵,那就是这把剑了。

葛罗斯特　呀,好侄儿,但愿它不会太重。

小约克　呵,我这才懂了,你只肯给轻礼;问你讨较重的礼你就会拒绝。

葛罗斯特　殿下佩上这东西会嫌沉重哪。

小约克　再重些我也会觉得轻微。

葛罗斯特　怎么！你当真要我的刀剑吗,小殿下？

小约克　我当真要,好让我按你的称呼答谢你。

葛罗斯特　怎么讲？

小约克　小就小谢。

亲　王　我的约克公爵还是爱抬杠。叔父,你自然能宽容他的。

小约克　你是说,把我背起来,不是宽容我;叔叔,我哥哥把我俩都嘲笑到了。因为我长得小,像个猴儿一样,他认为你就该把我背在肩头上。

勃金汉　他好生善辩,如此锋利而敏捷！为了要缓和对他叔父的轻慢,他巧妙而恰当地把自己也嘲弄了一顿;年纪这样幼小,却已这样伶俐,真了不起。

葛罗斯特　我的殿下,就请动身吧？我自己和我的好兄弟勃金汉就去探视你母亲,去恳求她先到伦敦塔等候接驾。

小约克　什么！你要去伦敦塔吗,我的主君？

亲　王　我的护国公大人决定这么办。

小约克　在伦敦塔里我不能安眠。

葛罗斯特　为什么,你怕什么？

小约克　呵哟,我的叔叔克莱伦斯的怨魂;祖母对我说,他就是在塔中被杀的。

亲　王　我倒不怕死了的叔叔和舅舅。

葛罗斯特　我希望活的你也不会怕。

亲　王　如果是活的,我巴不得不必怕他。好吧,我的大人;我心头沉重,一面想念着他们死者,一面走进伦敦塔。(奏号。除葛罗斯特、勃金汉及凯茨比外,均下。)

勃金汉　依你看,我的大人,这个口里叽叽哇哇的小约克,该不是受了他那狡诈母亲的煽动,才会对你如此无礼,如此任意嘲弄吧?

葛罗斯特　当然,当然。呵!好难对付的孩子;大胆,敏捷,灵巧,无顾忌,能干;他从头到脚就是他母亲的化身。

勃金汉　好,让他们安息去吧。凯茨比,你走过来;你发过誓要彻底完成我们的意图,也同样坚决地要严守我们的秘密。我们一路陈述的道理你也听见了,现在你看怎样?如果要威廉·海司丁斯大人来共襄盛举,把这位勋爵拥登这名邦的宝座,你想容易办到吗?

凯茨比　他为了先王之故,与亲王情谊深厚,因此决难叫他转过脸来反对他。

勃金汉　你看斯丹莱怎么样?他会怎样做?

凯茨比　他会同海司丁斯完全一致行动。

勃金汉　那么,请你就这样办;去,好凯茨比,你且从旁去观察一下海司丁斯的心意,试探他对我们这个意图有些什么想法;同时邀请他明天来伦敦塔参与加冕礼。如果你见他有可能转变过来,就鼓励他,把全部道理告诉他;假如他无动于衷,冷冰冰,固执,你也可以照样对待,不必多谈,只要把他的心意通知我们;因为我们明天想分庭议事,你要负起重任呢。

葛罗斯特　为我向威廉大人致意;告诉他,凯茨比,他那多年来结下的生仇死恨明天要看到分晓,邦弗雷特堡宅要染上鲜血,代我转告他大人在庆得喜讯之后,不妨亲热地多吻一下可爱的休亚夫人。

勃金汉　好凯茨比,去吧,去把这件事办妥。
凯茨比　两位好大人,我一定尽心去办。
葛罗斯特　凯茨比,在我们就寝之前能听见你的回音吗?
凯茨比　可以的,我的大人。
葛罗斯特　到克洛斯比宫来可以找到我们。(凯茨比下。)
勃金汉　万一,我的大人,我们发觉海司丁斯大人不肯和我们一起行事,那又怎么办?
葛罗斯特　砍掉他的头;一不做,二不休。等我当了国王,你就来请封海瑞福德伯爵的爵位,把那里我王兄原有的一切动产也都赏给你。
勃金汉　我会来向殿下请赏的啰。
葛罗斯特　放心,我一定会诚意封赏给你的。好了,是我们进晚餐的时间啦,饭后我们还要从长计议,拟出妥善办法来。(同下。)

第二场　同前。海司丁斯宅前

　　　　　使者上。

使　者　(敲门)大人!我的大人!
海司丁斯　(在内)谁在敲门?
使　者　斯丹莱大人派来的人。
海司丁斯　(在内)几点钟了?
使　者　正敲着四点钟。

海司丁斯上。

海司丁斯　漫漫长夜,斯丹莱大人难道不能安睡吗?

使　者　似乎是如此,且听我说来就知道了。首先,他要向你大人致候。

海司丁斯　然后呢?

使　者　然后,他要我向你大人说明,他夜来梦见一只野猪劫走了他的头盔。他还说,朝廷召开两个会议;在其中一个会上所决定的措施要叫你和他两人在另一个会上遭殃。因此他派我来问你是否愿意和他一起尽快的骑马投奔北方去,免得遭受他心中所揣测的无妄之灾。

海司丁斯　去,伙计,去回报你的主子;叫他不必担心那分头的会议。他大人和我参与一个会,在另一个会上有我的好友凯茨比;只消议到有关我俩的事我都会知道。告诉他,他的虚惊是没有根据的;至于他的梦,我奇怪他竟这样迂拙,睡眠不安,梦多欺人,怎能相信。野猪赶上来,我们如果在它前面奔跑,正好惹动野性,追赶得更紧,岂不反招致祸害?你去叫你主子一起身就来找我;我俩一同去伦敦塔,他自然会看见那野猪对我们很客气呢。

使　者　我去了,大人,就去转呈你的高见。(下。)

凯茨比上。

凯茨比　愿我尊贵的大人朝朝健康安乐!

海司丁斯　你今早好,凯茨比;这一早你就起身转动了呀。什么消息?在我们国家如此动荡之中,你带来了什么消息哪?

凯茨比　的确这是个混沌的世界,我的大人;据我看这局面莫想拨正,除非理查戴上了国家的花冠。

海司丁斯　怎么!戴花冠!你说的是王冠吗?

147

凯茨比　是呀,我的好大人。

海司丁斯　我宁愿我这副头颅被砍掉,就是不愿看到那顶王冠戴错了头。可是你猜想他真的打着这个主意吗?

凯茨比　是呀,我以生命担保,他还希望你能积极参加他一起分享利润呢;因此他叫我带一个喜信给你,说你的旧仇,那些王后的亲戚,就在今天要死于邦弗雷特堡中。

海司丁斯　当真,听到这个消息我倒不必哀悼,因为他们始终与我为敌;然而要我对理查表示拥护,阻挡我主君的后人合法承嗣,上帝知道,我死也不会干。

凯茨比　愿上帝让你大人忠贞不渝!

海司丁斯　可是这班家伙唆使了我的主君对我心生嫌恶,今天居然还叫我亲眼见到他们的悲惨下场,在今后一年之内还会落得我好笑呢。凯茨比哪,单看我等不到半个月,还要乘其不备解决他几个呢。

凯茨比　我的好大人,叫人们事先一无准备就送了命,该是件丧德的事吧。

海司丁斯　呵,真可怕,真可怕!眼前已有利佛斯、伏根、葛雷,正走上这条路;此外,也还有些人要遭到同样的厄运,满以为他们和你我一样安全;哪知道你我却是理查和勃金汉两位贵公的亲信之人呢,这是你很清楚的啰。

凯茨比　两位贵公都很器重你的;(旁白)器重他的头颅,要挂上伦敦桥。

海司丁斯　我知道他们是这样看待我的,我也可当之无愧了。

斯丹莱上。

海司丁斯　来呀,来呀;老兄,你那打猎的矛呢?你怕野猪却又不随身带矛哪?

斯丹莱　我的大人,早安;早安,凯茨比。你尽可多开些玩笑,但是,有十字架为证,我还是不爱听什么分头会议。

海司丁斯　我的大人,我同你一样珍惜生命;可是我要声明,我活到如今还没有像今天这样觉得生命可贵呢。你只要想,我如果不知道我们的处境稳妥,哪儿还能这样兴高采烈哪?

斯丹莱　在邦弗雷特的大人们,当他们骑马出伦敦的时候,岂不也是无忧无虑,稳若磐石,的确他们本无丝毫疑忌的必要;然而你该看到如何阴霾四起,多么快,一忽儿就翻了脸追杀起来,真叫我忐忑不安;我说,但愿上帝让我做一个无中生有的胆小鬼吧!呀,时候不早了,我们该去伦敦塔了吧?

海司丁斯　来吧,来吧,我跟你走。你知道吗,我的大人?今天你说的勋爵们要处斩了。

斯丹莱　若讲忠诚,他们就该好好保留着脑袋,免得让诬告他们的人头戴纱帽,洋洋得意起来。不讲这些了,我的大人,我们走吧。

　　　　　一从吏上。

海司丁斯　请先走一步;我同这个好人讲几句话。(斯丹莱及凯茨比下)怎么啦,老弟!你近来生活得好吗?

从　吏　有你大人照拂自然要好些。

海司丁斯　我告诉你,老弟,我近来倒不错,比上次你我在此相会的时候还好一点。上次我正是被押入狱,都是王后的党羽陷害我;可是今天哪——你听着莫泄漏出去——今天那些冤家要服死刑,而我的处境却大有改进了。

从　吏　愿上帝照看你到底,赐你安乐!

海司丁斯　对呀,老弟;拿去,为我去痛饮一顿。(掷钱袋。)

从　吏　上帝保佑你大人。(下。)

　　　　　一牧师上。

牧　　师　真巧,我的大人;见到你我很高兴。
海司丁斯　谢谢你,好约翰先生,我衷心感谢。我前次听你讲经还没有给你酬劳;再到安息日我一定要补偿你。

　　　　　勃金汉上。

勃金汉　怎么啦,御前大臣,你和一个牧师交谈吗?邦弗雷特的朋友们正需要一个牧师呢;大人,你目前还不用忏悔吧。
海司丁斯　的确,我刚才遇见这位牧师,心里也正想到你所说的这班朋友。怎么,你去伦敦塔吗?
勃金汉　是呀,我的大人;不过我不能多耽搁,在你离开那儿之前我就要回来的。
海司丁斯　很可能,因为我要在那儿进午餐的。
勃金汉　(旁白)也还要进晚餐呢,你还不知道吧。好,你要去了吗?
海司丁斯　敬听大人吩咐。(同下。)

第三场　邦弗雷特。城堡前

　　　　　拉克立夫持戟上,押送利佛斯、葛雷、伏根赴刑场。

利佛斯　理查·拉克立夫爵士,请听我讲一句话:今天你将看见一个臣子,为了求真理、尽职守和忠君王而死。
葛　　雷　愿亲王得福,求上天保佑他摆脱你们这群野兽!你们简直是一堆罪该万死的吸血虫。
伏　　根　你们今天虽活着,可是由于干下了这件事,你们将哀号不已。
拉克立夫　快走;你们的生命之路已到了尽头。

利佛斯　邦弗雷特呀,邦弗雷特!你这座血腥的牢狱!贵爵王公的不祥之地,绝命之所!在你这充满罪恶的四壁之内,理查二世曾被乱刀砍死;现在,为了加深你这幽狱的恶名,我们又以无辜的血向你献祭。

葛　雷　玛格莱特当时诅咒过海司丁斯和你我等人,因为我们眼见理查刺杀她的儿子,却站在一边,若无其事,此刻她的恶咒果然应验了。

利佛斯　当时她也诅咒了理查,也诅咒了勃金汉,也诅咒了海司丁斯。上帝呀!你现在接受了她对我们的诅咒,不可忘了还有他们;为了我姊姊和她那两位王子,亲爱的神,愿你就满足于我们的热血吧,反正你也知道,这场流血冤狱是无从避免的了。

拉克立夫　赶快;你们就刑的时分已经逼近了。

利佛斯　来,葛雷,来,伏根;我们拥抱一下,说声再会,等到天国重聚首。(同下。)

第四场　伦敦。伦敦塔

勃金汉、斯丹莱、海司丁斯、伊里主教、拉克立夫、洛弗尔等人围桌议事。会场官兵守卫。

海司丁斯　各位大人都在此,我们现在聚会要对加冕的事作出决定。凭上帝之名,请发言,哪一天举行典礼最好?

勃金汉　加冕盛典都准备好了吗?

斯丹莱　都齐备了;只等决定日期。

伊　里　那么我认为明天就是个好日子。

勃金汉　关于这一点有谁知道护国公的高见如何?谁同这位尊

贵的公爵过从最密哪？

伊　里　我们看来,您阁下只消问一下,就能知道他的心意了。

勃金汉　我和他是彼此知面不知心;他不了解我的心和我不了解你们的心一样;我也不了解他,我的大人,等于你们不了解我一样。海司丁斯大人,你和他很接近。

海司丁斯　感谢他殿下,我知道他待我很厚;不过他对加冕这件事的打算我却没有问过,他也没有表示过有关这件事的意见。可是,你们各位高贵的大人不妨提出日期;我可以代替公爵发言,我敢说,他应该不会见怪。

　　　　葛罗斯特上。

伊　里　真凑巧,公爵自己来了。

葛罗斯特　我的高贵的大人们,亲朋们,各位早安。我起身太迟了;不过,会议上原可决定的国家大事,我相信,并没有因为我迟到而给耽误吧。

勃金汉　国王加冕的事,我的大人,如果您没有应声而至,威廉·海司丁斯大人就会替您宣读了,那就是说,替您作了发言。

葛罗斯特　还有谁比海司丁斯大人更加大胆的;这位大人知我很深,爱我也很厚。我的伊里大人,我上次在贺尔堡看见您的花园里有很好的草莓,我要求您叫人去摘一些来给我。

伊　里　好的,我就去拿来,我的大人,我十分愿意效劳。(下。)

葛罗斯特　勃金汉老弟,同你讲一句话。(两人走向一边)凯茨比探知了海司丁斯对我们这件事的心意,他这个急性子还非常激动,宁可脑袋落地,决不肯让他所尊崇的那位主君之子丧失英国的王位。

勃金汉　你离席出去;我和你一同走。(两人下。)

斯丹莱　我们还没有定下这欢庆的日期。我看,明天未免过早;如果能稍稍推后一些,我更好准备得妥善些。

　　　　伊里主教重上。

伊　里　葛罗斯特公爵大人哪儿去了?我已经叫人去把草莓拿来了。

海司丁斯　今天早上他殿下很高兴,很和气;看他那样风趣地打着招呼,该是他心里有什么得意的事。我想世上再没有人会像他那样喜怒都藏不住的了;只消看他的脸色你就知道他心中想些什么。

斯丹莱　你今天从他的脸色上又看出了哪些心思呢?

海司丁斯　呵,他同我们在座的人都是十分融洽的;否则,他早就要形之于色了。

　　　　葛罗斯特及勃金汉重上。

葛罗斯特　我请教各位,如果有人施展妖术,谋我的性命,还用恶魔的符咒,伤我肉身,这个人该当何罪?

海司丁斯　以我对殿下的深情厚谊,我的大人,我敢当着各位贵爵的面前判定这奸人有罪,不论他是谁;我说,大人,这种人是死有余辜的。

葛罗斯特　那就请你们亲眼证实他们的罪行。请看我的身子受了妖魔多大的灾害;我这只臂膀就像毁损了的幼树苗一样,全都枯萎了。这便是爱德华的妻,她这个妖妇和那淫欲成性的娼妓休亚,同施妖法,竟把我害成这副模样。

海司丁斯　假如她俩做下了这样的事,尊贵的大人——

葛罗斯特　假如!你为这该死的娼妇搪塞,你还来对我说什么"假如"、"假如"吗?叛徒,砍下他的头来!现在,我以圣保罗为誓,我不看到他的头颅落地决不进餐。洛弗尔和拉克立夫,负责去照办;其余赞助我的人,站起来,跟我走。(除海司丁斯、拉克立夫、洛弗尔外,均下。)

海司丁斯　伤心呀,英国的前途,伤心呀!我个人何足道哉;是我太愚蠢了,我早就该预料到的呵。斯丹莱梦见了野猪劫走他的头盔;是我轻慢行事,不屑逃生。今天我这匹披锦的骏马三次颠蹶,它望见伦敦塔就起惊,似乎它也不想把我载到屠宰场去。呵!此刻我需要那个和我交谈的牧师了;悔不该对从吏自鸣得意,说什么我的仇人们今天要在邦弗雷特惨遭屠杀,而我还自以为安全,庆得恩宠。呀,玛格莱特,玛格莱特!现在你那番沉重的诅咒已落到我可怜的海司丁斯的头上了。

拉克立夫　快,赶快,公爵就要用餐了;做个简短的忏悔,他在等着看你的头呢。

海司丁斯　呵,我们渴求凡人给予片刻的宽限,却没有同样迫切地要求神恕!谁若信任人间的假仁假义,架起空中楼阁,谁就像醉酒的水手高攀船桅;只消一点头他就会翻身落海,沉入万劫不复的深渊。

洛弗尔　快,赶快;叫唤又有何用呢?

海司丁斯　呵,血腥的理查!悲惨的英格兰!我向你预告,一个最恐怖的时代就要到来。好,带我去断头台,把我的头拿去给他;此刻对我嬉笑的人,在瞬息间自己也休想活得成。(同下。)

第五场　同前。伦敦塔上

葛罗斯特及勃金汉上,身穿破旧生锈的甲胄,看来很不入眼。

葛罗斯特　来,老弟,你能不能身子发抖,脸上变色,一句话没讲完就拦腰切断,从头讲起,又在中途打住,装出疯癫模样,惊惶失措?

勃金汉　嘿!我就会扮演老练的悲剧角色,讲着一句话,回头看看,四下窥视,战战兢兢,草木皆兵,而满腹狐疑;我也会装出假笑,又能运用各种鬼脸怪相;这两副脸谱都由我随意调配,以丰富我的技艺。可是!凯茨比走了吗?

葛罗斯特　是呀;看哪,他已带着市长来了。

　　　　　市长及凯茨比上。

勃金汉　市长大人——

葛罗斯特　注意那边的吊桥!

勃金汉　听哪!鼓声。

葛罗斯特　凯茨比,伸出头去看看墙外。

勃金汉　市长大人,我们所以要请——

葛罗斯特　回头看,提防着;有敌人来了。

勃金汉　愿上帝和我们的无辜保佑我们!

　　　　　洛弗尔及拉克立夫持海司丁斯首级上。

葛罗斯特　莫慌张,他们是自己人,是拉克立夫和洛弗尔。

洛弗尔　这就是那没出息的叛徒的头颅,这个海司丁斯是个心怀叵测的人。

葛罗斯特　这个人我一向喜爱,不能不为他一哭。我原以为在人世呼吸的信徒中他还算得一个道地的老实人;我把他当做我的一本手册,以记录我内心的沉思默想。哪知道他伪装仁义,粉饰着他的污点,因此,如果把他那件公开的败行除外,我所指的是,他与休亚的暧昧关系,他这一生竟是逍遥自在,一手遮掩了天下人的耳目。

勃金汉　的确,他真是世上唯一善于隐蔽的叛徒了。谁能料到,甚至谁能相信——这个奸徒竟会在今天会议席上谋害我和这位善良的葛罗斯特大人,若不是福星高照,我们哪有活命来相告。

市　　长　他竟做出这样的事来吗?

葛罗斯特　哈!你想我们是土耳其人,或是异教徒吗?或者认为我们愿意不经法律手续就把这人犯任意处死?殊不知当时情势迫在眉睫,国家安危,个人的生死,都在此一举,我们让他服刑,其实是十分不得已的事。

市　　长　我现在恭祝你们福运好!他是死有应得;你们两位好大人处理得当,可以警诫其他叛徒。自从他和休亚纠缠不清以来,我就料到他再做不出好事了。

勃金汉　我们原想等您大人来看到他的终局,然后再处决他;无奈我们的朋友们心地忠良,不敢延误,未得我们同意,就先执刑了。本来,我的大人,我们想您如能亲耳听见这叛徒的自白,看到他心惊胆寒地招认他叛逆的经过,供出他用心何在;那样的话,你岂不正好向市民们转达实情,也免得他们会产生误会,反而去为他哀悼起来。

市　　长　我的好大人,阁下的话就足够证实了,和我亲眼看见、亲耳听见是一样的;两位尊贵的大人,请不用疑虑,我一定去把你们的公正处理向我们的市民们说明。

葛罗斯特　我们正是为此而情愿您大人来这一趟,免得人们吹毛求疵,凭空横加指责。

勃金汉　您虽未能按时赶来,可是现在已听见我们陈述了原有的打算,也就可以说明真相了;好吧,好市长大人,再会了。

(市长下。)

葛罗斯特　去,去,跟上去,勃金汉老弟。市长急忙忙地走向市政厅去了;那里你好去看准适当时机,提及爱德华孩子们的出身并不清白;告诉他们爱德华如何冤杀过一个市民,仅仅因为这个市民的住宅前有冠冕为志,号称"冠冕之家",而他在无意之中却说了一句愿儿子继承"冠冕"。此外,也提出爱德华如何荒淫无度,纵欲横行;以致城中婢仆妻女一个个岌岌自危,只消他淫眼一转,或邪念一动,便放荡无羁,而使百姓遭殃。呃,如果情况需要,您就这样把话转到我本人身上:告知他们,当这个贪欲无厌的爱德华还孕育在我母亲胎中的时候,我父王,那高贵的约克,正出征法国,按时日准确推算,这出生的孩子依理不可能是他亲生的后嗣;单就他的外貌上看也可以说明,他和我尊贵的父王毫不相似。不过关于这一点不妨轻轻带过;因为,我的大人,您知道我母亲还在世呢。

勃金汉　放心,我的大人,我一定去雄辩一番,好像是为我自己争取王冠金冕一样;我的大人,我就此告辞了。

葛罗斯特　如果您进行顺利,就把他们带到贝纳堡来;有几位德高望重的神甫和学识渊博的主教要在那里和我作伴呢。

勃金汉　我去了;将近三四点钟的时候准备听到市政厅传出好消息来。(下。)

葛罗斯特　去,洛弗尔,赶紧去见萧神甫;(对凯茨比)你去见彭葛神甫;请他们两位在一小时内到贝纳堡来看我。(洛弗尔与凯茨比下)现在我要进去发出一些机密指示,把克莱伦斯的两个小东西交代了;然后传令禁止任何人在任何时间与两王子有什么接触往来。(下。)

157

第六场　同前。街道

录事上。

录　事　这就是海司丁斯好大人的判决书;这上面正楷大写,抄得煞是整洁,准备今天在圣保罗教堂宣读:且看这结尾部分衔接得何等紧凑。凯茨比昨晚才把稿子送来,我花了整整十一个小时抄完。拟原稿也用去同样长的时间;不过五小时之前海司丁斯还在人世,没有被控,没有被审,自由自在地满不受管束。这真是个妙不可言的世界!哪个笨汉看不出这么明显的诡计?可是谁又有偌大的胆子,敢说一个字,除非咬紧牙关,只推说不知?世道险阻;眼见这种败行,也只得装聋作哑,藏在心底,这样下去,还成什么世界?(下。)

第七场　同前。贝纳堡庭院

葛罗斯特及勃金汉由两侧上。

葛罗斯特　怎么样啦,怎么样啦!市民们怎样表示?

勃金汉　有我们救主的圣母在上,市民们都默不作声。

葛罗斯特　你提到爱德华的孩子们出身不明吗?

勃金汉　我讲了,也提到他同露西夫人①的关系,以及他派人去法国联姻的事;还讲到他贪色成性,市民的妻子都受到他的蹂躏;事无大小,他无不横行霸道;他在你父亲出征法国的时候出世,血统不正,他面貌也和老公爵满不相像;我还提

---

① 伊利莎伯·露西为爱德华的情妇。

出了你仪表非凡,心地光明,正同你父亲一模一样;我又向大家铺陈你在苏格兰的战绩,你在军中的纪律,平时的明智,你的宽厚、仁慈和谦逊;可以说,凡是能促成大业的方式我已经用尽了,并且每一点都是着重说明的;当我的讲话接近尾声的时候,我便号召所有的爱国志士齐呼,"上帝保佑国王理查!"

葛罗斯特　他们欢呼没有?

勃金汉　没有,上帝助我,他们默不作声;却像闭口的石像,或喘息的木块一样,彼此呆看着,人人面呈土色;我见了这种光景不由得不申斥他们一顿;后来我转问市长,他们这样沉默无言是何道理?他回答说,人民不习惯于倾听宣讲,除非通过传达。于是我请他代我重述一遍;他却没有肯自己负责讲出一句话来,只顾说,"公爵这样说,公爵的用意是这样"。他说完之后,我自己的几个人在会议厅的一头抛起了帽子,大约有十人左右齐声喊道,"上帝保佑理查王!"这时间我抓紧这几个人呼喊的机会,说道,"感谢各位好市民和朋友们;大家这样异口同声,热情欢呼,说明了你们深明大义,爱护理查。"说着我便走出来了。

葛罗斯特　是些什么哑巴木头人!他们竟不发一言吗?市长和他的同伴们来不来呀?

勃金汉　市长就来。你装出有些顾虑的模样;除非他竭力恳求,不要理会他;要记住你拿一本祈祷书在手里,站在两个神甫中间,我的好大人;这样我好唱出一套赞美曲来。切莫轻易答应我们的请求;要学姑娘一般口口声声说"不",然后半推半就接受下来。

葛罗斯特　我去;如果你能为他们请命,而我为自己推让,两人都做得高明,就不愁我们的大事不能成功。

勃金汉　去吧,躲上屋顶去!市长大人在敲门了。(葛罗斯特下。)

　　　　市长、绅宦们、市民们上。

勃金汉　欢迎,我的大人,我正在这里专诚求见;我怕公爵不肯和我们接谈呢。

　　　　凯茨比由堡内上。

勃金汉　呵,凯茨比!你主人对我的请求怎样说的?

凯茨比　我的尊贵的大人,他恳请阁下等明天或再迟一天来见他。他在里边和两位尊贵的神甫一起虔诚默祷;他不想为世俗事烦心渎神而废止礼拜。

勃金汉　好凯茨比,请你再去禀告贵爵爷,就说我自己和市长,还有各城镇的官长都在这里等候他殿下商讨国家大事,这是与人人的幸福有关的。

凯茨比　我马上去把你的本意转达给他。(下。)

勃金汉　呵,哈,我的大人,这位王公却不像爱德华!他并不在狠亵的榻间安息,却双膝跪地,虔心默拜;也不和左右朝臣一起荒度岁月,却追随着两位富有修养的神甫沉思默想;他并不贪食懒睡,无所用心,却专事祈祷,以丰富性灵。如果能有这位善德善行的王公负起国家重任,英国就万幸了;可是我担心我们很难说动他的心呢。

市　长　如果他殿下拒绝的话,愿上帝保佑我们!

勃金汉　我怕他会固执不移。凯茨比回来了。

　　　　凯茨比重上。

勃金汉　呵,凯茨比,他殿下怎样说啦?

凯茨比　他感到奇怪,你们聚集了成队的市民要和他接谈,为的是什么,他殿下事先未有准备;我的大人,他怕您对他不存善意。

勃金汉　我的尊贵的兄长竟对我生疑,说我来意不善,叫我心中很是难堪。有上天为证,我们此来是出于至诚;还请你再去一次,禀知殿下。(凯茨比下)圣洁虔诚的信徒在诵经礼拜的时候,春风满怀,心意坚贞;要想他转移思念委实很不容易。

   葛罗斯特由楼台上,左右两主教相随。凯茨比又上。

市　　长　看哪,他殿下站在两位神甫之间呢!

勃金汉　这一对德高望重的支柱,扶持着虔诚在心的君王,免得他堕入虚荣;看呀,他手里还捧着一本祈祷书呢;这才是一个圣者的真实标志呵。满载盛誉的普兰塔琪纳特,至德的王公,愿您垂听我们的请求,我们打断了您的祈祷,妨碍了您的一片真忱,还请您宽恕。

葛罗斯特　我的大人,不用这样道歉;应该是我请您恕我无礼,我只顾诚心祈祷,为上帝争光荣,未能马上接待各位朋友,有负盛意。不过,这暂且不提,请问阁下有何指教?

勃金汉　我希望这正是一件顺天应人的事,也是这岛国上的无主良民所一心向往的事。

葛罗斯特　我很怕我犯了什么错误,全市人民看不入眼;因而您此刻来责难我,怪我做了错事还不自知。

勃金汉　您确实是如此,我的大人;望殿下接受我们的恳求,借以改正您的过错!

葛罗斯特　当然,否则我怎能在人间求生存呢?

勃金汉　那就请听我冒昧陈辞吧,您不该再三推辞,放弃至尊的宝座,那是您祖代相传的威权所在,是您福运降临,也是您世袭而来的名分,您奕奕皇室的世代光荣,岂能由您让给一支腐朽的系族;您在高枕无忧之中悠思遐想,而这块皇土正等待着大力扶持,为国家前途计,我们特来敦促您醒悟过来;如今纲常不振,面目全非,皇朝正统,凭添枯枝残叶,无以生根,势必陷落深渊,从此湮没无闻。为了拯救这种颓运,我们衷心请求殿下亲自负起国家重任,掌握王权;不再为人作嫁,做一个护政者、家宰、代理人,或当一个卑贱的经手员;您应该维护血统,继承王业,本是您生来的权利,是您的领土,应归您自有。为此之故,我和市民们一起,还有您的虔诚热情的朋友们,都急切地催促着我来向殿下发出这正义呼声,求您垂听下情。

葛罗斯特　以我的地位或您的处境看来,我不知道该默然离去此地,还是该严斥您一番。如果我不予作答,您或许认为我是个守口如瓶的野心家,是我眼见您一相情愿地把那辉煌的重担套上我的肩头,而我却默然承受下来了;如果我见您一片至诚,向我求告,我反而横加叱责,这岂不是我又杜绝了友辈的言路。因此,我该既不默然而去,也不严辞驳斥,却把我的心头思念向您作明确的答复。您的热诚值得我衷心感激;但是对我要求过分,我自愧无能,怕难孚众望。首先,即使一切障碍都能扫除,我面前这条登基的道路已经铺平,创业时机已经成熟,只等我继承正统,可是我志气还不够高昂,我德行菲薄,瑕疵多端,缺陷重大,我宁愿闭门思过,以免卷入洪流,好比一叶扁舟,岂敢驶进大海,一旦涌上浪巅,欲罢不能,那就只好在彩光烟雾之中窒息而死了。好在今天还不需要我,感谢上帝;如果讲到需要,我正该多下工夫,自助助人;王室系族留下了王室子嗣,经过日换星移,自可成长起来,来日坐镇朝廷,你我都会臣服而乐事新君。您所要委我的重任,我加在他身上,是天命所归,也是他权分所在;上帝不容我强夺他的王权!

勃金汉　我的大人,这确实说明您心地磊落;无奈从多方考虑,您所顾念的都是些不可捉摸的细节。您说爱德华是你大哥的儿子,我们也如此说,却不出自他的妻;早先他和露西夫人订过婚约,至今还有您在世的母亲可以作证,后来又由中间人去法国,向法王的姨妹波娜求婚结盟。此后两人都遭冷落,于是一个多儿的寡母,色衰福浅,竟然乞怜求诉,她虽青春已逝,年已半老,君王却贪淫无度,眉目传情,好比鹰鸟高飞半空,忽而窜落,以致伤风败俗,寡妇重婚;因此一场漠视法纪的结合传下了这个小爱德华,为了保持体面,称为太子。我本可深入揭露,但是为未亡人留些余地,我且话到口边暂留三分。所以,我的好大人,愿您亲自接过我们所呈献的至尊权位;即使不为我们和全国的幸福着想,也该把这祖传的尊贵血统继承下去,匡时拯世,恢复真正的纲纪。

市　　长　接受吧,好大人;您的市民在请求您了。

勃金汉　伟大的主君,莫拒绝这诚心的献礼。

凯茨比　呵!让他们欢庆吧,允许他们的合理请求吧!

葛罗斯特　唉!你们何必硬要把重担堆在我身上呢?我不配治理国家,不应称君王;务必请你们不要误会,我不能,也不愿,听从你们的要求。

勃金汉　如果您拒绝所请,一心为了爱护您的侄儿,不忍将他废黜;诚如我们在您日常与亲朋过往,处世接物之中,知道您一向心地温厚,待人体贴入微,无奈此刻我们已顾不得您接受与否,反正不能由您侄儿在我国称为君王;我们只好拥立

163

他人继承王位,那样,您的王室势必声名扫地,倾覆无闻:现在我们谨作此决定,并向您告辞。市民们,走吧,我们不再请求了。(勃金汉与市民们下。)

凯茨比　叫他们回来,好主君;接受他们的请求。你如果再不应允,全国都要遭殃了。

葛罗斯特　你们真要逼我负起这样烦心的重任吗?叫他们回来;我何尝是铁石心肠,虽然违拗我的心性,我岂能辜负盛情,顽固到底。(凯茨比下。)

　　　　勃金汉及众人重上。

葛罗斯特　勃金汉贤弟,各位父老,你们既不顾我是否愿意,坚持要把命运的重担压上我肩头,勉强我负起重任,从此我就不得不任劳负重,忍受下去;但是万一在你们迫使我登位之后,假若有人暗中攻讦,或破口辱骂,那么此事既由你们促成,一切诟污糟蹋都应与我无关;上帝知道,你们也可能见到,这是一件多么违反我心愿的事。

市　　长　上帝祝福您殿下!我们看见了真情,我们要让大家知道。

葛罗斯特　你们宣扬出去必须根据事实。

勃金汉　现在我向您称君道贺:理查王万岁,英国的尊君万岁!

全　　体　阿门。

勃金汉　明天就请举行加冕礼吧?

葛罗斯特　您既已决意如此,就请您指定日期好了。

勃金汉　那就明天我们前来朝见:此刻我们满心喜悦,请告辞了。

葛罗斯特　(对两主教)来,我们还是去祈祷敬神。再见,贤弟;——再见,好友们。(同下。)

第 四 幕

第一场　伦敦。伦敦塔前

　　伊利莎伯王后、约克公爵夫人及道塞特由一边上；葛罗斯特公爵夫人安,手牵克莱伦斯幼女玛格莱特·普兰塔琪纳特由另一边上。

公爵夫人　是谁走过来了！原来是我的孙女普兰塔琪纳特,她的好婶娘牵着她呢！我的天呀,她也怀着一片真心,逛到伦敦塔来了,是想去探视两位小王子哪。媳妇,碰得巧呵。

安　　上帝祝福两位夫人,愿您俩今天精神愉快！

伊利莎伯王后　愿你同样得福,好妹子！你哪儿去？

安　　就是到伦敦塔；我猜想您两位也同样巴不得能看到两位好王子吧。

伊利莎伯王后　好妹子,谢谢；我们一同进去——

　　勃莱肯伯雷上。

伊利莎伯王后　正好,卫队长来得巧。官长,请允许我动问一句,亲王好吗？我的小儿约克好吗？

勃莱肯伯雷　很好,我敬爱的王后。对不起,原谅我不能让你进去探望他们:国王严令禁止出入。

伊利莎伯王后　国王！谁是国王？

勃莱肯伯雷　我说的是护国公大人。

伊利莎伯王后　愿天公庇佑,莫让他称王！他难道把我母子之情从中割开吗？我是他们的母亲;谁能拦阻我？

公爵夫人　我是他们的祖母;我也要看他们。

安　　我是他们的婶娘,而情同生母;带我去看他们。我可以代你承罪,也可以冒险为你担起这个职务。

勃莱肯伯雷　不,夫人,不行,我不能这样交卸责任;我立过誓,还请原谅。(下。)

　　　　斯丹莱上。

斯丹莱　如果我在一小时之后遇见各位夫人的话,我就该恭贺您约克老夫人福寿无疆,眼看两媳都先后称后了。(对葛罗斯特公爵夫人)来吧,夫人,您得马上驾临西敏寺,要在那里加冕为理查王后呢。

伊利莎伯王后　呀！剪开我的胸带,让我这颗扣紧的心房好宽松一下,否则这样惊人的消息会叫我晕倒。

安　　恼火的消息！呵！可厌的新闻！

道塞特　振作起来,母亲,您怎么啦？

伊利莎伯王后　呵,道塞特！莫同我多话,快走开;死亡和毁灭都赶上你来了;叫我母亲,这个称号对你们子女不吉祥。你若想摆脱死亡,就渡海过去,投奔里士满,才逃得出这个地狱之门。走,走吧,快离开这个屠宰场,以免徒增死者的人数,就此让我在玛格莱特的诅咒下死去吧,我不要再当母亲或妻子,也不要再被视为英国的一个王后。

斯丹莱　夫人,你这个主见十分明智。(对道塞特)不可放过一时一刻;我要为你给我儿子去一信,叫他来途中相迎;切勿麻痹拖沓，以致误事。

公爵夫人　呵，一股阴风播散着苦难！呵！我这可诅咒的肚腹，死亡的苗床，是你产出了一个残害世人的恶怪，他生就一副毒眼，谁也躲避不了他那致命的目光！

斯丹莱　好了，夫人，去吧；我衔命而来，急如星火。

安　我受命而去，绝非所愿。呵！愿上帝使那只圆金箍变为火热的钢圈，把它戴上我的头额，灼烧我的脑浆。让我接受含毒的涂首膏油；我宁愿在人们尚未嚷出"天佑吾后"之前就先瞑目而逝！

伊利莎伯王后　去，去吧，可怜的人，我并不羡慕你这种光荣；我是凭良心讲话，还惟愿你一切顺利。

安　唉！你可知道？当我为圣君亨利送葬鸣哀的时候，我目前这个丈夫走向前来；双手染着我那天使般先夫的鲜血，几乎还未洗涤干净。呵！当我一眼瞥见了理查的脸，不由得我心中起誓发咒，说道，"你害得我青春守寡，坐待红颜老去，你该遭天罚！在你婚娶之后，愿悲哀紧系你的床头；谁若一时癫狂，错嫁了你，她因你活着而受到的磨难，比起你害死了我的亲夫而使我受到的苦痛，将更加沉重"。呵！可叹我言犹未了，而我这一颗妇人的痴心不料竟堕入了他那甜言蜜语的陷阱，因此我那内心的诅咒也只得由我独自承当，从那时起，我的眼帘未能有片刻安息；他终宵心魂不定，梦魇将我惊醒，在他枕边我没有一时半刻享受过黄金般的熟睡。加之，他因仇视我父华列克而恨我入骨，不久必然把我抛弃。

伊利莎伯王后　再会了，伤心人！听你诉苦我心中悲戚。

安　我也一样从心底为您哀泣。

伊利莎伯王后　再会吧！可怜你哀怨满怀地接受荣华！

安　　　　再会,可怜你从此将辞去荣华！

公爵夫人　（对道塞特）你去里士满那里,愿你得福！（对安）你去理查那里,愿天使照看你！（对伊利莎伯）你去圣堂,愿圣念占领你的心！我去坟墓里,安宁将与我同宿！我阅尽了八十多年的伤心事,欢乐苦短,灾难苦多,我好比狂涛中的弱舟。

伊利莎伯王后　且等一会儿,陪我回头一看伦敦塔。古老的石块呀,可怜我两个幼儿,为了遭人忌妒关进了你的四壁高垣,如此柔嫩,如此俊美的小王子,你当保姆未免太粗鲁,当游伴未免太森严,做摇床又未免太坚硬！还望你,多温存。我这里痴情含愁痛,谨向你告别了。（同下。）

第二场　同前。宫中正厅

　　　　　奏号声。理查盛服戴冕；勃金汉、凯茨比、侍童及余人等上。

理查王　大家站开些。勃金汉贤弟。

勃金汉　我的贤明的主君！

理查王　伸出你的手来。（走上王座）由于你的高见和辅助,我理查王得以升此高座；可是朕享受荣华难道就不过一日之计吗,还是作长远打算而尽情欢庆哪？

勃金汉　延续下去,永享荣华！

理查王　呵！勃金汉,让我来试探一下,且看你是否一枚真金币；小爱德华还在,你猜我要讲什么话？

勃金汉　请讲呀,我的好主君。

理查王　嗳,勃金汉,我说我要当君王。

勃金汉　是呀,你已经是君王啦,我的天下闻名的主君。

理查王　哈!我当真是君王了吗?对,可是爱德华还活着呢。

勃金汉　的确,尊贵的君王。

理查王　呵,多么恼人的结果哪!让爱德华活着当"的确尊贵的君王"!贤弟,你一向并不如此迟钝,要我直说吗?我要那私生子死;我还要把这件事马上办到。你怎么说啦?快讲,简单明了。

勃金汉　殿下要怎样就怎样好了。

理查王　嘿,嘿!你简直是一块冰,你的好心肠也给冻住了;且说,我要他们死,你同意不同意?

勃金汉　让我喘一口气,等一会儿,好大人,我还没有能对此作出决定;我马上就来给你禀复。(下。)

凯茨比　(向另一人)国王发怒了;看哪,他把嘴唇咬得好紧。

理查王　(走下王座)我宁可同铁石般头脑的傻瓜或轻浮的孩子们谈话,有些鼓起眼珠看透我心迹的人是要不得的。雄心的勃金汉竟而慎重起来了。侍童!

侍　童　陛下!

理查王　你可知道有谁喜爱金子,情愿立功暗杀一个人吗?

侍　童　我倒知道有一个满怀不平的人,他自命不凡,恨自己过于穷困;金子对他抵得上二十个雄辩家,一定能买得他赴汤蹈火,不辞艰险。

理查王　他名叫什么?

侍　童　他叫提瑞尔,陛下。

理查王　我有些知道这个人,去喊他来。(侍童下)深思熟虑而聪明过人的勃金汉,我再不能让他靠拢来参与计谋了。他长期以来不辞辛劳地支持我,难道现在想喘口气啦?好,让

169

他去吧。

　　　　　斯丹莱上。

理查王　怎么啦,斯丹莱大人！有什么消息？

斯丹莱　有的,亲爱的君王,我听说,道塞特侯爵已逃到里士满那里去了。

理查王　走过来,凯茨比；放出消息去,说我妻安病重；我要把她关禁起来。去为我物色一个微贱的穷汉,马上把克莱伦斯的女儿嫁给他；那男孩是个傻子,我不怕他。看你在做梦哪！我再说一遍,放消息出去说王后安病了,可能会死。去干起来；这对我太重要啦,一切不利于我的火头都得扑灭。(凯茨比下)我必须和我大哥的女儿结婚,否则我这王业就摇摇欲坠了。杀掉她两个兄弟,娶过她来！莫非是如意算盘！但是我已经流了这么多血,罪恶将会越陷越深；我横直是铁石心肠,再也流不出半滴眼泪了。

　　　　　侍童带提瑞尔上。

理查王　你就叫提瑞尔吗？

提瑞尔　詹姆士·提瑞尔,是您最忠实的仆役。

理查王　是当真的吗？

提瑞尔　让事实来证明,我的好君王。

理查王　你敢下定决心为我杀一个友人吗？

提瑞尔　听您吩咐；可是我倒情愿杀两个仇人呢。

理查王　嗯,倒是给你碰上了；两个死对头,他们扰乱我的心,不让我安睡,我要把他们交给你去对付了。提瑞尔,我是指那伦敦塔里的两个私生子。

提瑞尔　给我证件,让我明目张胆地去找到他们,我马上就会为你消除忧虑。

理查王　你的话很中听。哈,站过来,提瑞尔;去,只消凭这个证件。起来,听仔细。(耳语)就是这些;专等你说声办妥了,我一定喜欢你,升你的职位。

提瑞尔　我马上去办。(下。)

　　　　勃金汉重上。

勃金汉　我的君主,我心中已盘算过了,您刚才试探我的那个问题我想了一下。

理查王　好,不提那个。道塞特已投奔了里士满。

勃金汉　我听到了这个消息,我的君主。

理查王　斯丹莱,里士满是你夫人的儿子;当心啰。

勃金汉　陛下,我请您封赐,您有诺言在先,您的令誉和信义要维护,关键就在此;您所允许的海瑞福德伯爵爵位和那些动产都应该归我了。

理查王　斯丹莱,当心你的夫人,如果她传递了信息给里士满,你就得负责。

勃金汉　陛下对我的正当请求怎么说?

理查王　我记得亨利六世曾预言里士满会当国王,那时里士满还不过是个顽皮的孩童。一国之王!也许——

勃金汉　我的君主。

理查王　这个预言家为什么不趁我在旁就告诉我,说我会杀死他的呢?

勃金汉　陛下,您答应我的伯爵爵位——

理查王　里士满!上次我在爱克塞特,市长很客气给我看那儿的堡宅,说那堡宅叫作里士满。我听后吃了一惊,原来爱尔兰有一个歌者告诉过我,说我见到里士满就活不久了。

勃金汉　我的君主。

171

理查王　唉,什么时间了?

勃金汉　我大胆请陛下回忆一下您当初对我的诺言。

理查王　唔,可是什么时间了?

勃金汉　正敲着十点钟。

理查王　好,让它敲吧。

勃金汉　为什么让它敲?

理查王　因为一面你在乞求,一面我要默想,而你却像那钟里的小人一样叮叮当当敲个不停。我今天无心封赏。

勃金汉　那就请决定一下您赏不赏我。

理查王　你真麻烦,我此刻心情不对头。(与侍从们下。)

勃金汉　竟有这样的事吗?就这样轻蔑地答谢我的功绩吗?我拥护他为君王就是为此吗?呵,我该想起海司丁斯来了,我的头颅难保,快投奔布勒克诺克去吧。(下。)

第三场　同　前

提瑞尔上。

提瑞尔　一桩血腥的暴行已经完成;真是这片国土之上还未见过的一件罪大恶极的惨案。我曾唆使戴登和福列司特一起去硬着心肠下这毒手,可是他俩虽然是嗜血暴徒,听了那番临死前的悲诉,也竟顽石点头,像孩提一般流下热泪来。"看哪,"戴登说,"这幼嫩的孩子们躺在那儿;""就这样,"福列司特说,"他俩这样相互抱住,白蜡似的纯洁臂膀缠得好紧;那嘴唇就像枝头的四瓣红玫瑰,娇滴滴地在夏季的馥郁中亲吻。枕边放着一本祈祷书;我险些儿,"福列司特说道,"心头软下来;然而那魔鬼呵,"——这个恶汉停住了;

这时戴登又续道:"我们把开天辟地以来所未有的美品,天公的精心杰作,竟一手给闷死了。"他俩就这样受到良心的责备;话也说不出来,那时我们分了手,我便来向血腥的国王复命:他来了。

理查王上。

提瑞尔　祝您万福,我的主君!

理查王　好提瑞尔,你的消息是叫我高兴的吗?

提瑞尔　如果我完成了您交下的使命就能叫您高兴的话,那就请您高兴吧,因为这件事已经办成了。

理查王　你看见他们确已死了?

提瑞尔　看见了,我的主君。

理查王　埋葬了吗,好提瑞尔?

提瑞尔　伦敦塔中的牧师把他们埋了;至于埋在哪儿,怎样埋的,我却不知道。

理查王　晚饭后到我这里来,提瑞尔,我要你告诉我他们死时的经过,同时不妨先想一想我该如何酬谢你,怎样满足你的欲望。再见,等你来。

提瑞尔　我敬向您告辞。(下。)

理查王　克莱伦斯的儿子我已经关禁起来;他的女儿我已把她嫁给了穷人;爱德华的两个儿子睡进了亚伯拉罕的怀抱里①,我妻安辞别了人世。现在我知道布列塔尼的里士满②觊觎着我的侄女小伊利莎伯,想借这一结合,妄图争得王冠,我就去找她,再当个快乐幸福的求婚郎。

---

① 意即"上了天"。见《路加福音》第十六章第二十二节。
② 里士满为斯丹利继妻之子,于图克斯伯雷战役后逃亡法国布列塔尼地方;爱德华四世女伊利莎伯最后与里士满成婚。

凯茨比上。

凯茨比　我的君主！
理查王　你这样闯进来，消息是好是坏哪？
凯茨比　消息不好，我的君主，毛顿投奔里士满去了；勃金汉有坚强的威尔士人做后盾，上了战场，他的兵力正在增长。
理查王　伊里和里士满才是我心上的刺，勃金汉和他那乌合之众不足为忧。好吧，我听说过，人若神经紧张，说东道西，就会犹疑不定，反把事情耽误了。耽误的结果是叫人丧志乞怜，寸步难移；我愿像天帝的神使或君王的令官那样振翅奋发！来，集合队伍检阅；决胜负，只要拿起枪矛；叛徒已冲上战场，我们不能再拖延了。（同下。）

第四场　伦敦。宫前

玛格莱特王后上。

玛格莱特王后　正是丰硕之果将熟，一口口被吞进那丑恶的死神之腹。我在这国境内偷生潜行，窥伺着仇人们凋零衰落。我亲眼见到了险恶的风云四起，如今且去法国，盼望着从隔岸挑起祸端，带来同样惨痛的黑暗终局。是谁来了？躲到一边去，潦倒的玛格莱特。

伊利莎伯王后及约克公爵夫人上。

伊利莎伯王后　呵！我的可怜的王子们！呵，幼嫩的孩儿们，我的未放的花朵，新发的芬芳，如果你们的幼魂还在空中飘荡，还未投入永劫之路，愿你们的轻翅围绕我翱翔，且听你们的母亲在悲诉哀号。
玛格莱特王后　围绕她翱翔；是呀，因果报应已使这初升的朝阳沉入了衰老的黄昏。

公爵夫人　这许多伤心事叫我哭哑了声腔,我悲啼过度,喉舌间再也发不出音调来了。爱德华·普兰塔琪纳特,你为什么死了?

玛格莱特王后　普兰塔琪纳特背叛了普兰塔琪纳特;爱德华为爱德华付偿了一条命。

伊利莎伯王后　呵,上帝!您怎能忍心抛开这样的羔羊,而由他们去遭受虎狼残害?您何时只顾沉眠,而让这种暴行得逞?

玛格莱特王后　正是亨利圣君和我可爱的儿子瞑目的时候。

公爵夫人　目无光,生无灵,可怜无常的人间鬼魂,一片惨景,世上的耻辱,墓中物篡夺了生命,悠久岁月的概略与综述,遍地泛滥着无辜鲜血,我愿在一块干净的国土上放下这颗放不下的心!(坐下。)

伊利莎伯王后　呀!这国土上既可让出一座多难的王座,为何不能设下一穴坟墓!也好让我藏身埋骨,免得在这地面停留。呀!还有谁能像我一样应该哀痛的呢?(在她身旁同坐。)

玛格莱特王后　假如积年累月的忧伤值得最高的崇敬,就该尊老让坐;假如愁痛能接受愁痛作伴,也不妨先看我锁紧愁眉,听我诉衷肠。(与她俩同坐)你们尽可假我旧恨以历数你们的新愁。我有一个爱德华被一个理查杀害了,我有一个亨利被一个理查杀害了;你有一个爱德华被一个理查杀害了,你有一个理查也被一个理查杀害了。

公爵夫人　我也有一个理查,是你杀害了他;我还有一个鲁特兰,也是你同谋杀害了他。

玛格莱特王后　你还有一个克莱伦斯被理查杀害了。从你那狗窝般的肚腹里爬出了一条地狱猛犬,来追噬我们大家。他张牙舞爪,扑住羔羊,撕咬,舐吮着他们宝贵的血,他把天工精品全都污损,又在人们哭肿的眼眶里肆虐,他是天地间一个了不起的大暴君,原是你放他出胎,来追逐我们进墓穴。上帝呵!你何等正直无私,我感谢你让这吃人兽来攫食同母所生的后嗣,还叫那老母与他人同声哀泣,共诉神明。

公爵夫人　呵!亨利的妻后,我啼哭,你莫得意;上天知道,在你哀痛中我曾陪过眼泪。

玛格莱特王后　且为我设想;我渴待着洗雪旧恨,而且时到如今,我又看厌了满目疮痍。你那杀害我儿的爱德华已经死去;你另一个爱德华又抵偿了我儿的命;再赔上一个小约克,但他俩加在一起也抵不上我的重大损失。你的克莱伦斯曾刺杀过我的爱德华,如今他也死了;至于利佛斯、伏根、葛雷和荒淫的海司丁斯,都是这场惨变的旁观者,现在也都断送了性命,埋进了幽穴。理查仍留在人间,他是地狱的使者,专为魔鬼们收买灵魂,解送冥府;不过,快了,快了,他那无人怜悯的惨局已面临终结。眼见地面即将崩裂,地狱喷火,恶鬼呼号,圣徒祈祷,为了风驰电掣地传他上路。亲爱的上帝,撕毁他的命契吧!我但求能在瞑目之前说一声,"恶狗死矣。"

伊利莎伯王后　呵!你曾预言过那一天我还会望你来助我咒骂这只毒胀的蜘蛛,这只驼背的蟾蜍。

玛格莱特王后　我曾称你为我的幸运墙上所加的浮雕;称你为可怜的阴影,一个画中王后;你无非把我过去的声势来模仿;为一场大悲剧做了一些动听的剧情说明;哪怕你一时趾高气扬,终究要堕入尘埃;你枉做了一对伶俐的孩子的母亲;过去的一切都成了梦境、泡影、一块高贵的招牌、一面炫耀的旗帜,突兀招展着供人射击;一国之后做了笑柄,在舞台上不过串演着一个配角。如今你丈夫何在?你兄弟何在?你孩子何在?人生乐趣又何在?谁还来跪求你,高呼着"神佑吾后"?一向对你卑躬屈节的大臣们哪儿去了?追随你的大队人马又哪儿去了?前后对照就看清了你的处境:快乐的妻子成为最不幸的寡妇;幸福的母亲却在因为身为母亲而悲伤;坐听人诉的人反向人哭诉;国后变为愁眉蹙额的贱婢;从前轻慢我而今遭我轻慢;从前人人怕你,如今单怕一人;一向发号施令,如今无人听命。可见天道循环,赏罚分明,你只落得在时间的鹰爪下做个牺牲者;你倘若只顾怀念过去,同时又无法摆脱目前的处境,你的苦难将更难忍受。你既僭占了我的名位,岂能不分摊其中的苦楚?如今你的傲骨分挑着我的重担;我这里正好抽出我劳顿的肩头,把这全副担子都卸给你。再会吧,约克的夫人,厄运的王后;英国的这些忧伤,将在法国供我作笑料。

伊利莎伯王后　呵,你这诅咒的能手,且暂留一步,望你教我如何诅咒我的仇人。

玛格莱特王后　夜间莫熟睡,白天要节食;把昨日的欢乐对照今日的忧伤;设想你的孩儿们比过去还可爱,设想他们的凶手比现在还狠毒;夸大损失,就更能衬托出祸首的凶残。这样反复思量,自然会教会你如何诅咒。

伊利莎伯王后　我辞不达意;呵!望你借给我利舌,以舔我的锋芒。

玛格莱特王后　你的忧痛就能磨炼你的字句,使得你锋牙利齿与我一样。

177

公爵夫人　为什么灾难总叫人有话讲不完?

伊利莎伯王后　辞令原是消除苦痛的辩护人,他们极吹嘘之能事,聊以自慰,可惜好景不长,枉留得悲恨的余音在空中颤动!可是还该让他们尽情发挥;虽然于事无补,却也好平一平心头气。

公爵夫人　果真如此,就不必默默无言;跟我去,运用我们的恶声,要去扼杀那个扼杀了你两个好孩子的畜生。喇叭响了,让我们齐声嚷起来吧。

　　　　　理查王及随从人员列队上。

理查王　谁在拦阻我们的行列前进?

公爵夫人　呵!是我,我早该从胎中就把你勒死,早该拦阻了你的生路,免得你这个恶种来人间屠宰生灵!

伊利莎伯王后　那只金冕岂能掩盖你的头额?如果正义得以伸张,那顶王冠上就该刻着一幅正统太子和我的儿子兄弟们惨遭杀害的画面。恶棍,要你交代出来,我的孩儿们在哪里?

公爵夫人　毒虫,恶魔,你三哥克莱伦斯哪里去了?他的小儿纳得·普兰塔琪纳特又在哪里?

伊利莎伯王后　善良的利佛斯、伏根、葛雷在哪里?

公爵夫人　和善的海司丁斯在哪里?

理查王　吹起来,喇叭!敲起来,鼙鼓!莫让众天听见这两个饶舌妇触犯天尊。敲奏起来,我说!(喇叭声。鼙鼓声)除非你们能克制自己,和颜悦色,否则我就发出隆隆的炮声把你们的叫嚷淹没得一字不闻。

公爵夫人　你是不是我的儿子?

理查王　呀,感谢上帝,感谢父亲和你自己。

公爵夫人　那就容我讲我所容不下的话。

理查王　老夫人,我却带着些儿您的性子,言语中有难听的调子我听了就受不住。

公爵夫人　呵,等我来讲!

理查王　讲吧;我可不会听。

公爵夫人　我一定用和缓温柔的语调。

理查王　还得简要,好母亲;我有要紧事呢。

公爵夫人　如此紧急吗?上帝知道,我怀着满心痛苦已等你好久了。

理查王　我不是终究来安慰您了吗?

公爵夫人　呸,有十字架为凭,你很清楚,你来到人世间为我造成了人间地狱。你一出生,就让我背上了痛苦的重担;孩提时你暴躁倔强;入学后你更加凶狠粗野;血气方刚的时日你胆大妄为;成年后又变得骄横、险诈、恶毒,愈是和气你愈能伤人,你笑里藏刀;在你和我同处的岁月中,你何尝有过片刻给我任何安乐?

理查王　的确没有,除非有一次邀请过您老人家一同用过早点。如果您看不惯我,就让我继续前进,免得惹您生恨,夫人。敲起鼓来!

公爵夫人　我要你听我讲。

理查王　您讲得太刺耳了。

公爵夫人　再听我讲一句话;从此以后决不再同你讲话了。

理查王　哦!

公爵夫人　愿天公有眼,你在这一次战争中休想得胜,也不得生还;否则我宁可年迈心碎而死,而不愿再见到你的面。现在要你听取我最凶恶的咒诅,让你在交战之际感到心头沉重,

179

重过你全身的铠甲！我要为你的敌方祈祷,向你攻击,让爱德华孩儿们的小灵魂在你敌人的耳边鼓噪,预祝他们成功,赋与他们胜利。你残杀成性,终究必遭残杀;生前有臭名作伴,臭名还伴随你死亡。(下。)

伊利莎伯王后　我虽更该咒骂你,但是力不从心:只好附和她,说一声阿门。(将下。)

理查王　等一下,夫人;我一定要同你讲一句话。

伊利莎伯王后　我已没有王室血统的子嗣好供你屠宰;若说起我的女儿们,理查呀,她们要去虔心修道,不再啼哭当君后了;所以,莫再想谋害她们的性命吧。

理查王　你有一个女儿名叫伊利莎伯,才貌双全,高贵而温雅贤淑。

伊利莎伯王后　难道她就该因此而丧命吗?呵,饶了她吧,我尽可污损她的美德,破坏她的容颜;甚至诬蔑我自己对丈夫不贞洁,使女儿难以见人;但求能保全她的生命,不致遍体鳞伤,流血而死,我宁愿承认她不是爱德华的亲生女儿。

理查王　莫污蔑她的身世;她是名门公主。

伊利莎伯王后　为了救她一命我宁可否认。

理查王　她的生命全靠她的身世做保障。

伊利莎伯王后　就是有了这层保障,她的两个兄弟才断送了性命。

理查王　呵!想是他们出生时候星位不正!

伊利莎伯王后　不对,是他们生后遇见了歹人残害。

理查王　命运有定数,确难逃避。

伊利莎伯王后　的确,假使让一个背弃了神恩的人操纵命运的话;神恩如果能赐给你一条比较美好的生命,我的孩儿们也不会如此惨死了。

理查王　听你这样讲,好像是说我杀害了我的侄儿们。

伊利莎伯王后　侄儿们,真不错;可惜已被他们的叔父夺去了他们的权位、自由、生命、安乐和亲人。不论是谁下手戳穿了那柔嫩的心房,总是你的头脑在暗中布置了毒计;那杀人的刀口原很迟钝,只有在你的铁石心坎上磨过之后才能刺进我那羔羊的小腑脏。若不是忧痛驯服了我的心头恨,不提起孩儿们还罢,一提起来,我恨不得把指尖挖进你的眼眶,然而在这绝望的死海岸边,我好比一叶残破的船只,帆索全废,撞上你这深礁暗石,落得个粉身碎骨。

理查王　夫人,我还殷切期望着在这场血战之中赢得千钧一发的功绩,即或你和你一家人曾经受到我的伤害,我却愿意给你加倍的补偿。

伊利莎伯王后　天颜冷酷,哪里还会有什么隐匿的福分落得我来享受半分?

理查王　你的孩子还会腾达呢,高贵的夫人。

伊利莎伯王后　腾达到绞台上去,去牺牲头颅吗?

理查王　飞黄腾达,荣华富贵,不含糊,登上世间至尊的帝王之位。

伊利莎伯王后　你只顾信口雌黄来耻笑我的悲痛;且说给我听,你能有什么尊荣,什么显位,来加诸我孩儿之身?

理查王　我所有的一切;呀,连我自己也在内,我愿全都交给你的一个孩子;好叫你把那些念念不忘、认定是我所一手造成的心头创痛,淹没在你愤怒心灵的忘河之中。

伊利莎伯王后　少唠叨,否则怕你这套仁义的话还没有说完,而你那仁义之心早已消失了。

理查王　那就听我讲吧,我从心灵深处喜爱你的女儿。

伊利莎伯王后　我女儿的母亲要凭她的心灵来作出判断。

理查王　你作出怎样的判断呢?

伊利莎伯王后　你从心灵深处喜爱我的女儿,也曾经从你心灵深处喜爱过她的两个兄弟;我从我的心灵深处要向你道谢。

理查王　莫这样急于曲解我的本意;我是说,我打心底里爱你的女儿,要把她立为英国王后。

伊利莎伯王后　那么,你说谁是她的国王主君呢?

理查王　就是立她为王后的人,还有谁哪?

伊利莎伯王后　什么!是你?

理查王　就是我,你意下如何?

伊利莎伯王后　你怎么向她求婚呢?

理查王　正是要向你请教,因为你最熟悉她的性情脾气。

伊利莎伯王后　你要向我请教吗?

理查王　夫人,这是我的真心话。

伊利莎伯王后　叫那个杀她两兄弟的凶手送给她两颗血淋淋的心;在心上印着爱德华和约克两个名字;可能她会哭泣,这时递给她一块手帕,正如当初玛格莱特递给你父亲一块染上鲁特兰的鲜血的手帕一样,告诉她,这手帕已浸透了她兄弟们的血,可以用来擦她的眼泪。如果这样还不足以赢得她的爱,就写一段你生平的丰功伟绩让她赞赏;告诉她你已杀害了她的叔父克莱伦斯,和她的舅父利佛斯;并且为了她,你还匆匆地处理了她的好婶娘安。

理查王　夫人,你在讥讽我哪;这不是赢得你女儿的方法。

伊利莎伯王后　并无其他方法,除非你能摇身一变,变成一个没有做出这些事的理查。

理查王　姑且说我做了这些事,为的是爱她?

伊利莎伯王后　不行,她见你以杀人流血的方法来换取爱情,岂不要一心恨你到底。

理查王　要知道,凡事木已成舟便无法挽回;人们往往做事不加考虑,事后却有闲空去思索追悔。我如果的确夺取了你儿子的王位,我就还给你的女儿作为赔偿。如果我杀害了出自你胎中的后嗣,我要在你女儿身上繁茂你的血统,同时传下我的种;有爱孙称你为祖母和有爱子叫你一声慈母,并无丝毫差异;孙儿虽比儿子低了一辈,但他们还是离不开你的本性,是你的血裔;你一次产痛便儿孙满堂,虽然她不免要和你一样,通宵呻吟。你的儿女苦扰了你的青春,但我的子嗣将为你承欢晚年。你无非损失了一个为君王的儿子,可是因有这个损失,你的女儿却当了国后。我固然不能依我的心愿来抵偿你一切,只好请你接受我一副真诚。你的儿子道塞特现在正胆战心寒在异国流亡,心情难安定,可是一旦这良缘成为事实,就可马上召他回来,荣居高位,身受显职。国王既称你美貌的女儿为后,自当称你的道塞特为国弟,以至亲相待;你也成为一国君王的母后,你在苦难中所遭受的摧残,就将换来加倍的补偿,也还落得个心地安宁。哈!我们来日方长;你眼中所流过的点点伤心泪都将变成一颗颗闪耀的明珠,好比在快乐的市场上放债收利,本利相比,往往坐享对本,还加百成。去吧,我的岳母;找你的女儿去;用你的经验教她勿再害羞;让她做好准备,接纳一个情人的请求;把君王的金光火焰点燃她那颗柔嫩的心;让公主领会到婚后的欢乐将是一片甜蜜宁静的好时光。目前有勃金汉在作乱,他是个渺小笨拙的叛徒,且待我一鼓而把他歼灭,凯旋荣归,就好庆祝我英雄佳人结成良缘;新婚之夜我要向她历数战功,尊她为女中之雄,凯撒之凯撒。

伊利莎伯王后　这叫我怎么讲才好?说她父亲的弟弟要做她的夫君吗?或干脆说,她的叔父?还是说,杀她兄弟和舅父的刽子手?我该用什么称呼去为你求婚哪?什么称呼才能本着神意、法律或是我的声誉和她的爱,去拨动她那少女的心弦呢?

理查王　说这个结合有利于英国的和平。

伊利莎伯王后　英国以不断的战争,自能换得和平。

理查王　说那发号施令的君王在向她恳求。

伊利莎伯王后　所恳求的事却为万王之王所不容。

理查王　说她将被封为万人之上的王后。

伊利莎伯王后　正像她母亲一样为这称号而哀哭。

理查王　说我一定爱她,始终不渝。

伊利莎伯王后　可是这个"始终",究竟何始何终?

理查王　在她美满的生命中永远芬芳。

伊利莎伯王后　但她那芬芳的生命又美满得几时呢?

理查王　与上天和自然同存。

伊利莎伯王后　凭地狱和理查而定。

理查王　说我以君王的身份供她使唤。

伊利莎伯王后　但她以臣侍的身份不屑使用这君权。

理查王　为我向她巧用你的辞令。

伊利莎伯王后　老老实实最能打动人心。

理查王　那就老老实实告诉她我这一片真情。

伊利莎伯王后　老实而不真切,说起来倒很别扭。

理查王　你的论断太肤浅,太随便。

伊利莎伯王后　呵,不对!我的论断既深切,又沉着;可怜的小宝贝们已经深埋黄土,沉寂无声了。

理查王　莫再弹旧调,夫人;逝者已矣。

伊利莎伯王后　我要一弹再弹,弹到心弦断。

理查王　现在,让我凭圣乔治,我的爵勋和我的王冠——

伊利莎伯王后　一是渎圣,二是玷辱,三是篡夺。

理查王　我发誓——

伊利莎伯王后　你一无所凭;算不得誓言。乔治被你亵渎,失去了他的圣名;爵勋被你玷辱,出卖了它的勋德;王冠被你篡夺,丧失了它的尊荣。如果你发誓立愿想取信于人,就得凭你所未加污损的事物为证。

理查王　那就,凭人世间——

伊利莎伯王后　你的罪孽满人间。

理查王　凭我父亲的丧亡——

伊利莎伯王后　你生来所作所为已经污辱了他的死亡。

理查王　那就,凭我自身——

伊利莎伯王后　你自身也被你糟蹋干净。

理查王　那就,凭上帝——

伊利莎伯王后　对上帝你所犯下的罪行最是严重。假如你知道戒惧,不敢违背神誓,你哥哥在位时所完成的团结就不致破坏,我兄弟也不致遭害而死。假如你知道戒惧,不敢违背神誓,此刻环绕你额前的帝王金圈早该在我儿的柔嫩的两鬓间闪耀了,并且至今他俩还活泼泼地呼吸在人间,可恨今天这两个埋在泥土中的幼弱的睡伴,竟由于你不顾恩义而供虫蚁侵蚀殆尽了。你还能凭什么立誓呢?

理查王　凭那未来的岁月。

伊利莎伯王后　那未来已被你过去的罪恶污损了；我自己从今以后只有泪雨淋淋，要把你过去所留下的污渍洗涤干净。孩子们孤苦伶仃，乏人抚养，因为你残害了他们的父母，他们要哀哭到老年；父母们如老树枯萎，因为你屠宰了他们的子嗣，他们只落得白发苍苍悲日暮。切莫凭未来发誓；你过去已是胡作非为，在利用未来之前你已经糟蹋了未来。

理查王　我还希望昌达，也愿意悔罪，在胜负难定的敌我交锋之际，我祈求好运来临！我诅咒我自己！天意与幸运莫给我欢乐！白昼莫为我放光；黑夜莫给我安息！如果我不对你这位美貌的皇室公主献出真心的爱、洁白的虔诚和神圣的思念，我愿满天吉星都背我而行！有了她，我和你才有幸福安乐；没有她，就只得让死亡、荒芜、毁灭、凋零降落这国土，尾随着我和你，追踪着她自己和多少虔敬上帝的人；除非如此，这一切都难幸免；除非如此，这一切都不会幸免。所以，亲爱的岳母——我必须这样称呼你——务必为我传达此意；为我的未来多申诉，不必谈过去；力陈我来日的功绩，不必提我所应得的处分；说明当前的急务和大势，不可学孩童般不明大义。

伊利莎伯王后　我就这样听魔鬼的诱惑吗？

理查王　是呀，只要魔鬼是在引诱你干一件好事。

伊利莎伯王后　难道我就此把原有的我忘掉吗？

理查王　对呀，如果你回忆原有的你于你有害的话。

伊利莎伯王后　可是你的确杀害了我的孩儿哪。

理查王　只要我重新把他们栽进你女儿的胎房；在那个香巢中他们得以重庆更生，他们本身的再现又可为你承欢。

伊利莎伯王后　我当真去劝我女儿来将就你吗？

理查王　这样办了,你就可以坐享儿孙之福。

伊利莎伯王后　我去。马上给我来一个信息,我就会让你知道她的心愿。

理查王　带给她我真诚的热吻;再会了。(与她接吻。伊利莎伯王后下)温情的傻子,浅薄易变的妇人!

　　　　拉克立夫上;凯茨比随其后。

理查王　怎么啦!有什么消息?

拉克立夫　高贵的君王陛下,西边海岸行驶着一列强大的舰队;海滩头挤满了许多行踪不明的队伍,装备不整,也无心去击退那进犯的敌人。据揣测,那舰队的首领是里士满;他们在海面漂荡,专等勃金汉前去接应登陆。

理查王　派一名脚步轻快的弟兄去见诺福克公爵;拉克立夫,你自己或是凯茨比;他在哪里?

凯茨比　在此,我的好大人。

理查王　凯茨比,飞速去见公爵。

凯茨比　是,我的大人,我一定尽力加快脚步。

理查王　拉克立夫,过来。快去萨立斯伯雷;你到那儿,——(对凯茨比)做事不经心的笨蛋,为什么你还呆站着不去见公爵?

凯茨比　首先,陛下,请陛下示下,派我去见他讲些什么?

理查王　呵!忠实的好凯茨比,叫他马上尽他所能集结最有力的军队,来萨立斯伯雷紧急会师。

凯茨比　我就去。(下。)

拉克立夫　请示陛下,派我去萨立斯伯雷做什么?

理查王　是呀,我还没有去,你能去做什么呢?

拉克立夫　陛下命令我赶快先去的。

斯丹莱上。

理查王　我改变了意思。斯丹莱,你有什么消息吗?

斯丹莱　没有什么好消息,我的主君,不能使你听了高兴;也不算太坏,还可以讲得出来。

理查王　嗨,嗨,倒是一个谜!不好也不坏!你既可以直截了当说出来,又何必大兜其圈子呢?再问你一遍,有什么消息?

斯丹莱　里士满出海来了。

理查王　淹死他去,让海水没过他的头!胆小如鼠的叛徒!他在那儿干什么?

斯丹莱　我不知道,陛下,不过凭猜测罢了。

理查王　那么,你且猜一下吧?

斯丹莱　他受了道塞特、勃金汉和毛顿的煽动,来英国索取王冠。

理查王　王座上没有人吗?王权不起作用了吗?国王死了吗?国家没有了主吗?除我之外,约克王室的后裔还有谁在?赫赫约克的皇嗣不当君王,谁当君王?既然如此,你且说来,他出海来干什么?

斯丹莱　若不是为此,我的主君,我就猜不透了。

理查王　若不是为了要来当你的主君,你哪儿猜得透这威尔士人要来干什么。我看你是想造反,想去投奔他。

斯丹莱　不是,我的好主君;不要怀疑我。

理查王　那么你那些可以反击他的人马呢?你手下的那些人到哪儿去了?他们难道不在西海岸护送叛徒们下船登陆吗?

斯丹莱　不是的,我的好主君,我的伙伴都在北方。

理查王　别有用心的家伙,他们呆在北方干什么?此刻不正该来西边勤王吗?

斯丹莱　陛下,他们没有接到王命;请求陛下准许我去走一遭,集合我的人马,按陛下所指定的地点和时间来会合。

理查王　嘿,嘿,你好去投奔里士满呀,我可不会放心你。

斯丹莱　最崇高的君王,你没有根据来怀疑我的心。我从来没有,也决不会背叛你。

理查王　那就去吧,去召集你的人马;可是要留下你的儿子乔治·斯丹莱;你可不要动摇,否则他的头就保不住了。

斯丹莱　且看我是否忠于你,再由你去处理他好了。(下。)

　　　　一使者上。

使　者　我的好王上,我听见朋友们纷纷向我传报,此刻德文郡一带有柯特纳和他的兄弟,那个目中无人的爱克塞特主教,他们结集了许多党羽在兴兵作乱了。

　　　　另一使者上。

使者乙　我的王上,在肯特郡,基尔福德一族人拥兵反叛了;还随时在纠集更多的叛徒,兵力不断增强。

　　　　又一使者上。

使者丙　我的王上,强大的勃金汉的兵马——

理查王　滚开,猫头鹰!一个个都来叫丧吗?(打他的面颊)吃我这一掌,没有好消息不准来。

使者丙　我正是要报告陛下,勃金汉的人马被水冲散了,山洪忽而暴发,他已溃不成军;他自己也失踪了,已经不知去向。

理查王　我请你原谅;拿我这袋钱去,赔补那一巴掌。可有哪位朋友想得周到,悬赏活捉那叛徒没有?

使者丙　已经宣布了悬赏令,我的王上。

　　　　又一使者上。

使者丁　我的王上,据说,托马斯·洛弗尔勋爵和道塞特侯爵已在约克郡备战；不过同时要报告陛下一件大快人心的事，布列塔尼舰队被风暴吹散了。里士满从道塞特郡派出了一只船去探询岸边的人，问他们是接应他还是在抵抗他；据他们回答，他们是勃金汉派来支援他的；他不敢相信，扯起船帆回布列塔尼去了。

理查王　进军，进军，我们已经武装好了；如果不同国外敌人交战，也要就近平服国内的叛徒。

凯茨比重上。

凯茨比　我的主君，勃金汉公爵就擒了，这是最好的消息；里士满伯爵率领了强大军队在弥尔福登了陆，消息很坏，但是不能不讲。

理查王　向萨立斯伯雷出发！我们只顾在此议论，而王位之争的胜负可能就取决于这一刻间。传令把勃金汉解往萨立斯伯雷。我们大队人马跟我一同出发。（同下。）

第五场　同前。斯丹莱勋爵邸宅中一室

斯丹莱及克利斯朵夫·欧锡克上。

斯丹莱　克利斯朵夫爵士，请为我转告里士满：我的儿子乔治·斯丹莱被扣留在那只吃人兽的栅栏里了。只要我一动手，小乔治的头便要落地；目前我不能来帮忙就是怕这件事。好了，去吧，问候你的主公。还有一句话，告诉他王后已满心同意他和公主伊利莎伯订婚。但请问这位高贵的里士满此刻在哪里？

克利斯朵夫　在威尔士的彭勃洛克，或西哈佛福。

斯丹莱　有哪些重要的人去归附他了？

克利斯朵夫　华特·赫伯特爵士,是一位有名的战士,吉尔伯特·坦尔波特爵士,威廉·斯丹莱爵士,牛津,著名的彭勃洛克,詹姆士·勃伦特爵士,还有莱斯·阿·托马斯,和他英勇的弟兄们,以及其他许多有名的贵人;他们都在向伦敦推进,只看路中是否会遭遇袭击。

斯丹莱　好,快去回报你主公;我向他亲切致意;这封信可以说明我的心情。再会。(各下。)

第 五 幕

第一场　萨立斯伯雷。旷地

巡吏率领卫队推拥勃金汉上，走向刑场。

勃金汉　理查王就不让我同他讲一句话吗？

巡　吏　不能，我的好大人；所以还是安定些吧。

勃金汉　海司丁斯、爱德华的孩子们、葛雷、利佛斯、亨利圣君和他的儿子爱德华、伏根，以及所有遭受过暗算而冤死的人们呵，如果你们的怨魂能穿过层云，发觉这个时刻，尽可为了泄愤来耻笑我的毁灭！今天是万灵节吧，弟兄们，是不是？

巡　吏　是的，我的大人。

勃金汉　呵，万灵节成了我这肉身的末日。正是这一天，当爱德华王在位的时候，我曾发过誓愿，我若不忠于王嗣，或是对王后的盟友不讲信义，就让这末日降临我身；正是这一天，我曾发愿让我最信任的人对我背弃信义，下我毒手；这个，这个万灵节日真叫我失魂落魄，我的罪恶逃不了这最后的审判。天神的明眼岂可欺，我不知自量，想玩弄手法，从前假意指神立誓，对天欺心，而今正是害了自己。歹人们剑拔弩张，可是那矛头都终于刺进了他们自己的胸膛，玛格莱特的咒诅眼看已落到我的头上。她说过,"当他要你忧痛心碎的时候,就想起我玛格莱特确是个女界先知。"好了,弟兄们,领我到罪恶的刑场去吧;害人终于害己,责人者只好自责。(同下。)

第二场　坦姆瓦斯附近旷场

　　里士满、牛津、詹姆士·勃伦特、华特·赫伯特等人及队伍上。战鼓与战旗前导。

里士满　诸位将士,我的最亲爱的朋友们,你们在暴力的桎梏下受尽摧残,现今一路行军已到达了腹地,还未遭遇阻扰;这里有我继父斯丹莱的来信一封,字里行间充满着慰藉和鼓励。这一只恶毒血腥、横行霸道的野兽踏烂了你们丰盛的农田果园,他把你们的热血当残羹吸吮,把人们的伤口做他的饮槽,这一只万恶的人面兽,此刻还盘踞着我岛国的中心地区,据报,这一地带靠近勒司特市镇;从坦姆瓦斯进军前去,只差一日行程了。凭上帝之名,勇敢的朋友们,高歌前进吧,这一场激烈的血战将给我们带来永久的和平。

牛　津　每人一片真心,就能以一当千,足够战胜这个罪恶深重的刽子手。

赫伯特　我深信他的朋友们都会倒戈过来。

勃伦特　他并无朋友,人人都受他胁迫,不敢脱离,待他急难临头,自然将他抛弃。

里士满　一切都对我有利;凭神之名,向前进军。成功一旦在望,就像燕子穿空一样;有了希望,君王可以成神明,平民可以为君王。(同下。)

193

第三场 波士委战场

理查王率部队上;诺福克、萨立及余人等上。

理查王　在这里扎营,就在这波士委田野上。我的萨立大人,为什么你那样愁眉苦脸哪?

萨　立　我心中却比我脸上轻松十倍。

理查王　我的诺福克大人——

诺福克　我在此,最仁厚的君王。

理查王　诺福克,谁能不遭受攻击;哈,能吗?

诺福克　有来必有往,我的亲爱的君王。

理查王　搭起我的营帐来!今夜我就睡在这里;(士兵们搭营帐)可是明天又在何处?不相干,到处都一样。谁侦察了叛徒们的人数有多少?

诺福克　至多不过六七千人。

理查王　哼,我们的兵力却有他们的三倍呢;何况,君王的威名就是力量,这是对方所没有的。搭起营帐来!跟我来,高贵的朋友们,让我们来视察一下战地的形势;找几个精于战术的人来,我们不能轻视经验,赶快行动;要知道,大人们,明天一天的事是很繁重的。(同下。)

里士满、威廉·勃兰顿、牛津等人由战场另一边上。士兵们为里士满扎营帐。

里士满　劳顿一天的太阳金光夕照,那火轮所射出的光辉预示明天是晴朗的天气。威廉·勃兰顿爵士,你为我掌旗。给我拿些纸墨到我帐幕里来,我要画出我们作战的阵势,指定每个将领所指挥的部队,适当地分配着我们有限的兵力。

牛津大人,和你,勃兰顿爵士;还有你,赫伯特爵士;你们跟我在一起。彭勃洛克伯爵仍旧带领他的一个兵团;勃伦特队长去为我向他致晚安,请伯爵于明天破晓前两点钟光景来我帐中见我。还有一件事,好队长,要请你为我办到;斯丹莱大人在哪儿安营,你可知道?

勃伦特　除非我完全认错了他的旗号——但我听人讲过,很清楚,不会错——他的兵团驻扎在国王大军以南,相隔至少有一哩多路的地方。

里士满　如果能不遭危险,勃伦特队长,望你去向他代问晚安,还把我这张极为重要的字条交给他。

勃伦特　以我的生命为保证,我的大人,我一定负责做到;愿上帝让您一夜安眠!

里士满　再会,勃伦特队长。来吧,各位朋友,我们来商议一下明天的事;到帐幕里去,外面有些寒冷刺骨呢。(众人退入帐幕。)

　　　　理查王、诺福克、拉克立夫、凯茨比上,走向营帐。

理查王　什么时候了?

凯茨比　是晚餐时间,我的君王;九点钟了。

理查王　今晚我不想吃。给我一些纸墨。呵,我的头盔戴起来是不是宽了些?我的甲胄都放进帐幕里来没有?

凯茨比　放进来了,我的主君;一切都齐备了。

理查王　好诺福克,回到你的部队上去吧;注意防卫,挑选可靠的哨兵。

诺福克　我去了,大人。

理查王　明天同百灵鸟同时起身,好诺福克。

诺福克　保证不会误事,我的君王。

理查王　拉克立夫!

拉克立夫　我的君王?

理查王　派一个军曹去斯丹莱部队;叫他在日出之前把他的军队开过来,否则他的儿子乔治要堕入黑夜的无底深渊。为我盛满一碗酒。给我一支计时烛。把白马萨立装上鞍子,明天好上战场。看看我的枪矛是否顶用,不要太重的。拉克立夫!

拉克立夫　我的君王!

理查王　你可曾见到那愁眉苦脸的诺森伯兰大人?

拉克立夫　萨立伯爵托马斯和他两人在暮色苍茫的时分还视察着队伍,从一队到另一队,鼓舞着士兵呢。

理查王　这样我就放心了。给我一碗酒;我失去了那种轻松的心情,也不像过去那样兴致勃勃了。酒放下。纸墨有了吗?

拉克立夫　有了,我的君王。

理查王　叫守卫当心,你去吧。拉克立夫,将近午夜时候再来我帐幕里帮我穿铠甲。此刻你去吧。(理查王入帐。拉克立夫及凯茨比下。)

　　　　里士满的营帐揭开,他与将士们在内。斯丹莱上。

斯丹莱　愿你好运当头,战场胜利!

里士满　尊贵的继父,我愿这黑夜也能给你安乐!请问我慈爱的母亲安好吗?

斯丹莱　我代你母亲为你祝福,她日夜为着你里士满的幸福在不断祈求呢;这且不谈。寂静的时辰在偷换,东方片片浮云在暗中分散。总之,时光这样催促我们,清晨你就得准备作战,听凭那残酷的砍击和杀人不眨眼的战争来决定你的命运。而我呢,我却是心有余而力不足,也许凑个机会,使个眼法,在胜负难定之际来帮你一手;可是我不能做得过于明显,否则,一被发觉,你的小兄弟乔治就将当着我面断送性命。再会吧,这宝贵的片刻和燃眉的时机打断了我在情义上的真挚表示,也不能容我们畅叙衷曲,这本来是亲友久违重逢所应有的机缘;愿上帝赐给我们美好的将来,好让我们开怀畅谈!再一次告别;勇敢作战吧,祝你胜利!

里士满　各位好大人,护送他回部队去。我心神虽然不定,还想小睡一下,不然明天若被沉重的睡眠压紧了,哪能驾起胜利的双翼高翔呢。贤明的大人们,再一次请晚安了。(除里士满外均下)呵!上天呀,我自命为您手下的小将领,愿您恩顾,照看着我的战士们;把您那愤怒的刀枪交给他们,让他们好向横暴的敌人猛击,摧毁他们的钢盔!愿您指派我们为您的执法人,好让我们在您的胜利中同声欢颂!我要把我这战栗不安的心魂,趁我睡眼未闭之前,交付给您;呵!望您日夜庇护着我!(入睡。)

　　　亨利六世子爱德华亲王的幽灵由两营帐间升起。

幽　灵　(对理查王)明天我要重压在你的心头!应记得,在图克斯伯雷你如何刺杀我,断送了我的青春;我愿你绝望而死。(对里士满)欢欣起来,里士满;那些受残害的王子们冤魂未散,都同你并肩作战;里士满,亨利王的后嗣在此慰劳你。

　　　亨利六世的幽灵升起。

幽　灵　(对理查王)我在人世的时候,这涂过香膏的玉体被你戳刺,满身刀痕创伤;应记取我和伦敦塔;你绝望而死吧!亨利六世愿你绝望而死。(对里士满)厚德而圣洁的人,你将是个战胜者!亨利预祝你登上王位,趁你在睡眠时特来慰劳你；愿你昌达而生！

  克莱伦斯的幽灵升起。

幽　灵　（对理查王）明天我要重压在你的心头！我被你淹死在酒窖之中，我这可怜的克莱伦斯被你阴谋害死了！明天你在战场上想起我来，你的钝刀就要落地；愿你绝望而死！（对里士满）你这兰开斯特王室的苗裔，约克的含冤王孙要为你祈祷；愿天使保卫你战场顺利！愿你昌达而生！

  利佛斯、葛雷及伏根的幽灵升起。

利佛斯的幽灵　（对理查王）我死于邦弗雷特，明天我要重压在你的心头！愿你绝望而死。

葛雷的幽灵　（对理查王）想起葛雷来，你的心魂应绝望。

伏根的幽灵　（对理查王）想起伏根来，你应该心惊胆战，手中剑矛落地；愿你绝望而死。

三幽灵　（对里士满）醒来！记住我们埋在理查内心的冤屈会把他征服！醒来吧，祝你胜利！

  海司丁斯的幽灵升起。

幽　灵　（对理查王）血淋淋，罪孽深，醒时心头也难安顿；你今天要在血战中了结生命！想起我海司丁斯来，你要绝望而死。（对里士满）宁静无忧的人，醒来，醒来！拿起刀枪，为了美好的英吉利，战而获胜！

  两王子的幽灵升起。

两幽灵　（对理查王）你将梦见你两个侄儿被扼死在塔中；我们要钻进你的内心去，理查，叫你堕入耻辱、灭亡的深渊！侄儿们的幽灵要看你绝望而死！（对里士满）睡吧，里士满，睡时平静，醒时快乐；天使保佑你不遭那野兽惊扰！生生息息，王室世袭乐无穷！爱德华的不幸王子们祝你昌达。

　　　　　　安夫人的幽灵升起。

幽　　灵　（对理查王）理查呀，你的妻，你的不幸的妻安从未在你
　　　　　身旁有过片刻的安眠，此刻也要叫你翻来覆去，不得安顿。
　　　　　明天在战场上你想起我来，你的钝刀就要落地；你将绝望而
　　　　　死！（对里士满）你那宁静的心，愿你安然入睡；让你梦见功
　　　　　成名遂，祝你胜利！你敌人的妻在为你祈祷。

　　　　　　勃金汉的幽灵升起。

幽　　灵　（对理查王）是我第一个赞助你加冕；也是我最后一个
　　　　　感受到你的淫威。呵！在战场上你将想起我勃金汉，你要
　　　　　因你的罪行心碎胆裂而死！做你的噩梦吧，梦见你的血腥
　　　　　暴行与灭亡；在昏厥中绝望，就在绝望中气绝！（对里士满）
　　　　　可叹我未及声援你就断送了我的希望；但愿你鼓动雄心，无
　　　　　愁无虑。上帝和天使都为里士满作战；而理查却要从他那
　　　　　骄横的高峰上崩坠。

　　　　　　幽灵们消散。理查王由梦中惊醒。

理查王　再给我一匹马！把我的伤口包扎好！饶恕我，耶稣！
　　　　　且慢！莫非是场梦。呵，良心是个懦夫，你惊扰得我好苦！
　　　　　蓝色的微光。这正是死沉沉的午夜。寒冷的汗珠挂在我皮
　　　　　肉上发抖。怎么！我难道会怕我自己吗？旁边并无别人
　　　　　哪：理查爱理查；那就是说，我就是我。这儿有凶手在吗？
　　　　　没有。有，我就是；那就逃命吧。怎么！逃避我自己的手
　　　　　吗？大有道理，否则我要对自己报复。怎么！自己报复自
　　　　　己吗？呀！我爱我自己。有什么可爱的？为了我自己我曾
　　　　　经做过什么好事吗？呵！没有。呀！我其实恨我自己，因
　　　　　为我自己干下了可恨的罪行。我是个罪犯。不对，我在乱
　　　　　说了；我不是个罪犯。蠢东西，你自己还该讲自己好呀；蠢

199

才,不要自以为是啦。我这颗良心伸出了千万条舌头,每条舌头提出了不同的申诉,每一申诉都指控我是个罪犯。犯的是伪誓罪,伪誓罪,罪大恶极;谋杀罪,残酷的谋杀罪,罪无可恕;种种罪行,大大小小,拥上公堂来,齐声嚷道,"有罪!有罪!"我只有绝望了。天下无人爱怜我了;我即便死去,也没有一个人会来同情我;当然,我自己都找不出一点值得我自己怜惜的东西,何况旁人呢?我似乎看到我所杀死的人们都来我帐中显灵;一个个威吓着明天要在我理查头上报仇。

　　　　拉克立夫上。

拉克立夫　我的君王!

理查王　呵哟!这是谁?

拉克立夫　拉克立夫,我的君王;是我。村鸡啼得早,已经两次向清晨歌颂过了;弟兄们都已起身,扣上了盔甲。

理查王　呵,拉克立夫!我做了一场噩梦。据你看,我们的战友们都靠得住吧?

拉克立夫　当然,我的君王。

理查王　呵,拉克立夫!我怕,我怕——

拉克立夫　不要怕,好君王,不要怕什么影子。

理查王　有使徒保罗为证,这一夜的浮影惊动了我理查的魂魄,胜于上万个里士满手下的戎装铁甲的兵卒。此刻天还没有放亮呢。来,跟我来;我要去我们营帐边窥视一下,且看有没有人在打算偷跑。(同下。)

　　　　里士满醒来。牛津等上。

公侯们　今天好,里士满!

里士满　请宽恕了,各位大人,各位警醒的朋友们,你们倒是拿获了我这个懒汉。

公侯们　你睡得好吗,我们的大人?

里士满　你们辞退后,我的大人们,我就觉得困倦,不觉进入了最甜蜜的、最吉祥的梦境。我似乎看见理查所杀害的人们都来到我帐中显灵,欢呼着胜利;说真话,那样的美梦我回想起来真叫我心里十分欢乐。大人们,现在还有多久就可以天亮啦?

公侯们　正敲着四点钟。

里士满　那就该是披甲发令的时间了。(对士兵们致辞)亲爱的同胞们,时间已经十分紧迫,我无法和你们尽情多谈了;可是大家只消记住这一点,上帝和正义都在同我们一起作战;圣洁的圣徒们和冤死的人们都在为我们祈祷,他们站在我们面前像一座高耸的堡垒;除了理查而外,他手下的人没有一个不宁愿我们战胜,惟恐他得到胜利。要知道他们所跟从的这个人是个什么样的人呢?弟兄们,他确实是一个杀人如麻的暴君;他在人血中成长,靠流血起家;利用他原有的地位以扩展势力,屠宰他自己的谋士,过河拆桥;一颗卑劣的假宝石,空凭英国的王座来衬托出光芒,其实是装错了地位,满不相称;他始终与上帝为敌。你们既和上帝的敌人交战,做上帝的战士必得天道庇佑;如果你们挥着汗除恶歼暴,功成名遂之后,自可高枕无忧;如果你们为国家战胜公敌,国家自然会把肥甘犒赏你们;如果你们为保护妻孥的安全而战,你们的妻孥就会来迎接胜利者回家园;如果你们把儿女救出了虎口,你们的子孙就可在你们的晚年承欢报恩。所以,为上帝之名和这一切权益,举旗前进,凭自愿拔刀杀敌去吧。至于我,为了这英勇的一役要激战一场,甚至不惜寒土埋冷骨；但是我若幸而获胜，这胜利的果实要和你们每一个士卒共享。击鼓吹号吧，奋勇欢呼起来；上帝与圣乔治在此！里士满与胜利！（同下。）

    理查王、拉克立夫、侍从及众士兵重上。

理查王 诺森伯兰对里士满是如何看法？

拉克立夫 认为他从未受过战争的锻炼。

理查王 他讲得对，萨立又怎样讲的？

拉克立夫 他微笑着说，"这倒是对我们有利了。"

理查王 他也讲得不错；的确就是这样。（钟声）那钟敲了几下？给我一份历书。谁看到今天的太阳没有？

拉克立夫 我没有，我的君王。

理查王 那是它无心照耀了；根据这历书，一小时前它就该涌现在东方；天色这样阴沉，今天该轮到谁遭殃呢？拉克立夫！

拉克立夫 我的君王？

理查王 今天看不见太阳了；层云封住天宇，低压着我的军队。——这些露水莫不是地下涌出的泪珠？今天不出太阳！——可是，这岂是我一方面的事？里士满那边还不是一样？天无偏倚，对我皱眉，对他也不会欢笑。

    诺福克上。

诺福克 披甲吧，快披甲，我的君王！敌人在战场叫骂了。

理查王 来吧，赶快，赶快；套上我的马鞍。去找斯丹莱伯爵，叫他带队伍来；我要带领我的队伍出去应战，阵势就是这样摆起来；我的前锋队排开，列成一线，骑兵步兵各半；我们的弓箭手排在中间。约翰·诺福克公爵和托马斯·萨立伯爵分别率领步兵和骑兵。等他们排列妥当，我用主力接应，左右两翼的威力要靠主力的骑队来充实。这个阵容，外加圣乔治帮助！你看如何，诺福克？

诺福克　布置得好，善战的主君。今天早上我在帐中拾到这张纸条。（示纸卷。）

理查王　"诺福克，你这马贩儿，

不要太胆大，因为你的魔鬼头子已被人出卖。"

这是敌人耍的小把戏。走，将士们，担起各自的任务来。莫让喋喋的梦呓使我们丧胆；良心无非是懦夫们所用的一个名词，他们害怕强有力者，借它来做搪塞；铜筋铁骨是我们的良心，刀枪是我们的法令。向前进，奋勇作战，我们去冲锋陷阵；即便不能上天，也该手牵手进入地狱门。（对士兵们致辞）说过的话我何必还来噜苏？只消记住对方是些何等人：不过是一群流氓、歹徒和逃犯，布列塔尼的渣滓，村夫贱卒，他们因地窄不能容，泛滥出去，一个个铤而走险，眼见他们要遭毁灭，而葬身无地。你们安眠，他们想来横加惊扰；你们拥有良田美妻，他们要来强行霸占，奸淫掳掠。是谁在率领他们呢？原来是一个微不足道的小子，他依靠着母后赒济，常年被收容在布列塔尼。他是一个黄口软骨头的家伙，生来从未经受过风霜。这是一堆浪迹海外的法国敝屣，不自量力；是一群乞食的饿莩，欲生不得；他们早已无路可寻，若不胆大妄为、另寻生路，这些可怜虫呀，就只有死路一条了；现在让我们来把他们鞭挞下海，扫一个干净吧；即便我们要被征服，来征服者也得像个人，而不是这班布列塔尼的私生野种；他们在本土上原已遭我祖先痛剿过、扫荡过，在历史上成为人所不齿的逆种。难道听他们这些人来蹂躏我们国土吗？来淫乱我们妻女吗？（远处战鼓声）听哪，他们的战鼓声！战吧，英国人！战吧，英勇的士兵们！挽起弓来,弓手们,搭上你们的箭!用力刺你们的壮马,杀出一条血路去;不怕枪矛断,要惊起天心的战云!

　　　　　使者上。

理查王　斯丹莱大人说些什么?他准备带队伍来吗?

使　者　我的君王,他说不来。

理查王　砍掉他儿子乔治的头!

诺福克　我的君王,敌人已超过了沼泽地;等我们打下这一仗,再杀乔治·斯丹莱不迟。

理查王　我胸中激荡着上千颗肿胀的心,我们的旗帜前进!杀向敌阵去!愿我们古传的战斗口号——雄姿焕发的圣乔治——激励我们,给我们火龙般的胆气!冲杀上去!胜利盘踞在我们的钢盔顶上。(同下。)

第四场　战场另一方

　　　　　鼓角齐鸣:混战。诺福克及士兵们上;凯茨比赶上前来。

凯茨比　快来营救,诺福克大人!快,快来营救!国王武艺惊人,非凡夫可比,他的敌手谁都招架不住;他的马打死了,他在平地作战,在死亡的虎口中到处搜寻里士满。快去救驾,好大人,否则今天要失利!

　　　　　鼓角齐鸣。理查王上。

理查王　一匹马!一匹马!我的王位换一匹马!

凯茨比　后退一下,我的君王;我来扶你上马。

理查王　奴才!我已经把我这条命打过赌,我宁可孤注一掷,决个胜负。我以为战场上共有六个里士满呢;今天已斩杀了五个,却没有杀死他。——一匹马!一匹马!我的王位换一匹马！(同下。)

> 鼓角齐鸣。理查王及里士满由两边上,互战而下。收军号声。里士满重上,斯丹莱持王冠及众公侯、士卒上。

里士满　颂赞上帝和你们的战绩,胜利的朋友们;今天我们战胜了,吃人的野兽已经死了。

斯丹莱　英勇的里士满,你已经功成名遂！请看！这一顶久被篡夺的王冠被我从那死贼的头上摘了下来,现在要加上您的额头;请您戴上,愿您好好享用。

里士满　天上伟大的神,万民同呼阿门！可是,且请问小乔治·斯丹莱的性命如何？

斯丹莱　他还安在,我的大人,留居在勒司特镇上;你若高兴,我们不妨暂去那里歇脚。

里士满　双方死亡的著名人士有哪些？

斯丹莱　约翰·诺福克公爵、华特·浮列斯大人、罗伯特·勃莱肯伯雷爵士,和威廉·勃兰顿爵士。

里士满　按他们的身份依礼入葬;对逃亡的士兵宣布赦免令,让他们前来归顺;然后,我们既已向神明发过誓愿,从此红、白玫瑰要合为一家。两王室久结冤仇,有忤神意,愿天公今日转怒为喜,嘉许良盟！我这句话,纵有叛徒听见,谁能不说声阿门？我国人颠沛连年,国土上疮痍满目;兄弟阋墙,闯下流血惨祸,为父者在一怒之间杀死亲生之子,为子者也毫无顾忌,挥刀弑父;凡此种种使得约克与兰开斯特两王族彼此叛离,世代结下深仇,而今两家王室的正统后嗣,里士满与伊利莎伯,凭着神旨,互联姻缘;上帝呀,如蒙您恩许,愿我两人后裔永享太平,国泰民安,愿年兆丰登,昌盛无已！仁慈的主宰,求您莫让叛逆再度猖狂,而使残酷岁月又蹈覆辙,在我国土上血泪重流!愿您永远莫让叛国之徒分享民食!今日国内干戈息,和平再现;欢呼和平万岁,上帝赐万福!(同下。)

一报还一报

朱生豪译
吴兴华校

MEASURE
FOR
MEASURE.

Act V. Sc. 1.

剧 中 人 物

文森修　公爵

安哲鲁　公爵在假期中的摄政

爱斯卡勒斯　辅佐安哲鲁的老臣

克劳狄奥　少年绅士

路西奥　纨绔子

两个纨绔绅士

凡里厄斯　公爵近侍

狱吏

托马斯 ⎫
彼　得 ⎭ 两个教士

陪审官

爱尔博　糊涂的差役

弗洛斯　愚蠢的绅士

庞贝　妓院中的当差

阿伯霍逊　刽子手

巴那丁　酗酒放荡的囚犯

依莎贝拉　克劳狄奥的姊姊

玛利安娜　安哲鲁的未婚妻
朱丽叶　克劳狄奥的恋人
弗兰西丝卡　女尼
咬弗动太太　鸨妇

大臣、差役、市民、童儿、侍从等

地　点

维也纳

第 一 幕

第一场　公爵宫廷中一室

　　　　公爵、爱斯卡勒斯、群臣及侍从等上。

公　爵　爱斯卡勒斯！

爱斯卡勒斯　有，殿下。

公　爵　关于政治方面的种种机宜，我不必多向你絮说，因为我知道你在这方面的经验阅历，胜过我所能给你的任何指示；对于地方上人民的习性，以及布政施教的宪章、信赏必罚的律法，你也都了如指掌，比得上任何博学练达之士，所以我尽可信任你的才能，让你自己去适宜应付。我给你这一道诏书，愿你依此而行。（以诏书授爱斯卡勒斯）来人，去唤安哲鲁过来。（一侍从下）你看：他这人能不能代理我的责任？因为我在再三考虑之下，已经决定当我出巡的时候，叫他摄理政务；他可以充分享受众人的畏惧爱敬，全权处置一切的事情。你以为怎样？

爱斯卡勒斯　在维也纳地方，要是有人值得受这样隆重的眷宠恩荣，那就是安哲鲁大人了。

公　爵　他来了。

安哲鲁上。

安哲鲁　听见殿下的召唤,小臣特来恭听谕令。

公　爵　安哲鲁,在你的生命中有一种与众不同的地方,使人家一眼便知道你的全部的为人。你自己和你所有的一切,倘不拿出来贡献于人世,仅仅一个人独善其身,那实在是一种浪费。上天生下我们,是要把我们当作火炬,不是照亮自己,而是普照世界;因为我们的德行倘不能推及他人,那就等于没有一样。一个人有了才华智慧,必须使它产生有益的结果;造物是一个工于算计的女神,她所给与世人的每一分才智,都要受赐的人知恩感激,加倍报答。可是我虽然这样对你说,也许我倒是更应该受你教益的;所以请你受下这道诏书吧,安哲鲁;(以诏书授安哲鲁)当我不在的时候,你就是我的全权代表,你的片言一念,可以决定维也纳人民的生死,年高的爱斯卡勒斯虽然先受到我的嘱托,他却是你的辅佐。

安哲鲁　殿下,当您还没有在我这块顽铁上面打下这样光荣伟大的印记之前,最好请您先让它多受一番试验。

公　爵　不必推托了,我在详细考虑之后,才决定选中你,所以你可以受之无愧。我因为此行很是匆促,对于一切重要事务不愿多加过问。我去了以后,随时会把我在外面的一切情形写信给你;我也盼望你随时把这儿的情形告诉我。现在我们再会吧,希望你们好好执行我的命令。

安哲鲁　可是殿下,请您容许我们为您壮壮行色吧。

公　爵　我急于动身,这可不必了。你在代我摄政的时候,尽管放手干去,不必有什么顾虑;你的权力就像我自己一样,无论是需要执法从严的,或者不妨衡情宽恕的,都凭着你的判断执行。让我握你的手。我这回出行不预备给大家知道;我虽然爱我的人民,可是不愿在他们面前铺张扬厉,他们热烈的夹道欢呼,虽然可以表明他们对我的好感,可是我想,喜爱这一套的人是难以称为审慎的。再会吧!

安哲鲁　上天保佑您一路平安!

爱斯卡勒斯　愿殿下早日平安归来!

公　爵　谢谢你们。再见!(下。)

爱斯卡勒斯　大人,我想请您准许我跟您开诚布公地谈一下,我必须知道我自己的地位。主上虽然付我以重托,可是我还不曾明白我的权限是怎样。

安哲鲁　我也是一样。让我们一块儿回去对这个问题作出圆满的安排吧。

爱斯卡勒斯　敬遵台命。(同下。)

第二场　街　道

路西奥及二绅士上。

路西奥　我们的公爵和其他的公爵们要是跟匈牙利国王谈判不成功,那么这些公爵们要一致向匈牙利国王进攻了。

绅士甲　上天赐我们和平,可是不要让我们和匈牙利国王讲和平!

绅士乙　阿门!

路西奥　你倒像那个虔敬的海盗,带着十诫出去航海,可是把其中的一诫涂掉了。

绅士乙　是"不可偷盗"那一诫吗?

路西奥　对了,他把那一诫涂掉了。

绅士甲　是啊,有了这一诫,那简直是打碎了那海盗头子和他们这一伙的饭碗,他们出去就是为了劫取人家的财物。哪一个当兵的人在饭前感恩祈祷的时候,愿意上帝给他和平?

绅士乙　我就没有听见过哪个兵士不喜欢和平。

路西奥　我相信你没有听见过,因为你是从来不到祈祷的地方去的。

绅士乙　什么话?至少也去过十来次。

绅士甲　啊,你也听见过有韵的祈祷文吗?

路西奥　长长短短各国语言的祈祷他都听见过。

绅士甲　我想他不论什么宗教的祈祷都听见过。

路西奥　对啊,宗教尽管不同,祈祷总是祈祷;这就好比你尽管祈祷,总是一个坏人一样。

绅士甲　嘿,我看老兄也差不多吧。

路西奥　这我倒承认;就像花边和闪缎差不多似的。你就是花边。

绅士甲　你就是闪缎,上好闪缎;真称得起是光溜溜的。我宁可作英国粗纱的花边,也不愿意像你这样,头发掉得精光,冒充法国闪缎。这话说得够味儿吧?

路西奥　够味儿;说实话,这味儿很让人恶心。你既然不打自招,以后我可就学乖了,这辈子总是先向你敬酒,不喝你用过的杯子,免得染上脏病。

绅士甲　我这话反倒说出破绽来了,是不是?

绅士乙　可不是吗?有病没病也不该这么说。

路西奥　瞧,瞧,我们那位消灾解难的太太来了!我这一身毛病都是在她家里买来的,简直破费了——

绅士乙　请问,多少?

路西奥　猜猜看。

绅士乙　一年三千块冤大头的洋钱。

绅士甲　哼,还许不止呢。

路西奥　还得添一个法国光头克朗。

绅士甲　你老以为我有病;其实你错了,我很好。

路西奥　对啦,不是普通人所说的健康;而是好得像中空的东西那样会发出好听的声音;你的骨头早就空了,骨髓早让风流事儿吸干了。

　　　　咬弗动太太上。

绅士甲　啊,久违了! 您的屁股上哪一面疼得厉害?

咬弗动太太　哼,哼,那边有一个人给他们捉去关在监牢里了,像你们这样的人,要五千个才抵得上他一个呢。

绅士乙　请问是谁啊?

咬弗动太太　嘿,是克劳狄奥大爷哪。

绅士甲　克劳狄奥关起来了! 哪有此事!

咬弗动太太　嘿,可是我亲眼看见他给人捉住抓了去,而且就在三天之内,他的头要给割下了呢。

路西奥　别说笑话,我想这是不会的。你真的知道有这样的事吗?

咬弗动太太　千真万真,原因是他叫朱丽叶小姐有了身孕。

路西奥　这倒有几分可能。他约我在两点钟以前和他会面,到现在还没有来,他这人是从不失信的。

绅士乙　再说,这和我们方才谈起的新摄政的脾气也有几分符合。

绅士甲　尤其重要的是:告示的确是这么说的。

路西奥　快走! 我们去打听打听吧。(路西奥及二绅士下。)

215

咬弗动太太　打仗的打仗去了,病死的病死了,上绞刑架的上绞刑架去了,本来有钱的穷下来了,我现在弄得没有主顾上门啦。

　　　　庞贝上。

咬弗动太太　喂,你有什么消息?
庞　贝　那边有人给抓了去坐牢了。
咬弗动太太　他干了什么事?
庞　贝　关于女人的事。
咬弗动太太　可是他犯的什么罪?
庞　贝　他在禁河里摸鱼。
咬弗动太太　怎么,谁家的姑娘跟他有了身孕了吗?
庞　贝　反正是有一个女人怀了胎了。您还没有听见官府的告示吗?
咬弗动太太　什么告示?
庞　贝　维也纳近郊的妓院一律拆除。
咬弗动太太　城里的怎么样呢?
庞　贝　那是要留着传种的;它们本来也要拆除,幸亏有人说情。
咬弗动太太　那么咱们在近郊的院子都要拆除了吗?
庞　贝　是啊,连片瓦也不留。
咬弗动太太　嗳哟,这世界真是变了! 我可怎么办呢?
庞　贝　您放心吧,好讼师总是有人请教的,您可以迁地为良,重操旧业,我还是做您的当差。别怕,您侍候人家辛苦了这一辈子,人家总会可怜您照应您的。
咬弗动太太　那边又有什么事啦,酒保大爷? 咱们避避吧。
庞　贝　狱官带着克劳狄奥大爷到监牢里去啦,后面还跟着朱丽叶小姐。(咬弗动太太、庞贝同下。)

　　　　狱吏、克劳狄奥、朱丽叶及差役等上。

克劳狄奥　官长,你为什么要带着我这样游行全城,在众人面前羞辱我?快把我带到监狱里去吧。

狱　　吏　我也不是故意要你难堪,这是安哲鲁大人的命令。

克劳狄奥　威权就像是一尊天神,使我们在犯了过失之后必须受到重罚;它的命令是天上的纶音,不临到谁自然最好,临到谁的身上就没法反抗;可是我这次的确是咎有应得。

　　　　路西奥及二绅士重上。

路西奥　嗳哟,克劳狄奥!你怎么戴起镣铐来啦?

克劳狄奥　因为我从前太自由了,我的路西奥。过度的饱食有伤胃口,毫无节制的放纵,结果会使人失去了自由。正像饥不择食的饿鼠吞咽毒饵一样,人为了满足他的天性中的欲念,也会饮鸩止渴,送了自己的性命。

路西奥　我要是也像你一样,到了吃官司的时候还会讲这么一番大道理,我一定去把我的债主请几位来,叫他们告我。可是,说实话,与其道貌岸然地坐监,还是当个自由自在的蠢货好。你犯的是什么罪,克劳狄奥?

克劳狄奥　何必说起,说出来也是罪过。

路西奥　什么,是杀了人吗?

克劳狄奥　不是。

路西奥　是奸淫吗?

克劳狄奥　就算是吧。

狱　　吏　别多说了,去吧。

克劳狄奥　官长,让我再讲一句话吧。路西奥,我要跟你说话。

　　　(把路西奥扯至一旁。)

217

路西奥　只要是对你有好处的,你尽管说吧。官府把奸淫罪看得如此认真吗?

克劳狄奥　事情是这样的:我因为已经和朱丽叶互许终身,和她发生了关系;你是认识她的;她就要成为我的妻子了,不过没有举行表面上的仪式而已,因为她还有一注嫁奁在她亲友的保管之中,我们深恐他们会反对我们相爱,所以暂守秘密,等到那注嫁奁正式到她自己手里的时候,方才举行婚礼,可是不幸我们秘密的交欢,却在朱丽叶身上留下了无法遮掩的痕迹。

路西奥　她有了身孕了吗?

克劳狄奥　正是。现在这个新任的摄政,也不知道是因为不熟悉向来的惯例;或是因为初掌大权,为了威慑人民起见,有意来一次下马威;不知道这样的虐政是在他权限之内,还是由于他一旦高升,擅自作为——这些我都不能肯定。可是他已经把这十九年来束诸高阁的种种惩罚,重新加在我的身上了。他一定是为了要博取名誉才这样做的。

路西奥　我相信一定是这个缘故。现在你的一颗头颅搁在你的肩膀上,已经快要摇摇欲坠了,一个挤牛奶的姑娘在思念情郎的时候,叹一口气也会把它吹下来的。你还是想法叫人追上公爵,向他求情开脱吧。

克劳狄奥　这我也试过,可是不知道他究竟在什么地方。路西奥,我想请你帮我一下忙。我的姊姊今天要进庵院修道受戒,你快去把我现在的情形告诉她,代我请求她向那严厉的摄政说情。我相信她会成功,因为在她的青春的魅力里,有一种无言的辩才,可以使男子为之心动;当她在据理力争的时候,她的美妙的辞令更有折服他人的本领。

路西奥　我希望她能够成功,因为否则和你犯同样毛病的人,大家都要惴惴自危,未免太教爱好风流的人丧气;而且我也不愿意看见你为了一时玩耍,没来由送了性命。我就去。

克劳狄奥　谢谢你,我的好朋友。

路西奥　两点钟之内给你回音。

克劳狄奥　来,官长,我们去吧。(各下。)

第三场　寺　院

公爵及托马斯神父上。

公　爵　不,神父,别那么想,不要以为爱情的微弱的箭镞会洞穿一个铠胄严密的胸膛。我所以要请你秘密地收容我,并不是因为我有一般年轻人那种燃烧着的情热,而是为了另外更严肃的事情。

托马斯　那么请殿下告诉我吧。

公　爵　神父,你是最知道我的,你知道我多么喜爱恬静隐退的生活,而不愿把光阴消磨在少年人奢华糜费、争奇炫饰的所在。我已经把我的全部权力交给安哲鲁——他是一个持身严谨、屏绝嗜欲的君子——叫他代理我治理维也纳。他以为我是到波兰去了,因为我向外边透露着这样的消息,大家也都是这样相信着。神父,你要知道我为什么要这样做吗?

托马斯　我很愿意知道,殿下。

公　爵　我们这儿有的是严峻的法律,对于放肆不驯的野马,这是少不了的羁勒,可是在这十四年来,我们却把它当作具文,就像一头蛰居山洞、久不觅食的狮子,它的爪牙全然失去了锋利。溺爱儿女的父亲倘使把藤鞭束置不用,仅仅让它作为吓人的东西，到后来它就会被孩子们所藐视，不会再对它生畏。我们的法律也是一样，因为从不施行的缘故，变成了毫无效力的东西，胆大妄为的人，可以把它恣意玩弄；正像婴孩殴打他的保姆一样，法纪完全荡然扫地了。

托马斯　殿下可以随时把这束置不用的法律实施起来，那一定比交给安哲鲁大人执行更能令人畏服。

公　爵　我恐怕那样也许会叫人过分畏惧了。因为我对于人民的放纵，原是我自己的过失；罪恶的行为，要是姑息纵容，不加惩罚，那就是无形的默许，既然准许他们这样做了，现在再重新责罚他们，那就是暴政了。所以我才叫安哲鲁代理我的职权，他可以凭藉我的名义重整颓风，可是因为我自己不在其位，人民也不致对我怨谤。一方面我要默察他的治绩，预备装扮作一个贵宗的僧侣，在各处巡回察访，不论皇亲国戚或是庶民，我都要一一访问。所以我要请你借给我一套僧服，还要有劳你指教我一个教士所应有的一切行为举止。我这样的行动还有其他的原因，我可以慢慢告诉你，可是其中的一个原因，是因为安哲鲁这人平日拘谨严肃，从不承认他的感情会冲动，或是面包的味道胜过石子，所以我们倒要等着看看，要是权力能够转移人的本性，那么世上正人君子的本来面目究竟是怎样的。（同下。）

第四场　尼　庵

依莎贝拉及弗兰西丝卡上。

依莎贝拉　那么你们做尼姑的没有其他的权利了吗？

弗兰西丝卡　你以为这样的权利还不够吗？

依莎贝拉 够了够了；我这样说并不是希望更多的权利，我倒希望我们皈依圣克来的姊妹们，应该守持更严格的戒律。

路西奥 （在内）喂！上帝赐平安给你们。

依莎贝拉 谁在外面喊叫？

弗兰西丝卡 是个男人的声音。好依莎贝拉，你把钥匙拿去开门，问他有什么事。你可以去见他，我却不能，因为你还没有受戒。等到你立愿修持以后，你就不能和男人讲话，除非当着住持的面；而且讲话的时候，不准露脸，露脸的时候不准讲话。他又在叫了，请你就去回答他吧。（下。）

依莎贝拉 平安如意！谁在那里叫门？

　　　　　路西奥上。

路西奥 愿你有福，姑娘！我看你脸上的红晕，就知道你是个童贞女。你可以带我去见见依莎贝拉吗？她也是在这儿修行的，她有一个不幸的兄弟叫克劳狄奥。

依莎贝拉 请问您为什么要说"不幸的兄弟"？因为我就是他的姊姊依莎贝拉。

路西奥 温柔美丽的姑娘，令弟叫我向您多多致意。废话少说，令弟现在已经下狱了。

依莎贝拉 嗳哟！为了什么？

路西奥 假如我是法官，那么为了他所干的事，我不但不判他罪，还要大大地褒奖他哩。他跟他的女朋友要好，她已经有了身孕啦。

依莎贝拉 先生，请您少开玩笑吧。

路西奥 我说的是真话。虽然我惯爱跟姑娘们搭讪取笑，乱嚼舌头，可是您在我的心目中是崇高圣洁、超世绝俗的，我在您面前就像对着神明一样，不敢说半句谎话。

依莎贝拉　您这样取笑我,未免太亵渎神圣了。

路西奥　请您别那么想。简简单单、确确实实是这么一回事情:令弟和他的爱人已经同过床了。万物受过滋润灌溉,就会丰盛饱满,种子播了下去,一到开花的季节,荒芜的土地上就会变成万卉争荣;令弟的辛苦耕耘,也已经在她的身上结起果实来了。

依莎贝拉　有人跟他有了身孕了吗?是我的妹妹朱丽叶吗?

路西奥　她是您的妹妹吗?

依莎贝拉　是我的义妹,我们是同学,因为彼此相亲相爱,所以姊妹相称。

路西奥　正是她。

依莎贝拉　啊,那么让他跟她结婚好了。

路西奥　问题就在这里。公爵突然离开本地,许多人信以为真,准备痛痛快快地玩一下,我自己也是其中的一个;可是我们从熟悉政界情形的人们那里知道,公爵这次的真正目的,完全不是他向外边所宣布的那么一回事。代替他全权综持政务的是安哲鲁,这个人的血就像冰雪一样冷,从来不觉得感情的冲动、欲念的刺激,只知道用读书克制的工夫锻炼他的德性。他看到这里的民风习于淫佚,虽然有严刑峻法,并不能使人畏惧,正像一群小鼠在睡狮的身旁跳梁无忌一样,所以决心重整法纪;令弟触犯刑章,按律例应处死刑,现在给他捉去,正是要杀一儆百,给众人看一个榜样。他的生命危在旦夕,除非您肯去向安哲鲁婉转求情,也许有万一之望;我所以受令弟之托前来看您的目的,也就在于此。

依莎贝拉　他一定要把他处死吗?

路西奥　他已经把他判罪了,听说处决的命令已经下来。

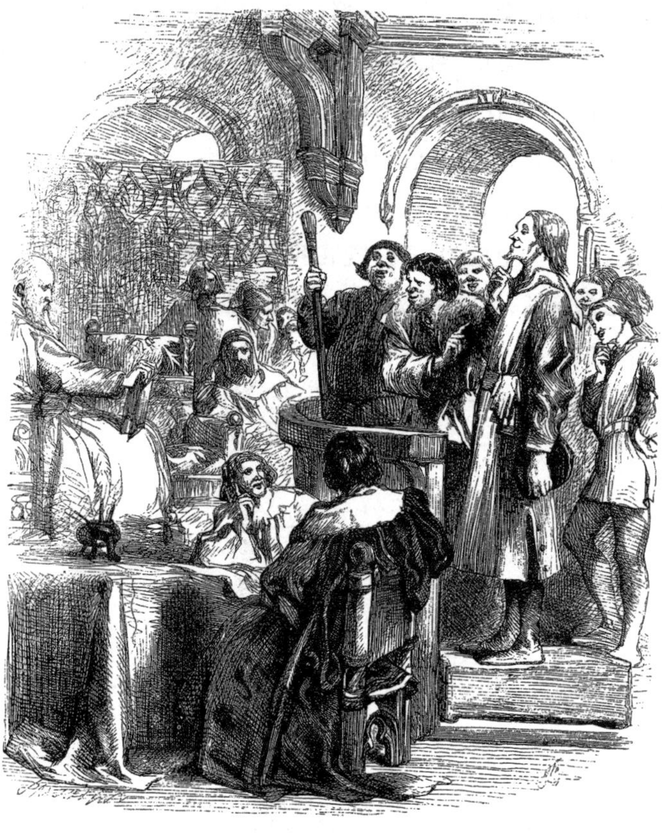

依莎贝拉　唉！我有什么能力能够搭救他呢？

路西奥　尽量运用您的全力吧。

依莎贝拉　我的全力？唉！我恐怕——

路西奥　疑惑足以败事，一个人往往因为遇事畏缩的缘故，失去了成功的机会。到安哲鲁那边去，让他知道当一个少女有什么恳求的时候，男人应当像天神一样慷慨；当她长跪哀吁的时候，无论什么要求都应该毫不迟疑地允许她的。

依莎贝拉　那么我就去试试看吧。

路西奥　可是事不宜迟。

依莎贝拉　我马上就去；不过现在我还要去关照一声住持。谢谢您的好意，请向舍弟致意，事情成功与否，今天晚上我就给他消息。

路西奥　那么我就告别了。

依莎贝拉　再会吧，好先生。（各下。）

第 二 幕

第一场　安哲鲁府中厅堂

　　安哲鲁、爱斯卡勒斯、陪审官、狱吏、差役及其他侍从上。

安哲鲁　我们不能把法律当作吓鸟用的稻草人,让它安然不动地矗立在那边,鸟儿们见惯以后,会在它顶上栖息而不再对它害怕。

爱斯卡勒斯　是的,可是我们的刀锋虽然要锐利,操刀的时候却不可大意,略伤皮肉就够了,何必一定要致人于死命?唉!我所要营救的这位绅士,他有一个德高望重的父亲。我知道你在道德方面是一丝不苟的,可是你要想想当你在感情用事的时候,万一时间凑合着地点,地点凑合着你的心愿,或是你自己任性的行动,可以达到你的目的,你自己也很可能——在你一生中的某一时刻——犯下你现在给他判罪的错误,从而堕入法网。

安哲鲁　受到引诱是一件事,爱斯卡勒斯,堕落又是一件事。我并不否认,在宣过誓的十二个陪审员中间,也许有一两个盗贼在内,他们所犯的罪,也许比他们所判决的犯人所犯的更重;可是法律所追究的只是公开的事实,审判盗贼的人自己是不是盗贼,却是法律所不问的。我们俯身下去拾起掉在地上的珠宝,因为我们的眼睛看见它;可是我们没看见的,就毫不介意而践踏过去。你不能因为我也犯过同样的过失而企图轻减他的罪名;倒是应该这样告诫我:现在我既然判他的罪,有朝一日我若蹈他的覆辙,就要毫无偏袒地宣布自己的死刑。至于他,是难逃一死的。

爱斯卡勒斯　既然如此,就照你的意思办吧。

安哲鲁　狱官在哪里?

狱　吏　有,大人。

安哲鲁　明天早上九点钟把克劳狄奥处决;让他先在神父面前忏悔一番,因为他的生命的旅途已经完毕了。(狱吏下。)

爱斯卡勒斯　上天饶恕他,也饶恕我们众人!也有犯罪的人飞黄腾达,也有正直的人负冤含屈;十恶不赦的也许逍遥法外,一时失足的反而铁案难逃。

　　　　　爱尔博及若干差役牵弗洛斯及庞贝上。

爱尔博　来,把他们抓去。这种人什么事也不做,只晓得在窑子里鬼混,假如他们可以算是社会上的好公民,那么我也不知道什么是法律了。把他们抓去!

安哲鲁　喂,你叫什么名字?吵些什么?

爱尔博　禀老爷,小的是公爵老爷手下的一名差役,名字叫做爱尔博。这两个穷凶极恶的好人,要请老爷秉公发落。

安哲鲁　好人!呃,他们是什么好人?他们不是坏人吗?

爱尔博　禀老爷,他们是好人是坏人小的也不大明白,总之他们不是好东西,完全不像一个亵渎神圣的好基督徒。

爱斯卡勒斯　好一个聪明的差役,越说越玄妙了。

安哲鲁　说明白些,他们究竟是什么人?你叫爱尔博吗?你干吗不说话了,爱尔博?

庞　贝　老爷,他不会说话;他是个穷光蛋。

安哲鲁　你是什么人?

爱尔博　他吗,老爷?他是个妓院里的酒保,兼充乌龟;他在一个坏女人那里做事,她的屋子在近郊的都给封起来了;现在她又开了一个窑子,我想那也不是好地方。

爱斯卡勒斯　那你怎么知道呢?

爱尔博　禀老爷,那是因为我的老婆,我当着天在您老爷面前发誓,我恨透了我的老婆——

爱斯卡勒斯　啊,这跟你老婆有什么相干?

爱尔博　是呀,老爷,谢天谢地,我的老婆是个规矩的女人。

爱斯卡勒斯　所以你才恨透了她吗?

爱尔博　我是说,老爷,这一家人家倘不是窑子,我就不但恨透我的老婆,而且我自己也是狗娘养的,因为那里从来不干好事。

爱斯卡勒斯　你怎么知道?

爱尔博　那都是因为我的老婆,老爷。她倘不是个天生规矩的女人,那么说不定在那边什么和奸略诱、不干不净的事都做出来了。

爱斯卡勒斯　一个女人会干这种事吗?

爱尔博　老爷,干这种事的正是一个女人,咬弗动太太;亏得她呸地啐他一脸唾沫,没听他那一套。

庞　贝　禀老爷,他说得不对。

爱尔博　你是个好人,你就向这些混账东西说说看我怎么说得不对。

爱斯卡勒斯　(向安哲鲁)你听他说的话多么颠颠倒倒。

227

庞　　贝　老爷,她进来的时候凸起一个大肚子,嚷着要吃煮熟的梅子——我这么说请老爷别见怪。说来这也是很久以前的事了。那时我们屋子里就只剩两颗梅子,放在一只果碟里,那碟子是三便士买来的,您老爷大概也看见过这种碟子,不是磁碟子,可也是很好的碟子。

爱斯卡勒斯　算了算了,别尽碟子、碟子地闹个不清了。

庞　　贝　是,老爷,您说得一点不错。言归正传,我刚才说的,这位爱尔博奶奶因为肚子里有了孩子,所以肚子凸得高高的;我刚才也说过,她嚷着要吃梅子,可是碟子里只剩下两颗梅子,其余的都给这位弗洛斯大爷吃去了,他是规规矩矩会过钞的。您知道,弗洛斯大爷,我还短您三便士呢。

弗洛斯　可不是吗?

庞　　贝　那么很好,您还记得吗?那时候您正在那儿嗑着梅子的核儿。

弗洛斯　不错,我正在那里嗑梅子核儿。

庞　　贝　很好,您还记得吗?那时候我对您说,某某人某某人害的那种病,一定要当心饮食,否则无药可治。

弗洛斯　你说得一点不错。

庞　　贝　很好——

爱斯卡勒斯　废话少说,你这讨厌的傻瓜!究竟你们对爱尔博的妻子做了些什么不端之事,他才来控诉你们?快快给我来个明白。

庞　　贝　哎哟,老爷,您可来不得。

爱斯卡勒斯　不,我不是那个意思。

庞　　贝　可是,老爷,您先别性急,可以慢慢儿来。我先要请老爷瞧瞧这位弗洛斯大爷,他一年有八十镑钱进益,他的老太爷是在万圣节去世的。弗洛斯大爷,是在万圣节吗?

弗洛斯　在万圣节的前晚。

庞　　贝　很好,这才是千真万确的老实话。老爷,那时候他坐在葡萄房间里的一张矮椅上面;那是您顶欢喜坐的地方,不是吗?

弗洛斯　是的,因为那里很开敞,冬天有太阳晒。

庞　　贝　很好,这才没有半点儿假。

安哲鲁　这样说下去,就是在夜长的俄罗斯也可以说上整整一夜。我可要先走一步,请你代劳审问,希望你能够把他们每人抽一顿鞭子。

爱斯卡勒斯　我也希望这样。再见,大人。(安哲鲁下)现在你说吧,你们对爱尔博的妻子做了些什么事?

庞　　贝　什么也没有做呀,老爷。

爱尔博　老爷,我请您问他这个人对我的老婆干了些什么。

庞　　贝　请老爷问我吧。

爱斯卡勒斯　好,那么你说,这个人对她干了些什么?

庞　　贝　请老爷瞧瞧他的脸。好弗洛斯大爷,请您把脸对着上座的老爷,我自有道理。老爷,您有没有瞧清楚他的脸?

爱斯卡勒斯　是的,我看得很清楚。

庞　　贝　不,请您再仔细看一看。

爱斯卡勒斯　好,现在我仔细看过了。

庞　　贝　老爷,您看他的脸是不是会欺侮人的?

爱斯卡勒斯　不,我看不会。

庞　　贝　我可以按着《圣经》发誓,他的脸是他身上最坏的一部分。好吧,既然他的脸是他身上最坏的一部分,可是您老爷说的它不会欺侮人,那么弗洛斯大爷怎么会欺侮这位差役

229

的奶奶?我倒要请您老爷评评看。

爱斯卡勒斯　他说得有理。爱尔博,你怎么说?

爱尔博　启上老爷,他这屋子是一间清清白白的屋子,他是个清清白白的小子,他的老板娘是个清清白白的女人。

庞　贝　老爷,我举手发誓,他的老婆才比我们还要清清白白得多呢。

爱尔博　放你的屁,混账东西!她从来不曾跟什么男人、女人、小孩子清清白白过。

庞　贝　老爷,他还没有娶她的时候,她就跟他清清白白过了。

爱斯卡勒斯　这场官司可越审越糊涂了。到底是谁执法,谁犯法呀?他说的是真话吗?

爱尔博　狗娘养的忘八蛋!你说我还没有娶她就跟她清清白白过吗?要是我曾经跟她清清白白过,或是她曾经跟我清清白白过,那么请老爷把我革了职吧。好家伙,你给我拿出证据来,否则我就要告你一个殴打罪。

爱斯卡勒斯　要是他打了你一记耳光,你还可以告他诽谤罪。

爱尔博　谢谢老爷的指教。您看这个忘八蛋应该怎样发落呢?

爱斯卡勒斯　既然他作了错事,你想尽力地揭发他,那么为了知道到底是什么错事,还是让他继续吧。

爱尔博　谢谢老爷。你看吧,你这混账东西,现在可叫你知道些厉害了,你继续吧,你这狗娘养的,非叫你继续不可。

爱斯卡勒斯　朋友,你是什么地方人?

弗洛斯　回大人,我是本地生长的。

爱斯卡勒斯　你一年有八十镑收入吗?

弗洛斯　是的,大人。

爱斯卡勒斯　好!(向庞贝)你是干什么营生的?

庞　　贝　小的是个酒保,在一个苦寡妇的酒店里做事。

爱斯卡勒斯　你的女主人叫什么名字?

庞　　贝　她叫咬弗动太太。

爱斯卡勒斯　她嫁过多少男人?

庞　　贝　回老爷,一共九个,最后一个才是咬弗动。

爱斯卡勒斯　九个!——过来,弗洛斯先生。弗洛斯先生,我希望你以后不要再跟酒保、当差这一批人来往,他们会把你诱坏了的,你也会把他们送上绞刑架。现在你给我去吧,别让我再听见你和别人闹事。

弗洛斯　谢谢大人。我从来不曾自己高兴上什么酒楼妓院,每次都是给他们吸引进去的。

爱斯卡勒斯　好,以后你可别让他们吸引你进去了,再见吧。(弗洛斯下)过来,酒保哥儿,你叫什么名字?

庞　　贝　小的名叫庞贝。

爱斯卡勒斯　有别名吗?

庞　　贝　别名叫屁股,大爷。

爱斯卡勒斯　你的裤子倒是又肥又大,够得上称庞贝大王。庞贝,你虽然打着酒保的幌子,也是个乌龟,是不是?给我老实说,我不来难为你。

庞　　贝　老老实实禀告老爷,小的是个穷小子,不过混碗饭吃。

爱斯卡勒斯　你要吃饭,就去当乌龟吗?庞贝,你说你这门生意是不是合法的?

庞　　贝　只要官府允许我们,它就是合法的。

爱斯卡勒斯　可是官府不能允许你们,庞贝,维也纳地方不能让你们干这种营生。

庞　　贝　您老爷的意思,是打算把维也纳城里的年轻人都阉起

231

来吗?

爱斯卡勒斯　不,庞贝。

庞　　贝　那么,照小的看,他们是还会干下去的。老爷只要下一道命令把那些婊子、光棍们抓住重办,像我们这种忘八羔子也就惹不了什么祸了。

爱斯卡勒斯　告诉你吧,上面正在预备许多命令,杀头的、绞死的人多着呢。

庞　　贝　您要是把犯风流罪的一起杀头、绞死,不消十年工夫,您就要无头可杀了。这种法律在维也纳行上十年,我就可以出三便士租一间最好的屋子。您老爷到那时候要是还健在的话,请记住庞贝曾经这样告诉您。

爱斯卡勒斯　谢谢你,好庞贝;为了报答你的预言,请你听好:我劝你以后小心一点,不要再给人抓到我这儿来;要是你再闹什么事情,或者仍旧回去干你那老营生,那时候我可要像当年的凯撒对待庞贝一样,狠狠地给你些颜色看。说得明白些,我可得叫人赏你一顿鞭子。现在姑且放过了你,快给我去吧。

庞　　贝　多谢老爷的嘱咐;(旁白)可是我听不听你的话,还要看我自己高兴呢,用鞭子抽我!哼!好汉不是拖车马,不怕鞭子不怕打,我还是做我的忘八羔子去。(下。)

爱斯卡勒斯　过来,爱尔博。你当官差当了多久了?

爱尔博　禀老爷,七年半了。

爱斯卡勒斯　我看你办事这样能干,就知道你是一个多年的老手。你说一共七年了吗?

爱尔博　七年半了,老爷。

爱斯卡勒斯　唉!那你太辛苦了!他们不应该叫你当一辈子的

官差。在你同里之中,就没有别人可以当这个差事吗?

爱尔博　禀老爷,要找一个有脑筋干得了这个差事的人,可也不大容易,他们选来选去,还是选中了我。我为了拿几个钱,苦也吃够了。

爱斯卡勒斯　你回去把你同里之中最能干的拣六七个人,开一张名单给我。

爱尔博　名单开好以后,送到老爷府上吗?

爱斯卡勒斯　是的,拿到我家里来。你去吧。(爱尔博下)现在大概几点钟了?

陪审官　十一点钟了,大人。

爱斯卡勒斯　请你到舍间便饭去吧。

陪审官　多谢大人。

爱斯卡勒斯　克劳狄奥不免一死,我心里很是难过,可是这也没有办法。

陪审官　安哲鲁大人是太厉害了些。

爱斯卡勒斯　那也是不得不然。慈悲不是姑息,过恶不可纵容。可怜的克劳狄奥!咱们走吧。(同下。)

第二场　同前。另一室

狱吏及仆人上。

仆　人　他正在审案子,马上就会出来。我去给你通报。

狱　吏　谢谢你。(仆人下)不知道他会不会回心转意。唉!他不过好像在睡梦之中犯下了过失,三教九流,年老的年少的,哪一个人没有这个毛病,偏偏他因此送掉了性命!

安哲鲁上。

233

安哲鲁　狱官,你有什么事见我?

狱　吏　是大人的意思,克劳狄奥明天必须处死吗?

安哲鲁　我不是早就吩咐过你了吗?你难道没有接到命令?干吗又来问我?

狱　吏　卑职因为事关人命,不敢儿戏,心想大人也许会收回成命。卑职曾经看见过法官在处决人犯以后,重新追悔他宣判的失当。

安哲鲁　追悔不追悔,与你无关。我叫你怎么做,你就怎么做;假如你不愿意,尽可呈请辞职,我这里不缺少你。

狱　吏　请大人恕卑职失言,卑职还要请问大人,朱丽叶快要分娩了,她现在正在枕蓐呻吟,我们应当把她怎样处置才好?

安哲鲁　把她赶快送到适宜一点的地方去。

　　　　　仆人重上。

仆　人　外面有一个犯人的姊姊求见大人。

安哲鲁　他有一个姊姊吗?

狱　吏　是,大人。她是一位贞洁贤淑的姑娘,听说她预备做尼姑,不知道现在有没有受戒。

安哲鲁　好,让她进来。(仆人下)你就去叫人把那个淫妇送出去,给她预备好一切需用的东西,可是不必过于浪费,我就会签下命令来。

　　　　　依莎贝拉及路西奥上。

狱　吏　大人,卑职告辞了!(欲去。)

安哲鲁　再等一会儿。(向依莎贝拉)有劳芳踪苍止,请问贵干?

依莎贝拉　我是一个不幸之人,要向大人请求一桩恩惠,请大人俯听我的哀诉。

安哲鲁　好,你且说来。

依莎贝拉　有一件罪恶是我所深恶痛绝,切望法律把它惩治的,可是我却不能不违背我的素衷,要来请求您网开一面;我知道我不应当为它渎请,可是我的心里却徘徊莫决。

安哲鲁　是怎么一回事?

依莎贝拉　我有一个兄弟已经判处死刑,我要请大人严究他所犯的过失,宽恕了犯过失的人。

狱　吏　(旁白)上帝赐给你动人的辞令吧!

安哲鲁　严究他所犯的过失,而宽恕了犯过失的人吗?所有的过失在未犯以前,都已定下应处的惩罚,假使我只管严究已经有明文禁止的过失,而让犯过失的人逍遥法外,我的职守岂不等于是一句空话吗?

依莎贝拉　唉,法律是公正的,可是太残酷了!那么我已经失去了一个兄弟。上天保佑您吧!(转身欲去。)

路西奥　(向依莎贝拉旁白)别这么就算罢了;再上前去求他,跪下来,拉住他的衣角;你太冷淡了,像你刚才那样子,简直就像向人家讨一枚针一样不算一回事。你再去说吧。

依莎贝拉　他非死不可吗?

安哲鲁　姑娘,毫无挽回余地了。

依莎贝拉　不,我想您会宽恕他的,您要是肯开恩的话,一定会得到上天和众人的赞许。

安哲鲁　我不会宽恕他。

依莎贝拉　可是要是您愿意,您可以宽恕他吗?

安哲鲁　听着,我所不愿意做的事,我就不能做。

依莎贝拉　可是您要是能够对他发生怜悯,就像我这样为他悲伤一样,那么也许您会心怀不忍而宽恕了他吧?您要是宽恕了他,对于这世界是毫无损害的。

安哲鲁　他已经定了罪,太迟了。

路西奥　(向依莎贝拉旁白)你太冷淡了。

依莎贝拉　太迟吗?不,我现在要是说错了一句话,就可以把它收回。相信我的话吧,任何大人物的章饰,无论是国王的冠冕、摄政的宝剑、大将的权标,或是法官的礼服,都比不上仁慈那样更能衬托出他们的庄严高贵。倘使您和他易地相处,也许您会像他一样失足,可是他决不会像您这样铁面无情。

安哲鲁　请你快去吧。

依莎贝拉　我愿我有您那样的权力,而您是处在我的地位!那时候我也会这样拒绝您吗?不,我要让您知道做一个法官是怎样的,做一个囚犯又是怎样的。

路西奥　(向依莎贝拉旁白)不错,打动他的心,这才对了。

安哲鲁　你的兄弟已经受到法律的裁判,你多说话也没有用处。

依莎贝拉　唉!唉!一切众生都是犯过罪的,可是上帝不忍惩罚他们,却替他们设法赎罪。要是高于一切的上帝毫无假借地审判到您,您能够自问无罪吗?请您这样一想,您就会恍然自失,嘴唇里吐出怜悯的话来的。

安哲鲁　好姑娘,你别伤心吧;法律判你兄弟的罪,并不是我。他即使是我的亲戚、我的兄弟,或是我的儿子,我也是一样对待他。他明天一定要死。

依莎贝拉　明天!啊,那太快了!饶了他吧!饶了他吧!他还没有准备去死呢。我们就是在厨房里宰一只鸡鸭,也要按着季节;为了满足我们的口腹之欲,尚且不能随便杀生害命,那么难道我们对于上帝所造的人类,就可以这样毫无顾虑地杀死吗?大人,请您想一想,有多少人犯过和他同样的罪,谁曾经因此而死去?

路西奥 (向依莎贝拉旁白)是,说得好。

安哲鲁 法律虽然暂时昏睡,它并没有死去。要是第一个犯法的人受到了处分,那么许多人也就不敢为非作恶了。现在法律已经醒了过来,看到了人家所作的事,像一个先知一样,它在镜子里望见了许多未来的罪恶,在因循息息之中滋长起来,所以它必须乘它们尚未萌芽的时候,及时设法制止。

依莎贝拉 可是您也应该发发慈悲。

安哲鲁 我在秉公执法的时候,就在大发慈悲。因为我怜悯那些我所不知道的人,惩罚了一个人的过失,可以叫他们不敢以身试法。而且我也没有亏待了他,他在一次抵罪以后,也可以不致再在世上重蹈覆辙。你且宽心吧,你的兄弟明天是一定要死的。

依莎贝拉 那么您一定要做第一个判罪的人,而他是第一个受到这样刑罚的人吗?唉!有着巨人一样的膂力是一件好事,可是把它像一个巨人一样使用出来,却是残暴的行为。

路西奥 (向依莎贝拉旁白)说得好。

依莎贝拉 世上的大人先生们倘使都能够兴雷作电,那么天上的神明将永远得不到安静,因为每一个微僚末吏都要卖弄他的威风,让天空中充满了雷声。上天是慈悲的,它宁愿把雷霆的火力,去劈碎一株槎枒壮硕的橡树,却不去损坏柔弱的郁金香;可是骄傲的世人掌握到暂时的权力,却会忘记了自己琉璃易碎的本来面目,像一头盛怒的猴子一样,装扮出种种丑恶的怪相,使天上的神明们因为怜悯他们的痴愚而流泪;其实诸神的脾气如果和我们一样,他们笑也会笑死的。

路西奥　（向依莎贝拉旁白）说下去,说下去,他会懊悔的。他已经有点动心了,我看得出来。

狱　吏　（旁白）上天保佑她把他说服!

依莎贝拉　我们不能按着自己去评判我们的兄弟;大人物可以戏侮圣贤,显露他们的才华,可是在平常人就是亵渎不敬。

路西奥　（向依莎贝拉旁白）你说得对,再说下去。

依莎贝拉　将官嘴里一句一时气愤的话,在兵士嘴里却是大逆不道。

路西奥　（向依莎贝拉旁白）你明白了吧?再说下去。

安哲鲁　你为什么要向我说这些话?

依莎贝拉　因为当权的人虽然也像平常人一样有错误,可是他却可以凭藉他的权力,把自己的过失轻轻忽略过去。请您反躬自省,问一问您自己的心,有没有犯过和我的弟弟同样的错误;要是它自觉也曾沾染过这种并不超越人情的罪恶,那么请您舌上超生,恕了我弟弟的一命吧。

安哲鲁　她说得那样有理,倒叫我心思摇惑不定。——恕我失陪了。

依莎贝拉　大人,请您回过身来。

安哲鲁　我还要考虑一番。你明天再来吧。

依莎贝拉　请您听我说我要怎样报答您的恩惠。

安哲鲁　怎么!你要贿赂我吗?

依莎贝拉　是的,我要用上天也愿意嘉纳的礼物贿赂您。

路西奥　（向依莎贝拉旁白）亏得你这么说,不然事情又糟了。

依莎贝拉　我不向您呈献黄金铸成的钱财,也不向您呈献贵贱随人喜恶的宝石;我要献给您的,是黎明以前上达天听的虔诚的祈祷,它从太真纯璞的处女心灵中发出,是不沾染半点俗尘的。

安哲鲁　好,明天再来见我吧。

路西奥　(向依莎贝拉旁白)很好,我们去吧。

依莎贝拉　上天赐大人平安!

安哲鲁　(旁白)阿门;因为我已经受到诱惑了,我们两人的祈祷是貌同心异的。

依莎贝拉　明天我在什么时候访候大人呢?

安哲鲁　午前无论什么时候都行。

依莎贝拉　愿您消灾免难!(依莎贝拉、路西奥及狱吏下。)

安哲鲁　免受你和你的德行的引诱!什么?这是从哪里说起?是她的错处?还是我的错处?诱惑的人和受诱惑的人,哪一个更有罪?嘿!她没有错,她也没有引诱我。像芝兰旁边的一块臭肉,在阳光下蒸发腐烂的是我,芝兰却不曾因为枯萎而失去了芬芳,难道一个贞淑的女子,比那些狂花浪柳更能引动我们的情欲吗?难道我们明明有许多荒芜的旷地,却必须把圣殿拆毁,种植我们的罪恶吗?呸!呸!呸!安哲鲁,你在干些什么?你是个什么人?你因为她的纯洁而对她爱慕,因为爱慕她而必须玷污她的纯洁吗?啊,让她的弟弟活命吧!要是法官自己也偷窃人家的东西,那么盗贼是可以振振有词的。啊!我竟是这样爱她,所以才想再听见她说话、饱餐她的美色吗?我在做些什么梦?狡恶的魔鬼为了引诱圣徒,会把圣徒作他钩上的美饵;因为爱慕纯洁的事物而驱令我们犯罪的诱惑,才是最危险的。娼妓用尽她天生的魅力,人工的狐媚,都不能使我的心中略起微波,可是这位贞淑的女郎却把我完全征服了。我从前看见

239

人家为了女人发痴,总是讥笑他们,想不到我自己也会有这么一天!(下。)

第三场 狱中一室

    公爵作教士装及狱吏上。

公　爵　尊驾是狱官吗?愿你有福!
狱　吏　正是,师傅有何见教?
公　爵　为了存心济世,兼奉教中之命,我特地来此访问苦难颠倒的众生。请你许我看看他们,告诉我他们各人所犯的罪名,好让我向他们劝导指点一番。
狱　吏　师傅但有所命,敢不乐从。瞧,这儿来的一位姑娘,因为年轻识浅,留下了终身的玷辱,现在她怀孕在身,她的情人又被判死刑;他是一个风流英俊的青年,却为风流葬送了一生!

    朱丽叶上。

公　爵　他的刑期定在什么时候?
狱　吏　我想是明天。(向朱丽叶)我已经给你一切预备好了,稍待片刻,就可以送你过去。
公　爵　美貌的人儿,你自己知道悔罪吗?
朱丽叶　我忏悔,我现在忍辱含羞,都是我自己不好。
公　爵　我可以教你怎样悔罪的方法。
朱丽叶　我愿意诚心学习。
公　爵　你爱那害苦你的人吗?
朱丽叶　我爱他,是我害苦了他。
公　爵　这么说来,那么你们所犯的罪恶,是彼此出于自愿的吗?

朱丽叶　是的。

公　爵　那么你的罪比他更重。

朱丽叶　是的,师傅,我现在忏悔了。

公　爵　那很好,孩子;可是也许你的忏悔只是因为你的罪恶给你带来了耻辱,这种哀痛的心情还是为了自己,说明我们不再为非作歹不是因为爱上帝,而是因为畏惧惩罚——

朱丽叶　我深知自己的罪恶,所以诚心忏悔,虽然身受耻辱,我也欣然接受。

公　爵　这就是了。听说你的爱人明天就要受死,我现在要去向他开导开导。上帝保佑你!(下。)

朱丽叶　明天就要死!痛苦的爱情呀!你留着我这待死之身,却叫惨死的恐怖永远缠绕着我!

狱　吏　可怜!(同下。)

第四场　安哲鲁府中一室

安哲鲁上。

安哲鲁　我每次要祈祷沉思的时候,我的心思总是纷乱无主:上天所听到的只是我的口不应心的空言,我的精神却贯注在依莎贝拉身上;上帝的名字挂在我的嘴边咀嚼,心头的欲念,兀自在那里奔腾。我已经厌倦于我所矜持的尊严,正像一篇大好的文章一样,在久读之后,也会使人掩耳;现在我宁愿把我这岸然道貌,去换一根因风飘荡的羽毛。什么地位!什么面子!多少愚人为了你这虚伪的外表而凛然生畏,多少聪明人为了它而俯首帖服!可是人孰无情,不妨把善良天使的名号写在魔鬼的角上,冒充他的标志。

　　　　一仆人上。

安哲鲁　啊,有谁来了?

仆　人　一个叫依莎贝拉的尼姑求见大人。

安哲鲁　领她进来。(仆人下)天啊!我周身的血液为什么这样涌上心头,害得我心旌摇摇不定,浑身失去了气力?正像一群愚人七手八脚地围集在一个晕去的人的身边一样,本想救他,却因阻塞了空气的流通而使他醒不过来;又像一个圣明的君主手下的子民,各弃所业争先恐后地拥挤到宫廷里来瞻望颜色,无谓的忠诚反而造成了不愉快。

　　　　依莎贝拉上。

安哲鲁　啊,姑娘!

依莎贝拉　我来听候大人的旨意。

安哲鲁　我希望你自己已经知道,用不着来问我。你的弟弟不能活命。

依莎贝拉　好。上天保佑您!

安哲鲁　可是他也许可以多活几天;也许可以活得像你我一样长;可是他必须死。

依莎贝拉　最后还是要受到您的判决吗?

安哲鲁　是的。

依莎贝拉　那么请问他在什么时候受死?好让他在未死之前忏悔一下,免得灵魂受苦。

安哲鲁　哼!这种下流的罪恶!用暧昧的私情偷铸上帝的形象,就像从造化窃取一个生命,同样是不可宥恕的。用诈伪的手段剥夺合法的生命,和非法地使一个私生的孩子问世,完全没有差别。

依莎贝拉 这是天上的法律,人间却不是如此。

安哲鲁 你以为是这样的吗?那么我问你:你还是愿意让公正无私的法律取去你兄弟的生命呢,还是愿意像那个被他奸污的姑娘一样,牺牲肉体的清白,从而把他救赎出来?

依莎贝拉 大人,相信我,我情愿牺牲肉体,却不愿玷污灵魂。

安哲鲁 我不是跟你讲什么灵魂。你知道迫不得已犯下的罪恶是只能充数,不必计较的。

依莎贝拉 您这话是什么意思?

安哲鲁 当然,我不能保证这点;因为我所说的将来还可以否认。回答我这一个问题:我现在代表着明文规定的法律,宣布你兄弟的死刑;假使为了救你的兄弟而犯罪,这罪恶是不是一件好事呢?

依莎贝拉 请您尽管去作吧,有什么不是,我愿用灵魂去担承;这是好事,根本不是什么罪恶。

安哲鲁 那么按照同样的方式权衡轻重,你也可以让灵魂冒险去犯罪呀!

依莎贝拉 倘使我为他向您乞恕是一种罪恶,那么我愿意担当上天的惩罚;倘使您准许我的请求是一种罪恶,那么我会每天清晨祈祷上天,让它归并到我的身上,决不让您负责。

安哲鲁 不,你听我。你误会了我的意思了。也许是你不懂我的话,也许你假装不懂,那可不大好。

依莎贝拉 我除了有一点自知之明之外,宁愿什么都不懂,事事都不好。

安哲鲁 智慧越是遮掩,越是明亮,正像你的美貌因为蒙上黑纱而十倍动人。可是听好,我必须明白告诉你,你兄弟必须死。

依莎贝拉　噢。

安哲鲁　按照法律,他所犯的罪名应处死刑。

依莎贝拉　是。

安哲鲁　我现在要这样问你,你的兄弟已经难逃一死,可是假使有这样一条出路——其实无论这个或任何其他作法,当然都不可能,这只是为了抽象地说明问题——假使你,他的姊姊,给一个人爱上了,他可以授意法官,或者运用他自己的权力,把你的兄弟从森严的法网中解救出来,唯一的条件是你必须把你肉体上最宝贵的一部分献给此人,不然他就得送命,那么你预备怎样?

依莎贝拉　为了我可怜的弟弟,也为了我自己,我宁愿接受死刑的宣判,让无情的皮鞭在我身上留下斑斑的血迹,我会把它当作鲜明的红玉;即使把我粉身碎骨,我也会从容就死,像一个疲倦的旅人奔赴他的渴慕的安息,我却不愿让我的身体蒙上羞辱。

安哲鲁　那么你的兄弟就再不能活了。

依莎贝拉　还是这样的好,宁可让一个兄弟在片刻的惨痛中死去,不要让他的姊姊因为救他而永远沉沦。

安哲鲁　那么你岂不是和你所申斥的判决同样残酷吗?

依莎贝拉　卑劣的赎罪和大度的宽赦是两件不同的事情;合法的慈悲,是不可和肮脏的徇纵同日而语的。

安哲鲁　可是你刚才却把法律视为暴君,把你兄弟的过失,认作一时的游戏而不是罪恶。

依莎贝拉　原谅我,大人!我们因为希望达到我们所追求的目的,往往发出违心之论。我爱我的弟弟,所以才会在无心中替我所痛恨的事情辩解。

安哲鲁　我们都是脆弱的。

依莎贝拉　如果你所说的脆弱,只限于我兄弟一人,其他千千万万的男人都毫无沾染,那么他倒是死得不冤了。

安哲鲁　不,女人也是同样的脆弱。

依莎贝拉　是的,正像她们所照的镜子一样容易留下影子,也一样容易碎裂。女人!愿上天帮助她们!男人若是利用她们的弱点来找便宜,恰恰是污毁了自己。不,你尽可以说我们是比男人十倍脆弱的,因为我们的心性像我们的容颜一样温柔,很容易接受虚伪的印记。

安哲鲁　我同意你的话。你既然自己知道你们女人的柔弱,我想我们谁都抵抗不住罪恶的引诱,那么恕我大胆,我要用你的话来劝告你自己:请你保持你女人的本色吧;你既然不能做一个超凡绝俗的神仙,而从你一切秀美的外表看来,都不过是一个女人,那么就该接受一个女人不可避免的命运。

依莎贝拉　我只有一片舌头,说不出两种言语;大人,请您还是用您原来的语调对我说话吧。

安哲鲁　老老实实说,我爱你。

依莎贝拉　我的弟弟爱朱丽叶,你却对我说他必须因此受死。

安哲鲁　依莎贝拉,只要你答应爱我,就可以免他一死。

依莎贝拉　我知道你自恃德行高超,无须检点,但是这样对别人漫意轻薄,似乎也有失体面。

安哲鲁　凭着我的名誉,请相信我的话出自本心。

依莎贝拉　嘿!相信你的名誉!你那卑鄙龌龊的本心!好一个虚有其表的正人君子!安哲鲁,我要公开你的罪恶,你等着瞧吧!快给我签署一张赦免我弟弟的命令,否则我要向世人高声宣布你是一个怎样的人。

安哲鲁　谁会相信你呢,依莎贝拉？我的洁白无瑕的名声,我的持躬的严正,我的振振有词的驳斥,我的秉持国政的地位,都可以压倒你的控诉,使你自取其辱,人家会把你的话当作挟嫌诽谤,我现在一不做二不休,不再控制我的情欲,你必须满足我的饥渴,放弃礼法的拘束,解脱一切的忸怩,这些对你要请求的事情是有害无利的;把你的肉体呈献给我,来救你弟弟的性命,否则他不但不能活命,而且因为你的无情冷酷,我要叫他遍尝各种痛苦而死去。明天给我答复,否则我要听任感情的支配,叫他知道些厉害。你尽管向人怎样说我,我的虚伪会压倒你的真实。(下。)

依莎贝拉　我将向谁诉说呢？把这种事情告诉别人,谁会相信我？凭着一条可怕的舌头,可以操纵人的生死,把法律供自己的驱使,是非善恶,都由他任意判断！我要去看我的弟弟,他虽然因为一时情欲的冲动而堕落,可是他是一个爱惜荣誉的人,即使他有二十颗头颅,他也宁愿让它们在二十个断头台上被人砍落,而不愿让他姊姊的身体遭受如此的污辱。依莎贝拉,你必须活着做一个清白的人,让你的弟弟死去吧,贞操是比兄弟更为重要的。我还要去把安哲鲁的要求告诉他,叫他准备一死,使他的灵魂得到安息。(下。)

第 三 幕

第一场　狱中一室

　　公爵作教士装及克劳狄奥、狱吏同上。

公　爵　那么你在希望安哲鲁大人的赦免吗？

克劳狄奥　希望是不幸者的唯一药饵；我希望活，可是也准备着死。

公　爵　能够抱着必死之念，那么活果然好，死也无所惶虑。对于生命应当作这样的譬解：要是我失去了你，我所失去的，只是一件愚人才会加以爱惜的东西，你不过是一口气，寄托在一个多灾多难的躯壳里，受着一切天时变化的支配。你不过是被死神戏弄的愚人，逃避着死，结果却奔进他的怀里。你并不高贵，因为你所有的一切配备，都沾濡着污浊下贱。你并不勇敢，因为你畏惧着微弱的蛆虫的柔软的触角。睡眠是你所渴慕的最好的休息，可是死是永恒的宁静，你却对它心惊胆裂。你不是你自己，因为你的生存全赖着泥土中所生的谷粒。你并不快乐，因为你永远追求着你所没有的事物，而遗忘了你所已有的事物。你并不固定，因为你的脾气像月亮一样随时变化。你即使富有，也和穷苦无异，因为你正像一头不胜重负的驴子,背上驮载着金块在旅途上跋涉,直等死来替你卸下负荷。你没有朋友,因为即使是你自己的骨血,嘴里称你为父亲尊长,心里也在咒诅着你不早早伤风发疹而死。你没有青春也没有年老,二者都只不过是你在餐后的睡眠中的一场梦景;因为你在年轻的时候,必须像一个衰老无用的人一样,向你的长者乞讨赒济;到你年老有钱的时候,你的感情已经冰冷,你的四肢已经麻痹,你的容貌已经丑陋,纵有财富,也享不到丝毫乐趣。那么所谓生命这东西,究竟有什么值得宝爱呢?在我们的生命中隐藏着千万次的死亡,可是我们对于结束一切痛苦的死亡却那样害怕。

克劳狄奥　谢谢您的教诲。我本来希望活命,现在却惟求速死;我要在死亡中寻求永生,让它临到我的身上吧。

依莎贝拉　(在内)有人吗!愿这里平安有福!

狱　吏　是谁?进来吧,这样的祝颂是应该得到欢迎的。

公　爵　先生,不久我会再来看你。

克劳狄奥　谢谢师傅。

　　　　　依莎贝拉上。

依莎贝拉　我要跟克劳狄奥说两句话儿。

狱　吏　欢迎得很。瞧,先生,你的姊姊来了。

公　爵　狱官,让我跟你说句话儿。

狱　吏　您尽管说吧。

公　爵　把我带到一个地方去,可以听见他们说话,却不让他们看见我。(公爵及狱吏下。)

克劳狄奥　姊姊,你给我带些什么安慰来?

依莎贝拉　我给你带了最好的消息来了。安哲鲁大人有事情要跟上天接洽,想差你马上就去,你可以永远住在那边;所以你赶快预备起来吧,明天就要出发了。

克劳狄奥　没有挽回了吗?

依莎贝拉　没有挽回了,除非为了要保全一颗头颅而劈碎了一颗心。

克劳狄奥　那么还有法想吗?

依莎贝拉　是的,弟弟,你可以活;法官有一种恶魔样的慈悲,你要是恳求他,他可以放你活命,可是你将终身披戴镣铐直到死去。

克劳狄奥　永久的禁锢吗?

依莎贝拉　是的,永久的禁锢;纵使你享有广大的世界,也不能挣脱这一种束缚。

克劳狄奥　是怎样一种束缚呢?

依莎贝拉　你要是屈服应承了,你的廉耻将被完全褫夺,使你毫无面目做人。

克劳狄奥　请明白告诉我吧。

依莎贝拉　啊,克劳狄奥,我在担心着你;我害怕你会爱惜一段狂热的生命,重视有限的岁月,甚于永久的荣誉。你敢毅然就死吗?死的惨痛大部分是心理上造成的恐怖,被我们践踏的一只无知的甲虫,它的肉体上的痛苦,和一个巨人在临死时所感到的并无异样。

克劳狄奥　你为什么要这样羞辱我?你以为温柔的慰藉,可以坚定我的决心吗?假如我必须死,我会把黑暗当作新娘,把它拥抱在我的怀里。

依莎贝拉　这才是我的好兄弟,父亲地下有知,也一定会这样说的。是的,你必须死,你是一个正直的人,决不愿靠着卑鄙的手段苟全生命。这个外表俨如神圣的摄政,板起面孔摧残着年轻人的生命,像鹰隼一样不放松他人的错误,却不料他自己正是一个魔鬼。他的污浊的灵魂要是揭露出来,就像是一口地狱一样幽黑的深潭。

克劳狄奥　正人君子的安哲鲁,竟是这样一个人吗?

依莎贝拉　啊,这是地狱里狡狯的化装,把罪恶深重的犯人装扮得像一个天神。你想得到吗,克劳狄奥?要是我把我的贞操奉献给他,他就可以把你释放。

克劳狄奥　天啊,那真太岂有此理了!

依莎贝拉　是的,我要是容许他犯这丑恶的罪过,他对你的罪恶就可以置之不顾了。今夜我必须去干那我所不愿把它说出口来的丑事,否则你明天就要死。

克劳狄奥　那你可干不得。

依莎贝拉　唉!他倘然要的是我的命,那我为了救你的缘故,情愿把它毫不介意地抛掷了。

克劳狄奥　谢谢你,亲爱的依莎贝拉。

依莎贝拉　那么克劳狄奥,你预备着明天死吧。

克劳狄奥　是。他也有感情,使他在执法的时候自己公然犯法吗?那一定不是罪恶;即使是罪恶,在七大重罪中也该是最轻的一项。

依莎贝拉　什么是最轻的一项?

克劳狄奥　倘使那是一件不可赦的罪恶,那么他是一个聪明人,怎么会为了一时的游戏,换来了终身的愧疚?啊,依莎贝拉!

依莎贝拉　弟弟你怎么说?

克劳狄奥　死是可怕的。

依莎贝拉　耻辱的生命是尤其可恼的。

克劳狄奥　是的,可是死了,到我们不知道的地方去,长眠在阴寒的囚牢里发霉腐烂,让这有知觉有温暖的、活跃的生命化为泥土;一个追求着欢乐的灵魂,沐浴在火焰一样的热流里,或者幽禁在寒气砭骨的冰山,无形的飙风把它吞卷,回绕着上下八方肆意狂吹;也许还有比一切无稽的想像所能臆测的更大的惨痛,那太可怕了! 只要活在这世上,无论衰老、病痛、穷困和监禁给人怎样的烦恼苦难,比起死的恐怖来,也就像天堂一样幸福了。

依莎贝拉　唉! 唉!

克劳狄奥　好姊姊,让我活着吧! 你为了救你弟弟而犯的罪孽,上天不但不会责罚你,而且会把它当作一件善事。

依莎贝拉　呀,你这畜生! 没有信心的懦夫! 不知廉耻的恶人! 你想靠着我的丑行而活命吗? 为了苟延你自己的残喘,不惜让你的姊姊蒙污受辱,这不简直是伦常的大变吗? 我真想不到! 愿上帝保障我母亲不曾失去过贞操;可是像你这样一个下流畸形的不肖子,也太不像我父亲的亲骨肉了! 从今以后,我和你义断恩绝,你去死吧! 即使我只须一举手之劳可以把你救赎出来,我也宁愿瞧着你死。我要用千万次的祈祷求你快快死去,却不愿说半句话救你活命。

克劳狄奥　不,听我说,依莎贝拉。

依莎贝拉　呸! 呸! 呸! 你的犯罪不是偶然的过失,你已经把它当作一件不足为奇的常事。对你怜悯的,自己也变成了淫媒。你还是快点儿死吧。(欲去。)

克劳狄奥　啊,听我说,依莎贝拉。

　　　　　公爵重上。

251

公　爵　道妹,许我跟你说句话儿。

依莎贝拉　请问有何见教?

公　爵　你要是有工夫,我有些话要跟你谈谈;我所要向你探问的事情,对你自己也很有关系。

依莎贝拉　我没有多余的工夫,留在这儿会耽误其他的事情;可是我愿意为你稍驻片刻。

公　爵　(向克劳狄奥旁白)孩子,我已经听到了你们姊弟俩的谈话。安哲鲁并没有向她图谋非礼的意思,他不过想试探试探她的品性,看看他对于人性的评断有没有错误。她因为是一个冰清玉洁的女子,断然拒绝了他的试探,那正是他所引为异常欣慰的。我曾经监临安哲鲁的忏悔,知道这完全是事实。所以你还是准备着死吧,不要抱着错误的希望,使你的决心动摇。明天你必须死,赶快跪下来祈祷吧。

克劳狄奥　让我向我的姊姊赔罪。现在我对生命已经毫无顾恋,但愿速了此生。

公　爵　打定这个主意吧,再会。(克劳狄奥下。)

　　　　　　狱吏重上。

公　爵　狱官,跟你说句话儿。

狱　吏　师傅有什么见教?

公　爵　你现在来了,可是我希望你去。让我和这位姑娘谈一会儿话,你可以相信我的内心和我的道袍,我不会加害于她。

狱　吏　我就去。(下。)

公　爵　造物给你美貌,也给你美好的德性;没有德性的美貌,是转瞬即逝的;可是因为在你的美貌之中,有一颗美好的灵魂,所以你的美貌是永存的。安哲鲁对你的侮辱,已经被我偶然知道了；倘不是他的堕落已有先例，我一定会对他大感不解。你预备怎样满足这位摄政，搭救你的兄弟呢？

依莎贝拉　我现在就要去答复他，我宁愿让我的弟弟死于国法，不愿有一个非法而生的孩子。唉！我们那位善良的公爵是多么受了安哲鲁的欺骗！等他回来以后，我要是能够当着他的面，一定要向他揭穿安哲鲁的治绩。

公　爵　那也好，可是照现在的情形看来，他仍旧可以有辞自解，他可以说，那不过是试试你罢了。所以我劝你听我的劝告，我因为欢喜帮助人家，已经想出了一个办法。我相信你可以对一位受委屈的、可怜的小姐做一件光明正大的好事，从愤怒的法律下救出你的兄弟，不但不使你冰清玉洁的身体白璧蒙玷，而且万一公爵回来后知道了这件事情，也一定会十分高兴的。

依莎贝拉　请你说下去。只要是无愧良心的事，我什么都敢去做。

公　爵　有德必有勇，正直的人决不胆怯。你知道溺海而死的勇士弗莱德里克有一个妹妹名叫玛利安娜吗？

依莎贝拉　我曾经听人说起过这位小姐，提起她名字的时候人家总是称赞她的好处。

公　爵　她和这个安哲鲁本来已经缔下婚约，婚期也已选定了，可是就在订婚以后举行婚礼以前，她的哥哥弗莱德里克在海中遇难，他妹妹的嫁奁就在那艘失事的船上也一起同归于尽。这位可怜的小姐真是倒楣透顶，她既然失去了一位高贵知名的哥哥，他对她是一向爱护备至的；而且她的嫁奁，她的大部分的财产，也随着他葬身鱼腹；这还不算，她又失去了一个已经订婚的丈夫，这个假道学的安哲鲁。

253

依莎贝拉　有这种事？安哲鲁就这样把她遗弃了吗？

公　爵　他把她遗弃不顾,让她眼泪洗面,也不向她说半句安慰的话儿;故意说他发见了她的品行不端,把盟约完全撕毁。她直到如今,还在为他的薄幸而哀伤泣血,可是他却像一块大理石一样,眼泪洗不软他的硬心肠。

依莎贝拉　这位可怜的姑娘活着还不如死去,可是让这个家伙活在人世,那真是毫无天理了！可是我们现在怎么能够帮助她呢？

公　爵　这一个裂痕你可以很容易把它修补;你要是能够成全这一件好事,不但可以救活你的兄弟,也可以保全你的贞节。

依莎贝拉　好师傅,请你指点我。

公　爵　我所说起的这位姑娘,始终保持着专一的爱情;他的薄情无义,照理应该使她斩断情丝,可是像一道受到阻力的流水一样,她对他的爱反而因此更加狂烈。你现在可以去见安哲鲁,屈意应承他的要求,可是必须提出这样的条件:你和他约会的时间不能过于长久,而且必须在黄昏人静以后便于来往的地方。他答应了这样的条件,我们就可以去劝这位受屈的姑娘顶替着你如约前往。这次的幽会将来暴露出来,他不能不设法向她补偿。这样你的兄弟可以救出,你自己的清白不受污损,可怜的玛利安娜因此重圆破镜,淫邪的摄政也可以得到教训。我会去向这位姑娘说,叫她依计而行。你要是愿意这样做,那么虽然是一种骗局,可是因为它有这么多重的好处,尽可问心无愧。你的意思怎样？

依莎贝拉　想像到这一件事,已经使我感觉安慰,我相信它一定会得到美满的结果。

公　爵　那可全仗你的出力。快到安哲鲁那边去,他即使要在今夜向你求欢,你也一口答应他。我现在就要到圣路加教堂去,玛利安娜所住的田庄就在它的附近,你可以在那边找我,事情要干得愈快愈妙。

依莎贝拉　谢谢你的好主意。再见,好师傅。(各下。)

第二场　监狱前街道

公爵作教士装上;爱尔博、庞贝及差役等自对方上。

爱尔博　嘿,要是你们不肯改邪归正,一定要把男人女人像牲畜一样买卖,那么这世界上要碰来碰去都是私生子了。

公　爵　天啊!又是什么事情?

庞　贝　真是一个杀风景的世界!咱们放风月债的倒够了楣,他们放金钱债的,法律却让他穿起皮袍子来,怕他着了凉;那皮袍子是外面狐皮里面羊皮,因为狡猾的狐狸比善良的绵羊值钱,这世界到处是好人吃苦,坏人出头!

爱尔博　走吧,朋友。您好,师傅!

公　爵　您好,大哥。请问这个人所犯何事?

爱尔博　不瞒师傅说,他冒犯了法律,而且我们看他还是个贼,因为我们在他身上搜到了一把撬锁的东西,已经送到摄政老爷那里去了。

公　爵　好一个不要脸的忘八!你靠着散播罪恶,做你活命的根本。你肚里吃的,身上穿的,没有一件不是用龌龊的造孽钱换来。你自己想一想,你喝着肮脏,吃着肮脏,穿着肮脏,住着肮脏,你还能算是一个人吗?快去好好地改过自新吧。

庞　贝　不错。肮脏是有些肮脏,可是我可以证明——

公　爵　哼，如果魔鬼给罪恶出过证明，你当然也可以证明了。官差，把他带到监狱里去吧。重刑和教诲必须同时并用，才可以叫这畜生畏法知过。

爱尔博　我们要把他带去见摄政老爷，他早就警告过他了。摄政老爷最恨的是这种忘八羔子；一个乌龟要是来到摄政老爷面前，那就是该他回老家的日子了。

公　爵　我们要是大家都能像有些人在表面看来那样立身无过，犯了过错又能不加掩饰，那就好了！

爱尔博　他的脖子就要到您的腰上啦——成了一根绳索，师傅。

庞　贝　谢天谢地，救命的人来了。

　　　　　路西奥上。

路西奥　啊，尊贵的庞贝！你给凯撒捉住了吗？他们奏凯归来，把你拖在车轮上面游行吗？难道你现在已经没有姑娘们应市，可以让你掏空人家的钱袋吗？你怎么说？哈，这个调门儿、这场把戏、这个办法不坏吧？上次下大雨没淹着吗？你怎么说，老丈？世界已经换了样子变得沉默寡言了吗？是怎么一回事？

公　爵　世界永远是这样，向着堕落的路上跑！

路西奥　你那宝贝女东家好不好？她现在还在干那老活儿吗？

庞　贝　不瞒您说，大爷，她已经坐吃山空，连裤子都当光了。

路西奥　啊，那很好，俏姐儿、骚鸨儿，免不了有这一天。你现在到监狱里去吗，庞贝？

庞　贝　是的，大爷。

路西奥　啊，那也很好，庞贝，再见！你去对他们说是我叫你来的。是为了欠了人家的钱吗，庞贝？还是为了什么？

庞　贝　他们因为我是个忘八才抓我。

路西奥　好,那么把他关起来吧。他是个道地的忘八,而且还是个世袭的哩。再见,好庞贝,给我望望坐牢的朋友们。这回你可以安分守己了,庞贝;因为你只好大门不出、二门不迈了。

庞　贝　好大爷,我想请您把我保出来。

路西奥　不,那不成,庞贝,我是不干那行的。我可以为你祈祷,求上天把你关长久一些。要是你没有耐性,在牢里惹事生非,那正说明你是个好样的。回头见,好庞贝。——祝福你,师傅。

公　爵　祝福你。

路西奥　布利吉姑娘还那么爱打扮吗,庞贝?

爱尔博　走吧,朋友,走吧。

庞　贝　那么您不肯保我吗?

路西奥　不保,庞贝。师傅,外面有什么消息?

爱尔博　走吧,朋友,快走。

路西奥　庞贝,钻到狗洞里去吧。(爱尔博、庞贝及差役等下)师傅,关于公爵你知道有什么消息?

公　爵　我不知道。你可以告诉我一些吗?

路西奥　有人说他去看俄罗斯皇帝,有人说他在罗马,可是你想他到底在哪里?

公　爵　我不知道。可是无论他在什么地方,我愿他平安。

路西奥　他这样悄悄溜走,不在朝里享福,倒去做一个云游的叫化子,简直是在发疯。安哲鲁大人代理他把地方治得很好,犯罪的都逃不过他。

公　爵　是的,他代理得很好。

路西奥　其实他对于犯奸淫的人稍为放松一点,也是不碍什么

257

的,像他这样子,未免太苛了。

公　爵　这种罪恶太普遍了,必须用严刑方才能够矫正过来。

路西奥　对啊,这种罪恶是人人会犯的;可是师傅,你要是想把它完全消灭,那你除非把吃喝也一起禁止了。他们说这个安哲鲁不是像平常人那样爷娘生下来的,你想这话真不真?

公　爵　那么他是怎么生下来的呢?

路西奥　有人说他是女人鱼产下的卵,有人说他的父母是两条风干的鲨鱼。可是我的的确确知道他撒下的尿都冻成了冰,我也的的确确知道他是个活动的木头人。

公　爵　先生,你太爱开玩笑了。

路西奥　嘿,人家的鸡巴不安分,他就要人家的命,这还成什么话儿!公爵倘使还在这儿,他也会这样吗?哼,他不但不因为人家养了一百个私生子而把他吊死,他还要自己拿出钱来抚养一千个私生子哩。他自己也是喜欢逢场作戏的,所以他不会跟别人苦苦作对。

公　爵　我可从来不知道公爵也是喜欢玩女人的,他不是那样一个人吧。

路西奥　那你可受了人家的欺了,师傅。

公　爵　不见得吧。

路西奥　嘿,他看见了一个五十岁的老乞婆,也会布施她一块钱呢;他这人是有些想入非非的。告诉你知道吧,他还是个爱喝酒的。

公　爵　你把他说得太不成话了。

路西奥　我跟他非常熟悉。这位公爵是一个不可貌相的人,他这次离开的原因我是知道的。

公　爵　请问是什么原因呢?

路西奥　对不起,这是一个不能泄漏的秘密;可是我可以让你知道,一般人都认为这位公爵很有智慧。

公　爵　啊,他当然是很有智慧的。

路西奥　他是个浅薄愚笨、没有头脑的家伙。

公　爵　也许是你妒嫉他,也许是你自己愚蠢,也许是你看错了人,所以才会这样信口胡说。他的立身处世和他的操劳国事,都可以证明你所说的话完全不对。只要按照他的言行来检验,那么即使妒嫉他的人,也不得不承认他是一个学者、一个政治家和一个军人。你这样诽谤他,足见你自己的无知;或者,即使你略有所知,也是由于心怀恶意而故意掩盖真相。

路西奥　我认识他,我跟他很有交情哩。

公　爵　有交情就不会说这种话;真有交情,谈话里就会体现出更真挚的友情。

路西奥　算了吧,我可不会随便瞎说的。

公　爵　这我可不相信,因为你不知道你自己在说些什么话。可是公爵倘使有一天回来——这是我们众人都馨香祷祝的——我要请你当着他的面回答我的问话;你现在说的倘是老实话,那时候一定不会否认。我们后会有期;请教尊姓大名?

路西奥　鄙人名叫路西奥,公爵是很熟悉我的。

公　爵　要是我有机会向他谈起你的话,他一定会更加熟悉你的。

路西奥　你去谈好了,我不怕。

公　爵　啊,你希望公爵永远不会回来,也许你以为我是个无足轻重的对手。当然,我的话恐怕伤害不了你,因为你准会矢

259

口否认的。

路西奥　我要是否认就不得好死,你别看错人了。可是这些话不必多说。你知道克劳狄奥明天会不会死?

公　爵　他为什么要死?

路西奥　为什么?为了把一只漏斗插进人家的瓶子里去。但愿我们刚才所说的那位公爵早点儿回来,这个绝子绝孙的摄政要叫大家不许生男育女,好让维也纳将来死得不剩一个人。就是麻雀在他的屋檐下做窠,他也要因为它们的淫荡而把它们赶掉呢。公爵在这里的时候,对于这种不干不净的事情是不闻不问的,他决不会把它们在光天化日之下揭露出来,要是他回来了就好了!这个克劳狄奥就是因为松了松裤带,才给判了死罪。再见,好师傅,请你给我祈祷祈祷。我再告诉你吧,公爵在持斋的日子会偷吃羊肉。他人老心不老,看见个女叫化子也会拉住亲个嘴儿,尽管她满嘴都是黑面包和大蒜的气味。你就说我这样告诉你。再见。(下。)

公　爵　人间的权力尊荣,总是逃不过他人的讥弹;最纯洁的德性,也免不了背后的诽谤。哪一个国王有力量堵塞住谗言的唇舌呢?可是有谁来了?

爱斯卡勒斯、狱吏及差役等牵咬弗动太太上。

爱斯卡勒斯　去,把她送到监狱里去!

咬弗动太太　好老爷,饶了我吧;您是一个慈悲的好人,我的好爷爷!

爱斯卡勒斯　再三告诫过你,你还是不知道悔改吗?无论怎样慈悲的人,看见像你这种东西,也会变做铁面阎罗的。

狱　吏　禀大人,她当鸨妇已经当了十一年了。

咬弗动太太　老爷,这都是路西奥那家伙跟我作对信口胡说的。公爵老爷在朝的时候,他把一个姑娘弄大了肚皮,他答应娶她,那孩子到今年五月一日就该有一岁多了,我一直替他养着,现在他反而到处说我的坏话!

爱斯卡勒斯　那家伙是个淫棍,去把他找来。把她送到监狱里去!走吧,别多说了。(差役推咬弗动太太下)狱官,我的同僚安哲鲁意见已决,克劳狄奥明天必须处决。给他请好神父;预备好一切身后之事。安哲鲁不肯发半点怜悯之心,我也没有办法。

狱　　吏　禀大人,这位师傅曾经去看过克劳狄奥,跟他谈论过死生的大道理。

爱斯卡勒斯　晚安,神父。

公　爵　愿大人有福!

爱斯卡勒斯　你是从哪儿来的?

公　爵　我不是本国人,只是由于偶然的机缘,目前在这里居留;我是一个以慈悲为事的教门的僧侣,新近奉教皇之命,从教廷来办一些公务。

爱斯卡勒斯　外边有什么消息没有?

公　爵　没有,可是我知道过于热衷为善,需要一服解热的药剂;只有新奇的事物是众人追求的目标;习见既久,即成陈腐;常道一成不变,持恒即为至德;人心不可测,择交当谨慎。世间的事情,大抵就像这几句哑谜。虽然是老生常谈,可是每天都可以发见类似的例子。请问大人,公爵是个何等之人?

爱斯卡勒斯　他是一个重视自省工夫甚于一切纷争扰攘的人。

公　爵　他有些什么嗜好?

爱斯卡勒斯　他欢喜看见人家快乐,甚于自己追寻快乐,他是一个淡泊寡欲的君子。可是我们现在不用说他,但愿他平安如意吧。请你告诉我你看见克劳狄奥自知将死以后,有些什么准备?我听说你已经去访问过他了。

公　爵　他承认他所受的判决是情真罪当,愿意俯首听候法律的处分;可是他也抱着几分侥幸免死的妄想,我已经替他把这种妄想扫除,现在他已经安心待死了。

爱斯卡勒斯　你已经对上天尽了你的责任,也替这罪犯做了一件好事。我曾经多方设法营救他,可是我的同僚是这样的铁面无私,我不能不承认他是个严明的法官。

公　爵　他自己做人倘使也像他判决他人一样严正,那就很好了;要是他也有失足的一天,那么他现在已经对他自己下过判决了。

爱斯卡勒斯　我还要去看看这个罪犯。再会。

公　爵　愿您平安!(爱斯卡勒斯及狱吏下。)
　　　　　欲代上天行惩,
　　　　　先应玉洁冰清;
　　　　　持躬唯谨唯慎,
　　　　　孜孜以德自绳;
　　　　　诸事扪心反省,
　　　　　待人一秉至公;
　　　　　决不滥加残害,
　　　　　对己放肆纵容。
　　　　　安哲鲁则反之,
　　　　　实乃羊皮虎质;
　　　　　严谴他人小过,

自身变本加厉!
貌似正人君子,
企图一手遮天;
使尽狡猾伎俩,
索得名誉金钱。
何不以诈易诈,
令其弄假成真?
弱女虽遭遗弃,
亦可旧约重申;
即以其人之道,
还治其人之身。(下。)

第 四 幕

第一场　圣路加教堂附近的田庄

　　　　　玛利安娜及童儿上；童儿唱歌：

童　儿
　　　莫以负心唇，
　　　　　婉转弄辞巧；
　　　莫以薄幸眼，
　　　　　颠倒迷昏晓；
　　　定情密吻乞君还，
　　　当日深盟今已寒！

玛利安娜　别唱下去了，你快去吧，有一个可以给我安慰的人来了，他的劝告常常宽解了我的怨抑的情怀。（童儿下。）

　　　　　公爵仍作教士装上。

玛利安娜　原谅我，师傅，我希望您不曾看见我在这里好像毫没有心事似的听着音乐。可是相信我吧，音乐不能给我快乐，我只是借它抒泄我的愁怀。

公　爵　那很好，虽然音乐有一种魔力，可以感化人心向善，也可以诱人走上堕落之路。请你告诉我，今天有人到这儿来探问过我吗?我跟人家约好要在这个时候见面。

玛利安娜　我今天一直坐在这儿,不见有人问起过您。

公　爵　我相信你的话。现在时候就要到了,请你进去一会儿,也许随后我还要来跟你谈一些和你有切身利益的事。

玛利安娜　谢谢师傅。(下。)

　　　　依莎贝拉上。

公　爵　你来得正好,欢迎欢迎。你从这位好摄政那边带了些什么消息来?

依莎贝拉　他有一个周围砌着砖墙的花园,在花园西面有一座葡萄园,必须从一道板门里进去,这个大钥匙便是开这板门的;从葡萄园到花园之间还有一扇小门,可以用这一个钥匙去开。我已经答应他在今夜夜深时分,到他花园里和他相会。

公　爵　可是你已经把路认清了吗?

依莎贝拉　我已经把它详详细细地记在心头;他曾经用不怀好意的殷勤,用耳语低声给我指点,领我在那条路上走了两趟。

公　爵　你们有没有约定其他应注意的事项必须叫他遵守?

依莎贝拉　没有,我只对他说我们必须在黑暗中相会,我也告诉他我不能久留,因为我假意对他说有一个仆人陪着我来,他以为我是为了我弟弟的事情而来的。

公　爵　这样很好。我还没有对玛利安娜说知此事。喂!出来吧!

　　　　玛利安娜重上。

公　爵　让我介绍你跟这位姑娘认识,她是来帮助你的。

依莎贝拉　我愿意能够为您效劳。

265

公　爵　你相信我是很尊重你的吧?

玛利安娜　好师傅,我一直知道您对我是一片诚心。

公　爵　那么请你把这位姑娘当作你的好朋友,她有话要对你讲。你们进去谈谈,我在外面等着你们;可是不要太长久,苍茫的暮色已经逼近了。

玛利安娜　请了。(玛利安娜、依莎贝拉同下。)

公　爵　啊,地位!尊严!无数双痴愚的眼睛在注视着你,无数种虚伪矛盾的流言在传说着你的行动,无数个说俏皮话的人把你奉若神明,在幻想中把你讥讽嘲弄!

　　　　　玛利安娜及依莎贝拉重上。

公　爵　欢迎!你们商量得怎样了?

依莎贝拉　她愿意干那件事,只要你以为不妨一试。

公　爵　我不但赞成,而且还要求她这样做。

依莎贝拉　你和他分别的时候,不必多说什么,只要轻轻地说:"别忘了我的弟弟。"

玛利安娜　都在我身上,你放心好了。

公　爵　好孩子,你也不用担心什么。他跟你已有婚约在先,用这种诡计把你们牵合在一起,不算是什么罪恶,因为你和他已经有了正式的名分了,这就使欺骗成为合法。来,咱们去吧,要收获谷实,还得等待我们去播种。(同下。)

第二场　狱中一室

　　　　　狱吏及庞贝上。

狱　吏　过来,小子,你会杀头吗?

庞　贝　老爷,他要是个光棍汉子,那就好办;可是他要是个有老婆的,那么人家说丈夫是妻子的头,叫我杀女人的头,我可下不了这个手。

狱　　吏　算了吧,别胡扯了,痛痛快快回答我。明儿早上要把克劳狄奥跟巴那丁处决。我们这儿的刽子手缺少一个助手,你要是愿意帮他,就可以脱掉你的脚镣;否则就要把你关到刑期满了,再狠狠抽你一顿鞭子,然后放你出狱,因为你是一个罪大恶极的忘八。

庞　　贝　老爷,我做一个偷偷摸摸的忘八也不知做了多少时候了,可是我现在愿意改行做一个正正当当的刽子手。我还要向我的同事老前辈请教请教哩。

狱　　吏　喂,阿伯霍逊!阿伯霍逊在不在?

　　　　　阿伯霍逊上。

阿伯霍逊　您叫我吗,老爷?

狱　　吏　这儿有一个人,可以在明天行刑的时候帮助你。你要是认为他可用,就可以和他订一年合同,让他在这儿跟你住在一起;不然的话,暂时让他帮帮忙,再叫他去吧。他不能假借什么身份来推托,他本来是一个忘八。

阿伯霍逊　是个忘八吗,老爷?他妈的!他要把咱们干这行巧艺的脸都丢尽了。

狱　　吏　算了吧,你也比他高不了多少;完全是半斤八两。(下。)

庞　　贝　大哥,请您赏个脸——您的脸长得倒真是不错,就是有点杀气腾腾的味道——给我解释解释:您是管您这一行叫什么巧艺吗?

阿伯霍逊　不错,老弟,称得起是巧艺。

庞　　贝　我听人说调脂涂色算是巧艺;可是,大哥,您知道窑姐儿们都很拿手,她们是我的同僚,这就证明我干的那行也是巧艺;可是绞死人有何巧可言,不瞒您说,就是绞死我,我也想不出来。

阿伯霍逊　老弟,那确是巧艺。

庞　贝　有何为证?

阿伯霍逊　良民的衣服,贼穿上满合适。要是贼穿着小点,良民会认为是够大的;要是贼穿着大点,他自己会认为是够小的。所以,良民的衣服,贼穿上永远合适。

　　　　狱吏重上。

狱　吏　你们说定了没有?

庞　贝　老爷,我愿意给他当下手;因为我发现当刽子手确实是比当忘八更高尚的职业;每逢杀人之前,他总得说一声:"请您宽恕。"

狱　吏　你记着点;明天早上四点钟把斧头砧架预备好。

阿伯霍逊　来吧,忘八,让我传授给你一点手艺;跟我来。

庞　贝　我很愿意领教,要是您有一天用得着我,我愿意引颈而待,报答您的好意。

狱　吏　去把克劳狄奥和巴那丁叫来见我。(庞贝、阿伯霍逊同下)我很替克劳狄奥可惜,可是那个杀人犯巴那丁,却是个死不足惜的家伙。

　　　　克劳狄奥上。

狱　吏　瞧,克劳狄奥,这是执行你死刑的命令,现在已经是午夜,明天八点钟你就要与世永辞了。巴那丁呢?

克劳狄奥　他睡得好好的,像一个跋涉长途的疲倦的旅人一样,叫都叫不醒。

狱　吏　对他有什么办法呢?好,你去准备着吧。(内敲门声)

听,什么声音?——愿上天赐给你灵魂安静!(克劳狄奥下)且慢。这也许是赦免善良的克劳狄奥的命令下来了。

    公爵仍作教士装上。

狱　吏　欢迎,师傅。

公　爵　愿静夜的良好气氛降临到你身上,善良的狱官!刚才有什么人来过没有?

狱　吏　熄灯钟鸣以后,就没有人来过。

公　爵　依莎贝拉也没有来吗?

狱　吏　没有。

公　爵　大概他们就要来了。

狱　吏　关于克劳狄奥有什么好消息没有?

公　爵　也许会有。

狱　吏　我们这位摄政是一个忍心的人。

公　爵　不,不,他执法的公允,正和他立身的严正一样;他用崇高的克制工夫,屏绝他自己心中的人欲,也运用他的权力,整饬社会的风纪。假如他明于责人,暗于责己,那么他所推行的诚然是暴政;可是我们现在却不能不称赞他的正直无私。(内敲门声)现在他们来了。(狱吏下)这是一个善良的狱官,像他这样仁慈可亲的狱官,倒是难得的。(敲门声)啊,谁在那里?门敲得这么急,一定有什么要事。

    狱吏重上。

狱　吏　他必须在外面等一会儿,我已经把看门的人叫醒,去开门让他进来了。

公　爵　你没有接到撤回成命的公文,克劳狄奥明天一定要死吗?

狱　吏　没有,师傅。

公　爵　天虽然快亮了,在破晓以前,大概还会有消息来的。

狱　吏　也许你对内幕有所了解,可是我相信撤回成命是不可能的;因为这种事情毫无先例,而且安哲鲁大人已经公开表示他决不徇私枉法,怎么还会网开一面?

　　　　—使者上。

狱　吏　这是他派来的人。

公　爵　他拿着克劳狄奥的赦状来了。

使　者　(以公文交狱吏)安哲鲁大人叫我把这公文送给你,他还要我吩咐你,叫你依照命令行事,不得稍有差池。现在天差不多亮了,再见。

狱　吏　我一定服从他的命令。(使者下。)

公　爵　(旁白)这是用罪恶换来的赦状,赦罪的人自己也变成了犯罪的人;身居高位的如此以身作则,在下的还不翕然从风吗?法官要是自己有罪,那么为了同病相怜的缘故,犯罪的人当然可以逍遥法外。——请问这里面说些什么?

狱　吏　告诉您吧,安哲鲁大人大概以为我有失职的地方,所以要在这时候再提醒我一下。奇怪得很,他从来不曾有过这样的事情。

公　爵　请你读给我听。

狱　吏　"克劳狄奥务须于四时处决,巴那丁于午后处决,不可轻听人言,致干未便。克劳狄奥首级仰于五时送到,以凭察验。如有玩忽命令之处,即将该员严惩不贷,切切凛遵毋违。"师傅,您看这是怎么一回事?

公　爵　今天下午处决的这个巴那丁是个怎么样的人?

狱　吏　他是一个在这儿长大的波希米亚人,在牢里已经关了九年了。

公　　爵　　那个公爵为什么不放他出去或者把他杀了？我听说他惯常是这样的。

狱　　吏　　他有朋友们给他奔走疏通；他所犯的案子，直到现在安哲鲁大人握了权，方才有了确确凿凿的证据。

公　　爵　　那么现在案情已经明白了吗？

狱　　吏　　再明白也没有了，他自己也并不抵赖。

公　　爵　　他在监狱里自己知道不知道忏悔？他心里感觉怎样？

狱　　吏　　在他看来，死就像喝醉了酒睡了过去一样没有什么可怕，对于过去现在或未来的事情，他毫不关心，毫无顾虑，也一点没有忧惧；死在他心目中不算怎么一回事，可是他却是一个彻头彻尾的凡人。

公　　爵　　他需要劝告。

狱　　吏　　他可不要听什么劝告。他在监狱里是很自由的，给他机会逃走，他也不愿逃；一天到晚喝酒，喝醉了就一连睡上好几天。我们常常把他叫醒了，假装要把他拖去杀头，还给他看一张假造的公文，可是他却无动于中。

公　　爵　　我们等会儿再说他吧。狱官，我一眼就知道你是个诚实可靠的人，我的老眼要是没有昏花，那么我是不会看错人的，所以我敢大着胆子，跟你商量一件事。你现在奉命执行死刑的克劳狄奥，他所犯的罪并不比判决他的安哲鲁所犯的罪更重。为了向你证明我这一句话，我要请你给我四天的时间，同时你必须现在就帮我做一件危险的事情。

狱　　吏　　请问师傅要我做什么事？

公　　爵　　把克劳狄奥暂缓处刑。

狱　　吏　　唉！这怎么办得到呢？安哲鲁大人有命令下来，限定时间，还要把他的首级送去验明，我要是稍有违背他的命令之处,我的头也要跟克劳狄奥一样保不住了。

公　爵　你要是听我吩咐,我可以保你没事。今天早上你把这个巴那丁处决了,把他的头送到安哲鲁那边去。

狱　吏　他们两人安哲鲁都见过,他认得出来。

公　爵　啊,人死了脸会变样子,你可以再把他的头发剃光,胡子扎起来,就说犯人因为表示忏悔,在临死之前要求这样,你知道这是很通行的一种习惯,假如你因为干了这事,不但得不到感激和好处,反而遭到责罚,那么凭我所信奉的圣徒起誓,我一定用我的生命为你力保。

狱　吏　原谅我,好师傅,这是违背我的誓言的。

公　爵　你是向公爵宣誓呢,还是向摄政宣誓的?

狱　吏　我向他也向他的代理人宣誓。

公　爵　要是公爵赞许你的行动,那么你总不以为那是一件错事吧?

狱　吏　可是公爵怎么会赞许我这样做呢?

公　爵　那不仅是可能的,而且是一定的。可是你既然这样胆小,我的服装、我的人格和我的谆谆劝诱,都不能使你安心听从我,那么我可以比原来打算的更进一步,替你解除一切忧虑。你看吧,这是公爵的亲笔签署和他的印信,我相信你认识他的笔迹,这图章你也看见过。

狱　吏　我都认识。

公　爵　这里面有一通公爵就要回来的密谕,你等会儿就可以读它,里面说的是公爵将在这两天内到此。这件事情安哲鲁也不知道,因为他就在今天会接到几封古怪的信,也许是说公爵已经死了,也许是说他已经出家修行了,可是都没有提起他就要回来的话。瞧吧,晨星已经从云端里出现,召唤牧羊人起来放羊了。你不用惊奇事情会如此突兀，真相大白以后，一切的为难都会消释。把刽子手喊来，叫他把巴那丁杀了；我就去劝他忏悔去。来，不用惊讶，你马上就会明白一切的。天差不多已经大亮了。(同下。)

第三场　狱中另一室

庞贝上。

庞　贝　我在这里倒是很熟悉，就像回到妓院里一样。人们很可能错认这是咬弗动太太开的窑子，因为她的许多老主顾都在这儿。头一个是纨绔少爷，他借了人家一笔债，是按实物付给的——全是些废纸和生姜——折合一百九十七镑；可是脱手的时候才卖了五马克现钱；这也是没办法的事，因为当时生姜赶上滞销，爱吃姜的老婆子们全都死了。还有一个舞迷少爷，是让锦绣商店的老板告下来的，前后共欠桃红色缎袍四身，这会儿他可成为衣不蔽体的叫化子了。还有傻大爷，风流哥儿，贾黄金，喜欢拿刀动剑的磁公鸡，专给人闭门羹吃的浪荡子，在演武场上显手段的快马先生，周游列国、衣饰阔绰的鞋带先生，因为醉酒闹事把白干扎死的烧酒大爷……此外还有不知多少；原来都是挥金如土的阔少，这会儿只能向囚窗外面的过路人哀求施舍了。

阿伯霍逊上。

阿伯霍逊　小子，去把巴那丁带来！
庞　贝　巴那丁大爷！您现在应该起来杀头了，巴那丁大爷！
阿伯霍逊　喂，巴那丁！
巴那丁　(在内)他妈的！谁在那儿大惊小怪？你是哪一个？

庞　　贝　　是你的朋友刽子手。请你好好地起来,让我们把你杀死。

巴那丁　(在内)滚开!混账东西,给我滚开!我还要睡觉呢。

阿伯霍逊　对他说他非赶快醒来不可。

庞　　贝　　巴那丁大爷,请你醒醒吧,等你杀过了头,再睡觉不迟。

阿伯霍逊　跑进去把他拖出来。

庞　　贝　　他来了,他来了,我听见他的稻草在响了。

阿伯霍逊　斧头预备好了吗,小子?

庞　　贝　　预备好了。

　　　　　　巴那丁上。

巴那丁　啊,阿伯霍逊!你来干吗?

阿伯霍逊　老实对你说,我要请你赶快祈祷,因为命令已经下来了。

巴那丁　混账东西,老子喝了一夜的酒,现在怎么能死去?

庞　　贝　　啊,那再好没有了,因为你喝了一夜的酒,到早上杀了头,你就可以痛痛快快睡他一整天了。

阿伯霍逊　瞧,你的神父也来了,你还以为我们在跟你开玩笑吗?

　　　　　　公爵仍作教士装上。

公　　爵　　闻知尊驾不久就要离开人世,我因为被不忍之心所驱使,特地前来向你劝慰一番,我还愿意跟你一起祈祷。

巴那丁　师傅,我还不想死哩;昨天晚上我狂饮了一夜,他们要我死,我可还要从容准备一下,尽管他们把我脑浆打出都没用。无论如何,要我今天就死我是不答应的。

公　　爵　　嗳哟,这是没有法想的,你今天一定要死,所以我劝你还是准备走上你的旅途吧。

巴那丁　我发誓不愿在今天死,什么人劝我都没用。

公　爵　可是你听我说。

巴那丁　我不要听,你要是有话,到我房间里来吧,我今天一定不走。(下。)

　　　　狱吏上。

公　爵　不配活也不配死,他的心肠就像石子一样!你们快追上去把他拖到刑场上去。(阿伯霍逊、庞贝下。)

狱　吏　师傅,您看这犯人怎样?

公　爵　他是一个毫无准备的家伙,现在还不能就让他死去;叫他在现在这种情形之下糊里糊涂死去,是上天所不容的。

狱　吏　师傅,在这儿监狱里有一个名叫拉戈静的著名海盗,今天早上因为发着厉害的热病而死了,他的年纪跟克劳狄奥差不多,须发的颜色完全一样。我看我们不如把这无赖暂时放过,等他头脑明白一点的时候再把他处决,至于克劳狄奥的首级,可以把拉戈静的头割下来顶替,您看好不好?

公　爵　啊,那是天赐的机会!赶快动手,安哲鲁预定的时间快要到了。你就依此而行,按照命令把首级送去验看,我还要去劝这个恶汉安心就死。

狱　吏　好师傅,我一定就这么办。可是巴那丁必须在今天下午处死,还有克劳狄奥却怎样安置呢?假使人家知道他还活着,那我可怎么办?

公　爵　就这么吧,你把巴那丁和克劳狄奥两人都关在秘密的所在,在太阳对世界的另一半照临两次之前,你就可以平安无事。

狱　吏　我一切都信托着您。

公　爵　快去吧,首级割了下来,就去送给安哲鲁。(狱吏下)现

275

在我要写信给安哲鲁,叫狱官带去给他;我要对他说我已经动身回来,进城的时候要让全体人民知道;他必须在城外九哩的圣泉旁边接我,在那边我要不动声色,一步一步去揭露安哲鲁的罪恶。

　　　　狱吏重上。

狱　吏　首级已经取来,让我亲自送去。

公　爵　那再好没有。快些回来,我还要告诉你一些不能让别人听见的事情。

狱　吏　我决不耽搁时间。(下。)

依莎贝拉　(在内)有人吗?愿你们平安!

公　爵　依莎贝拉的声音。她是来打听她弟弟的赦状有没有下来;可是我要暂时把实在的情形瞒过她,让她在绝望之后,突然发现她的弟弟尚在人世,而格外感到惊喜。

　　　　依莎贝拉上。

依莎贝拉　啊,师傅请了!

公　爵　早安,好孩子!

依莎贝拉　多谢师傅。那摄政有没有颁下我弟弟的赦令?

公　爵　依莎贝拉,他已经使他脱离烦恼的人世了;他的头已经割下,送去给安哲鲁了。

依莎贝拉　啊,那是不会有的事。

公　爵　确有这样的事。你是个聪明人,事已如此,也不用悲伤了。

依莎贝拉　啊,我要去挖掉他的眼珠。

公　爵　他会不准你去见他的。

依莎贝拉　可怜的克劳狄奥!不幸的依莎贝拉!万恶的世界!该死的安哲鲁!

公　爵　你这样于他无损,于你自己也没有什么益处,所以还是平心静气,一切信任上天作主吧。听好我的话,你会发现我的每一个字都没有虚假。公爵明天要回来了;——把你的眼泪揩干了,——我有一个同道是他的亲信,是他告诉我的。他已经送信去给爱斯卡勒斯和安哲鲁,他们预备在城外迎接他,就在那边归还他们的政权。你要是能够遵照我所指点给你的一条大道而行,就可以向这恶人报复你心头的仇恨,并且还可以得到公爵的眷宠,享受莫大的尊荣。

依莎贝拉　请师傅指教。

公　爵　你先去把这信送给彼得神父,公爵要回来就是他通知我的;你对他说,我要请他今晚在玛利安娜的家里会面。我把你和玛利安娜的事情详细告诉他以后,他就可以带你们去见公爵,你们可以放胆指着安哲鲁控告他。我自己因为还要履行一个神圣的誓愿,不能亲自出场。这信你拿去吧,不要再伤心落泪了。我决不会误你的事的。谁来了?

　　　　路西奥上。

路西奥　您好,师傅!狱官呢?

公　爵　他出去了,先生。

路西奥　啊,可爱的依莎贝拉,我见你眼睛哭得这样红肿,我心里真是疼,你要宽心忍耐。这会儿一天两顿饭我只能喝水吃糠,根本不敢把肚子喂饱,一顿盛餐就可以要我的命。可是他们说公爵明天就要回来了。依莎贝拉,令弟是我的好朋友;那个惯会偷偷摸摸的疯癫公爵要是在家,他就不会送了命。(依莎贝拉下。)

公　爵　先生,听你说起来,好像你很不满意这位公爵;可是幸而他并不是像你所说的那样一个人。

277

路西奥　师傅,你知道他哪里有我知道他那样仔细;你瞧不出他倒是一个猎艳的好手呢。

公　爵　嘿,有一天他会跟你算账的。再见。

路西奥　不,且慢,咱们一块儿走;我要告诉你关于公爵的一些有趣的故事。

公　爵　你的话倘使是真的,那么你已经告诉我太多了;倘使你说的都是假话,那么你一辈子也编造不完,我可没有工夫听你。

路西奥　有一次我因为跟一个女人有了孩子,被他传去问话。

公　爵　你干过这样的事么?

路西奥　是的,亏得我发誓说没有这样的事,否则他们就要叫我跟那个烂婊子结婚了。

公　爵　你不是个老实人,再见。

路西奥　不,我一定要陪你走完这条小巷。你要是不欢喜听那种下流话,我就不说好了。师傅,我就像是一根芒刺一样,钉住了人不肯放松。(同下。)

第四场　安哲鲁府中一室

安哲鲁及爱斯卡勒斯上。

爱斯卡勒斯　他每一次来信,都跟上回所说的不同。

安哲鲁　他的话说得颠颠倒倒。他的行动也真有点疯头疯脑的。求上天保佑他不要真的疯了才好!他为什么要我们在城门外迎接他,就在那边把我们的政权交还他呢?

爱斯卡勒斯　我猜不透他的意思。

安哲鲁　他为什么又要我们在他进城以前的一小时内,向全体人民宣告，倘有什么冤枉的事，可以让他们拦道告状呢？
爱斯卡勒斯　他的理由大概是他以为这么一来，人家有不满意我们的可以当场控诉，当场发落，免得在我们归政之后，再有谁想来暗中算计我们。
安哲鲁　好，那么就请你这样宣布出去吧。明天一早我就到你家里来，各色人等需要他们一同去迎接的，都请你通告他们一声。
爱斯卡勒斯　是，大人，下官失陪了。
安哲鲁　再见。(爱斯卡勒斯下)这件事情害得我心神无主，作事也变成毫无头脑。一个失去贞操的女子，奸污她的却是禁止他人奸污的堂堂执法大吏！倘不是因为她不好意思当众承认她的失身，她将会怎样到处宣扬我的罪恶！可是她知道这样做是不聪明的，因为我的地位威权得人信仰，不是任何诽谤所能摇动；攻击我的人，不过自取其辱罢了。我本来可以让他活命，可是我怕他年轻气盛，假如知道他自己的生命是用耻辱换来的，一定会图谋报复。现在我倒希望他尚在人世！唉！我们一旦把羞耻放在脑后，所作所为，就没有一件事情是对的；又要这么做，又要那么做，结果总是一无是处。(下。)

第五场　郊　外

公爵作本来装束及彼得神父同上。

公　爵　这几封信给我在适当的时候送出去。(以信交彼得神父)我们的计划，狱官是知道的。事情一着手以后，你就紧记我的吩咐做去，虽然有时看着情形的需要，你自己也可以变通一下。现在你先去看弗来维厄斯,告诉他我耽搁在什么地方;然后你再去通知伐伦提纳斯、罗兰特和克拉苏,叫他们把喇叭手召集起来,在城门口集合。可是你先去叫弗来维厄斯来。

彼　得　是,我马上就去。(下。)

　　　　凡里厄斯上。

公　爵　谢谢你,凡里厄斯,你来得很快。来,我们一路走去吧,还有别的朋友们就会来迎接我。(同下。)

第六场　城门附近的街道

　　　　依莎贝拉及玛利安娜上。

依莎贝拉　我喜欢说老实话,要我这样绕圈子说话可真有点不高兴。可是他这样吩咐我,说是事实的真相必须暂时隐瞒,方才可以达到全部的目的。他要叫你告发安哲鲁所干的事。

玛利安娜　你就听他的话吧。

依莎贝拉　而且他还对我说,假如他有时对我说话不客气,仿佛站在反对的一方,那也不用惊疑,因为良药的味道总是苦的。

玛利安娜　我希望彼得神父——

依莎贝拉　啊,别吵!神父来了。

　　　　彼得神父上。

彼　得　来,我已经给你们找到一处很好的站立的地方,公爵经过那里的时候,一定会看见你们。喇叭已经响了两次了;有身份的士绅们都已恭立在城门口,公爵就要进来了;快去吧。(同下。)

第 五 幕

第一场 城门附近的广场

> 玛利安娜蒙面纱及依莎贝拉、彼得神父各立道旁;公爵、凡里厄斯、众臣、安哲鲁、爱斯卡勒斯、路西奥、狱吏、差役及市民等自各门分别上。

公　爵　贤卿,久违了!我的忠实的老友,我很高兴看见你。

安　哲　鲁
爱斯卡勒斯　殿下安然归来,臣等不胜雀跃!

公　爵　多谢两位。我在外面听人说起你们治理国政是怎样的公正严明,为了答谢你们的勤劳,让我在没有给你们其他的褒奖之前,先向你们表示我的慰劳的微意。

安哲鲁　蒙殿下过奖,使小臣感愧万分。

公　爵　啊,你的功绩是有口皆碑的,它可以刻在铜柱上,永垂万世而无愧,我怎么可以隐善蔽贤呢?把你的手给我,让士民众庶知道表面上的礼遇,正可以反映出发自中心的眷宠。来,爱斯卡勒斯,你也应当在我的身旁一块儿走,你们都是我的良好的辅弼。

> 彼得神父及依莎贝拉上前。

彼　　得　现在你的时候已经到了,快去跪在他的面前,话说得响一些。

依莎贝拉　公爵殿下伸冤啊！请您低下头来看一个受屈含冤的——唉,我本来还想说,处女！尊贵的殿下！请您先不要瞻顾任何其他事务,直到您听我说完我没有半句谎言的哀诉,给我主持公道,主持公道啊！

公　　爵　你有什么冤枉？谁欺侮了你？简简单单地说出来吧。安哲鲁大人可以给你主持公道,你只要向他诉说好了。

依莎贝拉　嗳哟殿下,您这是要我向魔鬼求救了！请您自己听我说,因为我所要说的话,也许会因为不能见信而使我受到责罚,也许殿下会使我伸雪奇冤。求求您,就在这儿听着我吧！

安哲鲁　殿下,我看她有点儿疯头疯脑的;她曾经替她的兄弟来向我求情,她那个兄弟是依法处决的——

依莎贝拉　依法处决的！

安哲鲁　所以她怀恨在心,一定会说出些荒谬奇怪的话来。

依莎贝拉　我要说的话听起来很奇怪,可是的的确确是事实。安哲鲁是一个背盟毁约的人,这不奇怪吗？安哲鲁是一个杀人的凶手,这不奇怪吗？安哲鲁是一个淫贼,一个伪君子,一个蹂躏女性的家伙,这不是奇之又奇的事情吗？

公　　爵　唔,那真是太奇怪了。

依莎贝拉　奇怪虽然奇怪,真实却是真实,正像他是安哲鲁一样无法抵赖。真理是永远蒙蔽不了的。

公　　爵　把她撵走了吧！可怜的东西,她因为失去了理智才说出这样的话来。

依莎贝拉　啊！殿下,假使您希望来世能得到超度,请不要以为

282

我是个疯子而不理我。似乎不会有的事,不一定不可能。世上最恶的坏人,也许瞧上去就像安哲鲁那样拘谨严肃,正直无私;安哲鲁在庄严的外表、清正的名声、崇高的位阶的重重掩饰下,也许就是一个罪大恶极的凶徒。相信我,殿下,我决不是诬蔑他,要是我有更坏的字眼可以用来形容他,也决不会把他形容得过分。

公　爵　她一定是个疯子,可是她疯得这样有头有脑,倒是奇怪得很。

依莎贝拉　啊!殿下,请您别那么想,不要为了枉法而驱除理智。请殿下明察秋毫,别让虚伪掩盖了真实。

公　爵　有许多不疯的人,也不像她那样说得头头是道。你有些什么话要说?

依莎贝拉　我是克劳狄奥的姊姊,他因为犯了奸淫,被安哲鲁判决死刑。立愿修道、尚未受戒的我,从一位路西奥的嘴里知道了这个消息——

路西奥　禀殿下,我就是路西奥,克劳狄奥叫我向她报信,请她设法运动安哲鲁大人,宽恕她弟弟的死刑。

公　爵　我没有叫你说话。

路西奥　是,殿下,可是您也没有叫我不说话。

公　爵　我现在就叫你不说话。等我有事情要问到你的时候,我倒希望你能说得动听一点。

路西奥　请您放心,绝对没错。

公　爵　这话用不着对我说;你自己当心点吧。

依莎贝拉　这位先生已经代我说出一些情况了——

路西奥　不错。

公　爵　她虽然不错,你不该说话而开了口,却是大错了。说下去吧。

依莎贝拉　我就去见这个恶毒卑鄙的摄政——

公　爵　你又在说疯话了。

依莎贝拉　原谅我,可是我说的是事实。

公　爵　好,就算是事实;那么你说下去吧。

依莎贝拉　我怎样向他哀求恳告,怎样向他长跪泣请,他怎样拒绝我,我又怎样回答他,这些说来话长,也不必细说。最后的结果,一提起就叫人羞愤填膺,难于启口。他说我必须把我这清白的身体,供他发泄他的兽欲,方才可以释放我的弟弟。在无数次反复思忖以后,手足之情,使我顾不得什么羞耻,我终于答应了他。可是到了下一天早晨,他的目的已经达到,却下了一道命令要我可怜的弟弟的首级。

公　爵　哪会有这等事!

依莎贝拉　啊,那是千真万确的!

公　爵　无知的贱人!你不知道你自己在说些什么话,也许你受了什么人的指使,有意破坏安哲鲁大人的名誉。第一,他的为人的正直,是谁都知道的;第二,他这样急不及待地惩治自己也有的过错,在道理上是完全说不通的;要是他自己也干了那一件坏事,那么他推己及人,怎么会一定要把你的兄弟处死?一定是有人在背后指使着你,快给我从实招来,谁叫你到这儿来呼冤的?

依莎贝拉　竟是这样吗?天上的神明啊!求你们给我忍耐吧!天理昭彰,暂时包庇起来的罪恶,总有一天会揭露出来的。愿上天保佑殿下,我只能含冤莫诉,就此告辞了。

公　爵　我知道你现在想要逃走了。来人!给我把她关起来!难道可以让这种恶意的诽谤诬蔑我所亲信的人吗?这一定是一种阴谋。是谁给你出的主意,叫你到这儿来的?

依莎贝拉　是洛度维克神父,我希望他也在这儿。

公　爵　是一个教士吗?有谁认识这个洛度维克?

路西奥　殿下,我认识他,他是一个爱管闲事的教士。我一见他就讨厌,要是他不是出家人,我一定要把他痛打一顿,因为他曾经在您的背后说过您的坏话。

公　爵　说过我的坏话!好一个教士!还要教唆这个坏女人来诬告我们的摄政!去把这教士找来!

路西奥　就在昨天晚上,我看见她和那个教士都在监狱里;他是一个放肆的教士,一个下流不堪的家伙。

彼　得　上帝祝福殿下!我方才始终在旁边听着,发现他们都在欺骗您。第一,这个女人控告安哲鲁大人的话都是假的,他碰也没有碰过她的身体。

公　爵　我相信你的话。你认识他所说起的那个教士洛度维克吗?

彼　得　我认识他,他是一个道高德重的人,并不像这位先生所说的那么下贱,那么爱管闲事,我可以担保他从来没有说过殿下一句坏话。

路西奥　殿下,相信我,他把您说得不堪入耳呢。

彼　得　好,他总会有一天给自己洗刷清楚的,可是禀殿下,他现在害着一种奇怪的毛病。他知道有人要来向您控告安哲鲁大人,所以他特意叫我前来,代他说一说他所知道的是非真相;这些话将来如果召他来,他都能宣誓证明。第一,关于这个女人对这位贵人的诬蔑之词,我可以当着她的面证明她的话完全不对,并且迫使她自己承认。

公　爵　师傅,你说吧。(差役执依莎贝拉下,玛利安娜趋前)安哲

285

鲁,你对于这一幕戏剧觉得可笑吗?天啊,无知的人们是多么痴愚!端几张坐椅来。来,安哲鲁贤卿,我对这件案子完全处于旁观者的地位,你自己去作审判官吧。师傅,这个是证人吗?先让她露出脸来再说话。

玛利安娜　恕我,殿下;我要得到我丈夫的准许,才敢露脸。

公　爵　啊,你是一个有夫之妇吗?

玛利安娜　不,殿下。

公　爵　你是一个处女吗?

玛利安娜　不,殿下。

公　爵　那么是一个寡妇吗?

玛利安娜　也不是,殿下。

公　爵　咦,这也不是,那也不是;既不是处女,又不是寡妇,又不是有夫之妇,那么你究竟是什么?

路西奥　殿下,她也许是个婊子,许多婊子都是既不是处女,又不是寡妇,又不是有夫之妇。

公　爵　叫那家伙闭嘴!但愿有朝一日他犯了案,那时候有他说话的份儿。

路西奥　是,殿下。

玛利安娜　殿下,我承认我从来没有结过婚;我也承认我已经不是处女。我曾经和我的丈夫发生过关系,可是我的丈夫却不知道他曾经和我发生过关系。

路西奥　殿下,那时他大概喝醉了酒,不省人事。

公　爵　你要是也喝醉了酒就好了,免得总这样唠唠叨叨。

路西奥　是,殿下。

公　爵　这妇人不能做安哲鲁大人的证人。

玛利安娜　请殿下听我分说。刚才那个女子控告安哲鲁大人和她通奸,同时也就控告了我的丈夫;可是她说他和她幽叙的时间,他正在我的怀抱里两情缱绻呢。

安哲鲁　她所控告的不仅是我一个人吗?

玛利安娜　那我可不知道。

公　爵　不知道?你刚才不是说起你的丈夫吗?

玛利安娜　是的,殿下,那就是安哲鲁;他以为他所亲近的是依莎贝拉的肉体,却不知道他所亲近的是我的肉体。

安哲鲁　这一派胡言,说得太荒谬离奇了。让我们看一看你的脸吧。

玛利安娜　我的丈夫已经吩咐我,现在我可以露脸了。(取下面纱)狠心的安哲鲁!这就是你曾经发誓说它是值得爱顾的脸;这就是你在订盟的当时紧紧握过的手;这就是在你的花园里代替依莎贝拉的身体。

公　爵　你认识这个女人吗?

路西奥　据她说,不仅认识,还发生过关系哩。

公　爵　不准你再开口!

路西奥　遵命,殿下。

安哲鲁　殿下,我承认我认识她;五年以前,我曾经和她有过婚姻之议,可是后来未成事实,一部分的原因是她的嫁奁不足预定之数,主要的原因却是她的名誉不大好。从那时起直到现在,五年以来,我可以发誓我从来不曾跟她说过话,从来不曾看见过她,也从来不曾听到过她的什么消息。

玛利安娜　殿下,天日在上,我已经许身此人,无可更移,而且在星期二晚上,我们已经在他的花园里行过夫妇之道。倘使我这样的话是谎话,让我跪在地上永远站不起来,变成一座石像。

安哲鲁　我刚才还不过觉得可笑,现在可再也忍耐不住了;殿下,给我审判他们的权力吧。我看得出来这两个无耻的妇人,都不过是给人利用的工具,背后都有有力的人在那儿操纵着。殿下,让我把这种阴谋究问出来吧。

公　爵　很好,照你的意思把她们重重地处罚吧。你这愚蠢的教士,你这刁恶的妇人,你们跟那个妇人串通勾结,你们以为指着一个个神圣的名字起誓,就可以破坏一个大家公认的正人君子的名誉吗?爱斯卡勒斯,你也陪着安哲鲁坐下来,帮助他推究出谁是这件事的主谋。还有一个指使他们的教士,快去把他抓来。

彼　得　殿下,他要是也在这儿,那就再好也没有了,因为这两个女人正是因为受他的怂恿,才来此呼冤的。他住的地方狱官知道,可以叫他去召他来。

公　爵　快去把他抓来。(狱吏下)贤卿,这件案子与你有关,你可以全权听断,照你所认为最适当的办法,惩罚这一辈中伤你名誉的人。我且暂时离开你们,可是你们不必起座,把这些造谣诽谤之徒办好了再说吧。

爱斯卡勒斯　殿下,我们一定要彻底究问。(公爵下)路西奥,你不是说你知道那个洛度维克神父是个坏人吗?

路西奥　他只是穿扮得像个学道修行之人,心里头可是千刁万恶。他把公爵骂得狗血喷头呢。

爱斯卡勒斯　请你在这儿等一等,等他来了,把他向你说过的话和他当面对质。这个神父大概是一个很刁钻的人。

路西奥　正是,大人,他的刁钻在维也纳可以首屈一指。

爱斯卡勒斯　把那依莎贝拉叫回来,我还要问她话。(一侍从下)大人,请您让我审问她,您可以看看我怎样对付她。

路西奥　听她方才的话,您未必比安哲鲁大人更对付得了她吧。

爱斯卡勒斯　你认为这样吗?

路西奥　我说,大人,您要是悄悄地对付她,她也许就会招认一切;当着众人的面,她会怕难为情不肯说的。

爱斯卡勒斯　我要暗地里想些办法。

路西奥　那就对了,女人在光天化日之下是一本正经的,到了半夜三更才会轻狂起来。

　　　　　差役等拥依莎贝拉上。

爱斯卡勒斯　(向依莎贝拉)来,姑娘,这儿有一位小姐说你的话完全不对。

路西奥　大人,我所说的那个坏蛋,给狱官找了来了。

爱斯卡勒斯　来得正好。你不要跟他说话,等我问到你的时候再说。

　　　　　公爵化教士装,随狱吏上。

路西奥　禁声!

爱斯卡勒斯　来,是你叫这两个女人诽谤安哲鲁大人吗?她们已经招认是受你的主使。

公　爵　没有那回事。

爱斯卡勒斯　怎么!你不知道你现在是在什么地方吗?

公　爵　尊重你的地位!让魔鬼在他灼热的火椅上受人暂时的崇拜吧!公爵在哪里?他应该在这里听我说话。

爱斯卡勒斯　我们就代表公爵,我们要听你怎样说话,你可要说得小心一点。

公　爵　我可要大胆地说。唉!你们这批可怜的人!你们要想在这一群狐狸中间找寻羔羊吗?你们的冤屈是没有伸雪的希望了!公爵去了吗?那么还有谁给你们作主?这公爵是个不公的公爵,把你们事实昭彰的控诉置之不顾,却让你们所控告的那个恶人来审问你们。

路西奥　就是这个坏蛋,我说的就是他。

爱斯卡勒斯　怎么,你这无礼放肆的教士!你嗾使这两个妇人诬告好人,难道还不够,还敢当着他的面,这样把他辱骂吗?你居然还敢把公爵也牵连在内,批评他审案不公!来,给他上刑!我们要敲断你的每一个骨节,好叫你老老实实招认出来。哼!不公!

公　爵　别发这么大的脾气。就是公爵自己也不敢弯一弯我的手指,正像他不敢弯痛他自己的手指一样。我不是他的子民,也不是这地方的人。因为有事到此,使我有机会冷眼旁观这里的一切;我看见维也纳教化废弛,政令失修,各项罪恶虽然在法律上都有处罚的明文,可是因为当局的纵容姑息,严厉的法律反而像是牙科郎中门口挂起的一串碎牙,只能让人指点当笑话。

爱斯卡勒斯　你竟敢毁谤政府!把他抓进监狱里去!

安哲鲁　路西奥,你有什么话要告发他的?他不就是你向我们说起的那个人吗?

路西奥　正是他,大人。过来,好秃老头儿,你认识我吗?

公　爵　我听见你的声音,就记起你来了。公爵没有回来的时候,我们曾经在监狱门口会面过。

路西奥　啊,你还记得吗?那么你记不记得你说过公爵什么坏话?

公　爵　我记得非常清楚哩。

路西奥　真的吗?你不是说他是一个色鬼、一个蠢货、一个懦夫吗?

公　爵　先生,你要是把那样的话当作我说的,那你一定把你自己当作我了。你才真这样说过他,而且还说过比这更厉害、更不堪的话呢。

路西奥　嗳呀,你这该死的家伙!我不是因为你出言无礼,曾经扯过你的鼻子吗?

公　爵　我可以发誓,我爱公爵就像爱我自己一样。

安哲鲁　这坏人到处散布大逆不道的妖言,现在倒又想躲赖了!

爱斯卡勒斯　这种人还跟他多讲什么。把他抓进监狱里去!狱官在哪里?把他抓进监狱里去,好好地关起来,让他不再搬嘴弄舌。那两个淫妇跟那另外一个同党也都给我一起抓起来。(狱吏欲捕公爵。)

公　爵　且慢,等一会儿。

安哲鲁　什么!他想反抗吗?路西奥,你帮他们捉住他。

路西奥　好了,师傅,算了吧。嗳呀,你这撒谎的贼秃,你一定要戴着你那顶头巾吗?让我们瞧瞧你那奸恶的尊容吧。他妈的!我们倒要看看你是怎样一副豺狼面孔,然后再送你的终。你不愿意脱下来吗?(扯下公爵所戴的教士头巾,公爵现出本相。)

公　爵　你是第一个把教士变成公爵的恶汉。狱官,这三个无罪的好人,先让我把他们保释了。(向路西奥)先生,别溜走啊;那个教士就要跟你说两句话儿。把他看起来。

路西奥　糟糕,我的罪名也许还不止杀头呢!

公　爵　(向爱斯卡勒斯)你刚才所说的话,不知不罪,你且坐下吧。我要请他起身让座。(向安哲鲁)对不起了。你现在还可以凭藉你的口才、你的机智和你的厚颜来为你自己辩护吗?如果你自认为还能,就请辩护吧;等一会儿我开口的时候,你就没得可讲了。

安哲鲁　啊,我的威严的主上!您像天上的神明一样洞察到我的过失,我要是还以为可以在您面前掩饰过去,那岂不是罪上加罪了吗?殿下,请您不用再审判我的丑行,我愿意承认一切。求殿下立刻把我宣判死刑,那就是莫大的恩典了。

公　爵　过来,玛利安娜。你说,你是不是和这女子订过婚约?

安哲鲁　是的,殿下。

公　爵　那么快带她去立刻举行婚礼。神父,你去为他们主婚吧;完事以后,再带他回到这儿来。狱官,你也同去。(安哲鲁、玛利安娜、彼得及狱吏下。)

爱斯卡勒斯　殿下,这事情虽然出人意表,可是更使我奇怪的是他会有这种无耻的行为。

公　爵　过来,依莎贝拉。你的神父现在是你的君王了;可是我的外表虽然有了变化,内心却仍是一样,当初我顾问着你的事情,现在我仍旧愿意为你继续效劳。

依莎贝拉　草野陋质,冒昧无知,多多劳动殿下,还望殿下恕罪!

公　爵　恕你无罪,依莎贝拉,今后你不用拘礼吧。我知道你为了你兄弟的死去,心里很是悲伤;你也许会不懂为什么我这样隐姓埋名,设法营救他,却不愿直截爽快运用我的权力,阻止他的处决。啊,善良的姑娘!我想不到他会这样快就被处死了,以致破坏了我原来的目的。可是愿他死后平安!他现在可以不用忧生怕死,比活着心怀恐惧快乐得多了,你也用这样的思想宽慰你自己吧。

依莎贝拉　我也是这样想着,殿下。

　　　　　　安哲鲁、玛利安娜、彼得神父及狱吏重上。

公　爵　这个新婚的男子,虽然他曾经用淫猥的妄想侮辱过你的无瑕的贞操,可是为了玛利安娜的缘故,你必须宽恕他。不过他既然把你的兄弟处死,自己又同时犯了奸淫和背约的两重罪恶,那么法律无论如何仁慈,也要高声呼喊出来,"克劳狄奥怎样死,安哲鲁也必须照样偿命!"一个死得快,一个也不能容他缓死,用同样的处罚抵销同样的罪,这才叫报应循环!所以,安哲鲁,你的罪恶既然已经暴露,你就是再想抵赖,也无从抵赖,我们就判你在克劳狄奥授首的刑台上受死,也像他一样迅速处决。把他带去!

玛利安娜　啊,我的仁慈的主!请不要空给我一个名义上的丈夫!

公　爵　给你一个名义上的丈夫的,是你自己的丈夫。我因为顾全你的名誉,所以给你作主完成了婚礼,否则你已经失身于他,你的终身幸福要受到影响。至于他的财产,按照法律应当由公家没收,可是我现在把它全部判给你,你可以凭着它去找一个比他好一点的丈夫。

玛利安娜　啊,好殿下,我不要别人,也不要比他更好的人。

公　爵　不必为他求情,我的主意已经打定了。

玛利安娜　(跪下)求殿下大发慈悲——

公　爵　你这样也不过白费唇舌而已。快把他带下去处死!
(向路西奥)朋友,现在要轮到你了。

玛利安娜　嗳哟,殿下!亲爱的依莎贝拉,帮助我,请你也陪着我跪下来吧,生生世世,我永不忘记你的恩德。

公　爵　你请她帮你求情,那岂不是笑话!她要是答应了你,她的兄弟的鬼魂也会从坟墓中起来,把她抓了去的。

玛利安娜　依莎贝拉,好依莎贝拉,你只要在我一旁跪下,把你的手举起,不用说一句话,一切由我来说。人家说,最好的好人,都是犯过错误的过来人;一个人往往因为有一点小小的缺点,将来会变得更好。那么我的丈夫为什么不会也是这样?啊,依莎贝拉,你愿意陪着我下跪吗?

公　爵　他必须抵偿克劳狄奥的性命。

依莎贝拉　(跪下)仁德无涯的殿下,请您瞧着这个罪人,就当作我的弟弟尚在人世吧!我想他在没有看见我之前,他的行为的确是出于诚意的,既然是这样,那么就恕他一死吧。我的弟弟犯法而死,咎有应得;安哲鲁的用心虽然可恶,幸而他的行为并未贻害他人;只好把他当作图谋未遂看待,应当减罪一等。因为思想不是具体的事实,居心不良,不能作为判罪的根据。

玛利安娜　对啊,殿下。

公　爵　你们的恳求都是没用的,站起来吧。我又想起了一件错误。狱官,克劳狄奥怎么不在惯例的时辰处死?

狱　吏　这是命令如此。

公　爵　你执行此事有没有接到正式的公文?

狱　吏　不,卑职只接到安哲鲁大人私人的手谕。

公　爵　你办事这样疏忽,应当把你革职。把你的钥匙交出来。

狱　吏　求殿下开恩,卑职一时糊涂,干下错事,后来仔细一想,非常懊悔,所以还有一个囚犯,本来也是奉手谕应当处死的,我把他留下来没有执行。

公　爵　他是谁?

狱　吏　他名叫巴那丁。

公　爵　我希望你把克劳狄奥也留下来就好了。去,把他带来,让我瞧瞧他是怎样一个人。(狱吏下。)

爱斯卡勒斯　安哲鲁大人,像您这样一个人,大家都看您是这样聪明博学,居然会堕落到一至于此;既然克制不住自己的情欲,事后又是这么卤莽灭裂,真太叫人失望了!

安哲鲁　我真是说不出的惭愧懊恼,我的内心中充满了悔恨,使我愧不欲生,但求速死。

　　　　　狱吏率巴那丁、克劳狄奥及朱丽叶上;克劳狄奥以布罩首。

公　爵　哪一个是巴那丁?

狱　吏　就是这一个,殿下。

公　爵　有一个教士曾经向我说起过这个人。喂,汉子,他们说你有一个冥顽不灵的灵魂,你的一生都在浑浑噩噩中过去,不知道除了俗世以外还有其他的世界。你是一个罪无可逭的人,可是我赦免了你的俗世的罪恶,从此洗心革面,好好为来生作准备吧。神父,你要多多劝导他,我把他交给你了。——那个罩住了头的家伙是谁?

狱　吏　这是另外一个给我救下来的罪犯,他本来应该在克劳狄奥枭首的时候受死,他的相貌简直就跟克劳狄奥一模一样。(取下克劳狄奥的首罩。)

公　爵　(向依莎贝拉)要是他真和你的兄弟生得一模一样,那么我为了你兄弟的缘故赦免了他;为了可爱的你的缘故,我还要请你把你的手给我,答应我你是属于我的,那么他也将是我的兄弟。可是那事我们等会儿再说吧。安哲鲁现在也知道他的生命可以保全了,我看见他的眼睛里似乎突然发出光来。好吧,安哲鲁,你的坏事干得不错,好好爱着你的妻子吧,她是值得你敬爱的。可是我什么人都可以饶恕,只有一个人却不能饶恕。(向路西奥)你说我是一个笨伯、一个懦夫、一个穷奢极侈的人、一头蠢驴、一个疯子;我究竟什么地方得罪了你,你竟这样辱骂我?

295

路西奥　真的,殿下,我不过是说着玩玩而已。您要是因此而把我吊死,那也随您的便;可是我希望您还是把我鞭打一顿算了吧。

公　　爵　先把你抽一顿鞭子,然后再把你吊死。狱官,我曾经听他发誓说过他曾经跟一个女人相好有了孩子,你给我去向全城宣告,有哪一个女子受过这淫棍之害的,叫她来见我,我就叫他跟她结婚;婚礼完毕之后,再把他鞭打一顿吊死。

路西奥　求殿下开恩,别让我跟一个婊子结婚。殿下刚才还说过,您本来是一个教士,是我把您变成了一个公爵,那么好殿下,您就是为了报答我起见,也不该叫我变成一个乌龟呀。

公　　爵　你必须和她结婚。我赦免了你的诽谤,其余的罪名也一概宽免。把他带到监狱里去,好好照着我的意思执行。

路西奥　殿下,跟一个婊子结婚,那可要了我的命,简直就跟压死以外再加上鞭打、吊死差不多。

公　　爵　侮辱君王,应该得到这样的惩罚。克劳狄奥,你应当好好补偿你那位为你而受苦的爱人。玛利安娜,愿你从此快乐!安哲鲁,你要待她好一点,我曾经听过她的忏悔,知道她是一位贤淑的女子。爱斯卡勒斯,我的好朋友,谢谢你的贤劳,我以后还要重重酬答你。狱官,因为你的谨慎机密,我要给你一个好一点的官职。安哲鲁,他把拉戈静的首级冒充做克劳狄奥的,把你蒙混过去,你不要见怪于他,这完全是出于好意。亲爱的依莎贝拉,我心里有一种意思,对于你的幸福大有关系;你要是愿意听我的话,那么我的一切都是你的,你的一切也都是我的,来,打道回宫,我还要慢慢地把许多未了之事让你们大家知道。(同下。)

亨利八世

杨周翰译

HENRY THE EIGHTH

Act III. Sc. 2.

VOL. II.

剧 中 人 物

亨利八世

伍尔习红衣主教　亨利王的首相

坎丕阿斯红衣主教　罗马教廷使臣

凯普切斯　神圣罗马皇帝理查五世的大使

克兰默　坎特伯雷大主教

诺福克公爵

萨福克公爵

勃金汉公爵

萨立伯爵　勃金汉公爵之婿

首相　即大法官

宫内大臣

噶登纳　温彻斯特主教

林肯主教

阿伯根尼勋爵　勃金汉公爵之婿

山兹勋爵

托马斯·洛弗尔爵士

亨利·吉尔福德爵士

安东尼·丹尼爵士

尼古拉斯·浮士爵士
伍尔习的秘书
克伦威尔　伍尔习的亲信
葛利菲斯　凯瑟琳王后的男司仪
三绅士
国王侍卫
勃茨医生　国王御医
勃金汉公爵总管
勃兰顿　实即萨福克公爵查理·勃兰顿
枢密会议室司阍
王宫门官及其仆人
噶登纳的侍童
唱名官

凯瑟琳王后　亨利八世妻，后被废
安·波琳　凯瑟琳王后侍女，后立为后
老妇人　安·波琳的亲信朋友
忍耐　凯瑟琳王后的女仆

贵族、贵妇、主教、法官、绅士、牧师；伦敦市长、伦敦市参议；寺院司仪、书吏、卫士、侍役、仆人、平民；凯瑟琳王后女仆；梦境中的六精灵

地　　点

主要在伦敦和威司敏斯特；一场在伦敦北面的金莫顿

开　场　白

今天我出场不是来引众位发笑；
这次演唱的戏文,又严肃、又重要,
庄严、崇高、动人、煊赫、沉痛,
一派尊贵景象,管叫你泪水纵横。
哪位有恻隐的心肠,看罢了戏,
仔细想,何妨掬一把同情之泪,
这戏文值得一哭。哪位花了钱
想看一回真人真事上演,
这戏里全是信史。哪位来此
只图看个场面,请少安,莫焦急,
让戏演下去,看上短短两小时,
我担保你那个先令花得值。
只有那等听客,来到我们
戏院只想听浪荡快活戏文
和耍枪弄棒的声音,只想看身穿
镶着黄边的彩袍的丑角,才定然
会感到失望。列位尊贵的听客,
若把我们精选的信史和那丑角、

厮杀场面,混为一谈,这不仅等于
我们白费了脑筋,白白企图
给列位演一回确凿的实事真情,
而且你们永远也算不得是知音。
看上天的面上,列位都是本城
有名的、头等的、最为内行的听戏人,
请安静、请严肃,这才是我们的意图。
请把这出高贵的故事里的人物
当做真人看待;你看他们
身居显位,从者如云,友朋
联肩接踵,然而,顷刻之间,
山颓木坏,堕入悲惨的深渊。
列位看过这戏,如果还觉快活,
那么洞房花烛之夜,也不妨痛哭。

第 一 幕

第一场　伦敦。王宫中一间前厅

　　诺福克公爵从一门上,勃金汉公爵和阿伯根尼勋爵自另一门上。

勃金汉　早安。久违了,自从我们在法国会面以后,您的情况如何?

诺福克　谢谢公爵大人,我身体很好。自从回来以后,我对在法国所见的一切,总是叹赏不止。

勃金汉　不幸我当时正害寒热病,像囚犯一样被困在房内,未能躬逢两位国王在安德伦谷会盟的盛事,那真是两轮红日,人间的两盏明灯啊。①

诺福克　是的,会盟是在吉恩和阿尔德之间举行的,我当时在场,亲眼看到他们骑在马上相互施礼,又见他们下马相互紧紧拥抱,好像长在了一起一样,如果他们当真合而为一,我看四个带冕的君主也敌他们不过。

---

① 按指一五二〇年亨利八世与法国国王法朗梭亚一世会盟媾和,双方炫耀排场,史称其地为"锦绣田野"。

勃金汉　我自始至终像个囚犯一样被关在我的房间里。

诺福克　人间的光荣您没有能够看到啊。在这以前,"豪华"只是个单身汉;而在这次的会上,"豪华"和比它更高贵的"豪华"结了婚。每一天都向前一天学习,最后一天更是集以前各日奇迹之大成。今天法国人浑身披金,光彩夺目,像东方的异教神,把英国人比得暗淡无光。明天,英国又变成了富饶的印度,每个人的穿戴就像一座金矿。那些矮小的侍童,就像天使一般,浑身金光闪闪;还有尊贵的妇女们,她们不习惯重劳动,一身华贵的衣装压得她们几乎冒出汗来,累得她们脸上竟像擦了胭脂一般。头一天的歌舞剧被人人夸为举世无双的,到了第二天晚上,就显得低级、寒伧了。两位国王显得同样光辉,但到会的人们却一会儿说这个好,一会儿说那个强,哪个出现,他们就赞哪个,两位同时出现,据说,人们就说他们只看到一位国王,谁也不敢信口判断哪位国王更光辉。当这两轮红日——人们就这样称呼他们——命令传令官叫骑士们比武,他们的表演之精彩简直使人难以想像,就像往日的传奇变成了现实,从此人们就相信贝维斯①是确有其事的了。

勃金汉　您说得过分了。

诺福克　我有我的身份,荣誉要求我热爱真理,当日发生的一切,让最有口才的人来报导,也会失真,唯有当日的行动本身才是真实的。一切都合乎帝王的身份,没有一件事情是安排得违反规定的,一切都井井有条,看来十分醒目,官员们出色地、充分地完成了他们的任务。

---

① 英国中世纪传奇中的英雄。

勃金汉　是谁调度的？据您看,是谁给这次盛大的集会调配得如此肢体匀称呢？

诺福克　这个人一向倒并不以办这种事情见长。

勃金汉　请问大人此人是谁？

诺福克　这一切都是由明智的约克红衣主教大人安排的。

勃金汉　愿魔鬼保佑他！野心不小,什么人的事他都要染指。这种带有强烈世俗性的玩意儿和他有什么关系？我看这卷肥猪油就凭他的块头就能把仁慈的太阳的光芒全部占去,让大地一点儿也得不到恩泽。

诺福克　公爵大人,此人确实是干得出这种事的材料；此人既无门第的支持,没有光荣的祖先给他指点前程,又没有受召替皇上立什么汗马功劳,又没有身居显要的大臣做亲戚,就像个蜘蛛一样,自己抽丝织了一面网,哼,他要我们注意,他是靠自己的本领闯出一条路来的,是上天赏给他的才干,以此买得了一个仅次于国王的地位。

阿伯根尼　我不知道上天赏赐了他一些什么,让眼光锐利的人去钻研这问题吧；在我看来,他浑身上下都在冒出一股骄横之气。这是哪里来的？要不是从地狱得来的,那么魔鬼就是个吝啬鬼,否则就是魔鬼已把骄气全部分送完了,他①自己开辟了一个新地狱。

勃金汉　真见鬼,为什么这次出征法国,他竟不奏明皇上,擅自指派谁应该随驾？他开了一张随驾出征的贵族名单,对其中大部分的人来说,他的目的不是在于给他们荣誉,而是在于叫他们大大地破费一番。他篡夺枢密会议的职权发出信

---

① 指约克红衣主教伍尔习。

件,强迫那些开列在他名单里的人来参加。

阿伯根尼　我就知道我的亲戚里面至少有三位,产业遭到了无可挽回的损害,再也不会像过去那样富裕了。

勃金汉　咳,有多少人为了这次盛大的出巡,把变卖田庄的钱都穿在身上,压折了脊梁骨啊。这种空排场有什么用处? 只不过提供最无谓的谈话资料而已。

诺福克　我想起就伤心,我们和法国人之间达成的和平还抵不过我们耗损的开支呢。

勃金汉　会盟以后忽然刮起一阵可怕的风暴,每个人都像受到神的启示,不约而同地纷纷预言,说什么这阵暴风雨猛烈冲击着和平的衣服,是和平立将破裂的预兆。

诺福克　有人透露说,法国人已经破坏了条约,在波铎港把我们商人的货物都没收了。

阿伯根尼　是不是因为这个,他们才不让我们大使出来说话?

诺福克　是的。

阿伯根尼　这叫什么和平,花的代价太大了。

勃金汉　这些事情都是我们那位红衣主教大人办理的呢。

诺福克　请大人恕我直言,全国都注意到了您和红衣主教之间有私人的仇隙。我劝您——我是从心坎里愿意您得到荣誉和无限平安的人——把红衣主教的恶毒和他的权力要放在一起考虑;此外,还要考虑到,他那狠毒的心肠所想要办的事,不愁没有人听他指挥替他办去。您知道他的天性是专爱报复的,我也知道他的刀刃十分锋利,刀把子很长,可以说伸得很远,凡是刀达不到的地方,他就把刀扔出去。请您把我的忠言放在心里,定有好处。请看,我劝您躲避的那块岩石来了。

红衣主教伍尔习上。一人手捧玺囊前导。卫士若干人,秘书二人持公文。红衣主教走过时双目盯住勃金汉,勃金汉也盯住他,相互表示极度的鄙视。

伍尔习　你说的是勃金汉公爵的总管吗,嗯?他的口供呢?

秘书甲　在这里,大人。

伍尔习　他本人随传随到吗?

秘书甲　是的,主教大人。

伍尔习　好,那我们就能够了解更多的情况啦,看勃金汉还这样目中无人么。(伍尔习及随从人等下。)

勃金汉　这条屠夫的狗,嘴里有毒,我没有力量套住它的嘴,因此最好不要把它从睡梦中惊醒。叫花子的学问比贵族的血统还值钱呢。

诺福克　怎么,您生气了?请求上帝给您一点儿自我克制的能力吧,只有自我克制才能医治您的病。

勃金汉　我从他的眼色里看出他在反对我,他把我当做一个卑鄙的东西,加以藐视。现在他正在搬弄诡计欺骗我。他去见皇上了,我也跟去,看谁瞪得过谁。

诺福克　公爵,且慢,请您暂时息怒,让您的理性问一问您的目的是什么。要登上陡峭的山峰,开始时脚步要放得慢。怒气就像一匹烈性的马,如果由它的性子,就会使它自己筋疲力尽。全英国没有一个能像您那样规劝我的人了,就拿您对待您朋友的态度对待您自己吧。

勃金汉　我去见皇上,用我这以荣誉为重的嘴大声疾呼,压倒这伊普斯威治出身的贱种的傲气,否则我就要问:人与人之间还有什么尊卑贵贱?

诺福克　请不要鲁莽,不要把给敌人准备的炉子烧得太烫,反把自己也烤焦了。我们追赶一件东西的时候,不可跑得太猛、太快,跑过了头,反而得不到。难道您不知道猛火烧汤,汤涌出锅外,好像汤多了,其实是损耗了?我再说一遍,请不要鲁莽,全英国没有人比您性格更坚强,更能指导您自己;请用理性的液汁熄灭或减弱感情的火焰吧。

勃金汉　大人,我感谢您,我一定按照您的劝告办事。但是根据我的情报和像七月里澄澈见底的泉水一样清亮的证据——所以我不是由于愤恨的激荡,而是由于可靠的根据——我确实知道这个骄傲透顶的家伙贪赃枉法,背叛君国。

诺福克　不要说"叛国"吧。

勃金汉　就是在皇上面前,我也要说,而且要提出像岩石一样强硬的证词。请注意吧。他是个披着僧侣外衣的狐狸、豺狼,或者说既是狐狸又是豺狼——因为他既狡猾又贪狠;一肚子诡计,又敢作敢为——他的思想和他的地位互相起着恶劣的影响,不仅在法国而且在国内,总是要摆自己的排场;就是他怂恿我们的主上最近花了这么多的钱去缔结条约,这次的会盟吞蚀了多少财富,但是像一只玻璃杯一样在洗刷的时候就打破了。

诺福克　不错,后来破裂了。

勃金汉　请听我说下去。这位狡猾的红衣主教按照他自己的意图草拟了盟约的条款;他说"就这样吧",于是这些条款就得到了批准;这些条款有什么用处呢?还不是给死人送拐杖?但是我们这位出入宫廷的红衣主教到底订了盟约,订得好哇!可尊敬的伍尔习是不会犯错误的,他办成这件事了。但现在如何呢?查理皇帝借口来探望他的姨母,我们的王后。据我看,这次访问必有阴谋,烂母狗养不出好狗崽。他不过是以走亲戚为名,暗地却是来私通伍尔习的;他生怕英、法和好结盟会给他带来损害和威胁;因此他就私下和我们这位红衣主教打交道,我相信事实就是这样,我敢说查理皇帝给了他钱,还许了愿,因此话未出口,他的要求实际已经被答应了;路打开了,铺上了黄金,查理皇帝于是要求他费心改变一下我们皇上的方针,撕碎上述的和约。皇上必须知道。——我一定要去告诉他。——这位红衣主教就是这样任意地、为了他个人的利益拿皇上的荣誉来做买卖的。

诺福克　我听了关于他的这些话,很难过,但愿这里面发生了一些误会。

勃金汉　不然,我说的话字字属实。我所宣布的正是他的真实形象。

　　　　勃兰顿上,国王侍卫一名前导,卫士二、三人随上。

勃兰顿　侍卫,执行您的任务吧。

侍　卫　勃金汉公爵、兼领海瑞福德、史泰福德、诺桑普敦伯爵,今犯叛国罪,我以我们最尊贵的国王的名义逮捕你。

勃金汉　大人,您看,网子撒到我身上来了,我一定将在阴谋诡计中丧命。

勃兰顿　亲眼看着您被剥夺自由,我很难过。但这是国王陛下的意旨,他命令把您关进伦敦塔去。

勃金汉　我申述无罪也是无济于事了,我身上已经染上了色,最白的部分也是黑的了。这件事和所有的事都凭上天的意旨安排吧,我遵命。阿伯根尼勋爵,别了。

勃兰顿　不然,他也得陪着您去。(向阿伯根尼)国王降旨,也要把您关进伦敦塔,听候发落。

309

阿伯根尼　公爵大人说得好,凭上天的意旨安排吧。我谨遵国王的命令。

勃兰顿　这里还有一张国王的逮捕令,缉拿蒙塔玖特勋爵、公爵的忏悔牧师约翰·德·拉·卡尔、公爵的顾问吉尔伯特·帕克等犯——

勃金汉　原来如此,这一阴谋竟牵连到手足和四肢了。我希望再没有其他的人了。

勃兰顿　还有沙特勒斯寺院僧侣——

勃金汉　是尼古拉斯·霍普金斯么?

勃兰顿　是的。

勃金汉　我的总管出卖了我;大得不能再大的红衣主教一定用黄金贿赂了他;我的生命已经到了尽头。我现在已经是可怜的勃金汉公爵的影子了,就在此刻乌云遮住了我的光辉的太阳,我的形象被乌云裹住了。别了,大人。(同下。)

第二场　伦敦。枢密会议室

　　号声。亨利王扶红衣主教伍尔习肩上,枢密会议贵族、托马斯·洛弗尔爵士和官员、侍从等随上。红衣主教在国王脚下右侧就位。

亨利王　一伙图谋不轨的叛逆,像一尊装满弹药的大炮,瞄准了我,向我射击,感谢您考虑周密,把他们镇压下去了,挽救了我的生命和生命的精华。传令下去,把勃金汉的那个总管带上来,我要亲自听他证实他的口供,让他把他主人的叛国行为一件一件地再叙述一遍。

　　后台呼唤"给王后让路"。凯瑟琳王后上,诺福克和萨福克二公爵前导。王后向国王跪下。亨利王自宝座起身,扶起王后,与王后接吻,让王后坐在自己侧边。

凯瑟琳王后 我应当继续跪在地上才是,我是来有所请求的。

亨利王 起来吧,坐在我身旁。只把您的请求的一半说给我听就行了,您和我平分大权,其余一半,您不说出,也早已答应了。请把您的要求说一遍,我必应允。

凯瑟琳王后 感谢陛下,我的请求的要点是请您珍惜自己,在珍惜的同时也不要把您的荣誉和庄严的职责弃置不顾。

亨利王 我的夫人,请说下去。

凯瑟琳王后 有不少人,而且都是正直忠实的人,来向我诉说,他们说您的臣民表现了十分不满的情绪,征税的诏令接二连三颁发下去,使他们忠诚的心上呈现出裂痕。固然,红衣主教大人,他们责备得最痛切的是您,说这些勒索是由您策划的;但是我们的主上,国王陛下——上帝保佑他的荣誉不受沾染——甚至他也受到浑话的奚落,这些话被忠心于国王的人听见了,真是要气破肚皮,简直像公开造反一样。

诺福克 不是什么"简直像",而是"简直是"。由于这些苛捐杂税,织布商全都无力维持手下的大量工人,不得不解雇纺纱女工、梳绒工人、压布工人、织布工人,这些人不懂其他生计,为饥寒所迫,又无其他谋生之道,只得不顾一切,铤而走险,聚众喧哗,个个都准备拼死。

亨利王 苛捐杂税?抽什么捐?什么苛捐杂税?红衣主教大人,您和我都受到了责难,您可知道这件抽税的事么?

伍尔习 陛下容奏,在国家大事之中,我只知道我自己所做的那一部分;我不过像一列操演的兵士中的排头而已。

凯瑟琳王后 大人说得对,您并不比别人知道得更多些。但您

311

所规划的措施是人人知道的,这些措施对不愿接受但又必须接受的人来说是不利的。关于这些勒索,早应奏明我们主上。听到这些名目已经就像中了瘟疫,而要承受这些勒索,那么脊梁一定会压折。他们都说这是您想出来的,如若不是,这种责难就未免过分严厉了。

亨利王　老谈勒索,请告诉我这勒索是属于哪种性质的,哪一类的。

凯瑟琳王后　我实在太冒昧,惹得陛下生气,但是陛下有言在先,不加怪罪,我才敢斗胆直言。臣民们所以怨声载道,乃是因为有诏书下来,强迫人人交出全部财产的六分之一,而且十万火急,立即征收,借口是筹划陛下去法国作战的经费。因而人们就口出狂言,把臣民的本分,唾弃不顾,人心变冷了,心里的忠诚冻成了冰,原来应该为您祝福的,现在也咒骂起来了,以致人们失去了臣民应有的驯顺与服从,放纵意志的怒火。我愿陛下从速予以考虑,当前没有比此事更重要的了。

亨利王　我以生命发誓,这件事是违反我的意旨的。

伍尔习　至于我,我也没有超越出一致通过的决议的范围,若不是各位熟读法典的法官赞同,我也是不敢批准的。一些无知之辈既不了解我的性格,又与我素昧平生,竟自诩记录下了我的一举一动,并对我横加侮蔑,请允许我说,这种情况是有地位的人必然遭到的命运,有道德的人必然经历的荆棘路途。我们不能因为害怕有人恶意指责就停止我们必要的行动;这种人就像凶恶的鲨鱼,紧紧跟随着新装配下海的船,但是他们除了妄想,却得不到任何好处。我们所做的好事往往被一些由轻信而变成嫉妒的人们解释为不是我们做的,或不同意是我们做的;我们做的坏事往往因为正好迎合下等人的口味,就被他们高声夸奖,说成是我们办的好事。如果我们怕人们嘲笑我们的行动,对我们吹毛求疵,因而站住不动,那我们只好坐在这地方,就在这地方扎根,或者像一尊石像似的端坐着。

亨利王　事情只要办得好,小心从事,是不会引起我们担心害怕的;如果办的是一件史无前例的事,结果如何,倒必须慎重考虑。您颁发的这道诏令可有先例可援吗?我看没有吧。我们不能剥夺臣民受到我们法律保护的权利,而随便按我们的意旨处置他们。每个人出六分之一?这种捐献听来是会令人发抖的,这岂不是等于把每棵树的树枝砍掉,树皮剥掉,树干的一部分锯掉?虽然树根留下了,但是树被砍成了这个样子,树里的汁液很快就会被风吹干。凡是对这件事表示不服的各郡,赶紧派人把我的文告送去,对那些不承认上次诏书的人,一律予以无条件的宽恕。我责成您去办理这件事。

伍尔习　(向秘书)跟您说句话。派人把文告写出来,送到全国各郡,说明国王的恩典和宽恕。民众怨声载道,对我很不满,因此可以派人宣称:这次皇上收回成命,宽恕大家,是全亏红衣主教从中斡旋的。下一步怎么办,过一会儿我再交代给您。(秘书下。)

　　　　总管上。

凯瑟琳王后　真是不幸,勃金汉公爵触犯了陛下。
亨利王　很多人都感到这是件不幸的事。这位公爵很有学问,口才出众,天资比别人都高;他的教养,不必求助于他人就足以使他成为一代大师的师傅和表率。但是请看,这些高贵的天赋一旦使用不当，思想腐化，必然变为罪恶，其面貌比起原来的秀丽来更丑恶十倍。这样一个十全十美的人，一个被人认为是奇迹的人——他的谈话往往使我听得入迷，一小时就像一分钟那样迅速过去——就是他，王后呀，给那一度为他所有的美德穿上了妖孽的服装，浑身漆黑，好像抹上了一层地狱的污秽。请坐在我身旁，听一听这位他所信任的总管说些什么，以荣誉为怀的人听了一定会悲伤的。(向伍尔习)请叫他把勃金汉所干的勾当再说一遍，多听一遍不会嫌多，但感情上的激动也是不会小的。

伍尔习　站出来，鼓起勇气陈述一下您，作为一个以主上的利益为念的臣民，从勃金汉公爵那里得到的证据吧。

亨利王　你可以毫无顾虑地谈。

总　管　首先，他时常这样：每天他总要说些恶毒的话，他说万一国王死后无嗣，他就要设法把王位据为己有。这些都是我听他亲口对他的女婿阿伯根尼勋爵说的，并且他还当女婿之面发誓，威胁着要向红衣主教大人报复。

伍尔习　请陛下注意，在这一点上他的居心是何等险恶。他对陛下的生命，存心是十分狠毒的，虽然他的愿望孤立无援。此外，他还不以危害陛下为满足，还想危害陛下的朋友们呢。

凯瑟琳王后　我的学识渊博的红衣主教大人，您说每一句话，都要存心仁厚一些。

亨利王　说下去。如果我没有后嗣，他根据什么说他有权利得到我的王冠？关于这一点，你曾否听到他说过些什么？

总　管　他是根据尼古拉斯·霍普金斯胡诌的预言才这样相信的。

亨利王　这霍普金斯是做什么的？

总　　管　陛下,他是沙特勒斯寺院的一个僧侣,是勃金汉公爵的忏悔僧,他无时无刻不对公爵灌输一些有关王权的话。

亨利王　你怎么知道？

总　　管　在陛下到法国去之前不久,公爵正住在"玫瑰"府邸,在圣劳伦斯·普尔特尼坊。有一次他问我,关于皇上出巡法国的事,伦敦市民都在说些什么。我回答说,大家生怕法国人不守信义,危害皇上的安全。接着公爵说,市民们的顾虑有道理；又说恐怕有一位圣洁的僧侣的话要应验了；他说,"这位僧侣时常派人来见我,要求我允许我的私人牧师约翰·德·拉·卡尔在适当的时候去听他讲一件颇为重要的事情；后来,卡尔去了,他郑重地叫卡尔宣过誓,用过了印,命令卡尔,除了我以外,不准把他所说的话吐露给任何人知道；在获得了庄严保证之后,他吞吞吐吐地说道：'请您告诉公爵,国王也好,他的后嗣也好,都不会昌盛；请他努力争取民众的爱戴；公爵一定会统治英国。'"

凯瑟琳王后　假如我没有把您认错,您是公爵的总管,因为佃户们的不满,失去了您的职务；请您注意,不要因为怨恨,随便控告一位贵族出身的人,并且损害了您自己的、比出身更可贵的灵魂；我说请注意,是的,我衷心请求您。

亨利王　让他往下说。说下去。

总　　管　我以灵魂担保,我说的全是实话。我对我的主人公爵大人说,那僧侣可能被魔鬼的把戏蒙骗住了,我说公爵若老在这上面想来想去,想得太久了,怕会炮制出一些阴谋来,一旦相信阴谋能实现,很可能就有所行动。他回答说："胡说,这对我不可能带来什么损害；"此外他还说,上次皇上生病,如果升了天,红衣主教和托马斯·洛弗尔爵士的头早被砍下来了。

亨利王　哈?怎么,这么烂良心?啊哈,这个人确是想图谋不轨。你还能说出别的情况吗?

总　管　我还能,陛下。

亨利王　说下去。

总　管　在格林威治因为威廉·布尔末爵士的事陛下责备了公爵之后——

亨利王　我记得这回事。布尔末是誓忠于我的臣仆,公爵却要占为己有。好了,说下去,后来怎样?

总　管　公爵说道:"假如我因此而坐了罪,比如说关进伦敦塔监狱,那我就一定仿效我父亲的办法。我父亲在索尔斯伯雷要求觐见窃国君主理查三世,如果理查答应,他就打算在假意向理查跪安之时,一刀把理查刺死。"

亨利王　这简直是罪大恶极的叛逆。

伍尔习　王后陛下,不把这个人关进监牢,皇上能自由生活吗?

凯瑟琳王后　愿上帝纠正一切。

亨利王　你好像还有话要说,还有什么要说的?

总　管　他说完他的父亲用刀子怎样怎样之后,就挺直了身体,一只手握住匕首,一只手张开着按在胸前,抬头望着天,发出令人毛骨悚然的誓,大意是如果他受到虐待,他一定要比他父亲更进一步,他父亲有谋无断,他却要行动起来。

亨利王　把他的刀插进我的胸膛,这就是他的目的。他现在被捕了,立刻付审。如果在法庭面前他能求得宽恕,那么他就得到宽恕;得不到,不要来向我求宽恕。白昼和黑夜作见证,他是个彻头彻尾的叛贼。(同下。)

第三场　王宫中一室

　　　　宫内大臣和山兹勋爵上。

宫内大臣　法国的魔法把人们捉弄得这样神魂颠倒,可能吗?

山　兹　不管多么荒唐可笑的新风尚,即使没有丝毫男子汉气息的风尚,只要新,就有人仿效。

宫内大臣　根据我的拙见,这次渡海到法国,我们英国人得到的全部好处只不过是学会了几招挤眉弄眼的本领。但是他们学得很到家,当他们把脸皱起来的时候,你可以毫不犹豫地发誓说,他们一定当过培平和克罗塞略斯①的大臣,包括他们的鼻子在内。可神气啦。

山　兹　他们一律采用新的请安姿势,走起路来一颠一跛,一个从来没有看见过他们走路的人一定会以为他们得了马腿上生的内肿病或是马脚痉挛症呢。

宫内大臣　不但如此,他们的衣服式样也是邪门歪道,正派的基督徒是不穿的,真该死啊,大人。

　　　　托马斯·洛弗尔爵士上。

宫内大臣　怎么啦,什么新闻,托马斯·洛弗尔爵士?

洛弗尔　说实话,大人,我没有听见什么新闻;我只听说宫门口贴出了新告示。

宫内大臣　说些什么?

洛弗尔　要改造那些游历归来的时髦人物。宫里只看到他们决斗、高谈阔论和他们带来的一帮裁缝啦。

---

① 六七世纪法兰克王。

宫内大臣　我很高兴宫门口贴出了这样的告示。现在可以请这些法国大人们相信我们英国的朝臣虽然从来没见过巴黎的卢佛尔宫，也照样有智慧。

洛弗尔　告示上的条例说道：他们必须抛弃从法国学来的那套弄臣装束的痕迹，取消帽子上插的羽毛，以及他们的无知头脑认为是光荣的一切行为，例如决斗、花炮；他们就用这套外国学来的"智慧"来欺凌比他们更高尚的人；他们必须完全放弃对网球、长筒袜、胖短裤的信仰，这些都是国外游历的标记；他们必须恢复正派人的理性。否则，就滚回去，去找他们旧日的吃喝玩乐的朋友吧。我看这样一来他们这套荒淫无耻的行为，他们的这些"专利特权"，就会在他们的"喂、喂"①声中，在人们的嘲笑声中，像块破布头一样，被扔掉了。

山　兹　到了该给他们吃药的时候了，他们的病传染的范围太广了。

宫内大臣　取消了这些漂亮的装饰，对我们的贵妇人来说，可是个损失啊！

洛弗尔　可不是么，说不定多么悲痛呢，两位大人。这帮狡黠的嫖客对于怎么颠倒妇女有一套神速的伎俩。唱一支法国歌儿，拉一手提琴是最灵不过的办法。

山　兹　什么提琴，见他们的鬼去吧。这些玩意儿取消了，我十分高兴，要改变这些人的性格，肯定是办不到的。像我这样一个老老实实的乡下贵族，我早就在风流场中吃了败仗，这回可又能拿出我的朴素的歌儿来了，别人也愿意来听一会

---

①　法语："是、是。"

儿了,圣母在上,人们也会承认我的音乐才是真金实货呢。

宫内大臣　说得对呀,山兹勋爵。您倒是像个没有换牙的马驹,真是老来少哇。

山　兹　对的,大人,只要还有牙床,我决不服老。

宫内大臣　托马斯爵士,您方才要往什么地方去?

洛弗尔　到红衣主教府去;大人也是被邀的客人呢。

宫内大臣　哎呀,对啊。今天晚上他请客吃饭,而且要大张筵席,请了许多贵族和贵妇;我可以向您担保,到那里一定会看到咱们国内的许多美人的呀。

洛弗尔　这位出家人确实胸襟博大,手笔阔绰,就像哺育我们的大地一样;他的雨露恩泽普及万方。

宫内大臣　无疑他是很高贵的;过去,他的嘴是很恶毒的,因此名誉不像今天这样好。

山　兹　很可能,大人;今天他作得起好人。以他这样一个人来说,不守教规固然不好,吝啬却是更大的罪过;像他这样地位的人应当十分慷慨才对,他们在这里是给别人做榜样看的呀。

宫内大臣　说得对,他们是起表率作用的,可惜现在像这样伟大的表率还不多。我的画舫在外面伺候,请大人同行吧;好托马斯爵士,来吧,不然我们要迟到了。我可不愿意迟到,我和亨利·吉尔福德爵士今晚被邀作司仪呢。

山　兹　大人请。(同下。)

第四场　约克府大厅

奏木管乐。华盖下设一小桌,供红衣主教伍尔习之用;另设

319

　　　　一长条桌为客席。安·波琳及各色各样贵族、贵妇人、妇女等宾客自一门上；亨利·吉尔福德爵士自另一门上。

吉尔福德　各位贵人，红衣主教大人向你们全体致意，欢迎大家。他要把今天晚上献给各位，要使人感到快乐、满意。他希望所有在这里的花团锦簇的贵人们没有一个带来一丝一毫的忧虑心情；他希望，首先，在座的好侣伴，其次，好酒和主人好意的欢迎，能使诸位善良的人们人人快活。

　　　　宫内大臣、山兹勋爵和托马斯·洛弗尔爵士上。

吉尔福德　大人，您来迟了。我一想到这一大群美人儿，就像插了翅膀一样。

宫内大臣　亨利·吉尔福德爵士，您是青年呀。

山　兹　托马斯·洛弗尔爵士，红衣主教的脑子里只消有我一半的凡俗思想，他就应当设一席跑马快筵，在座的一定有人坐立不安，希望筵席早些结束啊。我以生命发誓，这一群美人儿可真甜蜜。

洛弗尔　我倒希望大人听过其中一两位的忏悔。

山　兹　可惜没有。我让她们悔过的办法是很舒畅的。

洛弗尔　怎样舒畅？

山　兹　像鹅绒软榻那样舒畅。

宫内大臣　亲爱的贵人们，愿意入席么？亨利爵士，您坐在那边，我来管这边；主教大人马上就到。请您不要怕冻，两个女人坐在一起就好比冬天。我的山兹勋爵，您倒是个能叫她们活跃的人；请坐在这两位贵人的中间吧。

山　兹　一定，谢谢大人；对不起，亲爱的贵人们。如果我说话有些粗野，请你们原谅，这是我父亲的遗传。

安　　　他也疯疯癫癫么，大人？

山　兹　咳,疯得厉害,疯到家了,而且疯狂地闹恋爱。但是他不咬人;他跟我现在一样,会一口气吻你二十次。

宫内大臣　大人说得对呀。好,各位的座位都很美满了。男宾们,如果这些美人儿皱着眉头离开,你们可得受处罚哟。

山　兹　委托给我的这件小事儿,交给我吧。

奏木管乐。红衣主教伍尔习上,坐在华盖下的主人席上。

伍尔习　我的美好的客人们,欢迎你们。哪一位尊贵的美人或爵爷不尽情快活一番,就不是我的朋友。来,干一杯,以证明我对大家的欢迎,并祝你们各位身体健康。(饮酒。)

山　兹　主教大人真是品德高贵,来,取这样一只大杯子来,才容得下我的谢意,也免得我说许多话。

伍尔习　我的山兹勋爵,我谢谢您。您可得把您左右的客人逗得高兴哟。贵人们,你们怎么不尽情快活起来;各位大人,这是谁的错处呀?

山　兹　大人,先得让红酒升上这些美人儿的双颊,然后我们才能让她们说话,把我们说得最后安静下来。

安　　　您倒是个快活人,会耍花样,我的山兹勋爵。

山　兹　是的,如果我耍起来会赢的话。敬贵人一杯,请想个祝词,祝一件——

安　　　您不能拿出来给我看的东西。

山　兹　我不是跟大人说她们马上就会开口说话的么?

鼓号声。鸣炮。

伍尔习　这是怎么回事?

宫内大臣　来人,出去看看。(仆人下。)

伍尔习　这炮声战鼓是什么意思?贵人们,不必惊慌,不论按照什么战争的条例,你们都享有安全的特权的。

　　　　　仆人重上。

宫内大臣　怎么样,怎么回事?

仆　人　是一队尊贵的陌生人,他们的外表不像本国人。他们已经下了画舫,上了岸,向这里进发,看来像是外国君主的高贵的使臣。

伍尔习　宫内大臣,请您去向他们表示欢迎;您会说法国话。按贵族的身份接待他们,引他们来见我,让他们看看这些光辉夺目的、天仙般的美人吧。来人,陪宫内大臣一齐前去。

　　　　　宫内大臣引仆人下。大家起立,撤去餐桌。

伍尔习　现在可以说是残席了,不过让我来补救。愿大家消化好,让我再次向你们表示热烈欢迎,欢迎大家。

　　　　　奏木管乐。国王及其他人等上,各戴假面具,牧羊人装束,宫内大臣前导。他们直奔红衣主教,优雅地向他行礼。

伍尔习　这些都是很高贵的客人啊。他们来此有何贵干?

宫内大臣　因为他们不会说英国话,他们请我转告大人:他们听人传说今晚这里有个尊贵的集会,美女如云,由于他们对美人十分尊敬,因此义不容辞,离开了羊群,请求您允许他们见见这些贵人淑女,和她们共同欢乐一小时。

伍尔习　宫内大臣,请告诉他们,他们贲临敝舍,顿使蓬荜生辉,我表示万分感谢,请他们尽情欢乐吧。

　　　　　来者各选女伴,亨利王选安·波琳。

亨利王　这是我接触过的最美好的手;美丽女神啊,直到今天我才见到你。

　　　　　奏乐,起舞。

伍尔习　大人。

宫内大臣　主教?

伍尔习　请替我告诉他们说,他们之中有一位按照他的地位应当更有资格来坐这个座位,如果我能认出他来,我一定双手奉献,以表示我的爱忱和敬意。

宫内大臣　大人,我遵命。(向假面人低声询问。)

伍尔习　他们说什么?

宫内大臣　他们都承认确有这样一位,但他们希望大人自己去找,他一定接受座位。

伍尔习　让我来看看,各位,请原谅。这就是我选中的国王。

亨利王　(摘下面具)红衣主教,您算找着他了。您这些客人可真美好啊;大人,您过得挺不错。您是出家人,否则的话,红衣主教,我告诉您,今天我就会对您下个不妙的判断呢。

伍尔习　我很高兴看到陛下今天兴致这样好。

亨利王　宫内大臣,请过来,那位美妇人是谁?

宫内大臣　启禀陛下,她是托马斯·波琳爵士、罗赤福德子爵的女儿,王后陛下的一位侍女。

亨利王　老天在上,她可真是娇滴滴的一块……亲爱的心上人,我来请你跳舞而不吻你一下,那可太不礼貌了。各位,祝你们健康,把酒杯传一巡。

伍尔习　托马斯·洛弗尔爵士,内室里的筵席准备好了没有?

洛弗尔　准备好了,大人。

伍尔习　陛下,我看您跳舞跳得有些热了吧。

亨利王　我看太热了。

伍尔习　陛下,隔壁房间空气新鲜些。

亨利王　每个人带着自己女伴进来吧。亲爱的舞伴,我还不能马上放弃您呢。我的好红衣主教,让我们快活一番吧。我

323

还要和这些美女干上六七杯,再和她们跳一回舞,然后我们大家做个美梦,看看谁最受宠爱。奏起乐来吧。(号角声中下。)

第 二 幕

第一场　威司敏斯特一条街①

两绅士分别自二门上。

绅士甲　走得这么快,上哪里去?

绅士乙　上帝保佑您,到威司敏斯特大厅②,去打听打听伟大的勃金汉公爵怎样发落了。

绅士甲　先生,我告诉您吧,您不必白费气力了。一切都已完毕,只剩把犯人领回来这一仪式了。

绅士乙　您从那儿来么?

绅士甲　我可不是从那儿来么!

绅士乙　请说说发生的情况吧。

绅士甲　您一下子也会猜到的。

绅士乙　是证明他有罪吗?

绅士甲　那还用说,而且还判了罪。

---

① 在伦敦城西,当时是独立城市,王宫、政府机关、贵族及高级僧侣府邸多在此。
② 王宫的一部分,重大集会在此进行。

绅士乙　可惜啊!

绅士甲　还有更多的人也觉得可惜呢。

绅士乙　但是请问,审判是怎样进行的呢?

绅士甲　我可以简单地跟您说一说。伟大的公爵来到了法庭,对于对他提出的控诉,他自始至终表示不服,并且提出许多强有力的理由,证明法律的无效。但是国王的检察官根据各证人的口供、笔供、证件,证明他是有罪的。公爵就要求提证人当面质对,出庭的反面证人有他的总管,他的私人牧师吉尔伯特·帕克先生,他的忏悔僧约翰·卡尔,还有那制造这次灾祸的魔鬼和尚霍普金斯。

绅士乙　霍普金斯就是那用预言煽惑公爵的人。

绅士甲　就是他。这些人都提出强烈的控诉,公爵力图给自己开脱,当然不成功,因此本应和他平起平坐的那些贵族根据这些证明就判决他犯了叛君之罪。公爵为了保卫自己生命,又引经据典,侃侃陈词,但是他的话只能引起人们对他的怜悯,或被人抛在脑后。

绅士乙　这以后,他的态度又如何呢?

绅士甲　后来,人们又把他领到法庭上来听他自己的丧钟——他的判决词,他听了以后,心里十分痛苦,汗下如雨。他怒气冲冲、带着敌意、仓促地说了几句话。但是随后他就控制住了自己,表现出一种可爱的、十分高贵的忍耐精神,一直到结束。

绅士乙　我看他现在也并不怕死。

绅士甲　他的确不怕死,当时他也不像个女人似的表示怕死。他可能对导致他死亡的原因有些痛心。

绅士乙　的确,红衣主教是这场灾祸的根由。

绅士甲　根据大家的揣测,这是很可能的。先是吉尔台尔的失宠,他的爱尔兰总督的职务被撤除了;接着萨立伯爵被调去接任,匆匆忙忙地,唯恐怕他援助他的岳父。

绅士乙　这种政治手段是有深谋和恶意的。

绅士甲　等他回来,他肯定是要报复的。人人都注意到:凡是国王宠爱的人,红衣主教必定立刻派他个职务,而且总是远远地离开宫廷。

绅士乙　平民们无不恨之入骨,凭良心说,人人都愿他葬身百尺深渊。而这位公爵呢,大家都爱戴、崇拜,把他叫做宽厚的勃金汉,全体尊贵的贵族的一面镜子——

绅士甲　先生,站在那儿,不要动;看看你方才谈到的、被颠覆了的贵族吧。

　　　　勃金汉自审判庭上;持钺卫兵前导,钺刃向勃金汉;两旁卫兵各持戈;托马斯·洛弗尔爵士、尼古拉斯·浮士爵士、威廉·山兹勋爵、平民等随上。

绅士乙　让我们靠近一点儿来看看他。

勃金汉　全体善良的人们,你们从老远来到这里来对我表示同情,请听听我说些什么,听完了,你们就回家去,把我丢在脑后吧。今天我被判了叛君之罪,并且作为一个叛君犯去受死;但上天是我的见证,我是有良心的人,如果我对我良心不忠实,等斧子砍下来的时候,就让它把我毁灭了吧。我并不怨恨法律把我处死,法律根据程序,办事很公道;但是对那些诉诸法律的人,我倒是希望他们更像基督徒一些。不管他们是谁,我衷心宽恕他们;不过这些人应当注意,不可把作恶当做荣耀,也不可在伟大的人们的坟墓上建筑他们的罪恶,如果这样,无辜流血的我一定要起来大声反对。我不抱任何在这世界上继续生存下去的希望;我也不想去乞求,尽管皇上无限仁慈,不责怪我的冒犯。你们这些少数爱我的人、敢于来哀悼勃金汉的人,都是他的崇高的朋友、伙伴,离开你们而独自死去是他唯一的遗憾。跟我来,像善良的天使那样来送我的终吧;当落下的钢斧永远割断了我的肉体和灵魂的联系的时候,请你们为我祷告,作为给我的甘美的祭奠,超度我的灵魂升入天堂。看上帝的份上,引路前进吧。

洛弗尔　公爵大人,我恳求您,如果您心里隐藏着对我的任何恶意,请您仁慈一些,公开地饶恕我吧。

勃金汉　托马斯·洛弗尔爵士,我毫无保留地宽恕您,我也希望得到宽恕。我宽恕所有的人。尽管人们做了无数对不起我的事情,我仍然是和他们和好的,我决不用黑色的怨恨来建造我的坟墓。请代我向皇上致意,他如果谈到勃金汉,请告诉他,您会见勃金汉的时候,勃金汉已经走完了进入天堂的一半路程。我仍然誓忠国王,为他祈祷,只要我灵魂没有离开我的躯体,我就会为他祝福。我愿他万寿无疆,愿他在世的年限长到我现在都来不及数;我愿他治国一本仁爱,受人爱戴;我愿他考老寿终之日,在陵墓之内,与"善良"同穴。

洛弗尔　公爵大人,请允许我领您到河岸,把您交给尼古拉斯·浮士爵士,他负责领您到目的地去。

浮　士　来人,做好准备,公爵到了;看看画舫是否齐备,把它装配好,要合公爵大人的身份。

勃金汉　不必了,尼古拉斯爵士,让它去吧;这对我现在的处境无疑是一种嘲笑。当我来的时候,我还是宫廷侍卫长、勃金汉公爵,而现在不过是可怜的爱德华·布恩了。然而我比起那些控诉我的卑鄙之徒还是富足得多,他们从来不知道什么是真理。我现在立誓,而且用我的鲜血立誓,总有一天我流的血会引起他们的呻吟的。我的尊贵的父亲亨利,勃金汉公爵,首先发难反对篡夺王位的理查三世,后因失败,逃往他的仆人班尼斯特处求救,不想被此贱人出卖,没有经过审判手续就被处死了,愿上帝保佑他死后平安。亨利七世即位,他衷心可怜我父亲丧了命,叫我荫袭我应得的荣誉,他真不愧是一位圣明的君主,他使我的姓名在家败名裂之后再度归入贵族之列。现在,亨利七世之子,亨利八世,却一下子把我的生命、荣誉、姓名和使我幸福的一切,从世界上永远夺去了。不错,我经过了审判,我也必须承认这次审判也不辱没我贵族身份,这一点使我感觉我比我那可怜的父亲稍许幸福些;但是,我们的命运有共同之处,我们都是受了仆人的陷害,受了我们最喜爱的人的陷害,这种仆人真可算是最无人性、最不忠诚的了。一切都是上天所安排,但是各位听我讲话的人,请你们相信一个垂死之人所说的实话吧:当你们慷慨地表示友爱或道出肺腑忠言之时,千万要有所克制,因为那些被你们当成朋友看待的人,你们把心交给了他们的那些人,只要看到你们稍微有一点点失势,立刻就像一股水似的从你们那里流走,无影无踪,即便再见着,也是在想把你们淹死。你们全体善良的人们,为我祷告吧;我现在得要离开你们了;我那漫长的、厌倦的生活的最后一刻就要到来。别了。你们什么时候想谈谈悲伤的事,就请谈谈我是怎样死的吧。我说完了,上帝饶恕我。(勃金汉公爵及随行人等下。)

绅士甲　咳,多可怜啊,先生,我看那些处死他的人,自己也将招致无穷灾祸。

绅士乙　公爵如果是无罪的,那么这未免太悲惨了。但是我似乎隐隐约约感到将要发生不祥之事,而且一旦发生,比今天的这件事还要严重。

绅士甲　愿善良的天使保佑我们,是什么不祥之事呢?先生,您不怀疑我不可靠吧。

绅士乙　这是件极其重要的秘密,必须十分可靠的人才不会把它泄露。

绅士甲　请告诉我,我是不大说话的。

绅士乙　我相信您,先生,我对您说了吧。您最近没有听见人们喊喊喳喳地谈论国王要休凯瑟琳么?

绅士甲　我听见了,但是这是与事实不符的,因为国王听到了这谣言以后,勃然大怒,立刻命令伦敦市长禁止谣言传播,控制住那些敢于乱说的人。

绅士乙　但是,先生,这侮蔑国王的谣言现在成为事实了。这谣言近来又传开了,而且比以前更厉害,大家都肯定地认为国王想冒险干一下。这怕是因为红衣主教或国王的其他亲信,由于憎恶这位善良的王后,才引起国王的疑虑,借此来败坏她。最近红衣主教坎丕阿斯来了,似乎正好证实这点,大家认为他就是为此事而来的。①

绅士甲　这肯定是红衣主教②干的,他的目的无非是想对皇

---

① 亨利初娶寡嫂凯瑟琳为后,凯瑟琳是西班牙公主。亨利由于政策的改变(不与西班牙结盟反对法国),决定与凯瑟琳离婚。西班牙施加压力于教皇,派坎丕阿斯前来调查。

② 指伍尔习。

帝①进行报复,因为他请求皇帝封他为托列多大主教,皇帝不允,故出此策。

绅士乙　我看您是猜中了。但是王后却因此而受到苦楚,岂不残酷?红衣主教一定要这么办,王后就只好倒台。

绅士甲　真是悲惨啊。此处人来人往,谈话不便,我们找个无人之处去思考思考吧。(同下。)

第二场　王宫中一间前厅

宫内大臣上,边走边读信。

宫内大臣　"宫内大臣勋鉴:尊嘱置备马匹事,刻已竭尽绵薄,亲自派人精选、训练并配妥鞍辔。马匹均系幼驹,极为俊美,乃北地良种。正欲送往伦敦,不意红衣主教大人派人手持命,以强力将马匹夺去,所持理由则是:国王以下,应尽先供奉红衣主教大人,一般臣民不得占先,吾等亦无言以对。"我怕只好尽先供奉他了。好吧,给了他吧,我看他是决心要占有一切的。

诺福克和萨福克二公爵上。

诺福克　宫内大臣,您好。

宫内大臣　两位公爵大人好。

萨福克　皇上现在在做什么?

宫内大臣　我刚离开他,他一个人在愁思苦想呢。

诺福克　为了什么缘故?

---

① 指神圣罗马皇帝兼西班牙王理查五世,凯瑟琳外甥。托列多是西班牙地名。

331

宫内大臣　像是因为他和嫂嫂结婚的事,使他良心颇感不安。

萨福克　(旁白)我看是因为他的心上安上了另一个女人了。

诺福克　就是因为这个缘故。这都是红衣主教干的。这个红衣主教简直是二皇上。这个瞎了眼睛的和尚,他成了命运女神的长子了,随心所欲地转动着命运之轮。总有一天皇上会把他看透。

萨福克　愿上帝让皇上睁开眼睛,否则这位主教简直不知道自己是怎么回事了。

诺福克　他外貌多么圣洁,多么虔诚啊!可是他干的又是一套什么勾当!他破坏了王后的伟大的外甥神圣罗马皇帝和我们之间的同盟之后,现在他又潜入国王的灵魂,在那里散布祸种、疑虑、良心的不安、恐惧和绝望,这一切都是因为国王的婚事。为了把国王从这些疑虑等等之中恢复过来,他又建议离婚。这是多大的损失啊!王后像一颗宝石似的二十年来悬挂在国王的胸前,一直没有丧失她的光辉;她爱国王爱得这样纯正,就像天使爱善良的人一样;就是遭到命运最大的打击,她也会为国王祝福的。他这种行径可真算得是虔诚呀!

宫内大臣　上帝保佑我,千万别让人给我提出这种建议!不错,这个消息已经传遍各处,人人都在谈论,每个心地善良的人听了都为此落泪。那些敢于调查这件事的底细的人都发现其中主要目的是要皇上聘法国国王的妹子。皇上长期以来好比在睡觉,看不清这个大胆的坏人,但上天总会有一天照亮皇上眼睛的。

萨福克　并且把我们从他的奴役中解放出来。

诺福克　我们确实有必要为我们的得救而衷心祝祷啊,否则这个横行霸道的人就会把我们大家从老爷的地位变成了家僮呢。我们这些有贵族荣誉的人就像他面前的一团泥巴,他爱把我们捏成什么等级的人,就由他去捏成什么等级。

萨福克　就我而言,两位大人,我既不爱他,也不怕他,这就是我的信条。我不是靠他才成为贵族的,只要国王陛下同意,我这贵族还要一直当下去。他咒骂也好、祝福也好,都和我无关,就像一阵风,我都不相信。我过去了解他,我现在仍然了解他。使他如此不可一世的教皇爱拿他怎样就怎样,我是管不着的。

诺福克　我们去觐见皇上吧,和他谈些别的事务,免得他太为这件事苦恼。大人,您也陪我们同去吧?

宫内大臣　恕不奉陪了,国王差我另有公干。不过,两位此时觐见怕会打扰陛下,有些不便吧。祝两位公爵健康。

诺福克　谢谢您的好意,宫内大臣。(宫内大臣下。)

　　　　诺福克公爵推开两扇门扉,国王坐在内室,专心阅读。

萨福克　他的神色是多么严肃啊。他心里一定十分痛苦。

亨利王　哈?什么人?

诺福克　愿上帝不要让他激怒。

亨利王　是什么人?我在独自沉思,你们怎么竟敢无故闯进来?我是什么人哪?哈?

诺福克　您是位仁慈的君主,凡是不存恶意而得罪您的人,您都能原谅。我们行为越轨,实在因为有重要大事,要请陛下圣裁。

亨利王　你们胆子太大了,太不成体统了。我倒要叫你们知道知道什么时候是谈公事的时候。这是办理世俗事务的时候吗?哈?

　　　　　伍尔习和坎丕阿斯持委任状上。

亨利王　什么人？我的好红衣主教大人么？哎呀,我的伍尔习,只有你能镇定我受伤的良心。你真是有资格医治君主的良药。(向坎丕阿斯)博学的、尊敬的神父,欢迎您来到我们的国家,我和我的国家愿为您效劳。(向伍尔习)主教大人,请注意不要让我变成一个空谈家。

伍尔习　陛下不会空谈的。我请求陛下和我们密谈一小时。

亨利王　(向诺福克和萨福克)下去,我现在有事。

诺福克　(向萨福克)难道这和尚连一点儿体面的观念都没有么？

萨福克　(向诺福克)有也不多。我可不愿意当他这路角色。不过,事情不可能长此不变的。

诺福克　(向萨福克)如果不变,我将不惜冒险,跟他干了！

萨福克　(向诺福克)我也愿冒险。(诺福克及萨福克下。)

伍尔习　陛下毫无顾虑地提出您的疑难,向基督教各国公开征求意见,可见陛下圣明,足资各国君主效法。谁还能对陛下表示不满呢？谁还能恶意中伤陛下呢？西班牙人固然和她有血统关系,对她怀着善意,但是如果他们存心善良,现在也不得不承认这次的审判是公正的、合乎贵族身份的。任何僧侣——我指的是基督教各国博学的僧侣——可以自由发表意见。罗马——智慧的保姆,应陛下本人的邀请,派了一位代表到我们这里来,就是这位德高望重、公正博学的高僧,坎丕阿斯红衣主教。我再一次引他来觐见陛下。

亨利王　我再一次拥抱他,欢迎他,并感谢神圣的罗马教廷对我的垂爱,他们派来的人正是我所希望得到的人。

坎丕阿斯　陛下的崇高品德是值得所有外邦人敬爱的。我把带

来的委任状现在交到陛下手里,里面写明:罗马教廷委派
您,红衣主教大人,会同奉命来此的我对这件事情做出公正
的裁判。

亨利王　二位都是公正不阿的人啊。我决定派人去通知王后您
到此的目的。噶登纳在哪里?

伍尔习　我知道陛下心里一直是眷恋她的,想必陛下不会拒绝
她请几位学者充分地替她辩护吧。比她地位低的女子,法
律也允许她请人辩护的。

亨利王　是,一定得请最好的辩护师,辩护得最好的,我有赏。
不准请坏的。红衣主教,请把我新委派的秘书噶登纳叫来。
我觉得他这个人很合用。(伍尔习下。)

　　　　伍尔习领噶登纳上。

伍尔习　(向噶登纳)和我握手吧,祝您快活,祝您得到恩宠。您
现在是皇上的人了。

噶登纳　(向伍尔习)但是永远听主教大人的吩咐,我是您一手
提拔的。

亨利王　过来,噶登纳。(二人走开,低语。)

坎丕阿斯　约克主教大人,这个人现在的职务以前不是由一位
佩斯博士担任的么?

伍尔习　是的。

坎丕阿斯　大家不是都说佩斯很有学问么?

伍尔习　当然。

坎丕阿斯　请相信我,红衣主教大人,外面流传着一种对您很不
利的言论。

伍尔习　怎么?对我?

坎丕阿斯　他们毫不迟疑地说您嫉妒他,说他为人极有道德,您

怕他飞黄腾达,老把他派到国外,他郁郁寡欢,因疯而死。
伍尔习　愿上天赐他平安,这已足以表示一个基督徒对他的关心了。至于活着的那些发牢骚的人,有许多地方可以把他们的嘴堵住。佩斯一定要做得道貌岸然,这是十分愚蠢的。噶登纳那家伙不坏,我差遣他到哪儿,他就到哪儿。不是这样的人,我决不让他和我这样亲近的。老兄,请记住,我们活着不能让下贱人和我们平起平坐、握手言欢啊。
亨利王　用温和的态度把这个交给王后。(噶登纳下)接待这样一些有学问的人,我所能想到的最合适的场所是黑衣僧团的寺院。你们就在那里聚会来办理这件重大的事情吧。我的伍尔习,派人去布置一下。咳,大人,一个精力充沛的人要和这样一个可爱的同榻人分离,这是多令人伤心啊?但是,良心,良心,它是最敏感的。我必须把她抛弃。(同下)

第三场　王后内宫的一间前厅

安·波琳和老妇人上。

安　　也不是因为那个。叫人难过的缘故是:皇上和她生活在一起已经这么久了,她为人又是这么好,谁也没法子说她一句坏话,我拿我的性命担保,她从来不懂得什么叫损害别人,咳,登位以来,已度过这么多的春秋,尊严和荣华有增无已——放弃这些东西而感到的痛苦比当初得到它们的时候感到的甜蜜,何止大过千倍——有过这么一段经历之后,今天忽然下令驱逐她,妖怪也会感到凄恻的。
老妇人　铁石心肠的人也为她心软,为她难过。
安　　天意如此啊,她从来没有享受这份荣华倒还好些。虽说荣华易逝,但是如果真是因为不和,因为命运的关系,使她和荣华富贵一刀两断,这痛苦也真跟灵魂和肉体分家一样啊。

老妇人　哎,可怜的王后,她现在又变成外国人了。

安　　　这就更加叫人可怜她了。说实话,我认为与其绫罗绸缎、珠光宝影,生活在忧愁痛苦之中,不如出身清寒,和贫贱人来往,倒落个知足常乐,还更好些。

老妇人　知足就是我们最大的财富啊。

安　　　说实话,我以闺女家身份发誓,我可不愿意当王后。

老妇人　我不怕造孽,我倒愿意,我还敢豁出我闺女家身份,偏要当一回王后呢。别看您装模作样,其实您心里也愿意。看您长得这副女人家的俊俏模样,您那颗心也是女人的心,女人的心总是爱地位、金银、权力的,这些东西,说实话,就是福气,就是上帝的礼物,别看您假正经,您那颗软羔皮做的良心,只要您愿意把它撑开,这些礼物满都装得下。

安　　　说实话,您这都是胡说。

老妇人　实话,实话,可不是实话么？您真不愿意当王后？

安　　　我不当,天下的金银财宝都给我,我也不当。

老妇人　这可怪了。我虽然老了,谁要是肯花一个轧弯了的三便士铜币雇我,我也愿意跟他做一回夫妻。不过请您告诉我,当个公爵夫人,您觉得怎么样呢？

安　　　说实话,我也不愿意。

老妇人　您的骨头可太软了。再降一级;我要是遇上个青年伯爵,最多红一红脸,早不像您这样还保住闺女家的身份了。您的脊梁上连这些分量都不肯经受,那可太软了,永远也弄不到个孩子。

安　　　瞧您这乱扯！我再起誓,把全世界给我,我也不愿意当王后。

老妇人　我看,只要把小小英格兰给您,您就会愿意手里攥个球儿啦①。我自己只要得到卡那文郡就够了,虽说这地方也不属于国王。瞧,谁来了。

　　　　宫内大臣上。

宫内大臣　早安,两位贵人的密谈有一听的价值么?

安　　我的好大人,不值得您问起,我们在替我们的主母难过呢。

宫内大臣　你们做的倒是件好事,是善良的妇女应该做的啊。还有结局完满的希望呢。

安　　我祝告上帝,但愿如此。

宫内大臣　您的心地真是善良,愿上天降福给您这样的人。好贵人,我这话是说得很诚恳的,国王陛下见您具备许多品德,为了表示他对您的尊崇,特降鸿恩,晋封您为彭布洛克侯爵夫人,除封号之外,每年还加赏年禄一千镑。

安　　我真不知道应该怎么表示我的忠心。把我的一切都献出来也不足以报答皇上的恩典;为皇上祈祷,不足以表示我的虔诚;为他祝愿,最多也只流于空洞,没有价值。但是我也只能用祈祷和祝愿来报答了。恳求大人在皇上面前替我谢恩,以表我的忠心,就说婢女实在有愧,愿圣躬康健,皇图昌盛。

宫内大臣　我一定在皇上面前证明他对您的推崇是有道理的。(旁白)我已经把她仔细考量,她真是德貌兼备,无怪皇上看中了她。说不定这位贵人会生出一颗明珠来,照亮我们这

---

①　地球仪是王权的象征,意为愿当王后。并含有谑意。

338

座岛国呢。①（向安·波琳）我去见皇上了,告诉他我已向您下达了他的旨意。(官内大臣下。)

安　　大人,再见。

老妇人　咳,真是碰巧了,瞧,我像个叫花子似的在宫里待了十六年,今天还是个叫花子；东求钱,西求钱,总是不巧,不是去得太早了,就是太晚了。可是您呢——这也是命呀——是条新来的鱼儿——真是逼上门来的好运气——还没张口,嘴里就填满了。

安　　我也没有想到。

老妇人　味道怎么样？苦吗？我敢赌四十便士,不会苦的。从前有位姑娘——这是个老故事——她不愿当王后,把埃及的泥巴②都给她,她也不肯。您听见过么？

安　　算了算了,您又在开玩笑了。

老妇人　有您这样的好题目,我能唱得比云雀还好听。彭布洛克侯爵夫人？就因为皇上尊敬您,一年一千镑？没有别的责任？我敢用性命担保,还不知道有几个一千镑等着您呢。皇恩就像一件衣裳,前襟长,后边的下摆还更长呢。到了现在我敢说您脊梁上也背得动公爵夫人的头衔了。您倒说说,是不是比刚才体力强了些呢？

安　　好大娘,您爱高兴,尽管自己高兴,别把我也拉扯在里头。这件事要让我高兴,还不如我娘没有生我的好,我想到后果就浑身发软。王后正在伤心,我们在这儿待了半天,都把她忘了,请您千万别把在这儿听见的事告诉她。

---

① 安·波琳生伊利莎白女王。
② 指财富。

老妇人　您把我看成什么样的人了？（同下。）

第四场　黑衣僧团寺院的大厅

　　　　　铜号、铜角奏入席调。寺院司仪二人持短银杖上；接着上来的是书吏二人，穿法学博士衣冠；接着是坎特伯雷大主教，独上；接着是林肯、伊里、洛彻斯特、圣阿萨夫四主教。略有间隔。一绅士捧玺囊、大玺和红衣主教冕上；接着是两个牧师，各持银十字架一个；司仪，免冠上，国王侍卫持长柄银锤随上；随后二绅士上，各捧银柱一根；接着两位红衣主教并肩上，二贵族持剑及长柄锤随上。国王入座，座上有华盖。二红衣主教坐在国王下面，任审判官。王后入座，王后座位与国王座位略有距离。四主教按教会法庭规则列席两旁，下面坐二书吏。贵族若干人挨着主教依次列席。唱名官及其他侍役依次侍立。

伍尔习　传令下去，叫全体肃静，宣读罗马颁发给我们的委任状。

亨利王　有什么必要呢？已经公开宣读过了，各方面都承认教廷的权威，您还是节约一点儿时间吧。

伍尔习　遵命。下一步手续。

书　　吏　唱名，英格兰国王亨利出庭。

唱名官　英格兰国王亨利出庭。

书　　吏　唱名，英格兰王后凯瑟琳出庭。

唱名官　英格兰王后凯瑟琳出庭。

　　　　　凯瑟琳王后不答，从宝座上站起来，在庭内巡行一周，走到亨利王面前，跪在他膝下，发言：

凯瑟琳王后　陛下，我要求您给我做主，以仁慈待我。我是最可

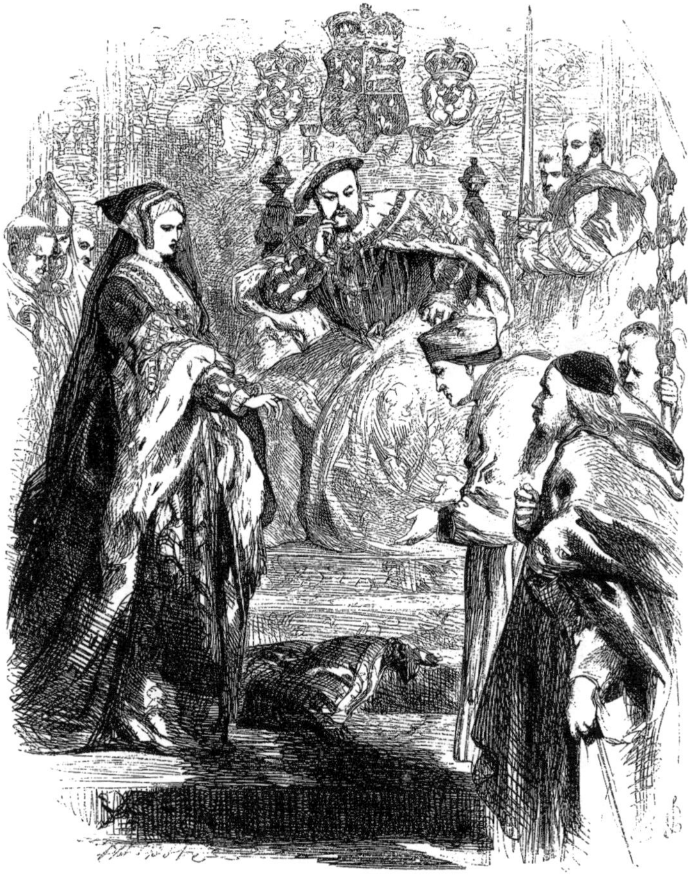

怜的女人,我是个外国人,不是在您的领地上出生的;我在这里得不到公正的审判,也不能保证得到友好、公平的待遇。咳,陛下,我在什么事情上得罪了您?我的行为又怎样叫您生气了,您为什么要这样把我抛弃,不赏给我一点儿恩泽呢?上帝作见证,作为妻子,我一直对您忠实、驯服,无时无刻不按照您的意旨办事,总怕惹您不高兴,说实话,我自己的快乐与忧伤,都要看您的脸色变化而决定。什么时候我违抗过您的要求,什么时候我没把您的要求当做自己的要求?您的那些朋友,哪一位我不是尽力喜爱,尽管我明知他是我的仇人?我的朋友中间只要有人引起了您的恼怒,哪一位我不是和他绝了交?不但如此,我还通知他,从此他不准再来见我。陛下,请您回想一下,二十多年以来,作为妻子,我一直是这样服从您的,而且很幸运,给您生了好几个孩子。如果在这一段时间的过程之内,您能说出并且证明我在荣誉方面、在夫妻关系方面、在我对您圣躬应尽的责任和爱护方面有任何一点儿亏损,那么,上帝在上,把我赶走,对我表示最丑恶的鄙视,把我驱逐出门外,把我付诸最严厉的审判吧。陛下,请您想一想,您的父王是有名的最圣明的君主,才思出众,精明果断;我的父亲西班牙王腓迪南,人人都说是个多少年来最明智的君主。毫无疑问,他们当初讨论这件事,并且认为我们的婚姻合法的时候,他们是和各国延请来有学问的人共同商量过的。因此我恳求陛下给我宽限,等我向我在西班牙的朋友们征求一下意见。陛下如果不肯,上帝在上,那就任凭陛下处理吧。

伍尔习　王后,在座的都是您选定的,这些可敬的神父无论道德或学问都是举世无双的,是的,这些来此替您辩护的都是国内的杰出人物。因此,您要求延缓开庭,对您自己、对国王都绝对没有好处,徒然使您心中不定,也使皇上的疑虑不得消除。

坎丕阿斯　伍尔习红衣主教大人说得很好,很对。因此,王后,这次皇上亲自主持的审讯应当进行才对,不要再拖延了,大家把理由陈述一下,让在座的人听听。

凯瑟琳王后　红衣主教大人,我要对您讲几句话。

伍尔习　王后请。

凯瑟琳王后　大人,我的眼泪已经到了眼眶边上,但我一想到我是王后——也许我一向梦想自己是王后——想到我至少是一位国王的女儿,我就把我一滴滴的泪珠化为火星。

伍尔习　尚请耐性些。

凯瑟琳王后　您若是放谦恭些,我就会耐性了,否则让上帝来惩罚我;但是您是一辈子也不会谦恭的。根据有力的证据,我相信您是我的敌人,我反对您来审判我,因为在皇上和我之间吹旺了火种的不是别人,正是您——但是上帝的甘露会把它浇灭的——因此,我重复一遍,我毫无保留地反对您,不错,从我的灵魂深处拒绝您来裁判我;我再说一遍,我认为您是最想恶意中伤我的敌人,我认为您完全不是什么真理的朋友。

伍尔习　我不得不认为您今天说话完全不像往常一样。您一向以仁慈为怀,您的言行一向表明您脾气温和,知情达理,超出一般女子能力之上。王后,您错怪了我,我对您没有任何恶意,我对您、对任何人都没有做过不公道的事;我到现在为止所做的,以及进一步将要做的,有罗马红衣主教会议——不错,还是罗马红衣主教全体会议的委任状,作为根据。您指控我吹旺了火种,我否认;皇上在此,如果他认为我有过这种行为,现在又矢口否认,他可以公正地惩罚我的扯谎;否则您就是损害了我的名誉。如果他确实知道您方才所报导的与我无干,他自然也就知道我并没有想陷害您。因此,能够恢复我的名誉的是他,办法就是把这些想法从您的心里排除出去。皇上一会儿一定会谈这问题的,在他没有谈以前,我诚恳地请求您,仁慈的王后,不要去想您方才说的话了,也不要再说了。

凯瑟琳王后　大人、大人,我是个单纯的女人,太柔弱,敌不过您的狡猾。您很驯顺,嘴上很谦恭;您装出一副十足驯顺、谦恭的外表,作为您的地位和职业的标志。但是您心里却充满了傲慢、恶毒和自大。您靠了运气和皇上的恩宠,轻而易举地跳出卑贱的地位,现在攀登到很高的地位,有权势的人当了您的随从,真是堂上一呼,堂下百诺,只要您一吩咐,就有人去执行。我不能不告诉您,您对身外的荣耀注意得太多了,对您那崇高的、精神的天职注意得太少了。这就是我拒绝您来审判我的另一条理由。我在这里,当着你们全体,向教皇呼吁,把我这件案子全部提交给神圣的教皇,请他来审判我。(向国王行屈膝礼,作离庭状。)

坎丕阿斯　王后太固执,不服从法律,对法律乱加挑剔,不屑受法律的审判,这很不好。她已经要离开法庭了。

亨利王　叫她回来。

唱名官　英格兰王后凯瑟琳出庭。

葛利菲斯　王后,传您回去呢。

凯瑟琳王后　您何必去管它?他们叫您回去,但是请您只管照旧前面引路。上帝帮助我,他们气得我实在没有耐性了。

请您前进吧,我决不停留,决不停留,不管他们在哪个法庭开庭,我决不再为这件事出庭了。(王后及随从人等下。)

亨利王　凯德,你去吧。世界上有谁敢说他的妻子比我的妻子还贤惠,不要相信他,他在扯谎。你是独一无二的、人世间王后中的王后;没有法子能够形容你那罕见的品质——温柔和顺、圣徒一般的恭顺、贤良的妻子所特有的自我克制、以服从别人来换取别人的服从;此外,你的品质又是十分崇高而虔诚。她出身贵胄,她待我的态度也无愧于一个真正的贵族。

伍尔习　仁慈的皇上,我以万分恭顺的心情请求陛下,请您开恩当众宣布,使在座的人都能听到,我到底在陛下面前提起过这件事没有,引起过您的怀疑而来审查这件事没有;我感谢上帝让您得到这样一位好王后,我在您面前谈到她的时候,什么时候我说过她半个字的坏话,损害了她今天的地位、损害了她的人身?我受到了袭击,被人捆住了手脚,因此不得不求解脱,虽然不能立时立地得到完全的补偿。

亨利王　红衣主教大人,我原谅您;不错,我以我的荣誉担保,我宣布您与此事无关。您自己也知道您有不少仇人,这些人自己不知道为什么要和您作对,他们就像村子里的狗一样,听见别的狗叫唤,也跟着叫唤。其中有些人在王后面前说了坏话,引起了王后对您的恼怒。我原谅您。是否您觉得这还不够公道呢?您一向希望把这件事平息下去,不愿意惊师动众,而且多方加以遏止,做了许多努力。我以我的荣誉为誓,关于我这位善良的红衣主教大人,我就说到这里,在这些方面宣告他无罪。至于我的动机,请允许我耽搁各位一点时间,耗费各位一些精神来听一听。我的动机是这样的,请各位注意,最初我的良心感到有些痛苦、不安、刺痛,这是因为我听了当时法国大使贝扬主教讲的几句话而引起。贝扬主教奉命来到我国为奥尔良公爵和我的女儿玛丽议婚,在磋商的过程之中,还没有做出决议之前,他——我指的是那位主教——要求暂停谈判,以便禀奏他的主子法国国王,说明我的女儿不一定是合法的后裔,因为她是我和先兄留下的寡嫂结婚而生的。谈判的暂时停顿使我良心深处受到很大的震动,好像一根锋利的铁杆刺进了我的胸膛,使我的一片心田为之战栗。这无疑是对我的警告,我感到惶惑,千头万绪的考虑涌上心头。首先,我觉得我失去了上天的恩宠,因为上天注定,王后和我生下的男嗣,不是在腹内夭折,就是出世后不久就死去,她创造的生命无疑是坟墓中的僵尸。我认为这是上天对我的惩罚,我的国家在世界各国之中应该得到一位最好的王太子,然而不幸它却不能从我手中获得这种幸福。其次,我就考虑到我既无子嗣,我所统治的各国就发生了危机,这使我万分痛苦,我的良心就如惊涛骇浪,我就像一条船似的把帆卷起,掌起舵,驶向今天这条出路。也就是说,我感到良心有病,十分沉重,一直没有医好,因此今天特请国内圣职神父和博学之士来医治我良心的创伤。林肯主教大人,这件事我第一次是和您私下①谈起的,您还记得我第一次向您提的时候我感到的负担是多么沉重,简直使我透不过气来。

林　肯　我记得很清楚,陛下。

亨利王　我说得时间太久了,请您自己说说您是怎样同意我

---

① 林肯主教是亨利王的忏悔僧。

的吧。

林　肯　陛下恕罪,这个问题是个无比重大的问题,后果是万分严重的,因此我乍一听时感到像是晴天霹雳,我当时提出了一个最大胆的建议,请陛下采取今天大家参与的这个办法,但是我当时是毫无信心的。

亨利王　坎特伯雷大主教,后来我就和您提起此事,承您允诺召开今天的审讯。今天出庭的各位圣职神父,没有一位我没有事先向他请教过,每一位都表示同意,在你们的批准之下我才着手进行的。因此,继续审讯吧。这件案子的进行决不是因为对善良的王后本人抱有什么反感,而是因为我方才谈到的良心上的针刺。各位只要能证明我们的婚姻合法,我以我的生命和国王的尊严担保,我愿和她——我的王后凯瑟琳——终身偕老,即使世界上有天仙下凡,我也决不理睬。

坎丕阿斯　陛下恕罪,王后已经退庭,似乎有必要休会,改日再开;同时必须立刻派人去恳请王后收回她意图呈递给教皇的呼吁书。

　　　　　　大家起身作离庭状。

亨利王　(旁白)我看这几位红衣主教是在捋我的虎须。我厌恶罗马教廷这种拖延懒散的作风和这套把戏。我那亲爱的、博学的仆人克兰默,你回来;你靠近了我,我就有了安慰。退庭;前进。(全体按登场次序下。)

347

第 三 幕

第一场　布莱德威尔王宫。王后内宫一室

王后和侍女们在做针线。

凯瑟琳王后　姑娘,拿起琴来弹一回,烦恼害得我愁肠百结。唱支歌吧,看你能不能解解烦恼。不要做活了。

歌

俄耳甫斯①弹琴的地方长出了树林,
俄耳甫斯歌唱的时候积雪的山顶
　　也把它们的头儿倾斜;
花儿和草儿听到他奏的乐曲
便都欣欣向荣,好像阳光和雨
　　使它们永不凋谢。

天下万物听到他奏出的乐调,
就连海洋里汹涌着的波涛,

---

①　希腊神话中的著名歌手。

也低下头来,趋于安详;
　　美妙的音乐就有这样的魔力,
　　万种愁绪进入了梦乡而安息,
　　　在听到乐声的时候消亡。

　　一侍从上。

凯瑟琳王后　什么事?

侍　　从　启禀娘娘,两位红衣大主教在客厅伺候。

凯瑟琳王后　他们想和我谈话么?

侍　　从　他们是这样要我回娘娘的话的。

凯瑟琳王后　请两位大人移步到这里来吧。(侍从下)像我这样一个可怜的弱女子,失去了恩宠,他们来找我有什么事呢?我看他们的来意不善。按理说,他们应该是好人,他们要办的事应该是正义的,但不是所有戴风帽的都是好僧人。

　　红衣主教伍尔习和坎丕阿斯上。

伍尔习　愿娘娘平安。

凯瑟琳王后　两位大人请看,我现在已经差不多成了家庭主妇了;在最恶劣的情况到来的时候,我可以完全变成一个家庭主妇。两位圣洁的大人来找我有何贵干?

伍尔习　尊贵的王后,我请求您领我们到您的密室,我们好把来此的理由充分向您陈述。

凯瑟琳王后　就在这儿说吧。直到如今我还没有做过一件使我良心不安的事,一定要躲到角落里去说。但愿所有的女人都能像我这样无愧于心地说出这句话。两位大人,我敢于——在这一点上我比很多人都强——让任何人来裁判我的行为,我的一举一动是有目共睹的,我不怕那些怀嫉妒之心、小人之见的人来反对我,我知道我的生活是坦坦荡荡的。两位来此的贵干如果干系到我,干系到我作为妻子的身份,请大胆直言,真理是喜欢公开交易的。

伍尔习　Tanta est erga te mentis integritas regina serenissima——①

凯瑟琳王后　好大人,请不要说拉丁语,我来到英国以后,我自己祖国的语言还并没有完全荒废,但是在英国而说外国话,就使我的案子更显得奇怪而可疑了。还是请说英国话吧。如果您说的是真情实话,她们②为了她们可怜的主母的缘故,是会感谢您的。请相信,她们的主母受过了很多很多委屈。红衣主教大人,即使是我故意犯的罪过,也可以用英语宽赦。

伍尔习　尊贵的娘娘,我在皇上和您的驾前为臣,忠心耿耿,我原是一片忠诚之意,不想引起您莫大的疑心,这使我感到遗憾。我们来此并非要向您提出什么指控,每个善良的人都为您的荣誉祝福,我们也不想玷污您的荣誉,我们更不想叫您陷入痛苦,您受的痛苦,善心的娘娘,已经太多了。我们来此只是想了解您对皇上和您之间的重大争执采取什么样的态度;并且作为自由、诚实的人,我们愿意对您的案件提出我们的公正意见并给您一些安慰。

坎丕阿斯　最受尊崇的王后,约克大主教出于他高贵的天性、热情和至今仍然对您表示的恭顺,对您最近对他的忠诚和出身所做的过火的抨击,不耿介于怀,不愧是个善良君子;他和我一样为了表示消除芥蒂,愿意为您效劳,为您出谋

---

① 拉丁语:高贵的王后,我们都是忠心耿耿对您的。
② 指侍女。

献策。

凯瑟琳王后　（旁白）还不是要陷害我。——两位大人,我感谢两位的好意,两位说的话是像诚实人说的话,愿上帝让两位真正成为诚实人。但是说实话,这么一个重要的问题,我真不知道怎样立刻给你们答复。这个问题对我的荣誉有密切关系,可能对我的生命还更有关系;何况我的思考能力很弱,你们两位又是这样严肃而有学问的人。我方才正在和我的侍女们做针线活,上帝作证,我丝毫没有料到这样的人、这样的事会降临到我这里。我感到我那王后的高位已临近末日了,请两位大人看在我过去的份上,给我一点儿时间,让我征求一下另一方面关于我这件事的意见①。咳,我是个既无朋友又没希望的女人。

伍尔习　王后,您这些顾虑辜负了皇上的钟爱,您有无限的希望,无穷的朋友。

凯瑟琳王后　在英国,即使有,对我也没有多大好处。大人,您认为哪个英国人敢给我出主意呢?如果有个朋友不顾一切,敢于公开违背皇上的圣意,说出了心里话,他还想活着当臣民么?我的朋友,这是不可能的。能消除我的痛苦的人,我能信得过的人,不在这儿,他们正如我其他的慰藉一样,离此遥远,在我自己的国家呢,两位大人。

坎丕阿斯　我希望您把您的忧愁抛开,听取我的建议。

凯瑟琳王后　怎样的建议?

坎丕阿斯　把您这件重要案件托付给皇上,求他保护,他是以仁爱为怀、恩泽无边的。这样不仅对您的荣誉更好些,对您这

---

① 意谓向娘家人征求意见和主意。

案子也更好些,否则您若受到法律审判,您一定会很不体面地离开的。

伍尔习　他对您说的话很有道理啊。

凯瑟琳王后　两位对我说的话正是两位所希望的,那就是要毁灭我。这就是两位作为基督徒而给我的建议么?你们给我走开。我们大家的头上还有青天,在天上还有个审判官,他是任何国王所不能腐蚀的。

坎丕阿斯　您这样生气,说明您对我们有了误会。

凯瑟琳王后　这更足见你们之可耻。我早先以为你们是圣洁的人;我凭灵魂发誓,我早先以为你们是两位可敬的、有道德的红衣主教。不过我看你们恐怕是两位罪孽深重、没有人心的红衣主教罢了。两位大人,你们应当扪心有愧,改过自新才是。难道那就是你们给我带来的安慰么?难道那就是你们给我这么一个可怜的、在你们中间遭到毁灭的、被人嘲笑、受人鄙视的妇人带来的定心丸么?我并不希望你们遭受我所遭受的痛苦,哪怕只有一半;我比你们的心要仁慈些。但是我要警告你们:注意,千万要注意,不要让我的悲哀的重担立刻就落在你们自己身上。

伍尔习　王后,这简直是十足的疯话,您把我们的好心当成了恶意。

凯瑟琳王后　你们却把我不当个人看待。像你们这些口是心非的人是要遭殃的。你们如果还有一点儿公道、一点儿恻隐之心,如果你们不仅仅是披着僧侣衣冠的人,你们决不会叫我把我这件冤枉痛心的案子交到那恨我的人手里。咳,他已经不准我和他同床了;很久以来,他已经不爱我了。两位大人,我老了,现在我和他的全部关系只是:我服从他。我受的罪孽已经到头了,不能比这更坏了。我落到今天这样可诅咒的地步,都是你们努力的结果。

坎丕阿斯　您的顾虑却比这可诅咒的境遇还糟些呢。

凯瑟琳王后　让我来说说我自己是什么样的人吧,好人是没有朋友替他说话的。我活了这么大年纪,难道我在哪一点上有亏妇道么?我敢毫不浮夸地说,作为一个女人,什么时候有人对我的贞节表示过怀疑,给我打上不贞节的烙印?难道我不是永远满怀热爱地去满足国王的要求么?难道我不是除了上帝以外最爱他、最服从他么?我对他的痴心不是已经达到迷信的地步了么?我不是为了使他满意而竟把祷告也忘记了么?而这就是我得到的报答么?大人,这是不公道的。你们去找一个忠实于丈夫的妻子,一个除了丈夫的快乐以外从不梦想其他乐趣的妻子,把她找来,拿她来和我比一比,如果说她已经尽其所能了,我却还比她多一分光彩,那就是我有极大的耐性。

伍尔习　王后,我们是为您的好而来的,您这话离题太远了。

凯瑟琳王后　大人,要我自愿放弃您的主上和我结婚时封给我的尊贵的称号,这是犯罪的,我不敢做。除了一死,任何事情不能让我和王后的尊严分离。

伍尔习　请听我说。

凯瑟琳王后　我真希望我从来没有踏上过英国的土地,从来没有感受过英国土地上生长的阿谀奉承。你们长着天使般的脸,可是上天知道你们的心是什么样的心。我这个可怜的王后啊,今天什么样的结局在等待我呢?我是活在世上的最不幸的女人。咳,可怜的姑娘们,你们的前程今天又在哪儿呢?我就像个沉船落难的人,漂泊到了这个国家,举目无

353

亲,没有希望,没有人为我掬一把同情之泪,简直可以说是死无葬身之地。我像一朵百合花,一度在田野里开得十分茂盛,一时独步,现在却只有垂首待毙了。

伍尔习　只要娘娘肯相信我们来此的目的是诚恳的,您就不至于感到如此得不到安慰。娘娘,我们何必——我们又有什么理由——要对您不起?咳,我们的地位、我们的职业都不允许我们这样做。我们的职务是医治这类的悲痛,而不是传播悲痛。看在上帝的份上,请考虑一下,您现在的行为只会给您自己带来损害,是的,只能使您和国王之间的分歧完全无法弥补。君主的心最爱别人顺从,他们爱这样的人。但对那些思想固执的人,他们就会像可怕的风暴那样发作。我知道您性情温和高贵,心灵平静安详;我们是作为和事佬、作为朋友、作为您的仆人而来的,请您把我们当和事佬、朋友和仆人看待吧。

坎丕阿斯　王后,您会发现事实正是这样。您不该用那些妇人家的顾虑来损害您自己的品德。上天赋予您一份高贵的精神,这种高贵的精神总是会排除那些顾虑的,就像剔除赝币那样。皇上是爱您的,您千万不可失去皇上对您的眷爱。至于我们,如果您愿意把您的事情托付给我们,我们一定竭尽绵薄,为您效劳。

凯瑟琳王后　两位大人请便,并且请原谅我。如果我的行为有什么失度的地方,两位可以理解我是妇道人家,对像两位大人这样的人物不懂得怎样回答才算得体。请代向国王陛下致意,我的心仍然属于他,只要我活着,我一定为他祝祷。两位圣职神父,请把你们的建议赐告;身为王后的人现在也得乞求了,当初她踏上这片国土的时候,没想到要维持她的尊严竟要付出这么高的代价啊。(同下。)

第二场　国王宫中一间前厅

诺福克公爵、萨福克公爵、萨立伯爵和宫内大臣上。

诺福克　如果你们团结起来提出指控,坚持到底,红衣主教就可能站不住脚。如果你们错过时机,我敢预言,除了你们已经经受的屈辱以外,必然还有更多新的屈辱在等待你们呢。

萨　立　只要有机会能使我回想起我的岳父勃金汉公爵并替他报仇,我总是高兴的。

萨福克　哪个贵族不遭他的白眼?至少有哪个贵族是他放在眼里的?除了他自己之外,他什么时候承认过任何人的贵族身份?

宫内大臣　列位大人,你们所说的是你们希望办到的;我也知道他从你我手中应得的是什么。但是现在虽然时机有利,我不敢肯定我们究竟能对他怎样。如果你们不能阻止他和国王接近,千万不要在他身上搞什么名堂,他嘴边的话就像魔法咒语,是能迷住国王的。

诺福克　哼,不要怕他,他的魔法已经不灵验了,国王已经发现对他不利的材料,他的甜言蜜语从此失去了功效。国王肯定已经对他有了反感,他已无法逃脱了。

萨　立　大人,我真希望每一点钟听到一次这样的消息。

诺福克　请相信我,这是真的。在这次离婚案中,他的表里不一的行动已经全部被揭穿了。揭穿仇人的本来面目,真是深合我心。

萨　立　他的阴谋诡计是怎样泄露的呢?

萨福克　说来也真是令人难以置信。

萨　立　怎么怎么？

萨福克　红衣主教上教皇的信失误了,落到了国王的眼里,信上说他请求神圣的教皇不要批准离婚,这是批准不得的,因为,信上说道:"我发现我的国王已经爱上了王后的一个心腹宫女,安·波琳贵人,而不能自拔了"云云。

萨　立　皇上当真看见这信了？

萨福克　不错。

萨　立　信上的话能实现么？

宫内大臣　从这封信上,皇上看穿了他那躲躲闪闪、偷偷摸摸的行径,他的全部诡计都像一条船似的沉没了。现在呢,病人死了,他才把药送来:皇上已经娶了那位美丽的宫女了。

萨　立　但愿如此。

萨福克　大人,您的愿望已经实现,您可以为此而高兴了。

萨　立　我全心全意祝他们婚姻美满。

萨福克　我也祝福。

诺福克　人人祝福。

萨福克　上谕已经颁布,要为她举行加冕礼呢。这可是新近的事,对有些人可以不必细谈。但是各位大人,她可真是位杰出的、才貌双全的女子啊。我相信她会给我们这国土带来福祉,举国上下将永志不忘。

萨　立　但是国王会不会容忍红衣主教这封信呢？天主啊,千万不要让国王容忍下去。

诺福克　我也愿天主如此。

萨福克　不会,不会。国王鼻子跟前有很多黄蜂嗡嗡地飞着,总有只黄蜂会尽早去螫他的。坎丕阿斯红衣主教已偷偷地到罗马去了,不辞而别,丢下国王的案子不管,十万火急地替我们那位红衣主教奔走,为他的阴谋说项去了。我告诉各位吧,国王知道此事后,还大声喊"哈"呢。

宫内大臣　愿上帝火上加油,让皇上的"哈"喊得更响些。

诺福克　但是大人,克兰默什么时候回来?

萨福克　他已经回来了,带回来了国外的意见,几乎所有的各国著名僧院都同意皇上离婚,我看皇上二次结婚和安·波琳加冕的事不久即将公布了。凯瑟琳就不再是王后了,她的称号将是亚瑟亲王①寡妃。

诺福克　这位克兰默是个很可尊敬的人,为了皇上的事,他是不辞劳苦的。

萨福克　是的,我们不久就将看他升为大主教了。

诺福克　我也听说。

萨福克　确实如此。红衣主教来了。

　　　　伍尔习和克伦威尔上。

诺福克　注意,注意,他有些抑郁不欢的样子。

伍尔习　克伦威尔,那一包信件,您呈给皇上了么?

克伦威尔　我亲自交到他手里,在他卧室里。

伍尔习　他打开包看了没有?

克伦威尔　他接过去立即启了封,他看头一封信的时候,十分严肃地思考着,脸上显得很关心的样子。他要您今天早晨来这里朝见他。

伍尔习　他准备好上朝了么?

克伦威尔　我看时间差不多了。

---

① 亨利王之亡兄。

伍尔习　离开我一会儿。(克伦威尔下)(旁白)一定得是阿朗松公爵夫人、法国国王的妹子才成。一定得让皇上娶她。安·波琳?不行。我不能让他娶安·波琳,那不仅是脸蛋俊俏的问题。波琳?不行,我们决不能要波琳。我真希望赶快听到罗马的回信。安·波琳已经晋封为彭勃洛克侯爵夫人了?

诺福克　他像很不满意的样子。

萨福克　也许他听说国王生他的气了。

萨　立　上帝的公道是不饶人的。

伍尔习　(旁白)被废的王后的侍女?骑士的女儿倒做起了女主人的女主人?王后的王后?这支蜡烛的光亮不够,必须由我来把它夹灭,它才会熄灭。我知道她品德很好,配当王后,这又怎样呢?我还知道她是个热衷的路德派呢,她对我们的事业是有害的,不应该让她成为我们那倔强的国王的心腹人。此外,又钻出来了一个异教徒,是个天字第一号的异教徒——克兰默,他像条虫子似的爬近国王,受到国王恩宠,言听计从。

诺福克　不知什么事情让他烦恼呢。

萨　立　我希望这件事能折断他的心弦才好。

　　　　亨利王上,读表册;洛弗尔随上。

萨福克　皇上,皇上!

亨利王　他为他自己积累了成堆的财富!每个小时从他手里流出去多少开销!他到底用什么节约办法耙搂了这许多东西?啊,各位大人,可见到红衣主教么?

诺福克　陛下,我们方才一直站在此处观察他呢。他的脑子里似乎有什么奇怪的事情激动着他,他咬咬嘴唇,表示惊愕,忽然又停住脚步,看着地下,把手指点住太阳穴,又骤然急步快走,又忽然停住,用力捶打胸膛,忽而两眼又望着月亮。我们看他那些神态十分奇怪。

亨利王　很可能他思想里面斗争得很厉害。今天早晨他奉我命令把国事公文送给我看;你们猜我在这些文件里发现了什么?一份财产清册,我相信这是他无心之中夹在里面的,册子上写明他的各项家私,其中有各种金银器皿、珠宝、华贵衣料、家具等等,其数量之多,不是一个臣民所应有的。

诺福克　这是天意,是什么神明把这份清册夹在公文袋里好让陛下过目的。

亨利王　如果我们觉得他所冥想的都是些人间以外的事和精神领域的事,那他无妨继续他的冥想;但是我怕他所想的事都是人间俗事,不值得他严肃考虑的事。

　　　　亨利王就座,向洛弗尔耳语,洛弗尔走向伍尔习。

伍尔习　上天饶恕我。愿上帝永远保佑陛下。

亨利王　好大人,您一肚子装的尽是天堂的玩意儿,您脑子里装着您最美好的品德的清册,这些东西,您方才正在清点吧。您的精神活动太忙了,找不到片刻的时间来审查审查您在尘世的账目,在这方面我看您简直不善理财呀,所以我很高兴有您这样一位佐臣。

伍尔习　陛下,我有规定执行圣职的时间,也有规定思考我所担任的国家事务的时间,此外,以我这血肉之躯,我也需要有休息保养的时间,我和与我同类的凡人一样,不是铜筋铁骨,需要照顾到休息。

亨利王　您说得很好。

伍尔习　愿陛下经常把我说的和我做的对比一下,我还会给陛下机会的。

亨利王　这话又说得很好,话说得好,在一定意义上也是做了好事,但是话到底不是事。我的父亲很爱您,他说他爱您的,他还用行动在您身上实现了他的话。自从我接位以来,我一直把您引为心腹知己,不仅差您去办利益最大的事,而且把我已有的产业剥下一层来赏给您,以表示我的恩典。

伍尔习　(旁白)这是什么意思?

萨　立　(旁白)愿天主火上加油。

亨利王　难道不是我把您提拔到一人之下、万人之上的吗?我请您告诉我,我现在说的话您认为是真是假;如果您肯说实话,也请您说一说您是否蒙受了我的好处。您有何话说?

伍尔习　主上,我承认您每日赏赐给我的恩荣,是人力所无法报答的,我虽尽力图报,也难酬万一。我心有余、力不足,但也总求竭股肱之力,凡对圣上有益的、对国家有利的事,我都拿来当我自己的事办。陛下优渥有加,我当之有愧,只能报以忠顺的感谢,为陛下对天祝祷,我对您的忠诚不仅过去是有增无减的,而且在死亡的冬日没有把它消灭之前,还必将与日俱增。

亨利王　回答得好,这番话表明了为人臣者的忠顺;做了忠臣的事,忠臣的荣誉就是报酬,反之,如有污点,必受惩罚。我认为,既然您从我手中得到的赏赉不能算薄,我的心对您表露的宠爱比别人多,我以人君的身份加给您的荣耀和雨露一样,也比别人多,那么,您的手、您的心、您的头脑、您的能力所能做的一切,尽管您对教皇负有义务,也应当比别人对我表示更多的友好才对,以体现我们之间的亲密关系。

伍尔习　陛下容禀,我为了陛下的利益比为我自己更加劳心劳力,我现在、过去、将来……尽管全世界的人都粉碎了他们对您的义务,把它从他们的灵魂中抛掉,尽管危机比人们所能想像的还多,而且这些危机一旦出现,比想像的还可怕,但是我对您的忠心将如中流砥柱,独挽狂澜,我永远坚定不移地是陛下的人。

亨利王　这话说得很庄严,请各位大人注意,他的心胸是忠顺的,列位已经看到他的心剖开了。(把一些文件递给他)先念这份,再念这份,然后,您如果还有胃口,再请去用早餐吧。

(亨利王向伍尔习瞋目而视,下;各贵族簇拥国王下,相互微笑并耳语。)

伍尔习　这是什么意思?为什么骤然震怒?我种了什么因,竟得到这样的果?他临行时对我怒目而视,眼中射出毁灭性的光焰,很像一只怒狮,望着刺伤它的大胆猎人,接着,又把他消灭。我得看看这文件,他发怒的原委怕就在这上面。果然;这文件把我毁了,这就是我为了我自身的目的而搜罗的全部巨额财产的清册,我是想用它来取得教皇的权位、支付我在罗马的朋友们的。唉,疏忽了!真愚蠢,活该失败,是哪个捣乱的魔鬼让我把这重要的秘密文件放进我送给国王的信袋里去的呢?有没有挽救的办法了呢?有没有什么新计策可以把这件事从他的思想里排除出去呢?我知道此事使他十分激怒,但是我还有一个办法,如果成功,尽管时运悖逆,我还是可以开脱的。这是什么?"呈教皇"?千真万确,这是我写给教皇的信,所有的事情都写在上面了。这回可完了。我已经达到了飞黄腾达的顶点,我的光荣像过了正午的太阳,现在很快就要落下去了。我将要像傍晚的流星一样陨落,人们再也不会看见我了。

诺福克公爵和萨福克公爵、萨立伯爵和宫内大臣重上。

诺福克　红衣主教,请听国王的圣谕。国王命令您立即把国玺交出来,交到我们手里,住到温彻斯特主教官邸——阿舍府去,不得擅自离开,听候皇上发落。

伍尔习　等一等,各位大人,你们有没有书面的证明?事关重要,空口不足为凭。

萨福克　谁敢违抗携带国王的明确面谕和旨意的人?

伍尔习　如果只是空口的旨意,各位爱多管闲事的大人,我告诉你们,我就敢违抗,我就不承认。我看这是你们恶意中伤。爱嫉妒的人啊,我这回才感到你们是什么样的粗劣的材料塑成的,你们是多么热切地注视着我遭受的种种屈辱,好像我的屈辱可以给你们滋养似的!凡是能使我毁灭的一切,都使你们飘飘然起来,忘记了正义与人情。心怀恶意的人们,沿着你们的嫉妒的道路前进吧,基督教是保证你们这样做的,而且可以肯定,到时候你们会得到恰当的报酬的。你们气势汹汹要讨去的那颗国玺,是我的主上、也是你们的主上国王陛下亲手交给我的,叫我终生享受掌玺的职权和荣誉,并且还附了一道授权的诏书来肯定他的恩典。现在,谁来把它拿去啊?

萨　立　就是那位把它交给您的国王。

伍尔习　那就非得他亲自来拿不可。

萨　立　你这个僧人,你是个傲慢的叛逆。

伍尔习　傲慢的贵族,你胡说。在四十小时之内,你,萨立伯爵,就会后悔这样口出不逊的,你将恨不得把你自己的舌头烧掉呢。

萨　立　你这披着血红外衣的罪人,你的野心剥夺了我的岳父——尊贵的勃金汉的生命,举国上下为此哀恸。把你的同行的红衣主教全体的头颅和你以及你全部的最好的品德加在一起,也抵不过勃金汉公爵一根头发的分量。都是你那该死的诡计,你派我到爱尔兰去做总督,把我打发得远远的,使我不能拯救他,使我远离国王,使我远离一切能以仁慈之心宽恕你所加在他头上的罪名之人,好让你这位大善人一本你神圣的恻隐之心,用一把斧子解除他的罪愆。

伍尔习　这位夸夸其谈的贵族所说的这番话,以及他所能归到我账上的其他一切,我的回答是,都是一派胡言。根据法律,勃金汉公爵罪有应得。我与此事毫无干系,我也没有私怀恶意要处死他,关于这一点,贵族陪审官们和公爵本人的罪恶勾当可以作证。大人,如果我是个爱多话的人,我可以告诉您,您这个人既不诚实,也缺乏荣誉;就对我的最尊贵的主上国王陛下的忠诚而言,我敢和比您萨立伯爵阁下更完美的人以及所有看中您那些愚蠢行为的人相比而无愧。

萨　立　好哇,你这个僧人,不是看在你那长袍的份上,我就要让你流着生命之血的身体尝尝我宝剑的滋味。各位大人,你们听他多狂妄,你们能忍受么?而且是从这么个家伙的嘴里说出来的!如果我们就这样驯服地生活下去,让一件红袍蒙骗过去,那贵族就完蛋了,不如请主教大人出来,用他那顶僧帽,像捉云雀那样,把我们的眼睛晃晕了吧。

伍尔习　一切好事对你的胃口来说都是毒药。

萨　立　是的,有一类好事是不对我胃口的,比如说,红衣主教,用勒索的办法把全国的财富都搜集到您一个人的手里;比如说,从截获的邮袋中所发现的您写给教皇的反对国王的信件。既然您提醒了我,我倒不妨说,您做的好事必将遗臭万年。诺福克大人,您是位真正尊贵的人,您是以大家的利益为重的,他何以会犯这样多的罪行,何以从他的生活里可以收集到这么多的罪状,原因就在于我们贵族和我们的子孙不被人看重了,如果让这个人活下去,我们的子孙怕连个绅士都当不上了。红衣主教大人,您和又丑又黑的姘头睡觉的时候听到教堂清晨的钟声会吃一惊,但是我会让您更加吃惊呢。

伍尔习　我本可以向这个人表示万分的蔑视,不过我以仁慈为职责,不能这样做。

诺福克　大人,所有的罪状都在皇上手里,但是有一点可以肯定,它们都是十分丑恶的。

伍尔习　等国王知道了我对他的真诚之后,我的清白就会显得更加美好,更加无瑕。

萨　立　这是挽救不了您的,我感谢自己还不那样健忘,我还记得某些罪状,这些事是包不住的。红衣主教,如果您感到羞愧而认罪,那么您就表明还保持着一点点诚实。

伍尔习　先生,往下说吧,把您能想到的最坏的罪状都说出来,我也不怕。如果我感到羞愧,那只是因为看到贵族这么没有礼貌。

萨　立　我宁可丧失礼貌,也不愿丧失我的头颅。听着吧:第一,您未得国王同意,私自设法取得了教皇代表的地位,利用这职权损害了全国主教的权限。

诺福克　其次,在您写给罗马和其他外国君主的所有的信件上,始终写着"我和我的国王"字样,这样,国王反倒变成了您的臣仆。

萨福克　再次,未经奏明国王或通知枢密会议,在您受命为大使出使神圣罗马皇帝宫廷之时,擅自将国玺带往弗兰德斯。

萨　立　还有一项,您未得国王旨意和政府的批准擅自派遣人数众多的使团去见格雷格利·德·卡萨多,缔结我们皇上和菲拉拉公爵之间的盟约。

萨福克　出于纯粹的野心,您命人把您的主教冕铸在国王的钱币上。

萨　立　还有,您把数不清的资财送到罗马提供教廷——这些资财是怎样得来的,我请您自己的良心回答——为您的升官铺平道路,结果整个王国完全被您摧毁。您的罪状还有很多,都是您犯的,因此臭不可闻,我不愿意玷污了我的嘴。

宫内大臣　大人,不要把一个即将失败的人逼得太紧,这是不道德的。他的过错难逃法网,让法律来惩罚他,您不必过问了。这样一个大人物忽然变得这样渺小,我看了心里也流泪。

萨　立　我宽恕他。

萨福克　红衣主教大人,国王圣谕还说,您利用教皇代表的身份在国内最近所做的一切已经足以构成擅自执行教皇法权的罪状,因此国王已经下诏,把您的财物、地产、田产、动产等等一概没收,不再受国王保护。这是我接到的指令。

诺福克　好了,我们走了,好让您沉思一会儿,想想怎样改过自新吧。至于您不肯把国玺交还给我们,还做了倔强的答复,我们一定要禀奏皇上,皇上肯定会对您表示谢意的。好了,我那小小的好红衣主教大人,再见吧。(众人下,伍尔习留在台上。)

伍尔习　你们对我表示的那点小小的好意,再见吧。再见?我全部的宏伟事业从此不再见了。人世间的事就是这样。一

365

个人今天生出了希望的嫩叶,第二天开了花,身上开满了红艳艳的荣誉的花朵,第三天致命的霜冻来了,而这位蒙在鼓里的好人还满有把握,以为他的宏伟事业正在成熟呢,想不到霜冻正在咬噬他的根,接着他就倒下了,和我一样。我就像缚着猪尿泡游泳的顽皮小孩,好几年来在光荣的大海上冒进,游到了我力所不及的深处,我那吹得鼓鼓的声势终于爆破了,多年的劳绩使我今天只落得一个疲惫衰老的身躯,任凭狂涛摆布,把我永远埋葬。人世间的浮名虚荣,我恨你;我觉得我的心好像新近被人割碎了一样。依靠帝王的颜色而生存的人是多么可怜啊!在我们所企望看到的帝王的笑脸和帝王可能加在我们身上的毁灭之间,存在着多少苦痛和恐惧啊,远远超过战争和妇人所能引起的。他一旦失败,就像撒旦一样,便是永劫不复。

克伦威尔上,伫立,表示惊愕。

伍尔习　怎么样?什么事,克伦威尔?

克伦威尔　先生,我简直没有说话的力气了。

伍尔习　怎么,被我的不幸吓呆了?以你这样的智力,见到伟大人物的衰败也竟感到吃惊么?好了好了,你如果一哭,那我可真是失败了。

克伦威尔　大人感觉怎样?

伍尔习　很好,我的好克伦威尔,从来没有像现在这样真正幸福过。我现在了解我自己了,我感到在我内心里有一种平静,远非人间一切尊荣所能比拟,是一种宁静安详的感觉。国王把我医治好了,我衷心感谢他;他出于怜悯之心,从我这两个肩头,这两根坍塌了的柱石上,把一副重担卸下,我承受的荣誉太重了,足以压沉一个舰队。唉,克伦威尔,那真是负担哪,真是负担哪,对于一个向往天堂的人来说,是太沉重了。

克伦威尔　我很高兴大人对待这种负担处理得如此正确。

伍尔习　我希望我做到了这一点;我觉得,由于灵魂坚强了,我现在似乎也能够忍受比我那些怯懦的敌人所敢于加在我身上的苦难更多更大的苦难。外边有什么新闻么?

克伦威尔　最痛心的、最坏的新闻就是您失去国王恩宠的事。

伍尔习　愿上帝降福给他。

克伦威尔　其次,托马斯·摩尔爵士已被遴选为首相,代替您的地位。

伍尔习　这倒有些出乎意外,但是他是个博学之士,我愿他长久受到皇上的恩宠,按照真理和他的良心办正义的事;我愿他在完成了他的途程、在祝福声中长眠之后,他的尸骨能够埋到坟墓里,有孤儿的泪洒在他的墓上。还有什么?

克伦威尔　克兰默回国了,受到了欢迎,并晋封为坎特伯雷大主教。

伍尔习　这倒真是新闻。

克伦威尔　最后,贵人安·波琳早已和国王秘密结了婚,今天在上教堂做礼拜去的时候,作为王后公开出面了,现在大家都在谈论的只是她的加冕问题了。

伍尔习　那就是把我拖下水底的秤砣。克伦威尔啊,国王跑在我的前边了。就因为这一个女人,我把我所有的光荣都输了出去,再也赢不回来了。太阳升起,但它永远也迎接不到我的荣誉了,它再也不会给那一大批等候我向他们微笑的贵族们镀上一层金了。克伦威尔,你离开我吧,我已经是个可怜的、失败的人,不配再做你的主人和东家。你去找国王

367

吧,他是太阳,我祝这颗太阳永远不落;我已经告诉过他,你是什么人,你如何忠实,他会提拔你的。我知他天性高贵,只要他能够想起我一点影子来,他会有所感触,不会让你的希望和劳力也落空的。好克伦威尔,不可忽略他;要利用现在的时机,为你自己未来的安全做好准备。

克伦威尔　唉,大人,难道我非离开您不可了么?非得放弃这么一位尊贵、真实的好主人了么?一切不是铁石心肠的人,请你们作证,我克伦威尔离开我的主人,心里有多难过。我一定去为国王效劳;但是我永远永远要为您祝祷。

伍尔习　克伦威尔,我的苦难虽然很大,但我本没打算流一滴眼泪,但是你这番恳切而真诚的心意却迫使我扮演起女人的角色了。让我们擦干了眼泪,克伦威尔,听我再说几句。等我终有一天被人遗忘了的时候,等我安睡在没有感觉的、冷冰冰的石头棺材里,再也听不见人们提到我的时候,你可以对人说我曾教导过你,说伍尔习曾一度踏遍了光荣的道路,勘探过荣誉的全部深渊和浅滩,从他的遇难的残骸里为你找到了一条上进之路,是一条稳妥安全的路,虽然你主人自己没有能走上。你只消注意我是怎样失败的,是什么使我毁灭的。克伦威尔,你一定要听我的嘱咐,把野心抛掉,天使们就是因为犯了野心的罪而堕落的,而人不过是他的创造主的影像,岂能希望通过野心而得到胜利?爱你自己要爱在最后,珍爱那些恨你的人,诚实比起腐败会给你赢得更多的好处。在你的右手里永远举着温顺的和平枝,免得嫉妒之徒说闲话。做人要公正,不要怕;你所要达到的一切目的应该是你的国家、上帝和真理所要达到的目的,这以后,你如果还是失败了,那么,克伦威尔,你的失败也不愧是一个殉教者的失败,会受到祝福的。为国王效劳吧。请你领我进去,把我所有的一切直到最后一个便士开出一份清册来,这些都是国王的。我敢于认为是我自己的财产的东西只有这件袍子和我对上帝的一片诚心了。唉,克伦威尔,克伦威尔,如果我把为国王效劳的热诚,用一半来侍奉我的上帝,他也不会在我垂老之年把我赤条条地丢给我的敌人了。

克伦威尔　好大人,忍耐些。
伍尔习　我是在忍耐。别了,宫廷中升迁的希望,我的希望在天堂上了。(同下。)

第 四 幕

第一场　威司敏斯特一条街

　　二绅士上,互遇。

绅士甲　您好,又遇见了。

绅士乙　您好。

绅士甲　您来此是想占个位置看安贵人加冕回宫么?

绅士乙　我只为此事而来。我们上回相遇的时候,正值勃金汉公爵受审回来。

绅士甲　不错。那一回很不痛快,这一回却是普天同庆啊。

绅士乙　这很好啊。我相信市民们今天一定安排了各种演出,举行盛装的游行,以及种种喜庆活动,充分表现他们忠于皇上的心意。说句公道话,他们总是热情的。

绅士甲　没有像今天的庆祝这样盛大的了,而且,我告诉您,也没有像今天的庆祝这样受到欢迎的了。

绅士乙　请允许我冒昧问一声,您手里拿的那张纸上写的是什么?

绅士甲　按照加冕的惯例,这一天可以请派差使,这就是请差的名单。第一位是萨福克公爵,他请求担任大总管,第二位是诺福克公爵,他请求担任典礼官,其余的您自己看吧。

绅士乙　谢谢您,先生。如果我不知道有这种惯例,我倒要感谢您这张名单呢。但是请问,废后凯瑟琳怎样了?她的事情进展如何?

绅士甲　这我也能告诉您。最近,坎特伯雷大主教,在其他博学可敬的、和他同等地位的神父们的伴随之下,在登斯塔布尔地方开了一次庭,废后凯瑟琳就住在离那儿六英里路的安普希尔地方。他们屡次传她出庭,但是她没有去。说得简单点儿吧,虽然她没有出庭,但是由于国王近日良心上的不安,这些博学的神父们一致同意判她离婚,宣布她的婚姻无效。此后,就把她迁到金莫顿去了,直到现在她还在那里生病呢。

绅士乙　可怜的好王后啊。(号角声)号角响了,站拢些,王后来了。(木号声。)

加冕行列的次序:

　　一阵响亮的号角声。

1、二法官。

2、首相,玺囊、长柄锤前导。

3、歌童队,唱赞诗(随奏音乐)。

4、伦敦市长,持长柄锤。随后,司礼官,穿礼服,戴镀金铜王冠。

5、道塞特侯爵,持金权杖,戴黄金半王冠。萨立伯爵,持银制鸽杖,戴伯爵冠。二人均佩连续S形项链。

6、萨福克公爵,穿大礼服,戴公爵冠,持大总管白色长杖。诺福克公爵,持典礼官杖,戴小王冠。二人均佩连续S形项链。

7、四名五港子爵举华盖为王后遮荫,王后穿礼服,头发披散,发上饰明珠,戴王后冠,两旁为伦敦主教和温彻斯特主教。

8、老诺福克公爵夫人,戴金制小王冠,插花,持王后裙裾。

9、贵妇人或伯爵夫人若干,戴金制小圆冠,无饰无花。

　　以上行列依次隆重走过舞台。

绅士乙　不愧是皇上家的行列。这些人我认识,但是拿着权杖的那位是谁?

绅士甲　道塞特侯爵;那位拿杖的是萨立伯爵。

绅士乙　真是一位雄赳赳、衣着华丽的贵族。那一位怕是萨福克公爵吧。

绅士甲　正是他,他是大总管。

绅士乙　那位是诺福克公爵么?

绅士甲　是的。

绅士乙　(望着王后)愿上天降福给你,你这张脸是我见到过的最美丽的了。先生,她简直是天使啊,我这话若不对,也算不得是个有灵魂的人了。咱们的国王怀中拥抱了东、西印度的全部财富,不,当他拥抱这位美人的时候,比东、西印度还富。难怪他对于娶凯瑟琳感到良心不安了。

绅士甲　举着华盖给她遮荫的是五港的四位子爵。

绅士乙　他们真幸福,所有挨近她的人都幸福。那位在王后身后为她举着裙裾的老太太,我看是诺福克公爵夫人吧。

绅士甲　是的,其余的都是伯爵夫人呢。

绅士乙　这从她们戴的小王冠可以看出来。他们真像天上的明星。

绅士甲　有时候他们会成为陨星的。

绅士乙　不要再提了。

　　在一阵响亮号角声中,行列下。

　　绅士丙上。

绅士甲　先生,上帝保佑您。您在哪儿挨挤受热来着?

372

绅士丙　在大教堂人堆里,那儿连插一个手指头的缝儿都没有,欢乐的人群那股汗臭气简直把我闷死了。

绅士乙　您看见加冕了?

绅士丙　我看见了。

绅士甲　怎么个情形?

绅士丙　十分值得一看。

绅士乙　好先生,跟我们说说吧。

绅士丙　尽我的能力吧。衣服华丽的贵族和命妇就像一条河流,他们把王后带到神坛前一个事先准备好的地方,然后引退到一定距离之外,王后陛下才在一张华丽的宝座上坐下,休息了大约有半个小时的光景,任凭大家欣赏她的美丽容貌。先生,请相信我,她可以算是自古以来和男人同床的最美的女子了。当人们看了个够以后,忽听得一阵巨响,声音大得就像起了飓风的海中的船上绳索,也有各种的调子。这时,帽子、外衣、我看连裤子都被抛到了空中,如果人们的脸能够摘下来,恐怕到现在还没有找回来呢。我从来没见过这样热烈的庆祝场面。还有半个礼拜就要生产的大肚子女人像古代打仗用的撞城槌拼命往人堆里撞,人群在她们面前东倒西歪。男人们没有一个来得及说"招呼我的老婆",人群密得奇怪,就像织成的一块布一样。

绅士乙　后来呢?

绅士丙　最后,安贵人立起身来,腼腆地迈开步伐走向神坛,跪在神坛前面,像圣徒一样抬头望着上天,虔诚地祈祷。然后她又站起来,向人们一鞠躬;接着,坎特伯雷大主教把应当加在王后身上的一切,都加在她身上:圣膏、爱德华王的王冠、杖、和平鸟和其他这一类的高贵标饰。这段仪式完成后,歌童队在全国精选的乐师的伴奏下齐唱赞美诗。就这样,她离开了教堂,在全副仪仗的随同下步行回约克府,大婚筵席就在约克府举行。

绅士甲　先生,您可别再叫它约克府了,那是属于过去的了。自从红衣主教失败后,约克府的称呼就取消了,现在属于国王,改称"白厅"了。

绅士丙　我知道,但是改名不久,老名字在我说还是记忆犹新的。

绅士乙　王后两旁那两位虔诚的主教是谁?

绅士丙　一个是斯多克斯理,一个是噶登纳,噶登纳是温彻斯特主教,新近从国王秘书的职位提升的,斯多克斯理是伦敦主教。

绅士乙　据说温彻斯特主教对德高望重的大主教克兰默没有什么太大的好感。

绅士丙　这是全国上下都知道的,但是他们之间的裂痕并不算大,一旦真正破裂,克兰默是能找到一个决不退缩的朋友的。

绅士乙　请教是哪一个?

绅士丙　托马斯·克伦威尔。这个人很受国王器重,是个真实可靠的朋友,国王已任命他为珠宝库司库,枢密会议的成员。

绅士乙　他还值更多的犒赏呢。

绅士丙　是的,那是肯定无疑的。先生们,跟我到宫里去,做我的客人,不要推辞,我在宫里还算多少吃得开的。我们一面走,我一面再把更多的情况和两位说说。

绅士甲
绅士乙　遵命遵命。(同下。)

第二场　金莫顿

废后凯瑟琳带病上,葛利菲斯和忍耐两边扶持着她。

葛利菲斯　娘娘感觉如何?

凯瑟琳　唉,葛利菲斯,病得快死了,我的两条腿像果实累累的树枝,直往地上沉,很愿意摆脱一身的负担。端一张椅子来。现在我觉得舒服点儿了。你刚才搀我出来的时候,葛利菲斯,是不是说伍尔习红衣主教这位荣誉的骄子死了?

葛利菲斯　是的,娘娘,但是您方才十分难受,所以没有听见。

凯瑟琳　好葛利菲斯,请你告诉我他是怎么死的。如果他死得好,他倒可以很恰当地做我一个先行的榜样呢。

葛利菲斯　娘娘,大家都说健壮的诺森伯兰伯爵在约克把他逮捕了,把他当做一个罪大恶极的犯人押来受审,在路上他突然病倒,病得十分沉重,连自己的驴子都不能骑乘了。

凯瑟琳　唉,可怜的人。

葛利菲斯　他一路上缓缓而行,最后到了莱斯特,住在当地的寺院里,寺院主持带领全寺僧众恭敬地接待了他,他对主持说:"主持神父,今天来到你们这里的是个老头儿,政治的风暴把他吹得残破不全,就让这副疲惫的老骨头在这里安息吧。请你发个慈悲,给他一块葬身之地。"说完,他就去睡觉了,他的病一刻也不放松他,过了三夜,将近八点钟的时候,他自己预言道,这就是他的最后时刻了,他满怀着悔罪之情,不停地沉思着,流着悲伤的眼泪,把他的一切荣誉还给了人世，把他的灵魂交还给上天，在平静中长眠了。

凯瑟琳　但愿他得到安息，但愿他犯的错误不至于搅乱他的安息。但是，葛利菲斯，请允许我再评论他几句，我想说的话倒也不是苛刻无情的。他这个人的野心是无止境的，总把自己和帝王们平列；他用不可告人的手段奴役整个国家；买卖圣职在他来说是公平交易；他自己的意见就是他的法律；在皇上面前他竟敢说假话，而且永远口是心非。只有在他想要害人的时候，他才表示一点儿恻隐之心；他许的愿是了不起的，就像他过去的声势；但是他实际的行动却微不足道，像他现在这样。他把自己身体糟蹋坏了，还给僧侣们树立了坏榜样。

葛利菲斯　尊贵的娘娘，人们的丑行就像刻在金石上一样，与世长存，而他们的德行，我们就写在水上。请娘娘听我现在来说一说他的好处，可以么？

凯瑟琳　好吧，好葛利菲斯，否则我这个人就存心太坏了。

葛利菲斯　这位红衣主教虽然出身微贱，但是毫无疑问他天生就是要成为赫赫一世的人物的。从孩提时候起，他就好学，成为饱学的贤士；他十分明智，谈吐优美，很能说服人。对不爱他的人，他显得高傲刻薄；对愿意结识他的人，他和夏天一样温和。他虽然贪得无厌，这是罪孽，但是，娘娘，他赏赐起来，手笔简直和帝王无二。他在伊普斯威治和牛津建立的两座姊妹学院永远可以为他做见证，其中一个随他的失败而衰落了，不愿意在恩主去世之后再存在下去；另一个虽然没有建完，但非常著名，在学术上有卓越的地位，至今方兴未艾，凡是基督教的国家将要永远歌颂他的功绩。他的颠覆给他带来了满载的幸福，因为在被颠覆之后，也只有在被颠覆之后,他才发现了自己,发现了做小人物的幸福。他在畏惧上帝的心情之中与世长辞,这给他的暮年增添了极大的光荣,这种光荣不是任何人所能赐予他的。

凯瑟琳　我死后只希望有一个像葛利菲斯这样的忠实的史家来报导我生前的事迹,来保卫我的荣誉不受歪曲。当那个人还活着的时候,我最恨他,现在他死了,你以你严格爱真理的精神和温和的态度,使我尊敬他。愿他得到平安。忍耐,不要离开我,扶我靠低些,我不会麻烦你多久了。好葛利菲斯,叫乐师们给我演奏那个悲哀的曲子,就是我指定作我的挽歌的那个曲子,让我坐在这儿默想我将要体验的天堂上的和谐吧。

　　　　奏悲哀而严肃的音乐。

葛利菲斯　她睡着了,好姑娘,让我们安安静静地坐下,不要吵醒她。放轻些,好忍耐。

梦

六个人物迈着庄严而轻盈的步伐依次上。他们身穿白袍,头戴月桂枝编的冠,脸上蒙着金色面具,手里举着月桂枝或棕榈枝。他们先向她请安,继而舞蹈。在变换舞蹈的时候,最先二人把一个多余的桂冠举在她头上,其他四人向她恭敬请安;然后,最先二人将桂冠交给后面二人,这两个人也按同样次序变换舞蹈,并将桂冠举在她头上,然后将桂冠交给最后二人,最后二人也按同样次序变换舞蹈。这时,她好像受到感应一样在睡梦中做手势表示欢乐,双手向天上高举。梦中人物一面舞蹈,一面戴着桂冠消逝。音乐继续演奏。

凯瑟琳　和平的精灵,你们在哪儿?你们都走了?把我丢在这儿受苦么?

葛利菲斯　娘娘,我们在这儿呢。

凯瑟琳　我叫的不是你们。在我睡着以后,你们没看见有人进来么?

葛利菲斯　没有人进来,娘娘。

凯瑟琳　没有?你们难道没有看见方才有一队福地神仙来请我赴宴么?他们的脸像太阳一般放出光辉,把千万条光芒射在我身上。他们答应我享受永恒的幸福,而且,葛利菲斯,他们还给我带来了桂冠,但是我觉得我现在还不配戴,当然,我将来是会戴上的。

葛利菲斯　娘娘,您得了这样一场美好的梦,我是万分地高兴。

凯瑟琳　叫他们不要奏乐了,我听着觉得太刺耳、太沉闷了。

　　　　　音乐停止。

忍　耐　您注意没有,娘娘忽然之间起了很大的变化?她的脸拉得多长啊!她的脸色多苍白,像泥土一样冰冷!注意她的眼睛!

葛利菲斯　她要去了,姑娘,祈祷,祈祷。

忍　耐　愿上天给她安慰。

　　　　　使者上。

使　者　请娘娘安——

凯瑟琳　你这个无礼的家伙,怎么对我这么没规矩啊?

葛利菲斯　这就是您的不是了,您明知她不愿丧失她过去的尊严,还用这样粗鲁的态度对待她。去,跪下吧。

使　者　我罪该万死,请娘娘恕罪,我来得仓促,使我顾不得礼貌了。外面有位先生奉皇上派遣来见娘娘。

凯瑟琳　葛利菲斯,叫他进来。但是这个家伙,永远不要让我再看见他。(使者下。)

　　　　　凯普切斯上。

378

凯瑟琳　如果我看清楚了的话,您是我的外甥神圣罗马皇帝派来的大使大人吧,您叫凯普切斯,是吗?

凯普切斯　正是,听候您差遣。

凯瑟琳　大人啊,今天的时势和称号,对我来说,比起您刚认识我那时候,是大不相同了。但是请问,您来见我有何贵干哪?

凯普切斯　尊贵的娘娘,首先让我表示我本人愿意为您效劳的心意;其次,国王要求我来访问您,他听说您得了病,很是难过,叫我代表他向您表示做国君的慰问,衷心请求您把心放宽。

凯瑟琳　我的好大人,这种安慰来得太迟了,就好比问斩以后的大赦一样。这样一副良药下得及时还可能把我治好,但是我现在已经不是任何安慰所能治好的了,现在只有祈祷。皇上境况如何啊?

凯普切斯　他圣躬安康。

凯瑟琳　但愿当我和蛆虫为伍、我的可怜的名字从这国土上被放逐出去以后,他长久安康,万世兴隆。忍耐,我让你写的那封信已经送出去了么?

忍　耐　还没有,娘娘。

凯瑟琳　先生,我恳求您把这封信交给我们的国王。

凯普切斯　愿为娘娘效力。

凯瑟琳　在这封信里,我请求他好好照看他的小女儿,她是我们纯洁爱情的结晶,我愿上天的甘露密密地降在她身上,给她带来幸福。我请求国王给她正派的教育,她年纪小,性情高贵而谦和,我希望她不会辜负这样的教养。我请求国王看在她母亲份上,对她稍微表示一点儿慈爱,因为她母亲,上天知道,是深深爱国王的。其次,我还有一点儿小小的请求,那就是请他对我这些可怜的侍女们稍稍表示一点儿仁慈。她们不论在我得意还是失意的时候都是忠实地跟随着我,她们之中,我敢发誓——而且在我垂死之际我也决不会撒谎——个个品行端正,灵魂真诚秀美,诚实不苟,行为合度,没有一个不配嫁一个真正的好丈夫,务必让她们嫁给贵族人家,娶她们的人我敢说是会幸福的。最后,我还替我的男仆请求,他们可以算是最穷苦的了,但他们从来没有因为贫穷而离开我,我希望把他们应得的工资照付给他们,在这以外再多给他们一些,作为我给他们的纪念。如果上天赐给我的寿限稍长些,我手头更富裕些,我们诀别的时候也不会像今天这个样子的。这些就是这封信的全部内容,好大人,请您看在您在人世间最珍爱的东西的面上,替这些可怜的人们说句好话,恳请国王满足我最后的要求,那么在我逝世之后,我的灵魂也如您所希望的那样会得到安息了。

凯普切斯　苍天在上,我一定遵命,否则我还像个人的样子么?

凯瑟琳　我感谢您的诚心。请您代我向皇上致以深刻的敬意,告诉他,他长期以来引为烦恼的事,现在已经从人世间消逝了。对他说,我临死还为他祝福,我死后还要为他祝福。我的眼睛有些模糊了。再见吧,大人。再见吧,葛利菲斯。忍耐,你还不能离开我啊。我得睡到床上去了,再叫几个女人进来。好姑娘,我死后,要让人们合乎礼节地对待我,在我身上洒一层处女的花朵,让全世界知道我到死是个贞洁的妻子。在我身上涂上香膏,然后再把我安葬。我虽然是个被废黜的王后,但是我的葬礼应当是一个王后的葬礼,是一个国王的女儿的葬礼。我不能再多说了。(二人扶凯瑟琳下。)

第 五 幕

第一场　伦敦。王宫中一走廊

　　温彻斯特主教噶登纳上,一侍童持火炬前导,遇托马斯·洛弗尔爵士。

噶登纳　已经一点钟了,孩子,是不是?

侍　童　已经打过一点了。

噶登纳　这是人们满足自然的需要的时刻,不是追求娱乐的时刻了,该用甜蜜的睡眠恢复我们的身体,不该浪费时光了。晚安,托马斯爵士,这么晚还到什么地方去?

洛弗尔　大人,您是从国王那儿来么?

噶登纳　是的,托马斯爵士,我告辞的时候,他还在和萨福克公爵斗牌呢。

洛弗尔　我也得去见他,迟了他就睡了。告辞。

噶登纳　先别走,托马斯·洛弗尔爵士,您有什么事情?您好像有急事似的。如果您不介意的话,我是您的朋友,把您这么晚还去办的事透露一点给我吧。半夜要办的事,就像人们说的半夜出现的精灵,它的性质一定比白天办的事要更惊人啊。

洛弗尔　大人,我爱您甚于朋友,比这件事更重要的秘密,我也信得过您,敢对您说。王后临蓐了,他们都说很危急,怕生产以后,人也不保。

噶登纳　她结的果,我衷心祝祷能在吉祥时刻降生,不要夭折;但是那棵树,托马斯爵士,我但愿它现在就被从根掘起。

洛弗尔　我觉得我可以同意您的话,但是我的良心对我说,她是个好人,是个温和的女子,值得我们很好的祝愿。

噶登纳　但是,先生,先生,听我说,托马斯爵士,您和我的看法总是一致的,我知道您有见识,笃信宗教,让我告诉您,这样下去永远好不了,好不了,托马斯·洛弗尔爵士,请相信我,除非她的左右手克兰默和克伦威尔,和她本人,躺进了坟墓。

洛弗尔　先生,您提的这两个人是国内最受注意的人。克伦威尔除了当珠宝库司库之外,又被任命为最高法庭推事兼掌案卷,又任国王秘书;此外,先生,他真说得上左右逢源,前程似锦,随着形势,还要加官晋爵呢。大主教是国王的左右手和喉舌,谁敢说一句反对他的话?

噶登纳　是的,是的,托马斯爵士,但是有人敢,我自己就曾敢于发表反对他的意见。而且,不瞒您说,先生,我已经成功地激恼了枢密会议各位大臣,使他们相信这位大主教乃是一个最危险的、天字第一号的妖僧——我明知他是,他们也明知他是——他就像瘟疫一般沾染了整个国家。各位大臣十分恼怒,向国王申述了他们的意见,国王迄今为止是倾听我们的指控的,这也是国王的隆恩和对国事的关怀。他听了我们的理由,预见到可怕的灾难,已下谕明天早晨召开枢密会议,命令大主教出席。他是一棵腐草呀,托马斯爵士,我们必须把它连根铲除。您要办的事被我耽搁得太久了,晚安,托马斯爵士。

洛弗尔　祝您长享晚安,大人,再见。(噶登纳和侍童下。)

　　　　亨利王和萨福克公爵上。

亨利王　查尔斯,今天晚上我不再玩了,我的心思不在这上面,您这个对手叫我无法招架。

萨福克　陛下,以前我从来没有赢过您。

亨利王　很少,查尔斯,如果我的心思是在斗牌上,您今后也休想赢我。洛弗尔,王后那边有什么消息么?

洛弗尔　我没有能够亲自把您吩咐的话向她回禀,我托她的侍女把您的圣谕转告,侍女回来说,王后向陛下表示感谢,衷心恳求您为她祈祷。

亨利王　哈,你说什么?为她祈祷?怎么,她大声哭叫了么?

洛弗尔　她的侍女是这样说的,还说她每一次阵痛就像死过去一遍一样。

亨利王　可怜的好王后。

萨福克　愿上帝解除她的负担,临产轻松,生个后嗣,好叫陛下高兴。

亨利王　查尔斯,现在已经是午夜了,你去睡吧,在你做晚祷的时候,不要忘记我那可怜的王后的处境,为她祈祷。让我独自一个待着吧,我要想些事情,有人和我做伴就不能想了。

萨福克　祝陛下一夜平安,我祈祷的时候一定不忘记为我的好女主人祈祷。

亨利王　晚安,查尔斯。(萨福克公爵下。)

　　　　安东尼·丹尼爵士上。

亨利王　先生,结果如何?

383

丹　尼　　陛下,我已遵旨把大主教大人带来了。

亨利王　　哈?坎特伯雷大主教?

丹　尼　　是的,陛下。

亨利王　　好,他在哪儿,丹尼?

丹　尼　　在外面候旨。

亨利王　　把他带进来。(丹尼下。)

洛弗尔　　(旁白)这就是温彻斯特主教所说的那件事了,我来得正巧。

　　　　　克兰默和丹尼上。

亨利王　　离开走廊。(洛弗尔好像要逗留)哈?我已经说过,走开。什么?(洛弗尔和丹尼下。)

克兰默　　(旁白)我很害怕。他为什么这样皱着眉头啊?这是他盛怒的表情。事情很不吉利。

亨利王　　怎么样,大人?您大概很想知道我为什么要召见您。

克兰默　　(跪下)奉召觐见陛下是我的职责。

亨利王　　请起来,我的好坎特伯雷大主教,来,我们两个一块儿散散步吧,我有件新闻要告诉您呢。来、来,让我握着您的手。好大人,我要说的话使我很难过,我真不愿重复这些话。近来,我虽然不想听,但时常听到,有人对您表示严重的,我说,严重的不满。我和我的枢密会议考虑了这些意见之后,决定请您明天一早出席枢密会议。我知道在会议面前,您不可能很轻易地把自己洗刷清白,必须等候进一步的审问,届时还需要您出庭就控告的罪状为您自己答辩,同时,您必须忍耐一些,要甘愿住进伦敦塔监狱。您和我都是枢密会议成员,和弟兄一样,我们应当按这样的程序办,否则就没有人来作证控告您了。

克兰默　（跪下）我感谢圣上隆恩，我十分庆幸能够获得这样一个好机会，像谷子一样彻底扬一扬，把我身上的麸皮和麦粒分开。我知道没有人比我这个可怜的人遭受更多的谗言诽谤的了。

亨利王　站起来，好坎特伯雷主教，我是你的朋友，你的真诚耿直，在我印象里是扎了根的。把你的手给我，站起来，让我们一同散步。我的圣母在上，您到底是什么样的人？大人，我本来以为您会向我提出请求，要我费点儿力气替您和指控您的人调解一番，并且听从您的请求，不再加以监禁呢。

克兰默　敬畏的主上，我立身处世，就靠真理和诚实。如果我丧失了真理和诚实，我就等于和我的敌人一起击败了我自己；如果没有了这两种品德，就是丧失了我这副躯体，也不足惜。对于任何反对我的话，我是毫不畏惧的。

亨利王　您难道不知道人们，全世界的人们，对您是怎样一个看法么？您的敌人众多，而且不是等闲的敌人，他们的计谋也不是等闲的；在争论中，正义和真理也不一定永远能得到公平的裁判，黑了良心的人要招揽一些同样黑了良心的恶棍来做您的反面证人，那该是多容易啊？这类事情过去是发生过的。反对您的人很有势力，他们的狠毒也是很可观的。在这种不顾誓言的证人面前，您希望得到什么好运气么？我是您的主人，您是我的神父，我过去在这罪恶的人间也没得到什么好运气。好了，好了，您真是把悬崖错当没有危险的跳台，热烈地追求您自己的毁灭啊。

克兰默　愿上帝和陛下保佑我这无辜之身，否则我就要堕入别人给我准备的陷阱里了。

亨利王　不必沮丧，我不让步，他们是不敢得寸进尺的。把心放

385

宽,今天清早务必出席,让他们审问。万一他们举出一些事由来判您有罪,要把您关进伦敦塔监狱,那您务必想尽办法,利用当时条件,极力申诉自己无罪。如果恳求不收效,把这只戒指交给他们,当他们的面说您要请我做主。看,这位善良的人哭了,我敢拿我的荣誉担保,他为人是诚实的。我的圣母在上,我敢发誓,他的心是纯正的,在我的王国里,没有人有一个像他这样好的灵魂。您去吧,按照我的吩咐行事。(克兰默下)他简直泣不成声了。

　　　　老妇人上。

卫　士　(在内)回来,您要做什么?
老妇人　我就是不回来,我有重要的消息,什么规矩不规矩,我莽撞就是规矩。愿善良的天使在你头顶上飞翔,用他们的祥瑞的双翼荫庇你的圣躬。
亨利王　从你的神色我就猜到了你带来的消息。王后生了?是吧?生了个男孩。
老妇人　是的,皇上,是个叫人疼爱的男孩。愿天上的上帝现在、将来永远赐福给她。她生的是个女孩,生了这女孩以后,一定会生男孩的。皇上,您的王后请您去看看她,还要您去认识认识这位新到的客人呢。她跟您长得再像不过,就像两颗樱桃一样。
亨利王　洛弗尔!
　　　　洛弗尔重上。
洛弗尔　皇上。
亨利王　赏她一百马克。我去看王后去了。(下。)
老妇人　一百马克?不行,我得多要。这点儿钱给个普通的当差的还差不多。我非得多要不可,哪怕骂街也得问他要出来。我说姑娘像她,这句话就值这点儿钱?我得多要,要不然我把话收回。对,趁热打铁,我得跟他干到底。(二人下。)

第二场 枢密会议室的前厅

克兰默上,仆役、侍童等随上。

克兰默 我希望我没有迟到,枢密会议派来传我的人请我马上来到。怎么,门关得紧紧的?这是什么意思?喂!里边有人么?

司阍上。

克兰默 你们不至于不认识我吧?
司　阍 大人,我认识您,但是认识您也没办法。
克兰默 为什么?
司　阍 大人,没有传您,您只好在外边等着。

御医勃茨上。

克兰默 原来如此。
勃　茨 (旁白)这可是故意刁难,我很高兴这事正巧让我撞见。我立刻去禀告国王。
克兰默 (旁白)那人是勃茨,国王的御医,他走过的时候,两只眼睛是多么热情地看着我啊。希望上天不要让他泄露我的耻辱。这肯定是某些恨我的人要扑灭我的尊荣故意安排下的,愿上帝让他们回心转意,我从来没有主动地引起他们的恶意过。如果不是有意如此,他们不会羞辱我这样一个枢密会议的同僚,让我和侍童、差人、仆役一起在门外伺候的。但是只能满足他们的要求,让我耐心地等候吧。

387

亨利王和勃茨从阳台窗口出现。

勃　茨　我来请陛下看一件最怪的怪事。

亨利王　什么事，勃茨？

勃　茨　我想皇上一定常见这种事。

亨利王　在哪儿？

勃　茨　在那边，皇上。以坎特伯雷大主教之尊竟和仆役、侍童、跟班一起，在门口伺候传见呢。

亨利王　哈？果然是他。这就是他们对同僚表示的尊敬么？幸亏还有一个人，权力在他们之上。我起先以为他们之间彼此真诚相待，至少也彼此以礼相待，不至于让大主教这样地位的人、和我这样亲近的人，听候他们的命令，而且像个送公文的邮差在门外伺候着。圣马利亚在上，勃茨，这简直是恶作剧。让他们去吧，把帘子拉上。我们很快就会听到下文的。（同下。）

第三场　枢密会议室

　　首相、萨福克公爵、诺福克公爵、萨立伯爵、宫内大臣、噶登纳和克伦威尔上。首相在左边案子的上首落座，在他上首设一空椅，作为坎特伯雷大主教的席位。其余人等依次分两边落座。克伦威尔任秘书，坐末位。司阍守门。

首　相　秘书先生，请宣布今天举行枢密会议的事由。

克伦威尔　各位尊敬的大人，今天主要的事由是关于坎特伯雷大主教。

噶登纳　他知道了吗？

克伦威尔　知道了。

诺福克　那边是谁在伺候?

司　阍　大人,您是说外边吗?

噶登纳　是的。

司　阍　外边有大主教大人,已经等了半个钟头,听候命令呢。

首　相　让他进来。

司　阍　大人现在可以进去了。

　　　　　克兰默上,走向会议桌前。

首　相　我的好大主教大人,今天我坐在这里,看着这张椅子空着没有人坐,我心里着实难过。但是,我们都是凡人,天性脆弱,容易被肉体上的需要所左右;很少有人是天使;由于脆弱,由于缺乏智慧,像您这样一位应当给我们教导的人,却自己行为失检,而且还不是小小的失检。首先,您违抗国王,其次您违反了他的法律,您和您手下一群僧侣在王国全境之内,根据我们的情报,到处散布邪恶危险的新思想,这些新思想都是邪说,如果不加纠正,将要造成很大的危害。

噶登纳　各位尊贵的大人,不但要纠正,而且要立刻纠正。就好比驯野马的人,不是手里牵着马,遛它们就可以把它们驯服的;必须用坚强的马嚼套住它们的嘴,用马刺踢它们,才能叫它们就范。如果我们太姑息了,对某一个人的荣誉表现出幼稚的怜悯,纵容瘟疫传播,一切治病的良药都将归于无效,结果怎样? 混乱、暴动,整个国家蒙受疫疠的普遍腐蚀,就像不久以前我们的邻国——德国南部,那就是前车之鉴啊,我们对它的同情还记忆犹新呢。

克兰默　各位大人,迄今为止,不论在我的生命的全部过程中,抑或在我任职的全部过程中,我总是力求,而且做了不小的努力,使我宣扬的学说和我的强有力的权威地位不背道而驰，安然无事，目的永远是想做有益的事。各位大人，我可以坦白地说，世界上没有人比我更憎恶、更积极反对那些破坏社会和平的人。我祈求上天，不要让国王遇到忠心不如我的人。那些把嫉妒和邪恶作为营养的人，见了最好的人也敢去咬一口的。我恳请各位大人，为了表示你们的公正，让我这件案子的原告，不管他们是谁，面对面站出来，毫无顾忌地对我提出控诉吧。

萨福克　大人，这可办不到，您是枢密会议的大臣，因此，没有人敢控告您。

噶登纳　大人，由于我们还有更重要的事要办，我们就对您直截了当说了吧。我们奉皇上圣谕，又经我们同意，为了更好地对您进行审讯，决定把您从这里押解到伦敦塔监狱，在那里您将被贬为庶人，到那时恐怕有比您料想得到的还多得多的人敢于毫不畏惧地指控您呢。

克兰默　啊，我的好温彻斯特主教，我感谢您，您永远是我的好朋友。您的要求如果得到满足，我看您不仅想当我的审判官，而且想当陪审官呢，因为您为人是十分仁慈的啊。我看出了您的目的，您无非是想把我毁了。大人，对一个圣职人员来说，仁慈温驯要比勃勃的野心更得体些。用温和的教导把那些迷失方向的灵魂挽救回来，不要抛弃其中任何一个。不管您用多大压力来考验我的忍耐，我毫不怀疑我是会把我自己洗刷清白的，正如您可以不顾一切地每天作恶一样。我还有许多话要说，但是为了对您的职业表示尊敬，我就谦逊些吧。

噶登纳　大人，大人，您不是个正宗正派的教徒，这是最明显不过的事实了。您的花言巧语对于了解您的人来说，足以泄露您的空虚和弱点。

克伦威尔　温彻斯特大人,请您允许我说一句,您未免太尖锐了一些;像大主教这样尊贵的人,尽管犯错误,也应当看在他们过去的份上,对他们表示尊敬,投井下石是残酷不仁的。

噶登纳　好秘书先生,我请求阁下原谅;在今天这张会议桌上,您是最没有权利说这种话的人。

克伦威尔　为什么,大人?

噶登纳　难道我不知道您是赞成这新教派的吗?您这个人不忠诚呀。

克伦威尔　不忠诚?

噶登纳　是的,我说"不忠诚"。

克伦威尔　我但愿您有我一半的忠诚就好了,那人们就会为您祈祷,不会怕您了。

噶登纳　我一定记住您这胆大包天的话。

克伦威尔　请吧。也请记住您自己的胆大包天的生活吧。

首　相　这太过分了,各位大人,住口吧,怎么竟不顾起羞耻来了。

噶登纳　我说完了。

克伦威尔　我也说完了。

首　相　好,大人,您请听,我认为大家一致同意把您作为犯人护送到伦敦塔监狱,等我们接到国王上谕再做处置。各位大人都同意么?

全　体　同意。

克兰默　各位大人,除了把我送到伦敦塔监狱以外,没有其他仁慈的措施了么?

噶登纳　您还希望什么其他措施呢?您真是出奇的爱捣麻烦。

391

外面的卫士准备。

——卫士上。

克兰默　为我准备？你们一定要把我当叛逆一样押去么？

噶登纳　把他交给你了，你要保证把他安全地送到伦敦塔。

克兰默　各位大人稍待，我还有几句话要说。各位大人请看，这只戒指可以让我的案件不受残暴之徒的支配，可以让我把我的案件交给最尊贵的法官——我的主上国王去处理。

宫内大臣　这是国王的戒指。

萨　立　这不是假的。

萨福克　老天在上，这是真戒指。这件事好比一块危险的大石头，我们一开始推它的时候，我就和你们大家说，会砸到我们自己身上的。

诺福克　各位大人，你们以为国王会让这个人的一个小指头受到委屈么？

宫内大臣　国王看重这个人的性命远远超出我们的想像，这一点现在是肯定无疑的了。我后悔不该纠缠进去。

克伦威尔　这个人是个诚实人，只有魔鬼和他的门徒才嫉妒他，当初我搜集不利于他的谣言情报之时，我就认为你们把火吹旺无非是引火烧身。现在果然落到你们自己身上了。

——亨利王上，对他们瞋目而视，就座。

噶登纳　敬畏的主上，我们每天都感谢上天赐给了我们这样一位君主，他不仅善良智慧，而且最笃信宗教。他满怀着服从上帝的心情，把争取教会的利益当做他最高的荣誉。而且为了加强这神圣的职责，表示亲切的关怀，他还亲自出席审判，来听取教会和这个罪大恶极的罪犯之间的争端。

亨利王　您一向擅长随机应变的阿谀奉承，温彻斯特主教。但是您要明白,我现在到这儿来,不是来听这种拍马屁的话,而且在我面前,这种话太单薄、漏洞太多,不足以掩盖恶意;要欺骗我,您是休想。您扮演一条奉承主人的哈巴狗,想摇起您那三寸不烂之舌来打动我,但是不管您把我当做什么样的人,有一点我是肯定的,你天性残忍,而且嗜血成性。(向克兰默)您是位好人,坐下。现在我倒要看看哪个人最骄纵,胆子最大,只要他敢把他的手指头对你摇一摇,我指着一切神圣的东西发誓,我看他不如饿死,也别动一动念头,认为你不配和他一样当枢密会议的大臣。

萨　　立　不知陛下可乐意——

亨利王　先生,我一点儿也不乐意;我满以为我的枢密会议的成员多少是懂得道理、有智慧的人,但是这样的人,我一个也没发现。各位大人,让这个人,这个好人——你们之中没有几个配得上这样的称号——这个诚实人,像个长满虱子的小当差一样在会议室门外伺候着,难道这叫有见识么?而且他的地位和你们一样高。这真可耻呀!难道我委托你们办这事,你们就忘其所以了?我给你们权力把他当做一位枢密大臣来审问,不是叫你们把他当做一名仆役。我看得出来,你们之中有些人,与其说是出于忠诚,不如说是出于恶意,很想,如果有机会,在审问时尽一切可能折磨他,但是只要我活一天,你们就休想得到这种机会。

首　　相　敬畏的主上,请允许我为大家解释一两句。关于囚禁他的事,当初的目的只是——请相信人们的诚意——为了审讯他,替他在世人眼前洗清罪名,我们其实不存什么恶意,至少我肯定我自己是没有恶意的。

亨利王　好了,好了,各位大人,要尊重他,好好地对待他,他是当之无愧的。我不妨这样说吧,如果君主能对臣庶表示感谢,那我就要感谢他,因为他爱戴我,他为我服务。给我停止这些无谓的纷扰,大家都去拥抱他。各位大人,不要不知羞耻,大家都应当朋友相待。坎特伯雷大人,我有个请求,您不准拒绝,那就是有位美丽的小姑娘还在等您去施洗礼,您一定得做她的教父,替她负责。

克兰默　今天世界上最强大的君主也会把这一荣誉看做莫大的光荣,而我不过是您的一个卑逊的子民,如何担当得起?

亨利王　算了,算了,大人,您是怕送给教女十二把羹匙,不要紧,还有两位尊贵人物和您分担呢,一位是老诺福克公爵夫人,一位是道塞特侯爵夫人,她们合您的意否?温彻斯特主教,我再次命令您,拥抱这个人,爱这个人。

噶登纳　我真心诚意遵命,并表示兄弟般的友爱。

克兰默　上天作证,我是多么珍视这种友谊得到肯定。

亨利王　善良的人,您的欢欣的眼泪表明您心地真诚。我现在看出来,您证实了公众舆论常说的一句话,"尽管做了对不起坎特伯雷大人的事,他仍然永远把你当朋友看待。"各位大人,我们把时间都浪费了,我急于要让孩子受基督徒的洗礼。各位大人,我把你们团结为一体,你们就应当永远团结;这样,我就愈来愈强大,你们也就会得到愈来愈多的荣誉。(同下。)

第四场　宫中庭院

后台喧哗混乱声。王宫门官及其仆人上。

门　官　你们给我马上停止叫嚷,你们这些混蛋,你们要把王宫当斗熊场吧？你们这些没有规矩的奴才,不准乱喊。

内　　声　好门官先生,我是御厨房的人。

门　　官　你是绞架上的人,你去上吊吧,流氓,这地方能由你乱吼吗？给我找六七根山楂木的棍子来,要壮的,这些都是细条条。我要敲破你们的脑袋。你们非要看洗礼不可,是吗？你们想在这儿找酒喝,找点心吃,你们这些没有规矩的混蛋？

仆　　人　老爷,耐性点儿。除非我们用大炮把他们从门口轰开,否则要把他们赶走是办不到的,就好比五月初一早上要他们睡觉一样,不行。要想把他们赶走,就像推动圣保罗大教堂一样难。

门　　官　那么他们怎么进来的,这些该死的东西？

仆　　人　唉,我也不知道这股潮水怎么就涌进来了。老爷,我这根四尺长的结实木棒没少用啊,我一个人也没饶过,您看这根木棒就剩这一节了。

门　　官　你啊,什么也没干。

仆　　人　我又不是大力士参孙、盖伊爵士、柯尔布兰①,能像割草似的把他们一扫光。但是如果说哪个有脑袋可以挨揍的人,年轻的也好年老的也好,男的也好女的也好,忘八也好姘头也好,谁要是没有挨我一棒,那就让我一辈子吃不着肉,可是要我不吃肉,就是给我一头母牛我也不干。

内　　声　您听见了没有,门官先生？

门　　官　小狗崽子,我这就来收拾你。把门给我关紧了。

---

① 盖伊爵士(Sir Guy of Warwick),是传说里的英国勇士,曾杀死巨人柯尔布兰(Colbrand)。

395

仆　人　您要我干些什么？

门　官　要你干些什么？一五一十地给我把他们打倒。这又不是练兵的校场。这些娘儿们干吗这么包围我们？难道宫里展览身上挂着大家伙的印第安人？上帝保佑我，哪儿来的这么一群野杂种？凭我基督徒的良心发誓，经过这回的洗礼，还不定要养出几千个小杂种要接受洗礼呢。好，父亲、教父全在这儿呢。

仆　人　就得要更大号的羹匙了，老爷。离门口不远有个家伙，看他的脸像是个铜匠，伏天一半的热气都聚在他鼻子上了，在他周围站着的人就像站在赤道上一样，他们不必去找别的赎罪的办法了——这条火龙，我揍了他脑袋瓜三次，他三次用鼻子里的东西喷我，他站在那儿像一尊臼炮要轰我们呢。在他旁边有个绒线铺老板的老婆，没什么脑筋，泼口骂我，骂得她头上戴的一顶镂空帽子都掉下来了，她骂我不该造成这么大的混乱，跟失了火似的。有一回我没打着那位笤帚星，却打着了这女的，她大声喊道，"拿棍子来啊"，我就瞧见从老远总有那么四十来根棍子举着来救她，这些人都是她住的那条河道街上的未来的希望；他们攻了上来，我坚守阵地，最后他们来跟我短兵相接，我照旧把他们挡住，不料突然之间他们身后一群孩子，就好比散兵游勇，对着我放了一阵鹅卵石，我这才不得不收起我的争取荣誉之心，让他们占领了堡垒，我看一定是魔鬼帮了他们的忙。

门　官　这些小伙子专门在戏园子里乱吵乱闹，为了吃剩的苹果打架，听戏的人简直受不了，只有伦敦塔刑场上的观众，还有他们的亲弟兄——船码头上的魔鬼爪牙，还能忍受。在监牢里我还关着几个这样的小伙子呢，让他们在那儿撒

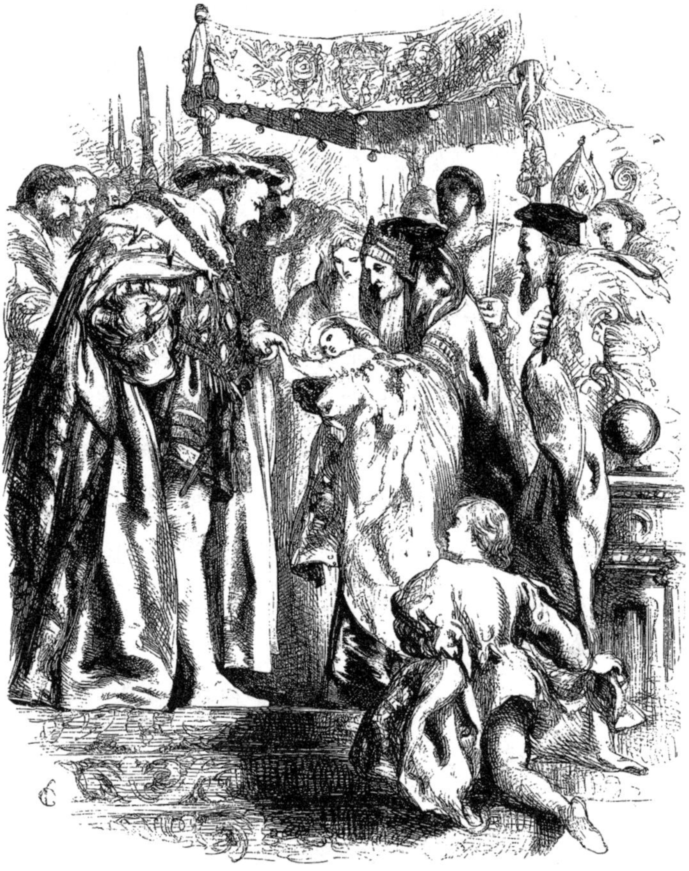

几天欢吧,另外还要让两个差役请他们吃一顿鞭子呢。

宫内大臣上。

宫内大臣　慈悲的上帝,好大一群人哪！还有来的！他们从四面八方涌来,好像我们这儿开集市了。门官呢？这些懒骨头。看你们办的好事,怎么招进来这么一大伙流氓？这些都是你们城外的好朋友吗？宫眷参加洗礼回来,倒是有足够的走路的地方了！

门　官　大人容禀,我们都是凡胎所养,我们这几个人能做的都做了,差点儿没叫他们撕成碎片。开军队来也控制不了他们哪。

宫内大臣　如果皇上为此事而责备我,我一定把你们的脚枷起来,立刻执行,决不宽贷;而且还要在你们头上重重地加上一笔罚款,惩罚你们的失职。你们都是懒骨头,只知道待在这儿逗这帮醉鬼,不尽你们的职守。听,号角响了,他们已经参加完洗礼回来了,快去把这群人赶散,腾出一条路来好让他们从容通过,不然我把你们都关进玛绍西监狱,让你们到那儿玩两个月。

门　官　给公主让路呀。

仆　人　你这大个子,靠边站,要不我把你脑袋敲疼。

门　官　喂,你这穿丝绒衣服的,坐到栏杆上来,要不我把你推到栏杆外边去。(众下。)

第五场　王　宫

众号手吹号角上。伦敦市参议二人,伦敦市长,司礼官,克兰默,诺福克公爵持典礼官杖,萨福克公爵,二贵族捧高脚盘盛洗礼礼物,随上。其次,四贵族举华盖,拥教母诺福克公爵夫人上,夫人手中抱婴儿,着华丽斗篷等衣饰,一贵妇人提着夫人后裾。第二位教母道塞特侯爵夫人及其他贵族妇女随上。一行人在台上巡行一回之后,司礼官说话。

司礼官　愿至善的上帝赐给英格兰崇高伟大的公主伊利莎白洪福和长寿,万世康泰。

奏号角。亨利王和卫士上。

克兰默　(跪下)我和两位尊贵的教母谨祝皇上和贤淑的王后长享福祉,上天赏赐了这样一位最娟美的公主,愿为父母者欢乐无涯。

亨利王　谢谢您,大主教大人。她的名字叫什么?

克兰默　伊利莎白。

亨利王　站起来吧,大人。(吻公主)这一吻表示我对你的祝福。愿上帝保佑你,我把你的生命交在上帝的手里。

克兰默　阿门。

亨利王　各位尊贵的教父教母,你们的礼物太丰富了,我衷心感谢你们,等公主会说话的时候,她一定也会表示感谢的。

克兰默　陛下,让我说几句话,是上天命令我来说的。我说的话,谁也不要认为是奉承话,因为都是真实的话。这位皇室的公主——愿上帝永远在她周围保护她——虽然还在襁褓,已经可以看出,会给这片国土带来无穷的幸福,并会随岁月的推移,而成熟结果。她将成为——虽然我们现在活着的这一辈人很少能亲眼看到这件好事——她同辈君主以及一切后世君主的懿范。她具有纯洁的灵魂,《圣经》上的示巴女王也不及她这样渴求智慧和美德。这位公主的伟大器宇集一切帝王的贤哲于一身,她具有善良人所具备的全

399

部德操,这些美德必将永远与日俱增。真理将如保姆一样哺育她,虔诚的、笃信上帝的思想将永远像师傅一样教导她。她将受人爱戴,受人畏惧;她自己的子民将为她祝福,她的敌人将在她面前战栗,像田里倒翻的麦子,悲哀地垂下头来。好事将要随着她的成长而增多,在她统治时期,人人能在自己的豆架瓜棚之下平安地吃他自己种的粮食,对着左邻右舍唱起和平欢乐之歌。人人将对上帝有真正的理解;在她周围的人们将要从她身上学到什么叫完美无缺的荣誉,并以此来决定他们的贵贱,而不依据血统。这样的和平生活决不会随她的消逝而消逝,相反,像独栖的奇禽凤凰在死后又从自己的灰烬中新生出和自己同样神奇的后嗣一样,这位公主在上天把她从这片乌云中召唤回去之时,也将把吉祥遗留给一位后嗣,这位后嗣将从她的光荣的、神圣的灰烬之中像明星一样升起,赢得和她媲美的名声,永世不替。曾经为这位天赐的公主服务过的和平、丰足、仁爱、真理、畏惧,也将为她的后嗣服务,并依附在他身上,就像葛之附树。天上的红日照耀到的地方,他的荣耀和伟大的声名也必到达,并且创立新国。他必将昌盛,像山间苍松以它的茂盛的枝叶荫覆周围的平野。这一切,我们子孙的子孙必将看到,并感谢上苍。

亨利王　你所说的,真令人神往。

克兰默　她将活到寿考之年,这将是英格兰的福气;她的来日方长,而每日都将以一件好事来结束。此后,我就不愿再说下去;但她总有千年之日,不可避免,天上的圣徒一定要把她召请去;那时她仍然是处女之身,像一朵无瑕的百合花,埋入青冢,全世界将为她哀悼。

亨利王　大主教大人啊,你这回可保证了我的昌隆了;在这个幸福的孩子出生以前,我可以说一无成就。你这番令人安慰的预言使我高兴,等我升天以后,我一定要看看这孩子的所作所为,来赞美我的创造主。我感谢你们大家。好市长大人,您的好同僚们,我感谢你们的盛情;你们参加洗礼,使我平添许多光彩,我一定答谢。各位大人,请先走吧,你们一定都得去看看王后,她也得向你们道谢呀,否则她会感到不舒服的。今天,大家把家里的正事忘了吧,大家都留下,这个小娃娃把今天变成了节日。(同下。)

尾　声

这出戏十成有九成不会让在座的
人人满意。有的人到此来休息，
睡上它一两小时；但是这些人
恐怕已被我们的号角声所惊醒；
很明显，他们一定说这出戏没劲。
也有的想听我们痛骂伦敦市民，
夸一声"骂得俏皮"，可惜我们也没提。
因此，我们此时上演这出戏，
希望听到的一切对我们的好话
只能来自同情我们的善良的妇人家——
戏里演的本是个妇道——只要
她们一笑，夸声好，我就知道
我们也赢得了所有的男客；不可能
夫人叫鼓掌，他们的双手偏不动。